U0521803

本书由教育部人文社会科学研究青年基金项目"德拉布尔作品中的神话诗学与伦理共同体研究"(编号:19YJC752024)资助

本书由西安外国语大学学术著作出版基金资助

德拉布尔作品中的
神话诗学与伦理共同体

MYTHOLOGICAL POETICS AND
ETHICAL COMMUNITY IN DRABBLE'S WORKS

盛 丽◎著

中国社会科学出版社

图书在版编目（CIP）数据

德拉布尔作品中的神话诗学与伦理共同体/盛丽著 .—北京：中国社会科学出版社，2021.11
ISBN 978-7-5203-8816-0

Ⅰ.①德… Ⅱ.①盛… Ⅲ.①德拉布尔—小说研究 Ⅳ.①I561.074

中国版本图书馆CIP数据核字（2021）第152202号

出 版 人	赵剑英
责任编辑	慈明亮
责任校对	王佳玉
责任印制	戴　宽

出　　版	中国社会科学出版社
社　　址	北京鼓楼西大街甲158号
邮　　编	100720
网　　址	http://www.csspw.cn
发 行 部	010-84083685
门 市 部	010-84029450
经　　销	新华书店及其他书店
印　　刷	北京君升印刷有限公司
装　　订	廊坊市广阳区广增装订厂
版　　次	2021年11月第1版
印　　次	2021年11月第1次印刷
开　　本	710×1000　1/16
印　　张	18.5
插　　页	2
字　　数	285千字
定　　价	108.00元

凡购买中国社会科学出版社图书，如有质量问题请与本社营销中心联系调换
电话：010-84083683
版权所有　侵权必究

作品简写说明

SB　*A Summer Bird-Cage*
NE　*The Needle's Eye*
TW　*The Waterfall*
IA　*The Ice Age*
NC　*A Natural Curiosity*
GI　*The Gates of Ivory*
RQ　*The Red Queen*
RG　*The Realms of Gold*
SS　*The Seven Sisters*

《金色》　《金色的耶路撒冷》
《磨砺》　《磨砺——一个未婚母亲的自述》

目录

绪　论 ··· 1

第一章　共同体危机与作为共同体想象方式的文学重建 ············ 14
第一节　共同体危机的哲学论辩 ································ 14
第二节　中断与开敞——文学对共同体的重建 ·················· 24
第三节　德拉布尔作品中的共同体危机与重建 ·················· 50

第二章　契约家庭共同体困境与关怀伦理共同体重建 ··············· 64
第一节　契约家庭共同体困境 ···································· 68
第二节　关怀伦理心理性共同体 ·································· 90

第三章　新自由主义经济利益现象共同体与人文精神宗教记忆共同体 ··· 127
第一节　盖世功业与寂寞平沙——《大冰期》中的市场共同体 ··· 132
第二节　人文精神宗教记忆共同体 ······························ 146

第四章　帝国之眼中的异文化共同体与地方共同体重建 ············ 170
第一节　帝国之眼中的异文化共同体 ···························· 173
第二节　地方共同体重建 ·· 184

第五章　受限的文学无条件好客与条件性好客的文学创新 ········· 212
第一节　受限的文学无条件好客 ·································· 214
第二节　条件性好客与文学创新 ·································· 225

结　语	…………………………………………………………	263
参考文献	…………………………………………………………	272
后　记	…………………………………………………………	289

绪　论

英国当代学院派作家玛格丽特·德拉布尔（Margaret Drabble, 1939—　）生于约克郡谢菲尔德，毕业于剑桥大学纽纳姆学院文学专业，多年来一直在大学里教授文学课程，曾任国家图书联合会主席，身兼批评家、编辑和作家等职，是评论界公认的英国当代最优秀的小说家之一。德拉布尔于1963年发表第一部小说《夏日鸟笼》后便奠定了自己当代英国著名小说家的地位，在世界范围享有很高声誉，并获得众多文学奖项，其中包括约翰·卢埃林·里斯纪念奖（1966年）、詹姆斯·泰特·布莱克纪念奖（1967年）、《约克郡邮报》最佳小说奖（1972年）、美国文艺学院爱德华·摩根·福斯特奖（1973年）等。1976年，作家获得家乡谢菲尔德大学荣誉文学博士学位，分别于1980年和2008年获得女王授予的CBE司令勋章和DBE爵级司令勋章，英国皇室以此表彰她对世界文学做出的杰出贡献，作家于2011年获"金笔奖文学贡献终身成就奖"。

德拉布尔的父亲约翰·德拉布尔（John F.Drabble）曾是一名律师，后成为萨福克郡和埃塞克斯郡的巡回法官，退休后从事小说创作。母亲玛丽·德拉布尔（Marie Drabble）是约克郡蒙特教友派学校的英语教师，后辞职照顾家庭，时常因母亲身份与主体诉求之间的断层而不满，这也为日后作家的母女家庭契约共同体危机书写提供了素材。德拉布尔的姐姐拜厄特（A.S.Byatt）也是著名作家，妹妹海伦（Helen Langdon）是艺术历史学家，弟弟是律师，作家常将自己的家庭比作勃朗特一家。

德拉布尔的父母均毕业于剑桥，都是各自工人阶级家族中跻身中产阶级的第一人。母亲和英国作家阿诺德·贝内特（Arnold Bennet）的家乡都是北部斯塔福德郡陶镇，北部工业区的家庭背景促发了德拉布尔日后创作中的地域情结。作家在《金色的耶路撒冷》《黄金国度》和《针眼》中都涉及对北方地域无法割舍的精神契合。

迄今为止，德拉布尔已经出版了19部长篇小说：《夏日鸟笼》（*A Summer Bird-Cage*, 1963）、《加里克年》（*The Garrick Year*, 1964）、《磨砺》（*The Millstone*, 1965）、《金色的耶路撒冷》（*Jerusalem the Golden*, 1967）、《瀑布》（*The Waterfall*, 1969）、《针眼》（*The Needle's Eye*, 1972）、《黄金国度》（*The Realms of Gold*, 1975）、《大冰期》（*The Ice Age*, 1977）、《妥协》（*The Middle Ground*, 1980）、《光辉灿烂的道路》（*The Radiant Way*, 1987）、《自然好奇》（*A Natural Curiosity*, 1989）、《象牙门》（*The Gates of Ivory*, 1991）、《埃克斯莫尔女巫》（*The Witch of Exmoor*, 1996）、《白桦蚕蛾》（*The Peppered Moth*, 2001）、《七姐妹》（*The Seven Sisters*, 2002）、《红王妃》（*The Red Queen*, 2004）、《海夫人》（*The Sea Lady*, 2006）、《纯金宝贝》（*The Pure Gold Baby*, 2013）以及《暗潮涌动》（*The Dark Flood Rises*, 2016）；两部短篇小说集：《战争礼物》（*The Gifts of War*, 1969）和《微笑女性生活中的一天》（*A Day in the Life of a Smiling Woman: Complete Short Stories*, 2011）。

除此之外，德拉布尔与同时期的大卫·洛奇（David Lodge）和马尔科姆·布拉德伯里（Malcolm Bradbury）一样，都身兼作家与批评家双重身份，创作了大量文学评论作品。例如，回忆录《地毯中的图案》（*The Pattern in the Carpet: A Personal History with Jigsaws*, 2009）；批评文集《为了女王和国家：维多利亚时代的英国》（*For Queen and Country: Britain in the Victorian Age*, 1978）、《作家眼中的英格兰：风景和文学》（*A Writer's Britain: Landscape in Literature*, 1979）、《英国文学剑桥指南》（*The Oxford Companion to English Literature*, 1985）；传记《阿诺德·贝内特》（*Arnold Bennett: A Biography*, 1974）、《哈代的天资》（*The Genius of Thomas Hardy*, 1976）、《安格斯·威尔逊》（*Angus Wilson: A Biography*,

1995）及《华兹华斯》（*Wordsworth*, 1966）等；德拉布尔还创作了四部剧本，分别为《劳拉》（*Laura*, 1964）、《伊莎多拉》（*Isadora*, 1968）、《天堂飞鸟》（*Bird of Paradise*, 1969）以及《淡淡的爱》（*A Touch of Love*, 1969）。目前，德拉布尔作品研究已成为世界范围内文学评论的重要领域。

早期在蒙特教友派学习以及在剑桥师从利维斯的经历形塑了德拉布尔作品中显著的伦理意识。作家深受加尔文主义决定论和人文主义宗教观的影响，坚信每个人身上都体现上帝之光、基督团契及世界向善论观念。作家在采访中多次提到宗教人文精神所蕴含的爱与联结旨趣：

> 我的作品中弥散着加尔文主义的观念，即部分人作为上帝的选民被赋予上帝的恩典，而部分人没有。有一些人自出生就享有特殊的恩典与特权，我一直在寻找其缘由。这是一个信仰的问题，但它一定有一个答案，我无法相信理想的生活比世界创始之时更加美好，我为什么应该设想一种比上帝还要公正的生活？①
>
> 包括如何去爱那些爱无能以及让人厌恶的人这样的社会问题只能通过宗教得以解决。达尔文主义认为应该消灭这种人，弗洛伊德主义认为这种人无可救药。只有爱能帮助他们，这也是蕴含于宗教中的、唯一的答案。②

与此同时，德拉布尔支持利维斯所提出的"英国文学伟大传统"中的伦理立场。在她修订的《牛津英国文学词典》中，作家这样界定利维斯："他从根本上改变了过往的文学地图，并为将来提供了新的图景；但他最重要的贡献不在于他评价了各个作家，而是为英语研究注入了一

---

① Margaret Drabble, Interviewed by Nancy Hardin, "An Interview with Margaret Drabble", *Contemporary Literature*, Vol. 14, No.3, 1973, p.286.
② Margaret Drabble, Interviewed by Joanne Creighton, "An Interview with Margaret Drabble", in Dorey Schmidt, ed. *Margaret Drabble: Golden Realms*, Edinburg: Pan American University Press, 1982, p.30.

种新的严肃性。"①利维斯一再强调诗人必须超越所处时代和社会的局限，追求一种纯文学的秩序或文学形式的正确性，从而进入一种理想社会，而文学要义即指明时代的伦理指向。事实上，我们对后现代去中心、解构和价值标准丧失所做出的判断已经预设了我们对道德责任的一种规范理解，即中心、体系和价值标准的假设性存在。

对德拉布尔而言，重建一种全新伦理共同体的首要任务在于对当下性的关注，对缺席的他者开敞。在《不可言明的共通体》中，布朗肖写道："它（共通体）仍然有着强制的政治意义，并且它不允许我们失去对当下时间的兴趣，因为这当下的时间，通过打开那些自由的未知的空间，让我们重新对那些新的关系负起责任——那总被威胁、总被希望着的，我们所谓的劳作（作品）与无作（非功效）之间的关系。"② 具体到德拉布尔的伦理共同体书写，作家聚焦私人和社会两个层面上的现实伦理困境和当下价值重建，探究个体自我与集体身份、主体与他者之间的张力关系与动态平衡。

评论界一般以《瀑布》（1969）为界将德拉布尔早期的创作归为私人小说范畴。该阶段的女主人公多为美丽聪颖、开放上进的青年知识女性，她们从学校步入社会时面对爱情、婚姻的迷茫与困惑源于作者对自身相似的认同危机的人生思考，因此具有了很强的半自传性和真实感，带有强烈的"私人小说"色彩，曾引起广大读者，尤其是青年女性读者的强烈共鸣。作家表示："小说表现的是不同侧面、不同时期的自我。坚强的人物与柔弱的人物交替出现：《夏日鸟笼》中困惑的女孩；《加里克年》中坚强的女人；《磨砺》中有缺陷的美丽女性；《金色的耶路撒冷》中一心攫取的女孩；《磨砺》中脆弱的女人；《针眼》中坚定的女人。"③

---

① Margaret Drabble ed., *The Oxford Companion to English Literature*, Oxford: Oxford University Press, 1985, pp.557-558.
② 英文"community"可译为"共通体"或"共同体"，前者强调主客体在原初位置上的沟通（不）可能性，后者强调伦理一致性目标。参见奚麟睿《布朗肖〈黑暗托马〉中的"共通体"分析》，《当代外国文学》2020年第1期。
③ Margaret Drabble, Interviewed by Nancy Hardin,"An Interview with Margaret Drabble", *Contemporary Literature*, Vol. 14, No.3, 1973, p.294.

20世纪60年代刚从大学毕业的英国新女性不再满足于传统身份定位，而是在阶级、宗教等社会变迁的过程中将关注的焦点转向家庭与个体性诉求之间的动态选择，这些变化都体现在德拉布尔的早期小说中。德拉布尔于1961年大学毕业后便与演员克莱夫·斯威夫特（Clive Swift）结婚，并随其加入斯特拉特福德的皇家莎士比亚剧团。1982年德拉布尔与著名传记作家、编辑米歇尔·霍尔罗伊德（Michael Holroyd）结婚，两人婚后毗邻而居，各自独立，而作家在丈夫罹患癌症后又对其不离不弃。以上经历促使作家重新思考传统家庭伦理以及真正心理归属感等伦理现代性问题。

随着视野的开阔和阅历的加深，德拉布尔20世纪70年代后的作品在描写范围、丰富性、复杂性等方面都进一步拓宽，其创作主题也从个体女性的内部心理转移到当代英国社会生活和国际格局变化上，作品由"私人小说"拓展为"社会小说"，由此超越了狭窄的个人生活经验，进入了更广阔的社会历史时空，表现出对服务人类共同体的创作自觉。德拉布尔曾抗议英国外交部在罗德西亚的殖民政策、在众议院外加入裁军抗议活动者行列，曾加入政府委员会、艺术委员会，参加英国政府巡回讲座，始终坚持在伦敦南部的莫雷学院成人教育学院授课，而这些都显示出作家强烈的公共社会责任意识。作家始终认为文学艺术尽管有着自身的特征与诉求，但却始终与社会发展紧密相关，其作品的现实主义主题作为其创作基调已成为基本事实。作家在采访中表示自己"关注的是权利、公正和拯救"，[①] 对于评论界将她贴上"女性主义小说家"标签的做法不置可否，认为女权问题只不过是她整体社会意识的一个面向。相对于简·奥斯丁、伊夫林·沃等人偏狭于某一特定层面以及亨利·詹姆斯脱离广大民众的精英叙述理念，德拉布尔更加崇尚乔治·艾略特、盖茨凯尔夫人、多丽丝·莱辛等作家的社会主题创作，而作家对小说社会历史功能的关注可以从她有意为之的书名选择中得到注解。

书名互文构成了德拉布尔作品中典型的插入文本形式。斯多弗

---

① 参见瞿世镜《当代英国小说》，外语教学与研究出版社1998年版，第305页。

（Nora Stovel）在《玛格丽特·德拉布尔：象征主义伦理学家》一书中对此曾有过极具启发意义的评论："德拉布尔的每一部小说都围绕一个主要的象征，通过巧妙的意象形式指示了作品的关键主题。每一部作品中，德拉布尔都选择中心象征作为小说的题目。"① 作家借用历史文本中的意象给自己的小说命名，通过重名的方式和历史文本建立起互文关系，在作品中达成文本与前文本之间的交流和对话。例如，《光辉灿烂的道路》书名出自20世纪30年代同名的小学初级读物，这本读物宣称，英国教育体系为最广大人民群众提供了金色幻梦般的社会平等契机。颇具反讽意味的是，小说中主人公在60年代制作的同名电视纪录片中，呈现的却是这一梦想的破产。德拉布尔以此揭露了英国平等主义和多元文化主义的虚构本质，让读者直面一个社会痼疾、邪恶和死亡横行的20世纪末日审判；《象牙门》中，梦中的象牙门与兽角门交叠，隐喻着真实和虚构之间的越界和杂糅。事实上，梦幻与现实、真实与虚构在20世纪90年代的世界局势中已经模糊了判别标准与衡量准绳。尽管经历了世界范围内的去殖民地化、欧洲共同体事务对英联邦事务优先地位的取代，英国在外交政策上仍将自己定义为民粹精英。例如，《象牙门》中的黑泽明（Akira）是斯蒂文在泰国遇到的日本记者，黑泽明对英美自诩的世界警察角色不屑一顾并指出："英美公司的军火通过德国、比利时、新加坡运过来。你们的援助没有道理可言。你们一边仇视他们，一边援助他们，那是一种疯狂。"（*GI*, p.228）

通过对《奥德修斯》中代表虚构之梦的象牙门的互文指涉，德拉布尔暗示着西方宏大民族叙述中的非现实成分，并对英国外交政策中的民粹主义及反事实的虚假人道主义进行了讽刺与揭露。作家始终认为，写作的目的并非写作本身，而是使其进入现实生活领域。值得肯定的是，身处后现代小说能指游戏和文学终结论的解构思潮中，德拉布尔坚持通过对普通人日常生活题材的关注，对英国国内和国际政治社会的批判来重建一个或可信赖的世界，这也反映了作者更加成熟、积极的创作态度

---

① Nora Stovel, *Margaret Drabble, Symbolic Moralist*, San Bemardino: Borgo, 1989, p.116.

和举重若轻的创作责任。

德拉布尔遵循奥尔巴赫历史语文学的"创造即真知"原则,努力通过伦理阐释方法回到文学的社会历史形态中。国内学者陆建德在《破碎思想体系的残编》一书中肯定了以德拉布尔为代表的英国当代小说家对公共知识分子责任的自觉承担态度:

> 最伟大的英国小说是出于自然的小说,这些小说缘起于18世纪的自然观。在自然观念的支配下,人们不以怀疑一切自榜,而公共的习俗要比个人好恶重要;作家不会为所谓个人的洞察不惜牺牲一切,他们不相信孤独的灵魂,质疑对生活的责问必然具有崇高的价值,因而不会假定小说家作为独体而感受到的世界必定会吸引和打动读者。可以说,人的社会性以及哈贝马斯所说的公共领域在信奉自然的作品里多少有所体现。绝大多数以德拉布尔为代表的英国作家都乐于采用创新手法,他们创作的源泉来自社会生活,来自悠久的英国文学传统。①

当代英国文学不仅要关注文本符号王国中的虚构表征和语言建构性问题,更要致力于如何借由文学"不可能的可能"特质通达作为存在的真理。具体到作家小说的现实严肃性,区别于欧陆和美国作品,即使是其最具实验性的《瀑布》也从未在文体革命的实验洪流中流连忘返,从而忽略小说的伦理功能。德拉布尔高度评价了英国当代小说家作品中的社会维度与道德指涉:

> 从威尔逊《迟到的电话》中我学会了怎样淘米,从埃德娜·奥伯兰(Edna O'Brien)的作品中学到切萝卜的正确方法。玛丽·麦卡锡(Mary McCarthy)在她的《集体》中教会我们怎么做肉丸来配坎贝尔番茄汤。……小说不是象牙塔中的作品,而是通过讲述衣

---

① 陆建德:《破碎思想体系的残编》,北京大学出版社2001年版,第186页。

服和盆栽、聚会和葬礼、生老病死、政治、公共事务以及历史观点和预言对我们当下的生活方式进行真实表现，这类主题丝毫不琐碎、卑贱或自我贬损。①

在叙述方式上，德拉布尔作品中显见的神话诗学与原型叙述成为重建文学伦理要义的有效路径。作家试图通过蕴含秩序和完整的神话思维和象征隐喻，在人性共同的集体无意识、心理残余和原初意象层面上反思后现代人类生存境况的失序和碎片化。原始思维成为一种补偿机制，用以重构失落的秩序与意义，弥补破碎感带来的不安。已有学者注意到了作家作品中的神话元素，如《瀑布》中的普塞克人物原型、《黄金国度》中得墨忒耳与珀尔塞福涅母女神话②等。芬兰神话学家劳里·杭柯（Lauri Honko）十分重视神话的价值传承功能并指出："神话是关于神祇的故事，它涉及宇宙起源、创世、重大的事件以及神祇的典型行为。神话传达并认定社会的价值规范，这种方式一直流传至今，其功效可在此时此地再次获得。"③

在德拉布尔的作品中，包括希腊神话和希伯来神话在内的原型叙述所蕴含的心理投射、认知范畴等价值意义通过位移有效地表现出神话思维的当代建构意义。如在《瀑布》中，作家分别在希腊神话丘比特与普塞克的浪漫爱情、法国中古神话特里斯坦与伊瑟之间不伦之爱的罪恶负疚、古埃及神话艾西斯复活欧西里斯尸体碎块三个被诅咒的爱欲神话与当代诗人简和姐夫詹姆斯的浪漫爱欲、痛苦负罪感及爱欲救赎之间建立起平行镜像，通过神话虚构文本固有的象征意蕴与普适语言，为读者呈现了生命意志对当下人类生存境遇永恒的救赎功能；在《金色的耶路撒冷》中，德拉布尔以克里斯蒂娜·罗塞蒂的童话诗《小妖精集市》中莉

---

① Margaret Drabble, "Mimesis: The Representation of Reality in the Post-War Novel", *Mosaic*, Vol.20, No.1, 1987, p.12.
② Judy Little, "Humor and the Female Quest: Margaret Drabble's *The Realms of Gold*", *Regionalism and Female Imagination*, Vol.4, No.2, 1978, pp.44-52.
③ [美]阿兰·邓迪斯：《西方神话学读本》，朝戈金等译，广西师范大学出版社 2006 年版，第 76 页。

兹和劳拉之间的姐妹情深暗示克拉拉对克莱莉亚的痴迷与向往;《七姐妹》则以希腊神话"七姐妹"(Pleiades)指涉坎迪达等7位当代英国女性的精神救赎。虚构神话和童话的移用和续写成为现文本的有机组成部分,以隐喻的方式表达主人公日常的恐惧和希冀,迎合人们智慧解决问题的期待,进而表现出一种别样的真实。

宗教隐喻也是德拉布尔作品中精心设计的虚构体现。《磨砺》是一部讨论母爱的作品,其书名出自圣经:"凡使我的小孩子跌倒的,倒不如把大磨石拴在这人的颈项上,沉在深海里。"(《马太福音》18:6)孩子的出生在对剑桥博士罗莎蒙德的独立性造成威胁的同时,也激发了其在艺术与生活、自我与他人之间建立起广泛联系,从而在更高的层面理解个体与世界的关系。圣经语言在这里准确生动地表达出孩子既是负担,同时也带来救赎的主题;《针眼》中主要人物西蒙和克里斯托夫的名字分别源于耶稣的信徒西蒙·彼得及圣经中同名的"基督运送者"。《金色的耶路撒冷》中安纳奇亚塔(Annunciat)的名字源于天使喜报(Annunciation)的神话,隐喻人类神性回归的可能。德拉布尔在此将自己对宗教道德化的主张融会于书名和人名中,借由人类神性梦想的话语机制、宗教道德及其精神维度指涉大大增强了小说的真实表意。

国外的德拉布尔研究伴随其创作呈上升趋势,研究也相应持续升温。已经出版英文研究专著十余部,硕博士论文20余篇,研究性论文70多篇,以及大量书评和访谈。批评者们从精神分析、生态主义、清教传统和影响研究等多种视角对德拉布尔做出了系统研究,其中反宏大叙事的个体性身份诉求作为德拉布尔研究的主流,主要集中在民族身份、女性身份与后现代自反式小说三方面:(1)文化政治批评方面,如罗斯·威特林格(Ruth Wittlinger)的专著《撒切尔主义与文学:德拉布尔小说中的"国家状态"表征》(*Thatcherism and Literature: Representations of the "State of the Nation" in Margaret Drabble's Novels*, 2001)聚焦英国本土性对经济全球化进程的反制;(2)女权主义批评,如辛格·阿尔卡(Singh Alka)的《玛格丽特·德拉布尔的小说:身份的叙述》(*Margaret Drabble's Novels: The Narrative of Identity*, 2007)、伊恩·W.安德鲁斯

（Ian W. Andrews）编撰的《玛格丽特·德拉布尔之女性成长小说：理论、文类和性别》(*Margaret Drabble' Female Bildungsroman: Theory, Genre and Gender*, 2004）以性别政治为切入点，分析了女性主体身份建构及女性自我赋权的解放意义；(3) 后现代文本与叙事批评，如卡洛·查理（Carol Richer）的博士论文《德拉布尔、默多克与福尔斯的自反式小说》(*Drabble, Murdoch and Fowles' Reflexive Novels*, 2000）指出德拉布尔文本的后现代虚构性和元小说特征，以及存在与讲述的语言表征危机对传统现实主义小说创作的反冲。以上包括民族、女权及内部文本性在内的个体性书写均站在边缘中心化的新二元对立立场，批判作品中表现为整体性的全球化进程、男性气质和现实主义文学。

然而，各种形式单一、种类繁杂的微小叙述批评视角之间彼此孤立，未能对个体性与整体性之间产生矛盾冲突的种种文化现象背后之根本原因（世界观和认知层面上的伦理共同体失序）进行系统性综合研究。更为遗憾的是，个体性书写解构有余而建构不足的憎恨视角完全偏离了作家所肯定和倡导的有机共同体伦理指向。斯多沃（Foster Stovel）在《玛格丽特·德拉布尔：象征主义伦理学家》(*Margaret Drabble: Symbolic Moralist*, 1989）一书中考察了作家的伦理与共同体问题，结合象征审美探究德拉布尔对唯我论个体主义的否定及共同体重建主张，较上述个体性研究有了较大发展，然而，斯多沃并未对共同体具体重建路径进行探究，也未对德拉布尔所否定的伪共同体与作家肯定的真正伦理共同体进行对比研究。这些都为本课题在伦理共同体视阈下展开德拉布尔小说研究留下了很大的空间。

国内对德拉布尔的译介和研究始于20世纪90年代张中载在《外国文学》上发表的《德赖布尔与〈瀑布〉》。目前，国内多个版本的20世纪英国文学史、小说史都有专节论述德拉布尔，包括王佐良、周珏良主编的《英国二十世纪文学史》、吴元迈主编的《二十世纪外国文学史》等。近年来，上海译文出版社、译林出版社等多家出版社已经陆续引进翻译德拉布尔的众多作品，这无疑推动了德拉布尔在中国的接受和研究。截至2018年6月，我国期刊共发表有关德拉布尔的核心评论文章三十余篇，其中多是对德拉布尔单部作品中的多元文化和属下身份政治研究,如王桃花的《论德拉布尔〈七姐妹〉的元小说叙事策略》《论德拉布尔小说〈瀑布〉的互文特征》;张小平的《德拉布尔的〈瀑布〉:对浪漫爱情故事叙事传统的颠覆》;程倩的《寄梦神话——析德拉布尔小说〈七姐妹〉之互文戏仿》等。其中浙江大学孙艳萍所著《玛格丽特·德拉布尔"光辉灿烂"三部曲中的社群意识研究》关注到了作家的共同体主题,然而作者所归纳的共同体重建路径(家庭、民族)有效性尚待商榷,且作者仅依据三部作品试图总结德拉布尔主要作品的特色,具有一定的局限性。综上,近年来有关德拉布尔研究的学术文章和学位论文逐渐增多,说明德拉布尔已经受到国内越来越多的研究者的重视,且有升温趋势,但是从伦理视角对德拉布尔作品中共同体表征进行系统研究的学术平台亟待搭建。

基于此,本书旨在呈现英国从20世纪70年代到21世纪初的伦理共同体格局变化在德拉布尔小说中的具体体现,阐明作家对英国70年代已降奉行新自由主义经济政策后形形色色的伪共同体批判,进而提出对应的、作为解决方案的真正伦理共同体的具体建构路径。本书在让·南希的"非内在性共同体"(non-immanent property community)与丹尼尔·贝尔的"建构性共同体"(constructive community)对位分析的学理范畴内,以神话批评为框架,同时运用伦理批评、人类学、地方理论、宗教批评和旅行凝视理论等文学批评理论,系统审视德拉布尔主要小说中不同的共同体类型及与之相联系的自我与他者、公共历史与个体生活之间的联系。

本书主体分为五个部分:第一部分介绍共同体危机与作为共同体想象方式的文学重建。该部分聚焦现代性进程中共同体危机的哲学论辩、共同体的中断与开敞以及德拉布尔作品中的共同体危机与重建。

第二部分探析契约家庭共同体困境与关怀伦理共同体重建。主要内容包括:(1)《磨砺》《金色的耶路撒冷》等作品中,以母女关系为代表的契约家庭伦理导致女主人公的主客体分离、道德理性和普适化道德;(2)以关怀伦理为价值重建路径,主人公重释互主性联结、情感和具体他人的重要意义,以此形成人物之间强烈的共生共存感。该部分涉及的原型文本为《马可福音》、童话"小妖精集市""金色窗户"等。

第三部分聚焦新自由主义经济利益现象共同体与人文精神宗教记忆共同体重建。该部分内容包括：（1）20世纪70年代英国的私有化和自由市场如何对物质和非物质两个方面的社会共同性进行剥削，进而生产出最广大范围的虚假共同主体；（2）《大冰期》中的人文主义宗教作为典型的记忆共同体，在无条件容纳穷困者的意义上，与自主论马克思主义所主张的重建"穷人的诸众"殊途同归。与此同时，在《针眼》中，德拉布尔将传统宗教抽象的"神性"内涵延伸至具体、日常生活中的"人性"领域，表现出强烈的人文主义色彩。该部分涉及的原型文本为《圣经》、安提戈涅献祭和《天路历程》等。

第四部分关注帝国之眼中的异文化共同体与地方共同体重建。该部分以《象牙门》《红王妃》为阐释文本分析：（1）异文化共同体在世界主义的时代语境下，通过猎奇、媒介模拟仿真和新东方主义以实现帝国之眼对东方施加的文化凝视。在这一点上，德拉布尔的异文化书写不可避免地受到作家帝国无意识的限制；（2）有别于无根的世界主义，作家在《黄金国度》中以人类血缘、孩童神圣化和语言记忆共同体为伦理纽带，肯定了"具体的地方"作为"宇宙的中心"所传达的个体与整体之间的转换意义，用以治愈世界漫游者受损的人性。该部分涉及的原型文本为伊甸园意象、睡美人童话等。

第五部分阐释德拉布尔作品中受限的无条件好客与条件性好客促发的文学创新。该部分内容包括：（1）作家如何通过娜乌西卡对奥德修斯的无条件好客这一神话位移，在作者不可靠叙述、语言焦虑和不及物的文本性层面上书写文学独体性和事件性；（2）作家如何在文学独体性的基础上，以"作者性"（伦理主体）、物质语言（伦理工具）和及物写作（伦理目标）为条件，促成文学的价值重建。

在德拉布尔看来，"我们都是漫长传统的继承者，是人类共同体（human community）的组成部分"。[①] 纯粹个体性身份诉求下有意识地

---

① Margaret Drabble, "The Author Comments", *Dutch Quarterly Review of Anglo-American Letters*, No.1, 1975, p.36.

持有一种政治原则无法抹杀一个人对自身共同体属性的关注,正是这一点构成了作家的伦理交往和社会活动基础。德拉布尔通过在多样态伪共同体与相呼应的真正伦理共同体之间建立参照系,有效地阐明了自己肯定建构性伦理的创作态度。作家多次提出,"宗教神话是关于人类至善梦想的普适象征语言"[①]。纵观德拉布尔的神话创作诗学,神话叙事作为人类学意义上具有无限共时性、恒久历时性的价值立场与叙述动力,成为作家伦理思想具体化的有效载体和修辞方法,传达出德拉布尔共同体思想中肯定他人和整体人类经验的伦理特质。

---

① Margaret Drabble ed., *The Oxford Companion to English Literature*, Oxford: Oxford University Press, 1985, p.38.

第一章

共同体危机与作为共同体想象方式的文学重建

现当代的共同体概念在社会理论中地位逐渐式微,整个过程可以概括为三种格局的两步变化:第一步,从"共同体作为统领原则"的格局变为"共同体与社会"对立的格局;第二步,从"共同体与社会"对立的格局变为"社会中的共同体"格局。格局之变实际上反映了现代性的不断深化,人存在于世界整体、传统意义、知识话语、伦理价值指向和语言能指的确定性、归属感与个人自由之间矛盾重重。然而,在德拉布尔的共同体文学创作中,小说作为一整套连续的话语系列和真理事件的功能载体,能够超越负面共同体、不可言说的共同体或不运作的共同体,以一种肯定伦理的想象方式,在积极建构的层面上促成真正共同体的随时来临。

第一节 共同体危机的哲学论辩

20世纪60年代已降,雅克·拉康、列维·斯特劳斯、路易·阿尔都塞、罗兰·巴特、米歇尔·福柯、雅克·德里达和尤尔根·哈贝马斯等欧陆哲学家推动了后现代主义理论帝国的话语书写。后现代哲学对去中心、不确定性和主体异化的主张,以及在伦理上对传统、价值、知识体系、规范和整体人文精神的反冲加速了异见主流化、边缘中心化的宏大叙事颠覆进程。传统价值不再是奠定社会凝聚的基石,而是成为必须被重估、扰乱和解构的意识形态压迫。

在此解构性哲学语境下，法国哲学家让·南希在 1984 年应邀为巴塔耶的部分政治文本选段作注，其间提出了著名的"非内在性共同体"（non-immanent property community）学说，南希明确指出："共同体问题是我们这个时代的问题。"① 该理论指明共同体、共识、和谐、总体性和语言范畴的沟通已不可避免地沦为问题性同一化暴政，而团结、纽带、联结以及存在主义意义上的整体作为主导话语收编、挪用的隐秘工具，成为必须被打破的权力网络。换言之，后现代人类主体的实现建立在对共同体危机的确认以及不断摆脱共同本质或共同价值之上。南希在书中表达了对共同体由稳定到式微、再到当代以多种隐秘形式兴起的警惕。此后，南希又相继创作了《不运作的共同体》（*The Inoperative Community*, 1991）、《独体的复数存在》（*Being Singular Plural*, 1996）、《相遇的共同体》（*The Confronted Community*, 2001）、《世界的创造或全球化》（*The Creation of the World or Globalization*, 2002）和《否认的共同体》（*The Disavowed Community*, 2014）等著作以系统阐述（非）共同体思想，即：共同体在于分享（le partage, sharing），然而分享的既不是共有持份的主体，也不是可被拥有或分占的客体，而是触发、吸引、拆解或消散共同体的运作。此时的共同体已成为（非）共同体，这种对整体文化分崩离析的感受在马克思的异化，韦伯的"世界的祛魅"，涂尔干的"失范"和齐泽克的"幻影般表征"表述中进一步加强。

共同体的复杂性与历史过程中各种复杂的思潮互动有关：一方面，它具有"直接、共同关怀"的意涵；另一方面，它意指各种不同形式的共同组织，而这些组织"也许可能、也许不可能充分表现出上述关怀"②。德拉布尔自 20 世纪 60 年代到 21 世纪初的创作高峰期正值英国共同体从社会生活的统领原则降格到批判对象的变局期。《在当代英国小

---

① Bettina Jansen, *Narrative of Community in the Black British Short Story*, Cham, Switzerland: Palgrave Macmillan: 2018, p.48.
② Raymond Williams, *Keywords: A Vocabulary of Cultural and Society*, London: Fontana, 1988, p.76.

说》中，布拉德伯里（Malcolm Bradbury）将这种时代特征描述为"社会去共同体"（social discommunity），表现出明显的"分裂、衰退、对人性的忽略以及整体性丧失"。[①] 一方面，符码化消费社会和抽象的、制度化的个体主义导致人们的确定性丧失和归属感困惑，亟待寻找并重建人类学、地理学和精神性层面上的同一性认同；另一方面，人们有意识地站在后现代政治正确性立场，从政治哲学的高度对共同体意义上的伦理价值、关系纽带和历史传统等整体性信仰持有一种批判性警觉。这个悖论的本质是现代社会中确定性和自由之间的矛盾。换言之，失去共同体，就意味着失去确定性，而得到共同体，就意味着将失去自由。

在南希看来，共同体的失落始于内在实体化（substance）与完结（completion）。这一失落表现在诸多方面，如自然家庭、雅典城、罗马共和国、第一个基督社群和兄弟会等都弥散着衰落的气息。然而在当下语境，这些共同体又重新被意识形态和权力话语以紧实、和谐的纽带相联结，以征召主体、建构起共同性历史集团，"再次以体制、仪式、象征和自身内在一致性、亲密和自律性反过来表现自身"[②]。为进一步说明共同体去运作的重要意义，南希分别提出共同体成员（独体）、独体的发生学机制（死亡）、独体存在方式（共显）、独体间关系（并列原初性）以及共同体阐释任务（中断）等核心概念。

共同体的成员是有限性独体（finite singularity）。独体并非本质，也非某种先存实体，其特征在于不具备公有实质和公度性，是对主体性幻象的深刻体察，"对不可重复的独特性的确定、而非坚实整体的成员"，其核心特征在于"不运作"（inoperative），即不可总体化和工具化，因为"没有任何东西在独体之前发生，它不是'运作'（operation）的产物"[③]。阿甘本也赋予独体以"任意的存在"（whatever beings）意

---

① Malcolm Bradbury, *The Modern British Novel*, London: Penguin, 1994, p.401.
② Julián Heffernan, "Togetherness and Its Discontents", in P.M. Salván, Gerardo Salas and Julián Heffernan, eds., *Community in Twentieth Century Fiction*, London: Palgrave, 2013, p.9.
③ Julián Heffernan, "Togetherness and Its Discontents", in P.M. Salván, Gerardo Salas and Julián Heffernan, eds., *Community in Twentieth Century Fiction*, London: Palgrave, 2013, p.27.

义，其可感性在于主体自我"溢出"(ekstasis)的能力。该希腊词语原本被用来对照于寻常的时间概念，指涉"自在自为地外在于自身"(outside-of-itself/ in and for itself)的视域时性，意在表现移除、易位、出离、旁立、出神和恍惚等意涵，即独体僭越自我一致性的能力，以及对内在差异的自觉认知。在这个层面上，我们甚至不能说"溢出"的主体，因为"溢出"没有主体，也不可能是一个纯粹的集合整体。共同体成员不能被特定传记和寓言规定或还原为同一性，而是要仅作为独体外在性"这样存在"(be only the thus)。唯其如此，我们才能第一次进入没有预设和主体的共同体。① 独体所享有的主权即不可渗透的身体主权：

> 只有不可渗透是可以渗透的。身体（corpus）是一种紧凑的书写，是感觉粗糙的紧压木板上直接发出的闷响。词语就在嘴边、在纸、墨或屏幕上聚集，几乎在离去的同时返回，并不传播意指。没有什么可以述说或交流，除了身体、身体和身体，在铭写中被激起，在书写中得安息的身体的共同体、陌异的身体的共同体。②

独体的有限性以瞬时性出现，这就决定了共同体不是自我（ego）的空间——不朽基石之上的主体和实体，而是始终作为他者存在的、我（I）的空间。在这个层面上，独体与个体（individual）截然不同。独体无主体，它是一个身体、一张脸、一个声音、一种死亡或书写。而个体本质上具有内在性、本源和确定性。两者最大的区别在于：独体的产生原因是无论在原初起点还是终极意义上都不可还原为集体身份的"我"，所谓有限性即无限同一性的无限缺失。按照罗蒂（Richard Rorty）的说法，"诗意的文化拒绝将自我与其他人处理有限性的方式，以及复数的

---

① Giorgio Agamben, *The Coming Community*, Minneapolis/London: Minnesota University Press, 2013, p.64.
② Julián Heffernan, "Togetherness and Its Discontents", in P.M. Salván, Gerardo Salas and Julián Heffernan, eds., *Community in Twentieth Century Fiction*, London: Palgrave, 2013, p.25.

我对于责任的理解相统一"①。有限性要求绝对独体自我表现并自我揭示。

南希意义上的死亡作为独体的发生学机制具有双重含义。一方面，作为他者的独体之死逼迫我反思自身主体的合法性。南希讽刺了"伦理共同体、政治共同体、哲学共同体关于友爱以及对主体间性不厌其烦的建构"，②指出关于主体的错误概念阻碍了我们对共同体的理解。例如，新自由主义政治经济理论中的主体被认为具有某种不可渗透的、不可超越的、绝对冷静的起源和确定性。然而，在南希看来，正是这种不言自明的主体观消解了共同体建构的可能性：

> 是什么让"我"成为最根本的问题？不是我与我自身的关系，而是我面向他人时的在场。他人通过死亡让自身缺席，我的在场因临近他人的缺席而被置于前场。把他人的死亡视为与我戚戚相关的责任而加以承担，这就把我置于我自己之外（主体性分崩离析）。唯有如此分隔，才能让我在不可能性中向共同体开敞（openness of a community）。③

共同体中他者的死亡向"我"揭露"我"的诞生与"我"的死亡，使"我"外在于"我"自己的存在。他者终极的死亡却暴露了"我"的必死性。死亡对相类存在者（like-being）呈现出 [他们] 相同的位置性和相像的终局。

布朗肖（Maurice Blanchot）在《不可言说的共通体》（*The Unavowable Community*, 1988）中也讨论了他者缺席反过来对"我"与共同体的建构意义。真正的共同体始于"我"面向缺席的暴露，事件由此产生，真正相遇的真理发生于此。共同体在他者之死的过程中被揭示，正

---

① Julián Heffernan, "Togetherness and Its Discontents", in P.M. Salván, Gerardo Salas and Julián Heffernan, eds., *Community in Twentieth Century Fiction*, London: Palgrave, 2013, p.30.
② Julián Heffernan, "Togetherness and Its Discontents", in P.M. Salván, Gerardo Salas and Julián Heffernan, eds., *Community in Twentieth Century Fiction*, London: Palgrave, 2013, p.7.
③ Julián Heffernan, "Togetherness and Its Discontents", in P.M. Salván, Gerardo Salas and Julián Heffernan, eds., *Community in Twentieth Century Fiction*, London: Palgrave, 2013, p.15.

是从死亡的视角，"我"受到责任的召唤，这种暴露在死亡周围达到了高潮。他者的死亡传递着我们必定因为自身属性无效（自我清空）而产生的溢出。因此，死亡的溢出和外在有限性交流是超越内在性并培育共同体的基本方式。简言之，当主体性被主体化而沦为客体和意识形态工具时，作为问题性存在的主体性清空，反而悖论性地构成了通往真正共同体的起点。

另一方面，当死亡本身被强加、挪用为指向某种形而上宏大意义的可能性时，对死亡运作的反制便成为独体回归自身的前提条件：

> 共同体并不在主体之间织造一种优等的、不朽或超越生死的生命，它自身也并非低级的血缘同质性或需要共同纽带的织物。共同体的形成机制在于其成员之死，成员的死亡并不通往亲密共同体，也不会转化为某种实体或主体，即国土、家园、体制、民族、履行或可实现的人性、绝对的共产村庄或神秘实体。共同体发生的目的正是承认这种不可能性。①

内在共同体的特征即强制性地运作死亡，并在南希称为"运作产生的不朽"（operative immortality）中得到仪式性慰藉。南希的共同体强调的是"哀悼的进行"（carry-out of mourning），而不是"哀悼的运作"（work of mouring）②，后者通过将死亡独体性含纳进某种具体集体性想象而将其全然抵消。然而，他者始终是一种不可还原、不可渗透的死亡独体。因此，对共同体的去运作化，或者说真正共同体的建立必须体现为对死亡运作的拒斥。"共同"（in common）抵制融合为一，颠覆每一种试图吸纳它的超越性。菲利普·罗斯（Philip Roth）在《每个人》（*Everyman*, 2006）中写道："不要用死亡、上帝或者陈腐的天

---

① Julián Heffernan, "Togetherness and Its Discontents", in P.M. Salván, Gerardo Salas and Julián Heffernan, eds., *Community in Twentieth Century Fiction*, London: Palgrave, 2013, pp.14-15.
② Jean-Luc Nancy, *The Inoperative Community*, ed., Peter Connor, trans. Peter Connor et al. Minneapolis: U of Minnesota P, 1991, pp.30-31.

堂幻象来哄骗我们。我们拥有的只有自己的身体，这个身体的生死先于我们的决断而依其自身行事。"① 德里达也利用生物学的"自动免疫"（auto-immunity）学说批判了这种共同体内部的自杀逻辑：哲学家将医学实践中的自动免疫视为共同体针对自身的预先性机制。生物意义的人体免疫既会生产摧毁外部抗原的抗体，也会"因免疫系统出现错误而生产破坏自身细胞的抗体"。同样，社会共同体也会主动牺牲内部"卑污"的成员，"用牺牲和自我毁灭原则来摧毁自我完整原则"②，如同纳粹德国的逻辑不仅仅是消灭他者，消灭被认为是外在于血缘和土地共同体的次等人类，还表现为针对那些不符合内在性标准的、共同体内部不纯的雅利安人。事实上，集体性工程笃信死亡逻辑的目的是为了保证被至高权力所代表的整体安全。③ 基于此，我们必须正视不可还原的独体死亡（irreducible singularity of death），而非死亡的集体化这一可运作的共同体。死亡终究无法造就除了死亡之外任何其他内在性的辩证与永生。

独体的存在方式即共显。"共显"（compearance）一词源于法庭，指多个证人同时在场。从词源上看，拉丁语的"独体"（singulus）永远以其复数形式 singuli 出现，存在即共存。有限的存在，或者说独体只能共同出现或通过共存（Being-in-common）向外表达自我。共同体永不休止地体验着有限性的分享，这一过程也是对绝对内在性的抵抗过程。可以说，共显构成了对自我确认为唯一的解构，使独体在被分配、位置化并空间化的过程中成为自己的他者。这也确证了独体的主体性是处境性、受限的存在，而非本质。正是在这个意义上，对形而上主体的思考实际上损害了我们对共同体的理解。这种同一与差异之间的运动，被德里达换算为聚集和离散两个概念进行了阐释："一旦你把特权赋予

---

① Julián Heffernan, "Togetherness and Its Discontents", in P.M. Salván, Gerardo Salas and Julián Heffernan, eds., *Community in Twentieth Century Fiction*, London: Palgrave, 2013, p.38.
② See Jacques Derrida, "Faith and Knowledge: The Two Sources of 'Religion' at the Limits of Reason Alone", in Gil Anidjar, ed. Samuel W, trans. *Acts of Religion*, NK: Routledge, 2002, p.87.
③ See Jacques Derrida, "Faith and Knowledge: The Two Sources of 'Religion' at the Limits of Reason Alone", in Gil Anidjar, ed. Samuel W, trans. *Acts of Religion*, NK: Routledge, 2002, p.12.

了聚集，而不是离散，你就没有给自我的他者强烈的'他性'和特殊性留下任何空间。"①

相互揭示构成了独体之间的伦理关系。"揭示"（exposition）是指独体之间在相互作用、交流、永远互为外部的过程中呈现的特点。此处的外在性与风险社会（societies of risk）社会学观点一致，即外部公共领域被构建为具有威胁性的偶然事件的本源。德里达在阐释其重要的"全然他者"概念时也指出，"全然他者"强调的是他者与我的绝对不对称性（"我"之于他者也是一个全然他者），"所有他者作为全然他者，对于我是不可接近、神秘和超越的"②。可见，独体之间最重要的关系是"你和我"，但此处的"和"并不表示并置，而是"揭示"，即"我"向外进行自我阐释。

外部间质空间是独体间相互揭示的场域。"交流是阈限空间（the between）按其本身的展现"，这一构成性事实对独体进行了界定，交流发生在自身之外（being-outside itself）。③ 被揭示/暴露意味着被放置于外在性之中。说一个事物有外在性，是因为在它的内部也有一个外部，而且这外部就处于那内部的私密之处。现实是"我的脸"总是暴露给他人，总是朝向某个他者，总是被他或她面对，而从不面对我自己。有限的存在暴露于另一种有限的存在，两者互相面对，同时揭示自己。这种揭示仅仅作为"自身之外"而发生，并不触及人的内部，即内心深处；而即便是进入了内部，也只是进入了内部的外部，因而相关的交流都是有限的。交流与纽带的政治逻辑相反，后者暗示将现存多个主体推演并叠加为某种主体间特性，从而确定这些主体的政治身份，而离散和分离则是实现独体间交流的前提。只有当"我"和他者相分离，我才可能和他对话，"我们"才不会相互取代，而独体间交流的本质"更接近于原

---

① ［法］雅克·德里达：《解构与思想的未来》，夏可君等译，吉林人民出版社 2011 年版，第 55 页。
② ［法］雅克·德里达：《解构与思想的未来》，夏可君等译，吉林人民出版社 2011 年版，第 360 页。
③ Julián Heffernan, "Togetherness and Its Discontents", in P.M. Salván, Gerardo Salas and Julián Heffernan, eds., *Community in TwentiethCentury Fiction*, London: Palgrave, 2013, p.24.

初秩序而非联结",①因此是一种"没有关系的关系"。②

独体之间相互揭示体现出独体的"并列原初性"(co-originality)。海德格尔曾赋予"共在"(mitsein)以人类生活本体状态的内涵。此在(dasein)本质上为共在,因此人类始终"共同存在"(coexistence)。③然而,南希强烈反对海德格尔"此在"体现"共在"这一观点,因为序列关系已经预设了前者的从属位置。南希转而在《独体的复数存在》一书中对应地提出共在的"并列原初性"④概念,即各个独体成员正如一列火车车厢中的乘客或者一起放在桌面上的两支钢笔,其中成员以耦合无序、任意并且完全外在的方式在同一时空共存。"在一列车厢"或"在上面"就是共在的方式,这种共同体实际上是"非"共同体,"我"和对方之间没有任何关系。共存始终处于众人解散和群体聚集的居间状态。在任一时刻,两种极端状态都有可能随时发生。作为独体性存在,这些乘客同时经历距离和毗邻、差异和统一、分隔和与他者的共同存在。他们进入了即时的关系,同时保持各自差异,"独体的复数存在意味着存在的实质只能是共实质(co-essence)"。⑤并列原初性意味着分享,分享"无",分享彼此之间的居间空间。因此,绝对外在性决定了主体间性层面"复数的独体"不可能具有统一精神内核,更不可能进行积极、深度的交流。

共同体危机也体现在经典社会学与文化批评层面。两次世界大战之间,欧洲弥散的非理性浪潮及其表现主义痛苦和文化焦虑深深影响着艺术和学术实践。帝国衰落、民族主义愤怒以及无政府主义和法西斯主义

---

① Julián Heffernan, "Togetherness and Its Discontents", in P.M. Salván, Gerardo Salas and Julián Heffernan, eds., *Community in TwentiethCentury Fiction*, London: Palgrave, 2013, p.29.
② [法]雅克·德里达:《解构与思想的未来》,夏可君等译,吉林人民出版社2011年版,第55页。
③ Bettina Jansen, *Narrative of Community in the Black British Short Story*, Cham, Switzerland: Palgrave Macmillan, 2018, p.47.
④ Bettina Jansen, *Narrative of Community in the Black British Short Story*, Cham, Switzerland: Palgrave Macmillan, 2018, p.50.
⑤ Bettina Jansen, *Narrative of Community in the Black British Short Story*, Cham, Switzerland: Palgrave Macmillan, 2018, p.50.

的兴起都迫使人们对共同体合法性和本质进行重新认知。在《不运作的共同体》一书中，南希开宗明义地指出："共同体尚未进入人们的思考范畴"，"没有主体间的炼金术，只有主体表面或延伸、或密集动态的相互揭示（自身有限性）的关系"。关于"一个实证的共同体或一个带偏好的共同体是否会完全排斥其他共同体"的问题，南希给出的答案是肯定的："如果带偏好的共同体认为自己是自然的，是一种实体，这个共同体就拥有绝对的权力以某种方式杀戮其他共同体，因为它是唯一的共同体，其他共同体没有存在的理由。"①

简言之，共同体表面共享的内在属性背后始终内化着暴力和排除机制。共同体的去本质认知范式也为雷蒙·威廉斯的乡村共同体和安德森的民族共同体研究提供了新的视角。威廉斯在《乡村与城市》中分析简·奥斯汀作品中"可知共同体"（knowable community）形成的前提是对财产剥夺、贫穷和饥饿等物质匮乏的擦除；安德森在《想象的共同体》中揭露"官方民族主义"作为一种文化手段，是如何通过记忆与遗忘、历史的天使和人口调查、地图和博物馆的空间表征实施对他异民族及民族内部成员的同一化暴力。与此同时，作为哲学和社会文化层面上共同体流变的文学回响，康拉德的《黑暗之心》、毛姆的《月亮与六便士》以及伊芙琳·沃的《一把尘土》等众多现代主义作品均从人类学、心理分析和比较民族志等视域来反思、对抗传统的共同体叙述无意识。文学文化共同体批评实践要求对宏大叙事及其运作展开批判，因为内化的尊崇、批判性普适公正和运作的悼念表面之下，掩盖着人类有限性、民众凋敝和死亡。现代主义文学多运用异质冲突或反超验反讽来抵抗使共同体得以运作的意识形态，后者常表征为乡村风景、神圣、纯粹、家庭联结、牺牲等各种内在同一性的封闭影像。

南希曾指出，英国小说形成的过程即作家寻求尚未形成的主体建构的过程。表面上看，该观点与英国文学中利维斯的自由人文主义以及后

---

① Jean-Luc Nancy, *The Inoperative Community*, trans. Peter Connor et al. Minneapolis: U of Minnesota P, 1991, p.31.

结构主义框架中主体性的物质性生产相悖。事实上，传统文学实践中对共同体框架中主体化生产、强者心态和猎奇消费文化的他者书写、受移情脆弱和移情腐蚀影响的伪主体间性三方面关系认知不清，必定造成对个体与整体联结模态的错误判断，当代英国小说依然为共同体问题所困扰。

第二节　中断与开敞——文学对共同体的重建

共同体非内在性论辩揭露了种种形式的伪共同体，为反思历史真实和集体身份提供了契机。然而，具体到社会实践领域，否定性共同体的哲学论辩则显示出解构有余而建构不足的理论缺陷。布朗肖曾指出南希从可用作共同体投射载体的任何空间、形式和屏幕完全后撤的解构立场过于激进，南希本人后期也承认自己没能合理听取布朗肖的建议并呼吁人们"不能停留在对公共性和共同体的否定上，而要做进一步思考"。① 在《独体的复数存在》(*Being Singular Plural*, 2000) 一书中，南希提出了以下疑问："共同存在 (being-together) 是否可以在摒弃形象 (figure)、或没有认同 (identification) 的情况下出现?"② 6 年后，在《多维艺术》一文中，南希对这一问题给出了否定的答案，他意识到人们"不应该竭力停留在纯粹、简单化的形象缺席上 [……] 我们必须彻底重新创造'形象'到底是什么（人的形象，或是作为形象的人）(figure of a people, or people as figure)"。③

基于此，建构性共同体研究在很大程度上拓展了南希关于共同体重建的思考。当代英美共同体研究在经验主义和实证主义影响下，提出共同体与社会、个人和现代性并非矛盾对立关系。正相反，社会建构主义

---

① Jean-Luc Nancy, "The Confronted Community", trans. Amanda Macdonald, *Postcolonial Studies*, Vol. 6, No.1, 2003, p.31.
② Jean-Luc, Nancy, *Being Singular Plural*, trans. Robert O. Richard and Anne E. O'Byrne, Stanford UP, 2000, p.47.
③ Jean-Luc, Nancy, *Multiple Arts. The Muses* II, ed. Simon Sparks. trans. Simon Sparks et al, Stanford, CA: Stanford UP, 2006, p.31.

范畴下的共同体能够以后传统的形式存在。共同体既是理想也是现实、既是经验也是阐释，既揭示或描绘一种特定的社会范式和关系模型、客观存在的社会群体关系，又能为价值信仰、精神团结和集体行动指出方向，始终是一个"温暖的、令人信服的语汇"。① 如下表所示，较之于后现代共同体的解构特征，建构性共同体在学理范畴、成员构成、目标、运行机制、成员参与方式和表现形式等方面均呈现出积极的肯定伦理向度。

	建构性共同体	后现代共同体
学理范畴	本体论层面上的认识论	本体论
成员构成	个体	独体
目标	体现道德整体性的有机团结	差异的美学阐释
运行机制	象征实践	共显
成员参与方式	想象	异见、自反、情感文化
表现形式	乡村、民族、地方共同体、条件性文学好客等	城市影像、世界主义网络、虚拟共同体、无条件文学好客等

在学理范畴上：后现代共同体属于本体论思考，而建构性共同体则是本体论层面上的认识论。

在目标方面：后现代共同体认为身份认同已经成为对虚假总体性、根本性起源或作为意图性叙述幻象的历史之追求，因此聚焦差异本身，反对整体性、共同纽带或深度精神联结。全球时代的后现代共同体基于美学阐释，而非一种道德声音，因为唯一正当的共同体是能够适应反思性和自身不完整意识的共同体。

建构性共同体建立在对某种行为方式共同性的信仰之上，以建构整体性、主权和自我一致性为目标，旨在生成一种作为道德声音的团结，即南希所言的"共同存在"或德兰蒂提出的"团结共同体"（communi-

---

① Raymond Williams, *Keywords: A Vocabulary of Culture and Society*, London: Fontana, 1988, p.76.

ties of solidarity)。①需要说明的是，建构意义上的团结是创造共同体的条件，而并不必然是共同体的产物。传统共同体的机械团结是完整、聚合、静止和总体性的，其中的个人自主性被剥夺，只能机械再生产集体标准和社会价值。这种团结基于实证人种志、乡村传统长期关系、习俗沉淀下来的客观道德力量，体现为共同体成员的统领体系或高度结构化的秩序整体性。与此不同，现代性共同体则主张有机团结、情境下的整体、纽带和根脉感，蕴含着对人类能动性中"将宿命转变为连续性、将耦合无序转变为意义"的精神力量。②

在运行机制方面：后现代共同体的实现方式为共显，作为复数的独体之间以并列原初性的立场向外暴露自身的有限性，强调边界渗透性；建构性共同体则主张通过象征行为来建构有机团结。英国著名社会学家德兰蒂（Gerald Delanty）在《共同体》（Community, 2018）一书中详细分析了象征仪式在共同体建构方面的重要作用并指出："共同体作为文化定义的表意单元，其本质是象征性的。"③此处的象征具有形式和内容两个方面的特征：

（1）象征形式是有机团结的实体化外部指涉关联物，具有相对稳定的结构性，即南希提到的"人的形象，或是作为形象的人"，安德森所说的现代民族的"基本形态学"④，威廉斯的乡村"情感结构"中的"结构"和德拉布尔笔下的母女联结、人文主义宗教、具体地方和物质语言等"框架中拼图"⑤的"框架"。

（2）在象征内容方面，最强有力的团结恰恰以交往、对话，混杂、转变甚至暴力为基础。共同体可以在象征形式不变的情况下发生象征内

---

① Gerald Delanty. *Community*. 3rd ed. London: Routledge, 2018, p.52.
② Benedict Anderson, *Imagined Communities Reflections on the Origin and Spread of Nationalism*, Verso / New Left Books, 1996, p.11.
③ Gerald Delanty, *Community*, 3rd ed. London: Routledge, 2018, p.52.
④ Benedict Anderson, *Imagined Communities Reflections on the Origin and Spread of Nationalism*, Verso / New Left Books, 1996, p.46.
⑤ Margaret Drabble, *The Pattern in The Carpet, A Personal History with Jigsaw*, Boston: Mariner, 2009, p.338.

容上的改变，这也是共同体面对瞬时性时能够保持稳定的根源，按照德兰蒂的表述："共同体在形式和行为方式上保持共同性，其内容和意义则根据共同体成员的不同而产生变化。"① 象征内容的变化主要表现为阈限和界限。英国文化人类学家维克多·特纳（Victor Turner）在《仪式过程：结构与反结构》一书中指出，当结构的内容（而非结构本身）被抵制时，共态表现为"反结构"。换言之，结构的间隙、边缘和劣等地位他者等外部成员（内部的外部）为了让自己成为真正的内部成员，需要重释那个形式上的外部指涉关联物，或者扩展共同体指涉的范围，试图使自身归属成为可能。在这个意义上，"反结构是象征、仪式、哲学系统和文学作品的运行条件。这些文化形式成为现实周期性的再分类，以及人与社会、自然和文化之间关系的共振板和模态"②。

另一位英国人类学家安东尼·柯亨（Anthony Cohen）在《共同体的象征建构》中指出，共同体的象征本质在于通过象征性构成的界限来表达自我认同。柯亨反对将共同体还原为体制、空间范畴或历史叙述，而是将共同体定义为基于认知和意识的开放性文化阐释系统："群体就自身而言与其他群体之间关系的特殊知觉，即边界的象征过程，通过这一形成性行动，共同体将自身区别于其他共同体。文化不仅包含象征，还包含认知形式和自我转变的可能性。因此，与其说共同体既是对边界的确认，不如说表达对归属纽带的渴望。"③ 边界并非一种根本现实，或对固有价值体系下的社会融合和个体身份的再生产，而是在动态形成的实际过程中通过交往协商而生成。较之于特纳的反结构，柯亨集体仪式的创造性和未完成性更加明显，他关注的不只是结构内部成员的重新分类、或对结构的扩展和再定义，而是通往一个尚未被赋形的结构，即人们能够"参与到同样的仪式中，却赋予这一仪式不同的意义"④。抛去两者的不同，文化人类学视域中的象征共同体均以对某种结构或行为方式

---

① Gerald Delanty, *Community*, 3rd ed. London: Routledge, 2018, p.20.
② Gerald Delanty, *Community*, 3rd ed. London: Routledge, 2018, pp.48-50.
③ Gerald Delanty, *Community*, 3rd ed. London: Routledge, 2018, p.55.
④ Gerald Delanty, *Community*, 3rd ed. London: Routledge, 2018, p.51.

共同性的绝对信任为前提，旨在创造出社会成员或社会团体之间的强大关联，构建共态融合的象征性重建时刻。以当下小民族建构的象征过程为例，其形成并非在目的论引导下去符合或遵循某种先验范式，而是在宗教和王朝作为传统团结方式退出历史舞台的情况下，努力重建一种尚未出现的凝聚性形式，"不是为了表述它之所是，或预设它有一个需要重复或加强的稳固身份或认同，而是为了产生'要到来的人民'。"①

在成员构成上：后现代共同体的成员为独体，既无本质也无实体，特征为去运作和不可还原；建构性共同体是现代性的产物，能够与个人意志桴鼓相应，相互促进。从词源上看，共同体（community）来自拉丁文 com（with, together）和 unus（the number one or singularity）的结合，②本身意味着个体与集体的统一。建构性共同体的成员具有"人格主义"（personalism）内涵，个体与整体的关系并非二元对立，而是基于个体的集体行动。一方面，个体作为行动主体具有生产并定义自身的能力，这使得身份协商成为可能；另一方面，个体内在化并不会将身份还原为独体式的主体玄思，身份认同是由成员所处其中的一整套历史、社会因素共同造成的。建构性共同体中成员的自我实现基于"凝聚、集体责任、社会参与以及对共善的信仰"③。与此同时，个体成长和转化也在集体建构的过程中得以实现。

在成员参与方式上，后现代共同体代表人物比尔·雷丁斯（Bill Readings）提出的"异见共同体"（community of dissensus）强调非中介化、非调节性的异见本身。共同体并不建立在共同主体性、集体的"我们"或某种根本性文化身份之上，而是基于本体性差异；斯考特·莱什（Scott Lash）认为"自反共同体"（reflexive communities）的成员通过自我反涉来参与共同体，其特征表现为：第一，成员并非基于血缘关系或"被抛入"（born or thrown）共同体，而是"自我抛入"（throws oneself）共同体；第二，共同体被广泛延伸至抽象空间和时间

---

① 孙红卫：《民族》，外语教学与研究出版社 2019 年版，第 84 页。
② Gerald Delanty, *Community*, 3rd ed. London: Routledge, 2018, p.2.
③ Gerald Delanty, *Community*, 3rd ed. London: Routledge, 2018, pp.148-149.

中；第三，与传统共同体相比，共同体有意识地自我诘问自己如何产生，以及如何持续再创造；米歇尔·马费索利（Michel Maffesoli）提出的"情感共同体"（emotional community）则指出后现代共同体着迷于新部落的流动性、偶然性和分散性。情感共同体由日常生活的影像和变动不居的情境化情感确定，仅仅是一种通过体验被感受到的、不具有具体形式的交往关系。① 因此，异见共同体、自反共同体以及情感共同体的成员只能以一种"没有关系的关系"参与集体关系中。

建构性共同体相信成员可以通过想象参与共同体建构。作为一种在认知层面上重构团结和根脉感的积极实践，想象首先是象征行动中表达的主观能动性，是一系列形成归属感的实践行动，其特征为"在交往中明确表达的全新想象"。② 共同体是自主的行为者关心的事物："成员有意地，或是主动投入到共同世界中"（conscious or willful commitment to a shared world）。③ 其次，成员将共同体想象为公共域，一种交往的、公共的发生性事件。康德在《批判力批判》中通过"共同意识"（sensus communis）来阐发意识形式的公共性征，提出"以人类的集体判断来衡量自身判断，借此避免主观和个人条件下产生的幻觉"。④ 对现代性建构共同体的成员来说，知觉能力的全部价值就体现在它允许普遍交往的程度上。最后，想象具有建构和创新新社会的功能。共同体不再是空间固定的、契合特殊社会安排的社会组织形式，而是一种关于流动公共情境的具体想象方式。社会建构主义层面上的想象被赋予组织社会的功能，物理上的接近性被一种想象的、匿名的、超越面对面的共同性取代。现代性赋予人借由自己对未来的愿景来创造世界的信心。在这一"虚拟时刻"（subjunctive moment）⑤，共同体想象迎来一种未来可能出现的团结形式，正是在这样或那样想象的未来引发了关涉观念和物质世界

---

① Gerald Delanty, *Community*, 3rd ed. London: Routledge, 2018, pp.165-166.
② Gerald Delanty, *Community*, 3rd ed. London: Routledge, 2018, p.152.
③ Gerald Delanty, *Community*. 3rd ed. London: Routledge, 2018, p.53.
④ Gerald Delanty, *Community*. 3rd ed. London: Routledge, 2018, 2018, p.29.
⑤ O'Conner, Alan, and Raymond Williams. *Writing, Culture, Politics*. Oxford: Basil Blackwell, 1989, p.69.

的联想和含义。

文学事件自身的生成性特质成为表达共同体重建的有效方式。在《不运作的共同体》中，南希对神话和文学进行了区分：政治共同体利用神话，依其所是地建立其存在，并使身份或本质的亲密共享永久化。作为完整的话语体系和意义程式，神话生产出本质和人性的自动喻指和自动想象。与此相反，"文学交流性"（literary communism）则通过中断机制实现人类在共同体中的共实质性存在：

> 文学出现、自我表达、自我揭示并作为交流（communication）形式存在。文学是对神话的中断，意味着哲学、科学、伦理、美学和政治层面上不运作的交流。神话指涉总体性、完结和建构身份，文学则面向碎片、不完整和悬置，而非制定意义。文学作品的每一次交流都是对自身的去完整性和去运作，是面向每一个读者和作品中[真正]共同体的开敞。①

文学即"中断的声音"——每一部作品都是对神话和文学/书写的分享。正是通过对神话的中断以及叙述的去完整性，文学才能显露意义。中断激发了作为复数的独体共显以及独体复数间共存。文学对象不再是一种可再现的本质、集体信念和集体行为，而是自我揭示的场域。南希因此提出："有共同体的地方就有文学，文学铭写共存、为他者而存在、通过他者而存在，因此共同存在即文学的存在。"② 文学不会终结，一种文学叙述总能通往其他叙述，一首诗融入其他诗歌，一种思想融入其他思想。文学作品的在场被无限延迟，因此无法提供圆形人物、完整的主人公、全知思想或典范信息。

与此同时，文学本身的中断机制具有积极建构意义。作为共显的文

---

① Jean-Luc Nancy, *The Inoperative Community*, ed. Peter Connor, trans. Peter Connor et al. Minneapolis: U of Minnesota P, 1991, p.57.
② Jean-Luc Nancy, *The Inoperative Community*, ed. Peter Connor, trans. Peter Connor et al. Minneapolis: U of Minnesota P, 1991, p.58.

学表现出独体否定性、瞬时性、有限性以及绽出的潜能特质。文学创新的意义正在于表征空白、断裂、疏离、耦合无序、不可解释性和不确定性，因为如果所交流对象仅限于在场、结构稳定或已完结的熟悉之物，那交流就完全没有必要。在共同体建构的文学表达方面，无论是威廉斯的"全知共同体"，还是安德森的"想象共同体"，都印证了文学的意义并非仅仅指示不足或匮乏，而是分享行动，在拆解伪共同体的过程中也为真正共同体的到来提供了可能性通道。

一 雷蒙·威廉斯的可知共同体与共同文化

作为英语世界极具权威性、一贯性和原创性的左翼思想家和作家，威廉斯对可知共同体的反思以及对共同文化"希望的资源"之理想在其文学实践中得到反映。

了解"情感结构"（feeling of structure）的构成特征是读者理解威廉斯共同文化观的认知基础。该词在《英国小说》(*The English Novel from Dickens to Lawrence*, 1970)、《乡村与城市》(*The Country and the City in the Modern Novel*, 1973)、《漫长的革命》(*The Long Revolution*, 1961)和《马克思主义与文学》(*Marxism and Literature*, 1977)等著作中多次出现，首次出现则在《电影序言》(*Preface to Film*, 1954)中。在该书中，威廉斯观察到艺术作品总体与部分之间的对立统一关系："我们在不同程度上将艺术品和总体性的任何一部分联系起来，这是有益的；但同时，即使人们尽量估量并抵制可分离的部分，仍然有一些我们找不到外在对应项的因素，这是一种共同的认识经验，这一因素就是所说的一个时期的情感结构。"[①] 既然是"结构"，该术语首先指涉的是整体性的艺术作品，"一个时期的总体文化，它是总体结构中所有因素的鲜活产物"[②]。与此同时，对该结构的体察又必然依赖于不同个体的主体认知和不同立场，这就造成了整体模式下"我们"无法理解其中某些部

---

① Asha S. Kanwar, "Raymond Williams and the English Novel", *Social Scientist*, Vol.16, No.5, 1988, p.51.

② Raymond Williams, *The Long Revolution*, London: Chatto and Windus, 1961, p.48.

分,即"找不到对应项的因素"的情况出现。

在《马克思主义与文学》中,威廉斯分析了造成文化整体与部分之间发生断裂的阶级因素:"立场无非是在确认:具体的人总是与具体的情景和经历有着具体的阶级关系。这种确认十分重要,尤其是面对那些声称'客观'、'中立'、'只忠于事实'的说法时。我们必须认识到,该说法不过是那些将自己的感觉和行为说成普遍真理的人们惯用的套路。"① 主导阶级站在自身立场上,将资产阶级的价值普适化、真理化、客观化为包括从属阶级在内的所有阶级共有的整体文化(葛兰西文化霸权意义上被建构出来的"一般现实"和"常识")。在威廉斯看来,这种将部分人阶级立场下的情感结构等同于整体性情感结构的提喻性政治挪用是需要警惕的。

与此同时,尽管情感结构表现为相对的稳定和程度上的明确,但也随时处于变动之中。情感结构以个人视角呈现,与文化一样,主导、残余和新兴三种要素在个体认知过程中呈共时性存在,这就决定了威廉斯的"情感结构"更具"经验流"的体验范畴:文学"不是有待于被某种手法吸收的题材,而是一种几乎要打破——需要打破——任何现成表意形式的体验;它通过自身创造着形式,创造着生活"。② 新兴情感结构与主导情感结构随时具有逆转的可能,因此意味着一种积极的未完成关系。

在《英国小说》中,威廉斯对于小说中的情感结构解读堪称典范。威廉斯将现实主义小说分为四个维度,即"俗世、当代、社会延展性以及特殊政治视阈下有意识的阐释行动"。③ "俗世"和"当代"维度强调小说的整体视域和当下意识,"社会延展性以及特殊政治视阈下有意识的阐释行动"则主张以对位阅读的方式分析文学作品,在挖掘主导文

---

① [英]雷蒙·威廉斯:《马克思主义与文学》,王尔勃等译,河南大学出版社2008年版,第209页。
② Raymond Williams, *The English Novel from Dickens to Lawrence*, London: Chatto and Windus, 1970, p.14.
③ Asha S. Kanwar, "Raymond Williams and the English Novel", *Social Scientist*, Vol.16, No.5, 1988, p.55.

化、残余文化隐匿在文本中的权力涌动和意识形态话语的同时，也要重视新兴情感结构的革命意义，即："人如何通过发现新形式和新节奏，掌握并建构各种感知和各种关系中的社会变化，进而掌握并吸收新的体验。"① 威廉斯通过对19世纪现实主义小说中"可知共同体"的分析践行了情感结构在客观、整体和稳定与主观、位置和流动不居之间的张力。作者明确指出："大多数小说都是可知共同体，是小说家为了以本质上可知的、可交流的方式呈现人物及其关系而提供的传统方法。"② 可知共同体首先表达了情感结构中对"整体文化形式"的关注："通过充分展示直接关系以涵盖有效社会经历范围的小说，即包含可知共同体的小说。"③ 在《关键词》中，雷蒙斯解读了共同体在历史发生学层面上强调的整体人类经验：

> 一，平民百姓（14—17世纪）；二，国家或组织有序的社会（14世纪起）；三，某个区域的人民（18世纪起）；四，共同拥有某些东西的性质（16世纪起）。……从19世纪起，共同体比社会有了更多的亲近感……这种亲近感或贴切感是针对巨大而庞杂的工业社会语境而蓬勃生发的。人们通常会选择共同体一词来在表达一种别样的群体生活的尝试。
>
> 与此同时，作为术语的共同体有一个更重要的特征：不像其他所有指涉社会组织（国家、民族和社会等）的术语，它［共同体］似乎总是被用来激发美好的联想。④

---

① Raymond Williams, *The English Novel from Dickens to Lawrence*, London: Chatto and Windus, 1970, p.190.
② Raymond Williams, *The English Novel from Dickens to Lawrence*, London: Chatto and Windus, 1970, p.14.
③ Asha S. Kanwar, "Raymond Williams and the English Novel", *Social Scientist*, Vol.16, No.5, 1988, p.49.
④ Raymond Williams, *Keywords: A Vocabulary of Culture and Society*, New York: Oxford University Press, 1988, pp.75-76.

然而，随着资本社会进程的推进，作家愈加无法准确地认知共同体整体结构，作家有意识或无意识地将基于自身立场感受到的、受限的部分等同于整体。按照威廉斯的话说，"可知的关系（作家的认知）与一个超出认知范围、不可知的、压倒性的强大社会（共同体）之间产生了巨大裂隙"。① 基于此，威廉斯通过分析奥斯汀、乔治·艾略特和哈代的田园小说，系统提出了"可知共同体"（knowable community）、"已知共同体"（known community）以及"全知共同体"（fully-known community）三个重要概念，分别对应经过选择的共同体、作为他者的共同体和整体意义上的共同体。②

在威廉斯看来，作为惯例的田园叙写所描绘的美好乡村可知共同体表现为一种高度选择性的叙述、理想化的情感结构和一种回溯性的经验结构。这是一种显在、支配性或者残余性社会型构，被用于掩盖和逃避当下现实的痛苦矛盾。对快乐的佃农、绿色语言和乡宅乌托邦的描写被农业资本入侵后自耕农的忧郁取代，这种忧郁意识最终形成了回顾的惯例结构。

奥斯汀将自己的社会风尚小说创作比作"两英寸象牙上的雕刻"。作家笔下乡绅淑女徜徉其中的乡间别墅构成了一种典型的、面对面可知的共同体。这个共同体构成文明生活复杂关系网络的中心，以英国骑士精神、乡宅、好客和稳定社会政治系统为基础，代表了一种共同体愿景和道德风尚。然而不可否认的是，社会风尚小说中的自我不会僭越其社会环境，乡村中产阶级的行为只能通过对共同体"正确"和"合体"的理解而得到阐释。对威廉斯而言，奥斯汀小说中的三四户人家组成了封闭、独立的共同体中心，在这个中心外，无论是实体存在，还是社会现实意义上，他者的共同体都不可知。

乔治·艾略特笔下的田园生活则以"景观"形式出现。她的作品

---

① Raymond Williams, *The English Novel from Dickens to Lawrence*, London: Chatto and Windus, 1970, p.15.

② Raymond Williams, *The English Novel from Dickens to Lawrence*, London: Chatto and Windus, 1970, pp.14-15.

里虽然出现了大量佃农和自耕农,但是一种典型的以主导阶级的语言讲述从属阶级生活的文学腹语术。威廉斯指出:"小说家[艾略特]的叙述习语与小说人物的语言之间出现了矛盾,'惯常语言'(customary language)与'受教育者的语言'(educated language)之间发生了断裂。"①她小说中的乡下人、地景和民谣要素只有通过外部施与的态度和思想才能进入意识层面。作家对阶级、情感和言说的区隔认知导致小说中三种习语令人不安地混杂出现,即:"完全意义上分析性、讽刺性的权力语言""自我意识下总体化的、诚实淳朴的乡村背景语言"以及"被搅扰的权力与强烈情感(或道德力量)妥协后的语言"被混淆。②

例如,在《亚当·比德》中,当艾略特以不无同情的语调描述了"双手由于刨胡萝卜而皲裂结茧的老妪、在阴暗小酒馆里度假的笨拙小丑、终生与锄头铁铲打交道、面朝黄土、脸孔沧桑的憨笨出苦力之人"(乡村背景语言)之后,她紧接着呼吁到,"我们(权力语言)迫切需要记住他们的存在"(We should remember their existence)。与此同时,"我对纪念老凯斯特毫不羞愧(妥协后的语言),你和我(you and I)都该感谢这一类人"。乔治·艾略特此处的腹语术、异装叙述具体化为"我们"和"他们"之间的阶级主体区隔。威廉斯不禁发问,谁制定了"我和你"之间的协定?"我"不羞愧与"小丑""憨笨"在语言层面勉力建立的关联本身已经预设了一整套历史优越的观察位置。简言之,乔治·艾略特意图表达现实中的罪恶,却又立即在语气上对其进行调整:"平民主义"(pauperism)、"繁殖力"(breeding)成为艾略特在论及穷人时常用的反讽性无意识词汇,"仿佛他们是动物而非人,只是一种状态、一种主义"。③事实上,艾略特从未带着温度地、真正去感受并认同雇农、临时帮工、失业游民等受压迫、受歧视的乡村少数边缘群体。

---

① Raymond Williams, *The English Novel from Dickens to Lawrence*, London: Chatto and Windus, 1970, pp.79-80.
② Raymond Williams, *The Country and the City,* New York: Oxford University Press, 1975, p.170.
③ Raymond Williams, *The Country and the City,* New York: Oxford University Press, 1975, pp.172-179。

正是这些乡村中的边缘群体构成了威廉斯所说的"已知共同体"（known community）。这一共同体被有意（如奥斯汀）或无意（如艾略特）排除在可知共同体之外，异化为"语言层面的他异之物，一种令人不安的协定，强调的是另一种关切和感知"①。在这个意义上，《弗洛斯河上的磨坊》《亚当·比德》中描写的共同体代表了阶级英国及其关注的特定历史，形塑了抽离的道德观察者理性，其结果是关于乡村建构的虚假意象通过粉饰、展演而取代了乡村整体的现实史实性。

针对奥斯汀和乔治·艾略特笔下经过高度选择的乡村可知共同体以及对"已知共同体"的遮蔽性田园叙写惯例，威廉斯提出建构真正整体意义上"全知共同体"的革命愿景。一旦"可知的"转变为"虚假的"，共同传统的认知基础就必须被有意识地重新创造，共享习俗和价值判断的框架也必须被重建。在具体的文学批评中，威廉斯不满利维斯对"少数人的价值"和精英主义道德观的片面强调，而是提倡在整体文化的高度上面向"普通文学"进行"多样化写作"，主张文化物质主义和文学的历史性书写。

在《乡村与城市》第十八章"威塞克斯和边境"中，威廉斯以分析哈代的反田园牧歌乡土叙事为契机，向读者展示了全知共同体的文学样貌。威廉斯指出，哈代的阶级出身促成了作家观察的深度和准确性。在其作品中，真正、有效共同体的地方性体现在无产者、佃农、工匠和劳工身上。小说家打破对乡村田园牧歌式的定型化偏见，真实刻画了农村底层无地阶级在农业资本主义浪潮裹挟下颠沛流离的幻灭生活。例如，在《德伯家的苔丝》中，安琪儿在理想幻灭时对苔丝说："我本来还以为你是大自然的新生女儿，谁知道是奄奄一息的贵族留下来的一支日暮途穷的孽子耳孙。"②在哈代的威塞克斯小说中，隐含作者与人物具有共同阶级情势，对真实乡村有着平等体察和情感认同。

针对简·奥斯汀和乔治·艾略特作品中共同文化被共有文化遮蔽的

---

① Raymond Williams, "The Knowable Community in George Eliot's Novels", *NOVEL: A Forum on Fiction*, Vol.2, No.3, 1969, p.261.
② [英]托马斯·哈代：《德伯家的苔丝》，张谷若译，人民文学出版社2005年版，第276页。

危险，威廉斯转而以哈代的现代威塞克斯小说为阐释蓝本，赋予乡村劳工这一阶级主体（不再是被主导阶级客体化的观察对象）通过共同劳作来重建全新共同体基点的重大意义：

> 哈代不仅看到了劳工工作的现实，正如《森林之恋》中马蒂萨斯扛圆木的双手和在芜菁地里干活的苔丝身上看到的那样，他还看到了经济进程——财产继承、资本、租赁和贸易的严酷，这些进程发生在延续的自然进程之中并且不断与其产生冲突……有关阶级和分离的进程和不安全感的进程。①

正是在马蒂萨斯和苔丝这些日常世界中"无知和贫穷的人"②所践行的具体劳动中，哈代看到了强烈的人民性"共同体冲动"（community of impulse）："被轻视和坚韧并非讲述一个人依其所是的故事，如分隔、受限或如画的[虚假]状况。这种状况激发人奋力成长、去爱并为劳作赋予意义。共同体冲动通过特殊的分离和失败才得以形成，并最终实现对失败的超越。这不仅是乡村的延续，也是历史和人民的延续。"③需要强调的是，哈代作品中乡村劳动并非是对压力或者痛苦现状的强调，而是至少具有两层含义：一是劳工群体的联结；二是对现有阶级结构的抗争和改变。

乡村集体劳作首先通向一种积极的联结关系。同样是在《森林之恋》（*Woodlanders*）中，小说家将乡村劳动描述为劳工之间的力量积聚仪式：

> 他们一起植树、一起伐木；数年来他们一起把那些从未见过的符号和记号刻在脑海里。这些符号看起来就像未知的古代文字，合在一起组成一个字母表。当他们身处黑暗之处，阳光穿过树枝照射

---

① Raymond Williams, *The Country and the City*, New York: Oxford University Press, 1975. p.210.
② Raymond Williams, *The Country and the City*, New York: Oxford University Press, 1975, p.204.
③ Raymond Williams, *The Country and the City*, New York: Oxford University Press, 1975, p.214

到他们脸上时，他们就能判断树的品种、在何处生长；从风穿过树林发出的声音中，他们可以用类似的方式，大老远就能说出树的种类。①

引文中"他们"的集体性纽带来源于对自然的直觉感知和数年来共同工作的经历。单独的符号"合在一起组成一个字母表"构成典型的象征性团结隐喻。在这个意义上，《森林之恋》表达的并非孤立、分离或悲剧，而是从未经中介和代表的乡村劳工视域呈现的整体性情感结构，是对温暖和坚毅的困苦群体的颂扬。威廉斯这样表述劳动过程中积极个体所实践的集体建构："在哈代的全部想象中，劳作与克服孤立和隔绝的欲望深刻联系在一起。马蒂、苔丝和裘德的热情来自一个相互联系的劳作世界和积极动力。"② 乡村劳工们的共同劳作以聚集仪式的象征形式唤起边界认知和阶级身份认同，能够在象征性重建时刻悬置既定社会结构，以反结构为运行机制主张其集体身份。哈代的小说中，劳工阶级共同体的象征性纽带形塑了成员之间的强大关联，凸显共态的团结特质。

对现有阶级结构的抗争和改变是乡村劳动书写的第二层含义。在威廉斯看来，交往的过程不仅是共同体形成的过程，能够构建"共同意义、共同行动和目标的分享"。更重要的是，它指向新兴文化对主导文化和残余文化的僭越，能够激发"新意义的提出、接受和比较，在张力中促发进步和变化的实现"。③ 在哈代创作的威塞克斯小说中，没有一种生产模式、一种主导性社会秩序和文化能够耗竭所有人类实践、力量和意图。在斗争的交往流中始终涌动着乡村劳工作为阶级整体的根本性替代行动和革命意图，这就为产生无条件包容社会他者的全知共同体做好了准备。威廉斯的文学"全知共同体"与其文化批评中提倡的"共同文化"（common culture）相呼应。在《希望的资源》一书中，威廉斯阐

---

① Raymond Williams, *The Country and the City*, New York: Oxford University Press, 1975, p.213.
② Raymond Williams, *The Country and the City*, New York: Oxford University Press, 1975, p.213.
③ Raymond Williams, *The Country and the City*, New York: Oxford University Press, 1975, pp.38-39.

明共同文化的价值含蕴，即"共同创造、批判社会既定价值体系，以公共、平等的同志之爱取代主导阶级对从属阶级的排除"。[①] 共同文化或全知共同体叙写呼吁作家聚焦自由的、共同参与的共同主体。

此处必须说明的是，威廉斯的"共同文化"指完全意义上的民主参与和集体创造，而非阶级社会中主导集团将自身利益、心智趣味和价值普适化为所有阶级普遍文化的"共有文化"（culture in common），如前文中奥斯汀和艾略特文化财产视域中的乡村可知共同体。在威廉斯的文学全知共同体框架中，文化是民族的整套生活方式，强调"共同"是为了对当下分裂的、破碎的文化进行批判。在此基础上，威廉斯进一步阐明了"全知"蕴含的民主和平等意义："生命的平等是共同文化所具备的，否则共同的经验就不会有价值。任何人要加入共同文化的任何活动，共同文化都不能加以绝对限制，机会平等即是此意。"[②]

二 民族想象共同体

在《想象的共同体》（第二版）中，英国民族学家、社会学家本尼德克特·安德森加入了"历史的天使""人口调查、地图、博古馆"和"记忆与遗忘"三章作为"官方民族主义"讨论的延续，进一步揭露了支配集团如何归化民族以实现其帝国利益的国家权术。例如，在"人口调查，地图和博物馆"一章中，安德森阐明了晚期殖民地政府的统治策略。这种思考的"经线"是一个总体化分类坐标系（totalizing classificatory grid）：人民、地区、宗教、语言、物产、古迹……明确的边界和可计数性；"纬线"则是可称为"系列化"（serialization）的做法，即认为世界是由可复制的复数物组成。[③] 以此为解读路径，读者可以挖掘出文学作品中被掩盖的历史真相，如吉卜林的《吉姆》中印英混

---

① Asha S. Kanwar, "Raymond Williams and the English Novel", *Social Scientist*, Vol.16, No.5, 1988, p.47.
② ［英］雷蒙·威廉斯：《文化与社会》，吴松江译，北京大学出版社1991年版，第396页。
③ Benedict Anderson, *Imagined Communities, Reflections on the Origin and Spread of Nationalism*, London: Verso, 2006, p.184.

血的帝国男孩、英属印度调查所的地图测绘员吉姆表面上带领西藏喇嘛寻找圣地箭河（River of the Arrow），并在大干线（the Grand Trunk Road）沿路记录风土人情。实际上，测绘地图仅仅是英国情报机构收集情报的幌子，吉姆"画道路、山脉、河流的地形图——先用眼睛仔细观察，然后等合适的机会再把它们画到纸上"①，目的是供英国殖民者在英俄殖民地角逐中研究、征服、殖民、开化印度西部诸邦。同样，康拉德《黑暗之心》中的马洛"从小就对地图感兴趣……指尖所触及的地图上每一处空白区域都充满诱惑"②。此处主人公手指的正是19世纪50年代英国通用的"英帝国世界版图总览"（British Empire throughout the World Exhibited in One View）。两部小说中的地图都成为爱德华时代大英帝国有效的殖民策略。那么，能否认为安德森摒弃了之前的民族认同与民族情感纽带？答案并非如此。在安德森看来，文学作为民族被想象的方式，能够参与现代民族主义的积极建构。

在正式进入对安德森民族学说的分析之前，我们有必要厘清《想象的共同体》题名中"想象"的深层含义。在安德森看来，"想象"作为一种积极的认知方式，强调成员自下而上、公正无私地建立共同精神纽带，这与官方民族主义主导话语经过预先"规划"、自上而下的、旨在施加意识形态的权力运作完全不同。安德森洞悉"官方民族主义"或帝国主义的危险，清楚民族在历史发展演进中被官方盗用，"被模式化、被模仿、被以一种马基雅维利式的国家权术利用"的事实。③然而，他更清楚战争或权力并非民族的全部，甚至并非民族的核心意义。按照作者自己的话说，"我们对民族的理解应当与更大的文化体系、而不是与有意识信奉的各种政治意识形态联系在一起"④。无论从民族的人类学发

---

① ［英］鲁德亚德·吉卜林：《吉姆和喇嘛》，耿晓谕、张伟红译，上海文艺出版社2011年版，第138页。
② Joseph Conrad, *Heart of Darkness*, New York: Norton. 1963, p.8.
③ Benedict Anderson, *Imagined Communities, Reflections on the Origin and Spread of Nationalism*, London: Verso, 2006, p.45.
④ Benedict Anderson, *Imagined Communities, Reflections on the Origin and Spread of Nationalism*, London: Verso, 2006, p.12.

生学机制（人类根脉感）、心理学集体无意识下的民族情感、抑或是社会历史进程中现代人必然经历的认识论转向（区别于王朝和宗教的等级秩序，民族体现俗世的自由平等社会公共话语和社会结构）来看，民族主义都并非精英主义工程，而是一种积极的社会历史建构。在《想象的共同体》中，民族属性作为一种自然性联结被融入肤色、性别、出生的时代等我们无法选择的事物中，因此象征着"有机的共同体之美"（the beauty of gemeinschaft）。① 基于此，安德森将民族界定为"一种想象的政治共同体"："除了面对面交流的原始村庄，所有共同体都是由想象实现的；民族是想象的，即使是最小民族的成员，也不可能认识他们大多数的同胞，和他们相遇，或者甚至没有听说过他们，然而，他们相互联结的意象却活在每一位成员心中。"②

民族是经过调整的，通过想象被建构为温暖、传统的、联结的共同体。在民族的想象机制方面，即使是自由乌托邦学说代表人物理查德·罗蒂也主张通过想象来创造联结："人类团结乃是大家努力达到的目标，而且达到这个目标的方式，不是通过研究探讨，而是透过想象力，把陌生人想象为和我们处境类似、休戚与共的人。团结不是反省所发现的，而是创造出来的"；霍布斯鲍姆也提出类似观点："在处理民族问题时，先从讨论'民族'的概念入手，会比从各民族的实际方面入手要收获更多。因为'民族'乃是通过民族主义想象得来的产物，因此，我们可以借着民族主义来预想'民族'存在的各种情况。"③ 民族认同并不是一种本质上虚假的想象，而是有着强大的实质性力量，既是情感与意志的群体，也是想象和认知的群体。

需要注意的是，在安德森看来，民族并非被想象成社会，而是被想象为共同体："民族被想象为一个共同体，因为尽管在每个民族内部

---

① Benedict Anderson, *Imagined Communities, Reflections on the Origin and Spread of Nationalism*, London: Verso, 2006, p.143.
② Benedict Anderson, *Imagined Communities, Reflections on the Origin and Spread of Nationalism*, London: Verso, 2006, p.6.
③ 转引自孙红卫《民族》，外语教学与研究出版社2019年版，第22、175页。

可能存在普遍的不平等与剥削，民族总被设想成一种深刻的，平等的同志爱。"安德森认同盖尔纳的民族"发明"观点，然而这种发明并非"捏造"或"虚假"，而是"想象"与"创造"。区分不同共同体的基础，并非他们的虚假/真实性，而是他们"被想象的方式"（style of imagination）。①

在所有的民族想象方式中，文学历来承担着唤起民族精神自觉的重任，如斯皮瓦克所言："民族主义开始于十三世纪的但丁，或十六世纪英国的莎士比亚……［它］关乎对母语的爱，对那一方土地的爱。"② 在《民族与叙述》中，霍米·巴巴也阐述了文字叙述与民族的重要关系，认为"叙述行为"生产了"民族性"以及对于家园、社会归属熟悉的愉悦。③ 在《想象的共同体》中，安德森主要探究了出版市场实现的文学公共话语、共时性体验以及文学生成性特征三种想象民族共同体的有效方式。

（一）文学市场：文学公共话语

在《想象的共同体》第二章"文化根脉"（Cultural Roots）中，安德森强调了文学市场以及印刷资本主义（print capitalism）在塑造民族和集体自我方面的重要作用。他引用了弗朗西斯·培根关于"印刷术改变了世界面貌和状态"的说法，进一步阐明文学话语的公共性意义。事实上，自启蒙时代已降，新物质主义第一次将关注点投向文本生产阐释和物质制品传播本身，即文本的社会生活和文化实践的主动性，而不是将其简单视作环境的附属品。安德森以文学市场中的印刷语言为例，指出文学作为共同体的想象方式和公共话语载体如何奠定了民族意识的基础。

书籍资本市场中的印刷语言在想象维度上促进了"阅读群众"的形成。书籍作品与阅读市场、民族成员形成有机互动："在拉丁文之

---

① Benedict Anderson, *Imagined Communities, Reflections on the Origin and Spread of Nationalism*, London: Verso, 2006, pp.6-7.
② 参见孙红卫《民族》，外语教学与研究出版社 2019 年版，第 46 页。
③ 参见孙红卫《民族》，外语教学与研究出版社 2019 年版，第 4 页。

下——口语方言之上创造了统一的交流与传播的领域。……这些被印刷品所联结的'读者同胞们',在其俗世的、特殊的和'可见之不可见'(visible invisibility)当中形成了民族想象的共同体胚胎。"① 拉丁文作为神圣语言排除了普通民众,口语方言过于驳杂而难以促进最大范围的民众交流,而印刷语言则成功地赋予语言共时与历时两个维度的稳定性。

除此之外,印刷资本主义还创造了与以往行政方言(王朝和宗教的等级制语言)不同的权力语言。语言共同体不仅使阅读逐步成为国家现象,更提升了读者的民族抗争自觉和政治参与意识:字典编撰者、语言学家、文法学家、民俗学家、政治评论家和作曲家并非凭空从事他们革命活动,而是催生了"阅读阶级"。② 在这个层面上,文学市场成为作者、书商和读者之间的纽带,使印刷资本主义的启蒙影响从私人性空间扩展至文学公共领域,成为以民族为代表的共同价值观的物质文化基础。

(二)文学的共时性体验

文学作为民族被想象的方式还体现在其衍生的共时性体验上。理解现代意义上的时间概念是读者体察安德森以文学想象民族这一观点的基础。在"对时间的理解"一节中,安德森指出,不同于弥赛亚时间,即过去和未来汇聚于瞬息即逝的现在,我们自己的"同时性"(meanwhile, simultaneity)概念是一种"同质的、空洞的时间"。同时性是水平的、与时间交错的,这表示它不是预兆或成就,而是由时钟与日历所测量的、时间上的一致,这使建构在"水平—俗世的、横向时间(horizontal-secular, transverse-time)之上的共同体成为可能"。③ 在此背景下,匿名共同体成为现代民族的标志,小说则创造出人们对民族的全

---

① Benedict Anderson, *Imagined Communities, Reflections on the Origin and Spread of Nationalism*, London: Verso, 2006, p.44.
② Benedict Anderson, *Imagined Communities, Reflections on the Origin and Spread of Nationalism*, London: Verso, 2006, p.75.
③ Benedict Anderson, *Imagined Communities, Reflections on the Origin and Spread of Nationalism*, London: Verso, 2006, pp.25,37.

然信心。小说的结构印证了现代时间观,是对"同时"的复杂注解:①

时间	Ⅰ	Ⅱ	Ⅲ
事件	A 和 B 吵架	A 打电话给 C	D 在酒吧喝醉
	C 和 D 做爱	B 购物	A 与 B 在家共进晚餐
		D 打撞球	C 做一个不详的梦

通过小说中的时间横轴,安德森探析了小说这一时空体类型在故事内和故事外两个层面所显示的共时性驱力。在故事内,四位主人公都身处"社会"这一坚实而稳定存在的社会学实体;在故事外,由作者在全知读者心中唤起了一个想象的世界。

除了小说结构上体现出的同时性特征,安德森还以菲律宾民族主义之父何塞瑞泽(Jose Rizal)创作的《社会之癌》(*Noli Me Tangere*,1887)为例来阐释文学在文本世界和现实世界的时空并置功能。小说围绕"十月底的一天"蒂亚戈上尉在安洛格街上的房子举办晚宴这一核心事件展开,"每个人都知道他的房子就跟他的国家一样",凝聚起"我们—菲律宾人—读者"一系列认得出房子的人所建构的民族认同,这栋房子"从小说的'内部'时间向马尼拉读者日常生活的'外部'时间推移,确认了一个在时历中前进的共同体及其坚固的存在"。②

另一部小说中,印尼共产主义——民族主义者马斯·卡多迪克罗姆(Mas Kartodikromo)的《黑色的三宝垅》(*Semarang Hitam*,1924)更是确证了通过小说的时空并置想象民族的意义:

> 七点钟,周六晚上……因为整日的滂沱大雨已经把路面弄得又湿又滑,所有人都待在家里了。对于在店里和办公室工作的人……他们都要失望了。那些向来总是挤满了各式车辆的主要道路和行人络绎不绝的街道都被遗弃了。不时传来马车夫催促马匹的鞭

---

① Benedict Anderson, *Imagined Communities, Reflections on the Origin and Spread of Nationalism*, London: Verso, 2006, p.25.
② Benedict Anderson, *Imagined Communities, Reflections on the Origin and Spread of Nationalism*, London: Verso, 2006, p.27.

响。三宝垄被遗弃了……一道道瓦斯灯的光线直射在闪亮的柏油路上。……一个年轻人坐在长长的藤制躺椅上看报纸。他已经看得入神了。

正如《社会之癌》中"十月底的一天"将菲律宾民族凝聚为集体，《黑色的三宝垄》也描述了共时时间（周六晚上七点半）中，由复数名词世界（店铺、办公室、马车、村落及瓦斯灯）构成的总体性社会景致（socioscape）："我们—印尼人—读者"立即投身一个历法所界定的时间以及一个熟悉的场景之中，作家甚至无须指明这个共同体的名字，它就已经在那里了，"我们在阅读我们这位年轻人的所读"[①]则进一步确认了延伸至文本外部世界的想象的共同体。

除了小说，安德森还强调了报纸的想象特质（fictiveness）及其共时性时间。在报纸中，想象出的群体性关联来自时历上的一致。报纸上方的日期提供了一种根本的联结，即"同质的、空洞的时间随着时钟嘀嗒作响而稳定前进"。安德森援引了黑格尔关于"报纸是现代人晨祷替代物"的观点，并赋予报纸以"群众仪式"（mass ceremony）的重要意义：

> 每一位圣餐礼的参与者都清楚地知道他所奉行的仪式在同一时间正被数以千计或百万计他虽然完全不认识，却确信他们存在的其他人同样进行着。……我们还能构想出什么比这个更生动的俗世的、依历史来计时的、想象的共同体的形象呢？[②]

小说和报纸在想象叙述中将他者视为普遍联结中的共同体成员，而不是原子式个体，时空层面的联结和集体认同过程本身就是想象民族共

[①] Benedict Anderson, *Imagined Communities, Reflections on the Origin and Spread of Nationalism*, London: Verso, 2006, p.32.

[②] Benedict Anderson, *Imagined Communities, Reflections on the Origin and Spread of Nationalism*, London: Verso, 2006, p.35.

同体的过程。在发生学机制和对时间的理解上，文学通过匿名共同体激发集体想象，这与无名士兵衣冠冢形式上的匿名同源同构，都是通过象征仪式建构共同性边界，与处境相同的抽象他者积极交往认知，从而走向团结。在"文化根脉"一章中，安德森通过"衣冠冢"中的无名士兵来想象其他民族成员："没有什么比无名士兵纪念碑和衣冠冢更能鲜明地表现现代民族主义文化了。尽管这些衣冠冢中没有真实的遗骨（real bone），它们却充满了幽灵般的民族想象。"① 此处需要读者注意的是，恰恰是没有可确证的"真实遗骨"构成了象征意义上的美学化匿名，激发了共同体成员对于死亡共同性的集体理解。换言之，每个人都可以通过位置性转换而成为同遗骨主人一样的英勇个体。

（三）文学的生成特质，以小文学/小民族为例

文学批评界常以"二战"中纳粹民族主义为例抨击民族共同体的合法性基础。针对这种将民族共同体等同于对他族进行暴力杀戮的观点，安德森在"爱国主义"一章中向所有惯常于南希式"共同体非内在性""不运作的共同体"的后现代民族解构阵营提出质疑：为什么战争中"[前仆后继地甘愿]被杀戮的人数远远超过杀戮者的数目？"换言之，是什么激发人民为了自己的民族践行"终极的牺牲"？②

抛开前文中提到的民族本身与意识形态被盗用后出现的官方民族主义之分不谈，安德森在这一章引入的小民族与小文学概念，这也为第三世界的民族认同指明了方向。大文学总是趋于同质化、体系化和稳定化，小文学更易呈现文化构成的内部张力和历史冲突。小民族的文化经验和文化想象提供了一个抽离于自身文化空间的思想据点，可由此展开自我审视、反思和批判。在当代西方世界，民族主义已经不可避免地演变为官方民族主义和帝国主义，因此成为被合法清算的问题，如安德森所言："在欧洲，置身于一个进步的、世界主义时代中，知识分子

---

① Benedict Anderson, *Imagined Communities Reflections on the Origin and Spread of Nationalism*, London: Verso, 2006, p.9.
② Benedict Anderson, *Imagined Communities, Reflections on the Origin and Spread of Nationalism*, London: Verso, 2006, p.144.

普遍坚持民族主义几近病态，并坚信它的起源在于对他者的恐惧和憎恶。"与此相反，第三世界国家的民族性则更加纯粹、原初，其意义在于激发"深刻的牺牲之爱"以及对于民族这一"想象之物的情感认同（attachment）"。① 积贫积弱的民族如若全盘接受西方学界的反民族、反集体话语，主动放弃文化传统与认同，就是放弃了最具凝聚力的革命武器，最终只会沦为世界流亡者这样"没有影子的人"（盖尔纳）、失去政治生命的"赤裸生命"（阿甘本）和无国籍的"抽象的人"（阿伦特）。

爱尔兰人安德森生于中国云南，早年的流散经历让他对身份归属问题有着特殊感受。安德森在大学主修印尼研究、曾参加美国反战运动、以"康奈尔文件"反抗印尼苏哈托政权对左翼人士的屠杀、支持东帝汶独立运动并参与了菲律宾"人民革命"。吴叡人在为《想象的共同体：民族主义的起源与散布》所做的导读"认同的力量"中，称其为"同情弱小民族、有着强烈参与意识的观众"，并在篇首引语中引用了萨义德关于民族未完成性的表述："在这个世界中，我们公正地表现自我；我们尚未形成一致的思想境界，因为这种境界需要直言的批评、真实的创新以及真正的努力，而我们既未曾创造也未曾经历过这一切。"②

正是由于第三世界中的我们"尚未形成""未曾创造也未曾经历"统一确证的民族身份，民族的想象就尤为重要，而文学本身的想象、转化和生成特质就为小民族反抗霸权这一"反向的东方主义"（inverted Orientalism）提供了契机。如卡夫卡所言："弱小民族内部的国家意识会对每个人形成这样的要求：每个人都得对投射在他身上的文学有所认知。"③ 文学意义不在于表现现实，而是揭示自身潜能。南希在《不运作的共同体》的第二章"中断的神话"和第三章"文学共产主义"中对神话和文学做出区分，认为神话是在固定表意结构中的自动喻指，而文学

---

① Benedict Anderson, *Imagined Communities, Reflections on the Origin and Spread of Nationalism*, London: Verso, 2006, p.154.
② 吴叡人：《认同的重量》，[英]本尼迪克特·安德森《想象的共同体：民族主义的起源与散布》，吴叡人译，上海人民出社2016年版，第1页。
③ 参见孙红卫《民族》，外语教学与研究出版社2019年版，第89页。

必须"中断神话"（the interruption of myth），揭示并通达一种"共同体想象"（communion of a vision）。[①] 在这个层面上，文学要求超越限制和完结，主张撒播、延异和解辖域化，进而有效表达并强化第三世界民族的革命诉求。

同样是在上文中提到的《社会之癌》中，何塞瑞泽不仅以蒂亚戈上尉举办的晚宴为联结纽带形构对民族共同体的想象，即："他的房子就跟他的国家一样"，与此同时，作家也警惕西班牙殖民者——"我们的政府"会拆掉房子："晚宴的地点设在安洛格街上的一栋房子里。但我们会用一种现在也许还认得出来的方式来描述这栋房子——就是说，如果地震还没有把它摧毁的话。想来房子的主人也不会把它拆了，因为这种事通常是留给上帝，或者和我们政府签了不少契约的大自然来做的"；同样，在《黑色的三宝垄》中，多迪克罗姆不仅通过"我们的年轻人"这一视角呈现了三宝垄社会全景、塑造了印尼民族集体，而且借由这个年轻人所读的一篇报纸文章将批判的笔触延伸至荷兰殖民统治下的社会体制：

> 三宝垄被遗弃了。……一个年轻人坐在长长的藤制躺椅上看报纸。他已经看得入神了。那时而愤怒时而微笑的表情说明这则故事是多么地吸引着他。……突然间一个文章标题映入眼帘：
> **繁荣**
> 穷困的流浪汉
> 因风雨日晒病死道旁
> 这个年轻人被这则简短的报道所感动。他可以想象那个可怜人倒在路边濒临死亡时所受的痛苦……有时他感到体内涌起一阵爆裂般的怒气，到了下一刻他又感觉怜悯，然而另一刻他的愤怒又指向

[①] Jean-Luc Nancy, *The Inoperative Community*, trans. Peter Connor et al. Minneapolis: U of Minnesota P, 1991, pp.61,63.

产生这种贫穷,人却让一小群人致富的社会体制。①

安德森通过以上两则引文意在说明:无论是"每个人"对西班牙殖民者试图推倒象征菲律宾的安洛格街房子展开的反抗,还是"我们"看到报纸上关于荷兰政府统治下病死路边的流浪汉报道时表达的怒气,都是小民族文学"中断"机制的具体化呈现,抵抗和僭越也因此成为第三世界民族文学与欧洲语境下民族话语的最大差异。"小文学"想象"小民族历史"的文学实践中,时常表现为显著的语言解辖域化系数、个体与政治之间的紧迫联结以及表述的集体性。

必须指出的是,中断本身并非文学的全部意义,缺席是为了重建全新的民族身份和产生文学的革命条件,进而产生"要到来的人民",这就引入了文学想象的生成功能。德鲁兹在《千高原》中肯定了文学流动、生成以及开敞和非确定性所带来的意义创造潜能:"文学的最终目的是在谵妄中释放这一对健康的创造,或对某个民族,也就是对一种生命可能性的创造。"② 以此反观《想象的共同体》中的两部"小文学"作品,读者才能更准确地理解安洛格街房子和三宝垄作为共时性表征空间的特殊含义,感受作品中无数个匿名的"我们"所指涉的、迥然不同于欧洲"大民族文学"的小民族集体苦难以及"深刻的、平等的同志之爱"。行文至此,安德森对民族学基本问题,即"是什么激发人民对自己民族践行终极的牺牲?"给出了明确答案:"正是这种友爱关系在过去两个世纪中,驱使数以百万计的人们甘愿为民族——这个有限的想象从容赴死"。③ 在这个意义上,小民族文学空间的边界必然与民族国家相契合。

---

① Benedict Anderson, *Imagined Communities, Reflections on the Origin and Spread of Nationalism*, London: Verso, 2006, p.31.
② 参见孙红卫《民族》,外语教学与研究出版社 2019 年版,第 85 页。
③ Benedict Anderson, *Imagined Communities, Reflections on the Origin and Spread of Nationalism*, London: Verso, 2006, p.7.

第三节　德拉布尔作品中的共同体危机与重建

当代共同体危机以及作为共同体想象方式的文学重建是德拉布尔在半个世纪创作中一以贯之的主题。小说家笔下的恶意宿命论导致人物对自由意志的影响和控制程度、稳定人格与社会存在的基础提出质疑。古希腊诗人荷马曾指出："存在一种称之为'命运'的力量，甚至上帝都要服从这种力量。"[①] 在德拉布尔的作品中，弥漫宇宙的总体性力量无处不在，并被某种严苛的超自然力量所统治，人的自由意志显得苍白无力。玛丽安·里比（Marion Libby）认为作家每部作品中都浸透着"17世纪的宿命论和自由意志之争"，[②] 麦耶（Valerrie G.Meyer）在《清教主义与自由主义》中探析了德拉布尔对"上帝、绝对预知、自由意志和命运"[③] 主题的整体视阈。德拉布尔在采访中明确表达了自己对命运反讽的关注："生活的神秘就在于此：我们做出自己的选择，在实现这种选择的过程中却被一块高处掉落的砖块击倒。小说家们不可避免地对自由意志、选择和决定论之间的关系持有极大兴趣，也许我在这一范畴投入了更多的精力。"[④]

恶意宿命论传达出德拉布尔的哲学体系中自我不确定性、碎片化与对世界真实的怀疑，揭示了人物与极度复杂却又耦合无序命运之间的关系，这也是典型的后现代人类生存状况。然而，值得肯定的是，面对恶意宿命论下个体碎片化的共同体危机，德拉布尔并未像同时期大多小说家那样陷入怀疑主义、虚无主义和主体化批判。正如哲学论辩中对共同体内在属性进行去运作、促使问题性伪共同体及其成员自我清空和主体悬置的最终目标是建构真正的共同体起点一样，作家始终相信个体可以

---

① Samuel E. Stumpf, *Socrates to Sartre*, New York: McGraw-Hill, Inc., 1993, p.4.
② Marion Libby, "Fate and Feminism in the Novels of Margaret Drabble", *Contemporary Literature*, No.2, 1975, p.177.
③ Valerie G.Meyer, *Margaret Drabble: Puritanism and Permissiveness*, Plymouth: Clark, Doble & Brendon Ltd., 1974, p.104.
④ Quoted in Glenda Leeming, *Margaret Drabble*, Horndon: Northcote House Publishers, 2006, pp.7-8.

在哲学高度上通过自身的伦理诉求和伦理选择，努力地改写恶意宿命。

一 恶意宿命论：总体性共同体的解构

对德拉布尔而言，共同体的失落即恶意宿命论下个体自由的丧失，主要体现在个体碎片化生存、世界耦合无序以及女性历时性悲剧命运三个方面。

首先，恶意宿命论导致了碎片化生存，即《象牙门》中斯蒂文悲叹的"个体的碎片"（*GI*, p.105）。《哲学大辞典》对"决定论"词条的释义为："世界上一切事物普遍存在着因果制约性、必然性和规律性的哲学学说"①，换言之，一切事件均被先存原因所决定，宇宙的现状既是它先前状态决定的结果，也是随之而来的状态之原因。这也契合了德拉布尔关于决定论的理解："物质世界并非全部，完全理智看待事物的方法甚至根本不存在。"② 根据现代混沌理论，恶意宿命论表面上是一种支配人类的超验法则，实则是人们集体无意识中曾经稳定、确定的总体性共同体分崩离析的必然结果。

作家早期作品中那个不言自明的稳定、客观而真实的世界消失了，主体也随之零散化并解构。马尔科姆·布拉德伯里在《当代英国小说》中这样评价德拉布尔作品中由于共同体解体和恶意宿命论所导致的个体碎片化："在那个世界里，公共与私人分离，现代城市预示着前所未有的大灾变，死亡、蔓延的全球危机和迫在眉睫的灾难感冲击着正直的、改革中的中产阶级。在社会和道德混乱中，他们分裂成碎片。"③ 在《象牙门》中，德拉布尔以斯蒂文之口直接表达了此种感受：

性、政治、过去和自我。我不能把这一切串在一起。我已完全

---

① 冯契主编：《哲学大辞典》，上海辞书出版社 2001 年版，第 693 页。
② Margaret Drabble, Interviewed by Joanne Creighton, "An Interview with Margaret Drabble", in Dorey Schmidt, ed. *Margaret Drabble: Golden Realms*, Edinburg: Pan American University Press, 1982, p.29.
③ Malcolm Bradbury, *The Contemporary English Novel*, London: Edward Arnold Publishers Ltd., 1979, p.400.

裂成碎片。……在我身上，裂缝是如此之大。我几乎不是同种人类原料做的。……我没有延续性、没有胶水、没有糨糊、我没有内聚性、我没有任何意义、我是真空、我是零星碎片。(*GI*, p.105)

含混和不确定性与人的主体自由呈一种终极的对立关系：知识与认知者永远无法认识事物之间的对立冲突，它所代表的是中心和本质的消失。《大冰期》中的艾利逊这位"英格兰玫瑰"接连受到一连串命运的打击：濒临破产的安东尼患了心脏病、大女儿吉英被关在巴尔干的监狱、小女儿莫莉得了脑瘫、姐姐罗莎蒙德患上乳癌、她的朋友吉蒂在饭店庆祝红宝石婚的时候被爱尔兰共和军的炸弹炸掉一条腿，迈克斯当场被炸死。艾利逊只得相信耦合无序看似独立事件，而实际上"选择是不可能的。选择、厄运。几年、十几年来，艾利逊一直强迫自己相信机遇，相信倒霉的可能性"（*IA*, p.96）。人类成为某些力量所玩弄的对象，这使作家极端地，甚至夸张地设置偶然巧合的情节。可以说，德拉布尔把作为终极共同体的世界总体性理解为一种耦合无序的恶意力量。它能对人类的命运或者同情，或者嘲笑，或者无动于衷地袖手旁观。

报纸上各种各样的消息在表面的巧合之下隐藏着恶意的宇宙。例如，在《针眼》中，被"心理决定论撕扯、被命运攫住"（*NE*, p.73）的西蒙打开报纸后满眼"尽是难以想象的灾难：中东的地震造成数万人罹难、霍乱在幸存者当中散播、在美国开庭的越南大屠杀诉讼、约克郡一家钢铁厂因运送装置松脱导致三名工人被熔渣淹没、精神病院的孩子跌入滚烫的洗澡水并在五天后死于烫伤"（*NE*, pp.294-295）；《象牙门》中斯蒂文坦言："关于那些已死的和将死的消息传播迅速，我们在吃吐司、喝咖啡的一顿早餐时间就能吞噬上千条这样的消息，在晚报新闻上再吃掉更多。"（*GI*, pp.3-4）；《夏日鸟笼》中萨拉看到报纸上关于自闭症儿童的新闻后感到种种灾难后面似乎"隐隐有着哲学上的意味"（*SB*, p.165）。显然，萨拉的哲学正源自恶意宿命论，或者称为命运。

其次，德拉布尔作品中的恶意宿命论还体现在世界的耦合无序上。在莎士比亚的《李尔王》、歌德的《浮士德》、哈代作品以及《圣经》中无序因果关系思想的影响下，德拉布尔笔下充满了各种巧合：战争、恐怖袭击、车祸、空难、意外怀孕、连环杀人案以及报纸上对各种突发事件长篇累牍的报道等。不幸、痛苦与命运的混沌无序成为作家创作关注的主题。在一次采访中，德拉布尔阐明偶然性即"弗洛伊德式的决定论。任何有常识的人都会相信意外和偶然的意义，共同体危机以偶然事件为发生机制"。① 恶意宿命论与世界耦合无序互为表里，都是世界失序、意义断裂后的具体日常表征。

从哲学层面来看，德拉布尔所说的耦合无序是指对每一时刻（q）而言，都有一个预置的命题（p）表示世界在那个时刻的状态："假设 p 是一个用来表示世界在一个早期时刻状态的命题，q 是一个用来表示世界在一个晚期时刻状态的命题，那么 p 加上因果规律就使得 q 成为预先设定的必然。"② 在这个意义上，看似孤立的灾难、疾病和人类痛苦始终沿着预定轨迹必然发生。《大冰期》中安东尼在赶赴沃勒契耶之前曾无意中模仿电影中的间谍迈克·凯恩和肖恩·康纳利，不想最终真的被判间谍罪在巴尔干集中营服刑六年；《黄金国度》中，弗朗西斯在尼斯寄给卡罗的道歉信由于邮政部门罢工延误了投寄，主人公以为后者拒绝原谅自己。正是由于这种偶然，痛苦的弗朗西斯才会返回鳗鱼农舍，寻找自己"遗传性抑郁"的原因，却意外地重建与家族历史的精神纽带；卡罗由于生病延误了飞机，后来才知道这架飞机随后失事，机上人员全部遇难；在《瀑布》中，简在乱伦之爱的罪恶感下将偶然发生的车祸视为命运安排："多可怕啊，这场车祸的偶然事件加强了我对天意、神圣神祇的理解，个人在其强力控制下软弱无力。"（*WF*, p.196）大量耦合无序的文本建构阐明了德拉布尔的恶意宿命论，成为其写作最重要的特征之一：

命运与耦合无序相生相伴，让人恐惧。所有的偶然事件都是

---

① Margaret Drabble, Interview by Dee Preussner, "Talking with Margaret Drabble", *Modern Fiction Studies*, Vol. 25, No.4, 1979/1980, p.567.
② 徐向东：《理解自由意志》，北京大学出版社 2008 年版，第 50 页。

按计划发生的，命运早已注定。偶然事件一定会发生，你无能为力。我上周正在教授俄狄浦斯，一个人所做的事、经历的所有偶然事件都被包括在某人在另一时间所做出的更大计划之中。我一直试图理清耦合无序与预设、计划之间的关系。事实上，我相信如果你跃至世界的上方，就会看到表面上的偶发事件实为命运模式的一部分。①

最后，女性的主体性焦虑成为恶意宿命论的又一典型场域，其悲剧命运与历史经典文本中的女性形成互文映照。丹尼尔·贝尔在《资本主义文化矛盾》中指出传统文化作为生活解释系统的重要意义："文化通过艺术与仪式，以想象的表现方法诠释世界的意义，尤其是展示那些从生存困境中产生的、人人都无法回避的所谓'不可理喻性问题'，诸如悲剧与死亡。"② 德拉布尔依托历史人物的镜像共生系统，将女性人物置于无常命运的永恒母题中，由此抽绎出弥漫宇宙的共同悲剧命运。例如，《瀑布》中简·格雷（Jane Gray）的名字来自英国都铎王朝同名的九天女王（Lady Jane Grey）。收到马尔科姆的离婚书后，简表示巨大的罪恶感让她想到了断头台上的简·格雷（*WF*, p.242）。后者是亨利七世的 16 岁曾孙女，美丽聪颖过人，通过诺森伯兰公爵的推荐而取代亨利八世所生的玛丽公主和伊丽莎白公主登上王位，却在九天后被捕处斩。车祸后，简冒充奥特福德太太在旅店登记，真正的奥特福德太太、简的表姐露西只好以简·格雷太太的名义入住，简觉得这一切就像"伊丽莎白时代的角色扮演喜剧或是错误身份误植"（*WF*, p.223）。詹姆斯的名字源自历史上著名的王位冒充者詹姆斯·斯图尔特，即英格兰的詹姆斯一世。据《新大不列颠百科全书》记载，他出生后便作为天主教王位继承人被放在暖锅中偷偷送至王后的产床，而小说中的詹姆斯同样爬上了

---

① Margaret Drabble, "An Interview with Margaret Drabble", Interviewed by Nancy Hardin. *Contemporary Literature*, Vol. 14, No.3, 1973, p.283.
② [美]丹尼尔·贝尔：《资本主义文化矛盾》，赵一凡等译，生活·读书·新知三联书店 1992 年版，第 31 页。

简的产床，并在其后以男主人的身份冒充马尔科姆，后者在历史上是合法的苏格兰王，被麦克白暗杀的邓肯一世之子，这些都在莎士比亚的戏剧中有所体现。通过冒充者展现的历史人物镜像，德拉布尔淋漓尽致地表达出乱伦之爱中女性人物的恒久罪恶感。

同时，处于"精神分裂症、恐旷症和抑郁症""崩溃边缘"（*WF*, p.244）的简更像是叶芝诗作中的疯简（Crazy Jane）。肖瓦尔特在《女性病候：女人，疯癫与英国文化》一书中写道："疯简是最为人所熟知的罗马疯女人，她温顺驯良，毫无恶意，全心全意纪念着自己失去的爱人。"①《七姐妹》题名出自希腊罗马神话中的"普勒阿得斯"（Pleiades），是大力神阿特拉斯和普勒俄涅的七个女儿：亚克安娜（Alcyone）、塞拉伊诺（Celaeno）、伊莱克特拉（Electra）、玛亚（Maia）、梅罗佩（Merope）、斯泰罗佩（Sterope）和泰莱塔（Taygeta）。她们曾为天神宙斯抚育其子狄俄尼索斯。然而，猎人奥里翁垂涎七姐妹的美貌，带着猎犬疯狂地追逐她们，七姐妹最后只能被宙斯变成了一群鸽子，即夜空中无生命的昴星团。小说中的七位女主人公无法逃脱同样的悲剧命运，如坎迪达人到老年被丈夫抛弃、与女儿疏离，小说家茱莉亚遭遇作家创作瓶颈无法写作，辛西娅的丈夫被意外袭击等。当代女性在某种程度上仍囿于历史镜像人物受父权制压迫和边缘化的命运。德拉布尔作品中的女性人物继承了文本，并通过这种方式阅读自己，随着时间推移，这些文本也逐渐具体化，显示出决定论意蕴。卡尔·马克思曾说过："人们自己创造自己的历史，但是他们并不是随心所欲地创造，并不是在他们自己选定的条件下创造，而是在既定的、由过去承继下来的条件下创造的。一切已死的先辈的传统，像梦魇一样纠缠着活人的头脑。"②在德拉布尔作品中，书名和人名作为话语载体、价值体现和思想化身，通过在历史文本与现代文本之间建立对话，使两组文化因子的照应发生在相同隐喻之中，从而构建出表征为施加于女性身上的恶意宿命。

---

① Elaine Showalter, *The Female Malady: Women, Madness and English Culture*, Harmondsworth: Penguin Books, 1987, pp.11-14.
② 《马克思恩格斯选集》第 1 卷，中央编译局译，人民文学出版社 1995 年版，第 603 页。

二 德拉布尔的自由伦理诉求与文学共同体重建

德拉布尔笔下的人物群像尽管大都经历了恶意宿命论下的个体碎片化、世界耦合无序以及女性历时性悲剧命运的共同体危机，然而她们并未因此放弃自身的自由伦理诉求和共同体重建理想。杜兰（Jane Duran）在《女性、哲学与文学》一书中将德拉布尔与伍尔夫和波伏娃共同列为欧洲三位哲学女作家，认为她"一方面综合了情感诉求，另一方面能够以一种超验、抽离、审问慎思的宏观态度量度世界。她作品中的主人公以哲学问题为着眼点对自己进行批判与修正"。① 德拉布尔及其人物并非全然被动接受恶意宿命，而是将目光更多地投注对环境决定论的回应和质疑上。德拉布尔在接受哈丁的采访时系统阐释了自己所秉承的"17世纪的哲学概念"：

> 命运与偶然性令人恐惧地表现出某种交叉互动。人的命运早有注定，偶然性中蕴含着必然性，人的自由意志显得苍白无力。然而，人必须展开伦理行动、发挥伦理能动性并做好准备，否则就无法领受上帝的恩典。②
>
> 我们生活在一个耦合无序的世界中，人类的责任就是在这样一个世界中寻找意义，规避陷于任意性的泥潭当中。我们不能说因为现实充满分裂和碎片就无所作为，你必须直面不可能。③

在德拉布尔作品的主体建构中，宿命论不同于严格决定论下人物对铁一般必然律的绝对接受，而是融合了对伦理选择和伦理判断的充分考量。根据作家的表述："命运无处不在。如果你相信厄运必然发生，那

---

① Jane Duran, *Women, Philosophy and Literature*, Hampshire: Ashgate Publishing Ltd., 2007, pp.37-38.
② Margaret Drabble, Interviewed by Nancy Hardin, "An Interview with Margaret Drabble", *Contemporary Literature*, Vol. 14, No.3, 1973, pp.283-284.
③ Joanne V. Creighton, *Margaret Drabble*, London and New York: Methuen, 1985, p.26.

它就一定会发生。我不相信厄运，世界会坚固如新。"[1] 在这个意义上，德拉布尔的神秘主义艺术思想与约翰·济慈的"否定能力"有着异曲同工之意，即伟大诗人的显著标志就是"能够处于不确定之中、处于神秘性之中、处于怀疑之中，而没有丝毫烦躁地追求事实与理性"。[2] 作家相信通过质疑和反叛，自主行动者仍有可能呈现出思想和行为两个层面的自由意志可能性。换言之，主人公始终有权利选定在所有可行的信念中，就其整体来看似乎是最合理的那一个。这种部分的、程度上的选择成为小说人物自主性、个体性和自我管理的根本依据。

在个体自由的主体性建构层面，昭示道德现实与道德准则之间的倒错、悬置是德拉布尔笔下人物解决问题的伦理起点，而非终点。按照英国哲学家伯纳德·威廉斯（Bernard Williams）的说法，自由意志存在即"行动者出自本意而行动，他们在多个行动历程中进行真正的选择，不止一个行动历程对他们开放，或者说他们选择履行哪个行动历程取决于自己"。[3] 自由是道德产生的必然条件，人类的行为如果没有自由，也就没有道德上的性质，因而也就不能成为赞赏或厌恶的对象。弗洛伊德在《非家幻觉》（"The Uncanny"）一文中也表达了类似观点："我们始终对未能实现但可能存在的未来存有幻想，我们被外部恶劣环境击碎的自我，被压制的意愿与行动都催生了个体自由意志的想象。"[4]

哲学层面上的命运反讽与个体自由之争也反映在德拉布尔的小说创作中。《磨砺》中的罗莎蒙德承认自己"着实抵触没有选择这一命题"（《磨砺》，第133页）；《瀑布》开篇，简屈服于表征为恶意命运的乱伦禁忌社会规训，将她与詹姆斯挪威之行中的车祸视为命运的惩罚，然而对爱欲救赎的亲历和体验最终激发她抵御命运的勇气："我们必须经历种种黑暗，直到死亡；但是有时，偶然或是通过努力，我们可以找

---

[1] Margaret Drabble, Interview by Dee Preussner, "Talking with Margaret Drabble", *Modern Fiction Studies*, Vol. 25, No.4, 1979/1980, p.569.
[2] Hyder E. Rollins ed., *The Letters of John Keats*, Cambridge: Harvard University Press, 1958, p.193.
[3] 参见徐向东《理解自由意志》，北京大学出版社2008年版，第65页。
[4] Sigmund Freud, *Studies in Parapsychology*, New York: Collier Books, 1963, p.41.

到一种在命定之路上走得从容的方法。"（*WF*, p.169）《瀑布》的创作过程迫使简面对宿命主义的美学阈限，将其从绝对决定主义与宿命论中解放出来；《针眼》中的罗斯坚决抵制作为女继承人的命运，不相信自己"一出生就受到诅咒"，拒绝承认自己注定"无法学习并改变"（*NE*, p.104）。主人公来到中路区的贫民中间，与70年代英国社会弥漫的金钱迷思与消费文化抗争，"一个人阻挡时代浪潮，我让河流改道"（*NE*, p.117）；《象牙门》中的斯蒂文作为一名世界主义者支持意识形态革命，"寻求一片土地，在那儿水往山上倒流"（*GI*, p.105）；《黄金国度》中痛苦和死亡的命运笼罩着英国中部地区，弗朗西斯的父亲患抑郁症、情人卡罗从奥斯维辛的毒气室幸免、姐姐煤气自杀、侄子带着幼子服药自杀，康祖母在她一岁半的孩子夭折、情人跳海之后一个人离群索居，最后饿死在五月农舍。尽管如此，弗朗西斯家族成员都在努力摆脱在遗传和环境中或疯癫、或死亡的诅咒，也正是恶意宿命加强了主人公对生命价值的认识和理解，"如果可以从死亡的宣判中抢回一刻，我们就要抓住它。只要还要一线机会，我们就要为他们而欢乐"（*RG*, p.345）。《黄金国度》也因此成为一部"坚定悲观主义者创作的乐观主义作品，藐视厄运，张扬欢乐"。①抗争与反叛既定命运本身构成了道德选择。

在德拉布尔看来，主人公真正自由行为的前提即该行动和相对立的行动（僭越行动）都必须出自主体能动性。自由源于真理事件被解蔽的瞬间，德拉布尔作品中表现出来的混乱、断裂、相对性和不确定性是对现实的质疑与反抗。作品所呈现的共同体危机下的碎片化、耦合无序和女性悲剧宿命，正是以一个对牢不可破的整体的信仰为前提的。

德拉布尔小说人物对个体自由的坚守为共同体重建奠定了基础。在作家的创作理念中，小说一直被理解为一个从问题重重的独体通达共同体联结，从完全囚禁于一个内部异质、对个体毫无意义的现实走向明确集体自我的过程。如作家所言："在道德领域，我们生活在一个未知的

---

① Ellen Rose, *The Novels of Margaret Drabble: Equivocal Figures*, London and Basingstoke: The Macmillan Press, 1980, p.110.

世界，不得不在前行的过程中构建自己的道德。我们的主题很宏大，需要建立一种全新的整体范式。"① 德拉布尔此处所言的整体范式即伦理共同体。作家以独特的艺术理想与文学追求为出发点，在二元因子之间建构起广义的交流和互动模式。她曾表示自己"不认为弗洛伊德主义、宗教、马克思主义或任何一种信条能给出终极真理。我不能偏执于其中一种解释而排斥其他可能性"②。麦耶（Valerie G. Myer）将作家的共同体哲学归根于悠久的英国文化传统："几个世纪以来留存于英国文化中的新教折中主义，具体到德拉布尔便体现为不信国教中对所有信条的怀疑审视。"③ 实际上，在自律与他律、传统与激进的悖论中寻求自我救赎，进而形成自己独特、多元、互动和开放的整体文化观，最终实现各种对立冲突的平衡构成了德拉布尔最有价值的伦理立场。德拉布尔并没有简单肯定或否定，她更关注的是理想与现实之间对立悬置的多维结构。作家在异质思想之间搭建起交流碰撞的阈限空间，在弥补、改造、升华、建构或颠覆现存世界的同时，建立伦理创新和价值重释的起点。

德拉布尔在创作中超越了传统逻各斯二分纵向、对立、等级的桎梏。作家在本体论层面上坚信"使人们具有真正自主性的不是孤立（isolation），而是关系（relationship），它为自主性的发展提供指导"。④ 她笔下的个体空间、社会空间和世界格局都存有一种温和的共融关系，各种思潮形成杂语和对话。德拉布尔成功地将多维元素置于统觉背景下，在它们相互交织的互渗模态中找到相交的契合点，从而使每种独立表述和话语体系都在接受异质话语中合理因素的情况下发展自身。德拉布尔十分欣赏英国当代作家莱辛的多元互动创作观，后者曾对战后文化中广泛存在的二元对立提出疑问："如果既是这样，又是那样呢？如果

---

① Margaret Drabble, "A Woman Writer", *Books*, No.11, 1973, p.6.
② Margaret Drabble, Interviewed by Joanne Creighton, "An Interview with Margaret Drabble", in Dorey Schmidt, ed. *Margaret Drabble: Golden Realms*, Edinburg: Pan American University Press, 1982, p.29.
③ Valerie G. Myer, *Margaret Drabble: A Reader's Guide*, London: Vision Press, 1991, p.88.
④ Moira Gatens ed., *Feminist Ethics*, Ashgate: Dartmouth Publishing Company Limited, 1998, p.396.

它们的关系是和（and）、和、和、和、和、和呢？"①莱辛的多元思维与德拉布尔的创作理念可谓不谋而合。

如果说后理论时代的共同体研究强调作为复数的独体以及独体的复数，解构共同体成员及成员之间积极、有机和深度联结的精神内核，那么，德拉布尔则大大延伸了哲学独体的社会现实内涵。作家肯定的与其说是独体的有限性本身，不如说是总体化暴力去运作化后重建共同价值的可能性。克雷登（Joanne V.Creighton）高度肯定了德拉布尔小说中地景的精神凝聚和情感纽带意义：

> 房屋和地景在德拉布尔作品中占据重要地位的原因在于作家始终在寻找人在世界中的位置、一个道德和人性的栖息地。在这个意义上，她的艺术创作更接近华兹华斯的温和浪漫主义、阿诺德和乔治·艾略特，而不是极端浪漫主义者布莱克、拜伦或勃朗特姐妹、现代主义美学与社会学隔离主义或是后现代主义匮乏人文气息的极权思想。她更像福斯特，在芜杂纷乱的世界中建构联结和整体。②

需要注意的是，德拉布尔并未否认哲学层面上（非）共同体的内在排除机制。作家小说中对形式繁杂的伪共同体或受限的共同体进行了有力批判，如个体关联中的家庭契约伦理、社会层面的经济利益现象共同体、世界主义隐含的西方中心主义以及文学创作和批评实践中的无条件好客等。然而，作家从不认为这就是共同体的全部，或真正的共同体。在这一点上，德拉布尔的共同体创作诗学对于厘清后现代虚无主义尤显重要。正如《夏日鸟笼》中的萨拉在结尾所体会到的："在瞬间中接近永恒、从一个方面获知全部观点，一种态度中得到启示，争论会促成共同体，不断的失败和小灾难积聚成高度的统一体，这就是我们生活的意义。"（*SB*, p.187）正是在欧陆否定性共同体批评与英美社会文化实践

---

① Doris Lessing, *Briefing for a Descent into Hell*, New York: Alfred A. Knopf, 1971, p.165.
② Joanne V. Creighton, *Margaret Drabble*, London and New York: Methuen, 1985, p.28.

性积极共同体建构的观念之争中，德拉布尔敏锐地捕捉到共同价值断裂背后人类对联结、整体和集体生命存续的心理愿景："我们不能摆脱过去，也不能摆脱他人对我们的要求，甚至连这样的想法都不应该有。我们都是漫长传统的继承者，是人类共同体（human community）的组成部分。"①

有别于欧陆共同体批评的去运作学理路径，英美学界的共同体社会文化批评侧重共同体共善的公共领域和现实样态，其渊源可溯至柏拉图的城邦共同体。在希腊文中，其词根为"共同"，相对于"私有"，意指属于两个人以上的共有状态。这种共同体强调的是团结一致，或如黑格尔所概括的对个人特殊性和抽象个人主义的否定。亚里士多德在《政治学》中也将城邦等同于"地位最高、包含最广的"共同体，其成员通过理性言说、沟通与审议来追求共同体的"至善"。这一观点与德国社会学家、哲学家滕尼斯的共同体学说形成了呼应，后者为解决农业文明向工业文明转型的现代性焦虑问题，提出有别于社会作为体制化的"人工机械聚合物"，共同体代表着"人类真正的、持久的共同生活""一种生机勃勃的有机体"。②"二战"以后，进入现当代共同体研究的英美流派进一步阐明了共同体的积极建构意义，包括前文中提到的威廉斯的"全知共同体/共同文化"和安德森的民族认同"想象共同体"。

这其中，美国著名社会学家丹尼尔·贝尔（Daniel Bell）提出的"建构性共同体"（constructive community）形构了德拉布尔的伦理共同体建构的阐释框架。在对话体著作《社群主义及其批评者》（*Communitarianism and Its Critics*, 1993）中，贝尔首先指出当代共同体失序后的三种伦理困惑表现：首先，人如何界定自己，如何回答"你是谁"这一本体论问题；其次，是否还存在思考、行动和判断的伦理框架；最后，为何割断与共同体的联系后，个人会陷入严重迷失方向、无法表明

---

① Margaret Drabble, "The Author Comments", *Dutch Quarterly Review of Anglo-American Letters*, No.1, 1975, p.36.
② [德]费迪南·滕尼斯：《共同体与社会——纯粹社会学的基本概念》，林荣远译，商务印书馆1999年版，第19页。

自身立场的状态。为解决以上伦理问题,贝尔阐明了共同体的存在依据:第一,我们的行动由社会实践决定,完全按照个人愿望生活是不可能的。第二,一个人的社会环境给他的道德观提供了框架。个人自由地选择道德观和善恶观的理想与我们的道德生活实践并不相符。因此,建构性共同体要求成员根据个人所处的共同体来解释共识。① 为实现集体自我,贝尔进而在方法论上提出"建构性共同体"的三种实现策略:"记忆共同体"(community of memory)、"心理共同体"(psychological community)以及"地域共同体"(community of place)。②

"心理性共同体"指共同体成员参与共同活动,并在追求共同目标的过程中感受一种心理上的共生共存感。该共同体以面对面的交流、信任、合作和利他为实现基础,强调共同体利益先于自身利益,其意义在于抑制规约性道德律令对个体生活越来越多的权力控制。在德拉布尔小说中,心理性共同体主要以母女和两性关系之间的关怀伦理形式出现。

"记忆共同体"以基督教为典范,体现为一种过去形成的、可以追溯到几代人以前共有的历史。记忆共同体使我们面对未来,其重要性在于它提供了一种伦理传统,有助于表述当下生活的一致性。值得注意的是,贝尔所肯定的传统与传统主义道德律令有着本质区分:前者旨在对源于历史的道德原则和高尚范例予以解释,以便对具有新特点的具体伦理实践提供道德参照,后者则是权力主导话语在对与错问题上的教条观点。记忆共同体的根本任务在于从历史中吸取伦理经验,而后现代认知模式下的反真理符合论则抹除了个体对集体身份的记忆认同。在德拉布尔的社会文化共同体建构中,人文主义宗教成为作家笔下典型的记忆共同体。

"地域共同体"建构在具体地域原则之上,属于文化地理学意义上的归属实体。在通常的语言里,共同体与地方紧密相连,即物质、地理

---

① [美] 丹尼尔·贝尔:《社群主义及其批评者》,李琨译,生活·读书·新知三联书店2002年版,第194页。
② [美] 丹尼尔·贝尔:《社群主义及其批评者》,李琨译,生活·读书·新知三联书店2002年版,第96—102页。

意义上的共同体，包括家、出生、童年和成长时期的记忆。地域共同体的特点在于具体地方性、相对稳定性和空间临近性。它是人们固定在某个地方的感情纽带，而移居则使人形成防卫机制。德拉布尔对地方性的认同集中体现在重返"五月农舍"的归家叙述中。

与建构性共同体含蕴的积极联结相呼应，德拉布尔在叙述层面引入了"条件性好客"创作理念，主张在融通交流中实现文学创新和价值表达。作家创作思想中的伦理共同体与亚里士多德的城邦、滕尼斯的"有机自然共同体"、马克思的"人类共同体"以及贝尔的"建构性共同体"高度契合。德拉布尔神话诗学视阈下的共同体架构提倡在多元异质的复调交往及主体间性的基础上，通过象征行动与想象实践使团结愿景具体化，其作品中的主人公个体唯有作为共同体成员并通过共同体才能建构起私人、社会、国际格局和文学创新层面上的总体性价值，而个体也得以在共同体形成的过程中重塑自身作为人的形象。作家敏锐地感知到当代共同体研究解构有余而建构不足，哲学性、学术性有余而社会性、现实性不足的核心问题，尤其在当代后现代主义原子式个体造成的历史感、距离感、主体和深度感消失的虚无主义和怀疑主义浪潮下，作家始终为伦理共同体的价值重建留有一席之地。

第二章

契约家庭共同体困境与关怀伦理共同体重建

20世纪80年代,撒切尔夫人在社会风尚方面大力推崇维多利亚时代的家庭伦理,在一次采访中她明确表示:"家庭的维系不仅是个人生活中最重要的部分,也是任何共同体生活的中心,因为家庭是整个民族的构成单元。"① 家庭被设想为成员之间的亲密沟通,一种依照固有血缘、本质而自然形成的有机融合体,孕育着无利害关系的情感认同。在《法哲学原理》中,黑格尔提出爱是家庭最重要的特质:"家庭的团结基于爱的情感,是一种自然形式的伦理生活,而国家则基于法律意识。"② 在传统伦理研究范式中,家庭伦理在概念上属于原初性、真实性和自然性范畴,因此被赋予超越雅典城邦、早期基督教团体和自治城市等社会组织性和人工聚合性共同体的意义。

德拉布尔作品中的家庭共同体成员主要由母女构成。然而,现代性契约道德直接导致了家庭功能失效和家庭伦理道德失范。在《20世纪小说中的共同体》一书中,赫弗南(Julián Heffernan)开宗明义地将家庭归为当代共同体运作的基本形式。家庭作为亦药亦毒的"对抗性拟作

---

① Rebecca S. Godlasky, Support Structures: Envisioning the Post-Community in Contemporary British Fiction and Film, Ph. D. dissertation. Florida State University, 2005, p.9.

② Rebecca S. Godlasky, Support Structures: Envisioning the Post-Community in Contemporary British Fiction and Film, Ph. D. dissertation. Florida State University, 2005, p.40.

药"（confrontational pharmakon），目的在于与更强大的主导性政治单元语意力量，如社会、民族、国家和资本相抗衡。而事实上，无论在资本运作还是对成员"制约、限制和束缚"方面，家庭的运行机制都加剧了共同体内部的二元对立，因此是一种更具隐蔽性、也更加有效的霸权话语残余补充。① 具体到德拉布尔作品中作为家庭主导话语颁布者的第一代母亲身上，她们一方面表现出激进女性主义要求独立自由、排除男性家庭参与的强烈政治诉求，另一方面又将男权社会的公正伦理、功利伦理和契约伦理移植、内化为家庭领域的绝对伦理标准，这就直接导致了母女亲情纽带、移情及主体间交流由于普适公正革命诉求、主客体分离行为规范以及绝对理性道德律令而瓦解。例如，《磨砺》《针眼》《黄金国度》和《金色的耶路撒冷》中的女主人公在早期都遭受过母亲在家庭内部施加的契约伦理话语暴力，从而成为现代性道德困惑和技术控制论的牺牲品。

在第一代母亲所代表的契约家庭伦理框架中，母亲身份建立在女性主体被奴役束缚的预设之上。公共领域和私人领域二元划分框架中的母亲身份抑制女性话语的自由表达，因此成为父权制意识形态延续发展的工具，是造成性别不平等的温床和罪魁。波伏娃在《第二性》中指出，父权制将母亲身份等同于自我贬抑的他者身份，孕妇是自然的俘虏、植物或动物、储备的胶质和孵卵器，因此从生理决定论对母性提出质疑。美国诗人、女权主义者里奇（Adrienne Rich）也提出母亲身份是父权制体制化的结果："男性需要孩子以巩固他在社会上的地位。因此，耶和华那句'生育并繁殖吧'就成为施与所有女性的一个纯粹父权主义的命令。"② 在男权社会体制之下，女性只是被阉割的男性和匮乏的代名词，具有明显的属下特征。同时，女性又通过生育功能这一私人领域的卑贱能指而成为前主体时期身体的托管人，并被父权制社会驱逐到符号秩序

---

① Julián Heffernan, "Togetherness and its Discontents", in P.M. Salván, Gerardo Salas and Julián Heffernan, eds., *Community in Twentieth Century Fiction*, London: Palgrave, 2013, pp.34-35.
② Adrienne Rich, *Of Woman Born: Motherhood as Experience and Institution*, New York: W.W. Norton & Company Inc., 1976, p.119.

边缘。做母亲的欲望被视为怪异甚至是反动的。对于德拉布尔小说中的第一代母亲而言,女性内化、亲历的母性身份及其伦理判断作为温情的真实幻觉使其成为父权制性别操演的同谋,因而必须予以摒弃。

在《磨砺》中,罗莎蒙德的母亲是女性主义者和社会学家,小说自始至终她都在非洲和印度投身人类平等的宏大事业,以完全缺席的声音告诫女儿独立的重要性。罗莎蒙德长期在男性思维方式训练下极力规避自己的女性身份。作家曾这样解释《金色的耶路撒冷》中克拉拉母亲所代表的典型"坏母亲"形象:"她们没有受过高等教育,由于失望而脾气尖酸刻薄,自以为是,苛责挑剔,在廉价的道德优越感中寻求高人一等的地位。母亲们多遵循棍棒之下出孝子的教育理念,孩子应当在严格管束下独自哭泣,抚育的首要目标即挫败孩子的意志。20世纪60年代的英国,母亲被专家们灌输宠爱孩子的危险后果,因而倾向于严厉冷酷的教育方式。"①《瀑布》中简的母亲来自中产阶级乡绅家庭,伪善、势利、没有真正的感情,成人后的简只能在人格面具下隐藏真实自我;《针眼》中罗斯的母亲在女儿成长过程中完全缺席,家庭教师诺拉作为替代母亲从小向她灌输清教罪恶理念;《黄金国度》中弗朗西斯的母亲作为著名的女性主义者和妇产科专家,极力提倡计划生育,对两性之间情感不屑一顾。如此频繁出现的"恶魔"母亲在德拉布尔作品中大量涌现,以至于作家曾幽默地说:"我的作品一部接一部出版,终于有人指出我一直在写这些'坏'母亲。"②

与施加家庭契约伦理的"坏母亲"形成鲜明对比,为孩子无私奉献,甚至牺牲自己的第二代"完美母亲"则传达出德拉布尔所肯定的当代关怀伦理转向。《加里克年》中的爱玛和《针眼》中的罗斯都是为了孩子而返回一桩不尽完美的婚姻;《大冰期》中艾利逊为了脑瘫的女儿莫莉放弃了自己的演员事业(德拉布尔本人也因为怀孕而主动结束了演员生涯),开始义务为残疾儿童协会工作。瑞士心理学家艾丽丝·米勒

---

① Valerie G. Myer, *Margaret Drabble: A Reader's Guide*, London: Vision Press, 1991, p.53.
② Margaret Drabble, Interviewed by Barbara Milton, "The Art of Fiction", *Paris Review*, No.74, 1978, https://store.theparisreview.org/products/the-paris-review-no-74.

（Alice Miller）高度评价了母爱的代际补偿功能，即母亲对孩子的爱可以在某种程度弥补女性在幼年时期母爱的缺失："孩子实现了她拥有一个称职母亲的愿望。换言之，这个孩子代表着重获美好母女共生关系的一个机会，这种关系病患从未经历过。孩子此时成为病患真实自我的象征。"① 给予而非攫取的伦理行动激发女主人公实现从唯我论转向利他主义的道德跨越。对孩子的爱不仅使得女性重获不曾体会的母爱，是其生理和心理情感的自然流露，更承载着德拉布尔探索一种全新伦理进路的积极尝试。

肖瓦尔特因此指出，德拉布尔的传统倾向代表着女性写作的更高视阈，是"对自己要求愈加严格、视野愈加广阔、写作态度愈加严肃的体现，她的作品记录了女性意识拓宽和成熟的过程"。② 对作家而言，所有包含在快感和痛感之中的女性经验与母性密不可分。文评家瑞森（Ann Rayson）也肯定了作家的母性救赎观："德拉布尔将女性作家带入了一个全新的时代，母亲和子女的关系不再带来毁灭，而是一种催化剂。家庭不再导致女性抑郁并抽干她们的创造性，而是激发人物的自我身份认同。"③ 事实上，作家对来自女性内部的母性贬抑观点持否定态度，甚至专门创作《磨砺》一书来阐述抚育孩子所带来的救赎力量。德拉布尔否认奥克塔维亚的私生子身份是她关注的主旨，声称她写这本书是要交流生育孩子的经验，并且探讨孩子在女性生活中的重要性、母爱及生育给女性生活带来的积极变化等问题。④ 目前，作家的母性身份主题已得到众多评论者的共识，如肖瓦尔特在《她们自己的文学》一书中详细探析了德拉布尔如何以一种平和、积极的态度对母性经验进行体悟：

---

① Alice Miller, *The Drama of the Gifted Child*, trans. Ruth Ward, NY: Basic Books Inc., 1981, pp.78-79.
② Elaine Showalter, *The Female Malady: Women, Madness and English Culture*, Harmondsworth: Penguin Books, 1987, pp.304-307.
③ Ann Rayson, "Motherhood in the Novels of Margaret Drabble", *Frontiers*, Vol.3, No.2, 1978, p.43.
④ Lynn V. Sadler, *Margaret Drabble*, Boston: Twayne Publishers, 1986, p.26.

德拉布尔是书写母性的小说家，就像夏洛特是书写教室的小说家一样。母亲和孩子之间血脉相连的爱像上帝的恩典那样自然流出，是一种最具教益、也最让人惊异的人类关联。对德拉布尔的女主人公而言，自己的一间屋通常就是产房，同时也成为恢复人性、仁慈和智慧的测试场……怀孕成为获得知识、得到教育的方式。母爱是她的作品中人与人之间最深刻的联系，具有极大的启示性。①

与肖瓦尔特的观点一致，斯泰勒（Thomas F. Staley）在《二十世纪女小说家》中将德拉布尔的母性书写意义提升至道德高度。评论家指出："在对生活中母性、婚姻和家庭等普遍问题的关注上，德拉布尔深受维多利亚小说家伟大传统的影响，这种影响比对其他任何一位当代小说家都深远。像维多利亚时期的小说家一样，她在其创作中始终关注道德问题。"②德拉布尔在采访中也曾多次表达母性体验具有救赎力量的观点："世上的永恒欢乐在于母爱，而非两性之爱。母爱和父爱是永恒之善，体现了上帝之爱。尽管做女儿很无趣，做母亲却是很快乐的一件事。"③在作家看来，母亲身份给女性自由所造成的限制实则蕴含着深刻的伦理意味，生育不是取得胜利，而是对放弃唯我论伦理立场的坦然接受。德拉布尔通过在第一代"坏母亲"所表征的普适乌托邦幻象、主客体分离以及工具理性滥觞与第二代"完美母亲"所体现的具体之爱、共同体联结和情感立场之间构建起强烈对比映照，成功地表达了作家反对契约家庭伦理、支持心理建构性关怀伦理共同体的立场。

第一节　契约家庭共同体困境

20世纪语言学转向引发了哲学界对结构意义的思考，此时社会作

---

① Elaine Showalter, *The Female Malady: Women, Madness and English Culture*, Harmondsworth: Penguin Books, 1987, pp.305-306.
② Thomas F. Staley, *Twentieth-Century Women Novelists*, Totowa. NJ: Barnes, 1985, p.138.
③ Ellen Rose ed., *Critical Essays on Margaret Drabble*, Boston: GK Hall, 1985, p.67.

为各个部件所构成的机器，在契约模式下由个体行为和主体理性拆卸或安装在一起。在此前提下，契约伦理等以权利为基础的"理论/裁决"（theoretical/juridical）道德范式进入私人范畴，表现为主体间性层面上"道德主体在一套像法律一样的道德原则或程序下推断并得出道德判断，从而决定什么是公正的道德"①。在德拉布尔的小说中，第一代母亲及其影响下的女主人公将契约伦理移置到家庭领域，并将其提升到关于知识有效性和叙事合法性根据的绝对高度。

一 《磨砺》和《针眼》中的契约伦理困惑

（一）普适公正

第一代母亲的契约伦理首先体现为对普适公正的政治诉求。《磨砺》讲述了剑桥文学博士罗莎蒙德在信奉激进女性主义的母亲影响下，将绝对独立自由作为行为准则，然而意外怀孕促使她面对孤立与异化。作为一名社会学家，罗莎蒙德的母亲对于行为的适当程度与系统普遍性成正比的认识集中体现在对社会绝对公正的理想中。然而，叙述者对其空幻的社会理想却不无讽刺之意："英国共产党的公正原则和中产阶级的道德疑虑在她身上融合，她继承了英国非国教传统中最令人痛苦的部分，并把它贯穿到自己的政治和道德行为之中。"（《磨砺》，第27页）小说伊始，"投工党票"的罗母就有意在家中营造一种公正的氛围，让帮佣与家人一同进餐，把女儿培养成一个与男性平等的人，并将全部精力诉诸非洲和印度的经济发展，以期世界平等。德拉布尔将其塑造为工作于第三世界国家的英国"正义使者典范"，认为她们"像众多有着负罪感的英国人一样，期望对英国在过去殖民灾难中扮演的不光彩角色做出补偿。去那些国家工作几年再回来，对她们而言具有了一种伦理意义"。②罗莎蒙德在母亲影响下也对社会公正有着极端的敏感，以社会责任为出

---

① Margaret Walker, *Moral Understanding: A Feminist Study in Ethics*, London: Routledge, 1998, p.36.
② Margaret Drabble, Interview by John Hanny, "Margaret Drabble: An Interview", *Twentieth Century Literature*, Vol.33, No.2, 1987, p.135.

发点，同时给四个边缘人物（因怀孕被开除的女学生、一个印度人、一个希腊人和一个美以美会牧师）做家教；在超市偶遇挥霍无度的嫂子时，罗莎蒙德表现出"公正浪潮"之下的憎恶和"社会学的怜悯"（《磨砺》，第 99 页）。主人公甚至还将这种自由主义公正观移植到了两性关系中，同时与乔和罗杰交往。按照罗莎蒙德自己的理解，"这是一个绝妙的体系，对谁都不失公平，而自己又可能最大限度地受益"（《磨砺》，第 17 页）。

然而，女主人公表面上的公正伦理背后却是强势的阶级优越感和施恩俯就姿态，其本质是对具体他人及其真实情感的漠视和拒斥。罗莎蒙德一方面为人类的痛苦唏嘘感叹，另一方面为奥克塔维亚拥有高档住宅区的地址、一个自己这样高阶层的母亲而自豪。同样，《针眼》中的罗斯遵循家庭教师、"替代母亲"（surrogate mother）诺拉关于财富必定带来罪恶和爱人如己的教义规训，以"基督重生"的身份来到贫民区济贫。然而，邻居刚刚接走请她帮忙照顾的孩子，罗斯便大发雷霆，认为身边这些精神生活贫瘠的人是在利用她的好意。事实上，她行善的出发点在于正义，而并非本意："这样做是对的，我做了正确的事情……我讨厌这些婴儿，我只是假装喜欢而已。"（NE, pp.177–178）此处主人公人道主义所标示的普适公正所指向的并非具体他人，而是抽象空泛的人的概念。在将崇高理想转化为自我肯定工具的同时，罗莎蒙德和罗斯的伦理危机在于以"坏母亲"为行动参照，使自己沦为公正世界外在的观察者、分析者、而不是内部行动者和参与者，这一间离视角又因伦理实施者"做了正确的事情"并对营造大同世界公正幻象的无知而愈加有害。

（二）主客体分离

除了普适公正道德取向，小说中第一代母亲奉行的契约家庭伦理还体现为主客体分离。现代性运动的主要任务在于以人权取代神权，重建人作为"万物灵长、宇宙精华"的权威。现代哲学以笛卡尔、牛顿哲学为指导发展出世界存在论二元模式，即："个人本位逐步形成，主体与客体形成对象性关系、天人分离、科学技术和经济活动逐步独立出来，所有这些就是现代性。"①主客体分离与个人自由主义由此成为自主性的哲学来源，通过"没有关系的关系"和绝对向外自我揭示以树立自主性权威。存在主义意义上的"自由"观念源自拉丁语"Immunitas a coercion"，即"免遭强迫"之意，也意味着能够自己决定做什么，此时的自由主要意味着一种不受他人强迫和限制的状态。萨特在《存在与虚无》一书中所描绘的自我与他人之间的根本关系似乎就是"冲突和敌视"，他在《禁闭》中所说的"他人即是地狱"即对这种紧张关系的形象描述。

女性主体建构是德拉布尔创作诗学中的核心要素。身为女性作家，德拉布尔对性别问题给予特别关注，她前期的作品大都聚焦女性生存困境、女性艺术想象力和女性主体建构。《夏日鸟笼》中的萨拉、《磨砺》中的罗莎蒙德、《金色的耶路撒冷》中的克拉拉以及《瀑布》中的简都对自身女性边缘性他者地位有着高度的体察。大学毕业的萨拉不无自嘲地承认自己"无法成为一个性感的学者"（*SB*, p.198）。罗莎蒙德博士极力摆脱自己的女性社会属性以获得身份认同。克拉拉将情人加布里埃尔视为自我进步的工具，简在父权制象征话语体系中抗争。

然而，我们却不能简单将德拉布尔归为"女性主义"作家阵营。"身份"（identity）的基本含义为"在物质、成分、特质和属性上存有的同一的性质及可确认状态"，以及"在任何场所、任何时刻依其自身而非其他状态的事实"。②从这两层基本含义来看，德拉布尔笔下的女性身份始终处于离心和向心两个维度的复杂张力中。在离心层面，它偏重的是个体差异；在向心层面，它偏重的是共同体归属和集体身份。因此，德拉布尔在揭露、批判父权逻各斯篡改女性经验、歪曲女性形象以及消解女性声音，并由此呼吁女性摆脱边缘和受贬抑处境的同时，也对激进女性主义建立在契约权利上的政治纲领持怀疑态度。作家反对通过女性他者与男性主体在权力谱系两端的位置对调，或者说男性的至高权力被移交到

---

① 吕乃基：《论现代性的哲学基础》，《浙江社会科学》2003 年第 4 期。
② James Murray ed., *The Oxford English Dictionary*, Vol. VII, Oxford: Clarendon Press, 1989.

女性他者身上来形成新的主奴关系。按照作家自己的话说:"我是作为作家,而非完全意义上的女性来写作的。实际上,在我的作品中,我试图避免自己的女性作家身份,因为那样会造成自己的狭隘和隔绝。"①

在谈及读者将《黄金国度》中享有世界声誉的女考古学家奉为新女性典范而备加推崇时,德拉布尔略带自嘲地解释:"女性主义作家这一称谓是描述性的,而非规约性差别,如同我是英国作家、或是出生于约克郡的作家一样。我的小说在美国成为畅销书的理由是完全错误的。"②女性主体建构只是德拉布尔人类共同体问题的一个切入点,作家明确表示其作品中探讨的"与其说是女性的问题,不如说是人类共同的问题"③。

国内学者黄梅在《磨砺》的代译序中写道:"难道女性自立必定带来人与人的隔绝?与此相应,被鄙弃的'老'故事中是否也含有合理的成分和人类智慧与经验的积淀?"(《磨砺》,第5页)该评论可谓切中肯綮。在小说中,德拉布尔通过对"坏母亲"的否定淋漓尽致地表达着自身对激进女性主义者孤立与分离姿态的批判。《针眼》中罗斯的母亲没有职业、没有朋友、没有目标,是德拉布尔所有作品中最虚无、孤独异化的人物;《瀑布》中简的母亲在病态的阶级意识下"自以为是、孤立无援、石化僵死"(*WF*, p.61);《磨砺》中罗莎蒙德的社会活动家母亲更是仅仅作为在第三世界国家漫游的表意符号和虚拟影子游离于女儿的生活之外。女权主义者母亲以绝对独立为纲领消解着罗莎蒙德与他人和社会的关联,导致后者将两性之爱从生活中彻底抹去,自诩为"维多利亚时代的人物",对自己胸前代表"禁欲"(abstinency)而非"放荡"(adultery)的醒目红色字母A有着"时代的自豪"。显然,主人公通过自主原则建构起的纯粹自我摆脱了主体间交往,独体性和绝对主体成为她处理两性关系的伦理指向。美国学者阿迪斯(Ann L. Ardis)对这种

---

① Ellen Rose ed., *Critical Essays on Margaret Drabble*. Boston: GK Hall, 1985, p.19.
② Margaret Drabble, "The Author Comments", *Dutch Quarterly Review of Anglo-American Letters*, No.1, 1975, p.36.
③ Nora Stovel, *Margaret Drabble:Symbolic Moralist*, San Bernardino: Borgo Press, 1989, p.3.

以孤立求独立的政治正确性颇有微词:"新女性小说家对自然的婚姻情节提出了挑战,将维多利亚时期家中天使、'纯洁女子'替换为对两性关系持规避态度的性冷淡者。与其说这类人物的立足点出于伦理,不如说是为了政治。"① 对女性身份的自我贬抑已经将罗莎蒙德的自由解放诉求推向了唯我论的极端。

在德拉布尔看来,分离的、个人的、二元的、权力等级制下的自我从一开始就表现为一种问题性存在。科恩在《重新思考女性主义伦理》一书中指出,如果"绝对自我的观点就是现代主义的观点,那么现代主义是有缺陷的"②。在这个意义上,契约伦理长期以来所颂扬的自主性、自我和自由名义下的主客体分离就不再是人类发展的必要条件,而是伦理失范的具体表征。

(三)道德工具理性

在传统"感性、知性、理性"的三分法中,感性处在最浅显的层面上,它的局限性决定了认识只有经过理性阶段的升华才能把握事物本质。德拉布尔作品中第一代母亲趋向把理性与抽象性、普遍性联系在一起,把体验、情感和感觉与具体性和特殊性相联系,并使这两个方面对立起来,即:"行为只按义务行事,如果有爱或同情的倾向,它就没有真正的道德价值。"③

德拉布尔作品中的第一代母亲普遍将情感视为真理认知的巨大障碍,同时将工具理性规范化为家庭内部的道德律令。以《磨砺》为例,罗莎蒙德的母亲奉行理性与感性之间逻各斯二分法,即只有前者能够通达事物本质,进而在更深层次上把握世界的信念。她在得知女儿生下私生子后,为了避免双方的"痛苦和难堪"而放弃了回英国的计划,直接从非洲到印度。然而,母亲理性思维下的伦理判断在罗莎蒙德眼

---

① Ann L. Ardis, *New Women, New Novels: Feminism and Early Modernism*, New Brunswick: Rutgers University Press, 1990, p.3.
② Daryl Kohn, *Rethinking Feminist Ethics: Care, Trust and Empathy*, London: Routledge, 1998, p.5.
③ Moira Gatens ed., *Feminist Ethics*, Ashgate: Dartmouth Publishing Company Limited, 1998, p.47.

中只是一种"英国式完善的道德传统""冷若冰霜的学究"以及情感保守主义做派,而女儿此时需要的却是母亲本能的关怀和内心情感的真实表达。乔治·艾略特曾将这种对外界和他人缺乏感觉的麻木状态称为"愚昧":"我们对崇高仁慈的感受不敏感的、缺乏知觉的状态就是愚昧。……如果认为愚钝仅指智性领域而无关性情,那就错了。"①

同样,《针眼》中信奉清教的保姆诺拉宣扬严苛的自我否定和管教。主人公童年最痛苦的经历就在于"一生都没有在母亲的怀抱中哭过……一生中最羞辱的记忆就是威胁诺拉表现出哪怕是一点点的温情"(NE, pp.346-348)。德拉布尔曾在《贝内特传》中对这种利用宗教禁欲压制人类情感的虚伪母爱形式进行批判,认为她们"尊崇的克己、简朴与禁欲是一种受虐狂式的卑顺与自我贬抑"。②诺拉的宗教理性意在建构指令性规则和道德理解的系统化,遵循普遍知识规约下的行为范式,而实现这种自反式道德必须否定、纠正并消除女性分散的直觉以及所有情感、个人立场和同情。

家庭中母性情感和人性方面的欠缺以及唯理主义造成了主人公日后的价值取向倒错,导致主人公不可逆转的移情脆弱、移情枯竭和公共性腐蚀。在这个意义上,罗莎蒙德和罗斯一样,都是第一代"坏母亲"理性和智性的受害者。读者于是看到被父母教育成费边社唯理主义者的女主人公一度失去表达情感的能力,刻意压抑、遏制对乔治情感的自然流露,终日逃避在学术象牙塔进行精准科学的16世纪诗歌数据分析。此处莎士比亚描写爱情、美和性的诗歌却被置于极端形式化和以精准为目标的学理框架之中,折射出主人公"没有能力用喜好与厌恶、爱与恨的人性去看待事物"的伦理困惑(《磨砺》,第99页)。德拉布尔对罗莎蒙德逻辑抽象有余而情感直觉不足的困境有着高度的伦理自觉,作家在采访中表示:"如果你的心灵枯竭了,那么精神和灵魂也枯竭了。你必须关注自己的情感中心和灵魂中心。情感生活也许比自我意识和智性生活

---

① Gordon S. Haight ed., *The George Eliot Letters*, Vol.6. New Haven: Yale University Press, 1954, p.287.

② Margaret Drabble, *Arnold Bennet*, New York: Alfred A.Knopf, 1974, p.277.

让人悲伤，但同时也赋予人充实与完整的生活。罗莎蒙德痛苦的原因之一就在于灵魂的枯竭，她不允许自己去感觉。"[1]

《磨砺》中的人物命名是德拉布尔与前文本展开对话的重要方式。罗莎蒙德的名字源自16世纪英国诗人、历史学家塞缪尔·丹尼尔（Samuel Daniel）的道德控诉自白诗《罗莎蒙德的控诉》（*The Complaint of Rosamond*）。丹尼尔笔下的罗莎蒙德是亨利二世的情人，爱情是她生命的全部，后被王后所杀。诗歌中女主人公的鬼魂以第一人称现身说法，警诫女性僭越社会既定道德规约后导致的痛苦，以此告诫读者要规避情感和欲望。在道德寓言前文本的镜像投射下，《磨砺》中主人公的情感表达也将其推向自我惩罚的伦理困局。

达尔文在晚年曾对自己感受力的丧失进行反思，认为机械化的理性思维削弱了人类天性的情操。他甚至把自己比喻为"活着的死人"："我将试图这样来描述我自己的一生，仿佛我是一个死去的人，在另一个世界回望生命。这对我来说并不困难，因为生命对我来说，仿佛已经逝去。"[2] 崇智的理性和严苛的规程理式将达尔文及其追随者罗莎蒙德和罗斯都变成了"机械活着的死人"，以毁灭生命活力为代价的知识追求不但不能通达完整有机的生存意义，反而使其陷入精神愚昧的孤境。

二 《金色的耶路撒冷》中的宗教物质化与原子式分离

德拉布尔获詹姆斯·泰特·布莱克纪念奖的《金色的耶路撒冷》讲述了英格兰北部工业小镇诺瑟姆的女孩克拉拉为逃离家乡卫斯理教派刻板守旧的生活方式而不断摒弃过去、追求道德理性与主体间原子式分离的故事。克拉拉在大学认识了德纳姆家的克莱莉亚，并由此成为其兄加布里埃尔的情人，进入她幻想中的天空之城。小说的最后，克拉拉抛下濒死的母亲，继续她那自由的生活。作品的深意并非提倡女性的生命张扬，而是在大量圣经、童话和民间故事的主题原型和结构原型中体现作

---

[1] Ellen Rose ed., *Critical Essays on Margaret Drabble*, Boston: GK Hall, 1985, p.25.
[2] Francis Darwin ed., *The Autobiography of Charles Darwin and Selected Letters*, New York: Dover Publications, 1958, p.5.

者对独体生命的反思。如果说《针眼》中的罗斯和西蒙最终借由宗教道德获得灵魂救赎，那么克拉拉则将虚妄的宗教幻梦置换变形为世俗攫取与逃避。德拉布尔通过系统地描写和指涉大量原型象征，从整体上对主人公克拉拉的行为和伦理发展进行批判。

2005—2013 年，英国坎农格特出版社（Canongate Books）的神话改写系列已经邀请了超过 25 个国家的百位知名作家对包括潘尼洛普、耶稣和孟姜女等经典神话人物原型及叙述模式进行了否定性互文创作、滑稽模仿和变形。该系列丛书也成为文化批评界反宏大叙事与真理符合论、强调读者误读和文本嬉戏的典范之作。无独有偶，童话改写也成为与神话改写并行的政治书写流行创作模式，如美国儿童文学作家约翰·希兹卡（Jon Scieszka）的《臭奶酪小人儿以及其他相当愚蠢的故事》（*The Stinky Cheese Man and Other Fairly Stupid Tales*）就对《豌豆公主》等 9 个浪漫童话进行篡改和批判；巴塞尔姆（Donald Barthelme）的《白雪公主后传》（*Snow White*）和英国作家希拉里·曼特尔（Hilary Mantel）的《秋天里的灰姑娘》（*Cinderella in Autumn*）中的女主人公均以控诉婚姻枷锁新女性先知的身份对传统童话中女性变形轨迹进行了激烈狂悖的嘲讽调侃。

因此，当英国当代作家玛格丽特·德拉布尔创作的《金色的耶路撒冷》（*Jerusalem the Golden*, 1967）首次出版时，书中通过反抗原型伦理内涵为欲望主体寻找合理合法性的叙述策略很容易让读者误认为这又是一部女权主义对抗性改写之作。作品由第三人称叙述者通过主人公克拉拉的内聚焦讲述整个事件，阐释作为典型新女性的克拉拉如何以对基督圣歌和童话进行模仿、移用到改写为叙述动力，不断逃离、反叛外省家乡诺瑟姆和母亲所代表的传统价值，并最终选择伦敦德纳姆替代家庭的僭越轨迹及伦理冲突。以英国文评家李·爱德华（Lee Edward）为代表的评论界聚焦于女性主体意识的建构，充分肯定了德拉布尔在"升华主人公自我实现方面传达的女性权力话语"[①]；另有评论家则指出作家的

---

① Nora Stovel, *Margaret Drabble, Symbolic Moralist*, San Bernardino: Borgo, 1989, p.90.

"性别政治书写背后充满了伦理困惑，读者以混杂不安的心情对克拉拉的逃离既同情又谴责"，① 伯纳德·伯格纳兹（Bernard Bergonzi）甚至在BBC系列节目中公开指责德拉布尔在叙述过程中助长了"现代女性在自我实现过程中轻浮浅薄的生活态度"。② 笔者认为，这些评论都局限于《金色》的表面文本，混淆了叙述者和作者不同的伦理位置，因而对作者意图造成了误读。德拉布尔在小说创作初期就曾明确表示："《金色》的意义在于抵御 60 年代对通过僭越和反抗来实现自我的片面理解。"③ 韦恩·布思（Wayne Booth）曾提出不可靠叙述涉及价值判断，读者必须认识到叙述者表层文本中的道德取向与隐含作者潜藏文本中的伦理、信念等价值规范（norms）之间的间离和悖逆并对其做出双重解码（double decoding），才能发现"叙述者的事件叙述或价值判断不可靠。叙述者则是嘲讽的对象"。④ 事实上，小说中作为德拉布尔"第二作者"的隐含作者始终以批判、质疑的冷静客观对叙述者有限视角中的宗教伪文字主义和童话魔幻变调构成寓意反讽并保持着审慎的距离。

（一）宗教伪文字主义与伦理物质化

19 世纪英国国教牧师 J. M. 尼尔（J. M. Neale）创作的圣歌《金色的耶路撒冷》是克拉拉"避难的天堂"："金色耶路撒冷/天佑富饶之地/在你的凝视之下/我们敛声潜心/何等圣爱欢乐/何等荣耀光辉。"（《金色》，第 28 页）作为全世界基督教徒心中耶稣基督复活的圣地，大卫王所创建的耶路撒冷在《圣经》中被描绘为神迹生成的超验居所："圣城耶路撒冷中有神的荣耀，城是纯金的，如同明净的玻璃。"⑤ 在克拉拉看来，德纳姆女主人、作家坎迪达位于伦敦海格特文化名人聚集区的奢华生活与母亲代表的卫斯理教区诺瑟姆隐忍克己的教育理念构成强烈

---

① Margaret Drabble, Interviewed by Joanne Creighton, "An Interview with Margaret Drabble", in Dorey Schmidt, ed. *Margaret Drabble: Golden Realms*, Edinburg: Pan American University Press, 1982, p.27.
② Nora Stovel, *Margaret Drabble, Symbolic Moralist*, San Bemardino: Borgo, 1989, p.90.
③ Nora Stovel, *Margaret Drabble, Symbolic Moralist*, San Bemardino: Borgo, 1989, p.75.
④ 申丹等：《英美小说叙事理论研究》，北京大学出版社 2006 年版，第 134 页。
⑤ 《启示录》21:11，《圣经》（和合本），中国基督教协会 1997 年版。

反差，其住宅中"镶金"扶手椅、"金色"镜子、"镀金"烛台、壁炉架上的金鹰，甚至鱼缸里的"金鱼"都成为耶路撒冷的具体表征，代表着"贵族的理想在身后金色的灯光投影下熠熠生辉"（《金色》，第100—111页）。此处的炼金术意象与耶路撒冷属于同一类神谕象征，地下的黄金与日月星辰等炽热天体融汇隐喻人能够感知处于周缘的上帝。[①] 主人公日后情人、德纳姆家次子加布里埃尔（Gabriel）的名字源于圣经中光的天使（cherubim），永远与基督教的神祇同时出现。克拉拉（Clara）的名字出自拉丁语clarus，意指"光明、明亮"，她深知只有在德纳姆这些"炽烈天体和群星、天堂之人"（《金色》，第218页）的神力光芒普照下，自己才能获得救赎。

在表面上，依靠类比移置的规约范式对无意识的间接指涉，克拉拉成功地将圣经神话中的主题原型和人物原型移植到自己的现实生活中。然而，主人公对宗教神秘感与神圣感的理解更多地停留在浅层奇妙愉悦的色彩与想象维度，作为"躲避现实和幻想的手段"（《金色》，第29页），仅保留神话母题的形态，却改变其内核，其目的在于为物质自我的实现披上一层虚假的合理化外衣。一旦原型伦理内涵与个体诉求表达相悖，便转而采用互文戏仿的揶揄模仿手段对圣经经卷的"伦理霸权"进行政治对抗性欲望改造。

克拉拉小时候常读《两棵野草》这样的宗教故事："矮草把目光放在长远的未来，而高草却竭力长高长大，最后碧绿的高草被人摘下，死去。仍在河边的矮草则笑了，它想到自己还活着，能活到明年。"（《金色》，第31页）主人公深知故事本身赞扬的是"基督徒隐忍、持久而深刻的神性宗教态度，批判纵欲、浅薄的奢华和愉悦"，却又认为故事寓意充满"伦理矛盾性"，耽于"在旧的内容与词语中发现某种新的东西，按自己的意志重写选择性的结尾"（《金色》，第31页）。谈及克拉拉对圣歌"金色的耶路撒冷"中彼岸性精神救赎的质疑时，作者明褒实贬的赞许大大增强了对主人公世俗理想的反讽力度："至于圣歌她也

[①] ［加］诺斯罗普·弗莱:《批评的解剖》，陈慧译，百花文艺出版社2008年版，第207页。

有别的用法。她自小就知道自己憧憬的从来就不是那些梦幻般镶满珍珠的拱门、水晶般的围墙和金色塔楼的天国，而是真正人间世俗的天堂。"(《金色》，第29页）作为道德主体最古老的口头文学和伦理抽象化和想象化，原圣歌中"何等圣爱欢乐"的"圣爱"（social joys）源自耶稣"爱的诫命"（sociuslgaudia）中人神关系层面上精神信仰、心灵神迹的神秘重生，① 因此在文学伦理学的层面上具有明显的伦理道德倾向。然而，克拉拉却执意根据词源相似性将其混淆为世俗社会的身份符码，"一定是'社会'（social）一词让她产生了这样一种想象"（《金色》，第29页）。除此之外，克拉拉将自己在办公桌下偷情时头上沾满的碎纸屑视为基督婚礼上的五彩撒花、将圣经中通往天堂的"窄门"意象理解为巴黎之行中逃离诺瑟姆车站黑色隔墙的狭窄夹道、在吟诵圣咏仪式中将"造物主"幻想成性爱对象的过程同样体现出诺斯洛普·弗莱（Northrope Fyre）所言的"宗教伪文字主义"（pseudo-literalism）世俗倾向，即读者在消费文化和解构主义要求消解语言终极意义的"文字学"（grammatology）双重影响下，误认为对真实宗教文本（literally true）的理解必须超越上帝终极意义的在场，转向经卷字面能指与外部经验世界所指实体之间的对应关系。②

对于克拉拉而言，耶路撒冷仅仅是其世俗进取的光鲜外衣，用以证明自身伪基督平行镜像背后的主体欲望。实际上，她在巴黎经历的只有肮脏的凡尔赛宫、缺了塔尖的巴黎圣母院以及浅薄空洞的聚会纵乐，"整个旅程让人极其失望"（《金色》，第64页）。颇具反讽意味的是，被克拉拉视为神之荣耀的德纳姆家庭光鲜的表象下更隐藏着子女的倒错性幼稚病（克莱莉亚房间里摆满了玻璃弹珠、布娃娃和过家家的熨斗等玩具）、兄妹乱伦、加布里埃尔的双性恋、经济困顿以及与妻子菲力帕的婚姻冷暴力、坎迪达对母亲受难者身份的病态依恋等心理症候群。诺拉·斯托夫（Nora Stovel）由此提出："理解《金色》伦理结构的关键

---

① 《申命记》5：6-9，《圣经》（和合本），中国基督教协会1997年版。
② Northrop Fyre, *The Double Vision: Language and Meaning in Religion*, Toronto: Toronto University Press, 1991, p.14.

在于对小说文字象征的领会，读者对克拉拉社会意义上成功（作者意图中的道德匮乏）的误读源于他们接受的是主人公的文字，而不是作者蕴含于象征中的文字。"① 在德拉布尔编撰的《牛津英国文学词典》(*The Oxford Companion to English Literature*) 中，作家指出原型伦理参与构成身份认同，"宗教神话是关于人类至善梦想的普适象征语言"，② 继而对克拉拉盲目篡改、伪造基督命名和荣耀，并用比喻来混淆象征等圣经文字误读倾向表现出了与柯勒律治同样的忧虑。她认为，比喻是具象、碎片的个体意识操控有限、有形且短暂的感官对象的过程，我们对作为崇高象征上帝的理解必须超越对语言符号形式上的表象翻译，通达象征语言那无限、无形而永恒的内心本质。③

究其原因，克拉拉将自己对上层社会金色光影的追逐融入宗教神话的象征符号，却将其简化为伪文字主义的背后是肇始于英国20世纪60年代末的撒切尔主义伦理物质化进程期。自由资本主义市场经济基于实用和商品化平等交换原则的伦理物质技术性侵入主张内心精神原则的宗教认知。看到诺瑟姆街头商业广告中作为宣传噱头的圣经引语，主人公宣称："《圣经》里的词语似乎可以用于另一个更大的、现实的世界。即使这些话语并不真实，至少有人相信这里的道理而肯为它付钱，为它们租广告牌，贴标语，给人对它重新选择的可能性。"（《金色》，第28页）显然，《金色》中的圣经文本已沦为文化资本逻辑下物质和象征性交换的筹码。德拉布尔对主人公这种通过重新阐释、有鉴别地包容或排除等方式对宗教文字进行选择和置换，以便用逆向对照方式使原初宗教词语别具他意，从而盲目夸大传统宗教道德可疑性的行径不置可否，并在《作家笔下的不列颠：文学中的景观》(*A Writer's Britain: Landscape in Literature*) 一书中借狄更斯笔下焦炭镇中疯子和宗教教派所建造的红

---

① Nora Stovel, *Margaret Drabble, Symbolic Moralist*, San Bemardino: Borgo, 1989, p.12.
② Margaret Drabble ed., *The Oxford Companion to English Literature*, Oxford: Oxford University Press, 1985, p.38.
③ Margaret Drabble ed., *The Oxford Companion to English Literature*, Oxford: Oxford University Press, 1985, p.217.

砖仓库式教堂对宗教物质化提出了质疑。①

需要指出的是，德拉布尔对圣经经卷和上帝的认同绝非对于超验概念的阐释。在伦理物质化引发的实用主义和享乐主义作为缺陷性存在的语境下，作家提出的上帝之言，实际上是在神学伦理的高度上，为引导英国民众在低层的物质存在中重建内心信仰所做的话语置换。阿诺德在《文化与无政府状态》中以 17 世纪强盛的清教为例阐述宗教精神性救赎，表现为"民族良心和道德意识"对于蔓延的"道德情感冷漠、行为放纵的一种反动，那是希伯来精神对希腊精神的反动"。② 与阿诺德提出的宗教神性对希腊世俗物质性的纠偏观点一致，德拉布尔借《金色》结尾处与天使报喜（Annunciation）同名的德纳姆家小女儿安纳奇亚塔（Annunciat）前往牛津大学神学院学习这一事件提出了"宗教复兴"与"重释基督伦理意义"的主张③。按照作家自己的话说："上帝的救赎从世俗的、事实上的、有限、自私和充满重重对立的物质现实中走出，通过寓于人们自身中的神性生命达到精神自由。"④

（二）童话魔幻变调与绝对他者

与《磨砺》中罗莎蒙德对情感的自我擦除不同，《金色的耶路撒冷》中克拉拉将自己廉价的情感换算为自我进取的财富筹码。主人公对感性经验和生命体验的缺失有着自觉的认知："我清醒而且坚强，可我不知道什么是爱，我有太多的意志，而没有爱的能力……爱总是千方百计地躲避着我。"（《金色》，第 176 页）小说中克拉拉的母亲毛姆太太坚守美以美教禁欲信条，将克拉拉的美貌和才能视作家庭罪恶。节日成了一种义务，家中死气沉沉，其宗教理性中的冷漠集中表现在参加丈夫葬礼的

---

① Margaret Drabble, *A Writers' Britain: Landscape in Literature*, New York: Alfred A. Knopf, 1979, p.207.
② ［英］马修·阿诺德：《文化与无政府状态》，韩敏中译，生活·读书·新知三联书店 2008 年版，第 122 页。
③ Margaret Drabble, Interview by Dee Preussner, "Talking with Margaret Drabble", *Modern Fiction Studies*, Vol. 25, No.4, 1979/1980, p.575.
④ Margaret Drabble, Interviewed by Joanne Creighton, "An Interview with Margaret Drabble", in Dorey Schmidt, ed. *Margaret Drabble: Golden Realms*, Edinburg: Pan American University Press, 1982, p.29.

一幕中：

> 她［母亲］并没有真正感到悲伤……她没有流泪，葬礼结束后就转身离开墓地。"他走了，我不确定自己是否难过。"克拉拉听到这句话，突然歇斯底里的失声痛哭，当眼泪流过温热的脸颊时，她知道这眼泪并不全为父亲而流，而是为这种自私和冷漠而流。她害怕有一天她也躺在这样一个可怕的墓穴之中连一点点爱也得不到。（《金色》，第25页）

毛姆太太是英国美以美会传统的典型代表，主张通过禁欲获得灵命。现代性契约伦理要求伦理主体在主客体分离基础上实现客体知识独立性，认知者必须与情感、关系和历史背景分离才能建立自身规则。如果说克拉拉建立在宗教伪文字之上的去神话认知导致伦理物质化以及人与自我精神性存在的断裂，那么主人公以工具理性对童话文本所主张的真诚关爱进行对抗性改写则预示着人与人之间的情感匮乏。作为一种将情感联结具体化为唯一至善的感性思维方式，童话文本的可能世界在时序（发生时间）、逻辑（遵循排中律和非矛盾律）、分析（本质属性）以及语言学（语言）四个方面与现实世界表现出同一本体之下的兼容性与可通达性。[①] 这种特质赋予其有效的认知、叙事及道德功能，因此能够通过重建表述话语引发现实中人们的共同心理反应与愿望投射。与此同时，鉴于童话原型在指涉生活和读者接受度方面与神话具有显见的同质性和通约性，我们可将其视为神话内涵的表征延伸，并与后者具有同样的地位。[②] 克拉拉自小喜爱克里斯蒂娜·罗塞蒂（Christina Rossetti）的童话长诗《小妖精集市》（"*Goblin Market*"）。诗作记录了幽谷中像蛇、熊和老鼠一样潜行的妖精们用施法后的奇异水果蛊惑劳拉使其丧失本

[①] Marie L. Ryan, "Possible Worlds and Accessibility Relations: A Semantic Typology of Fiction", *Poetics Today*, No. 3, 1991, p.559.
[②] Jack Zipes, *Fairy Tales as Myth, Myth as Fairy Tales*, Lexington: University Press of Kentucky, 1994, p.6.

性，姐姐莉兹冒险闯入恶魔巢穴，并用溅在脸上的果汁拯救妹妹的情感升华以及"她一生中也没见过的姐妹情深"(《金色》，第123页)。长期的情感压抑促使克拉拉在童话人物的参照体系下与德纳姆家的女儿克莱莉亚产生强烈镜像认同，"发誓要与她好一辈子"(《金色》，第118页)。童话学家伊欧娜·欧佩(Iona Opie)在《经典童话》(*The Classic Fairy Tales*)中指出童话总是与纯真情感相连，"童话中的变形传达的不只是魔幻，更是人与他人之间相互的爱"。[①] 然而，通读全书，读者却难以看到主人公表现出任何真情实感。恰恰相反，《金色》中的克拉拉在新女性自我赋权、自我实现的政治诉求下，将莉兹和劳拉之间为善的关爱、感受和情感置换成为思辨命题和策略之下的理性判断。

在第二次巴黎之行中，克拉拉与德纳姆长子马格纳斯偷情被加布里埃尔发现，后者独自回到旅馆负气睡去。匆忙赶回的克拉拉突然不情愿地意识到，自己没有叫醒熟睡的加布里埃尔这一举动是出于真切的关爱，而情感表露是她所无法接受的。"让他睡着是不自私、真诚而亲密的表达。她知道这一切已经结束了。当决定不去叫醒他时，她就不能再继续下去了，离开他不是因为不爱他，而是因为太爱他了。"(《金色》，第198页) 克拉拉拒斥情感和爱的原因可归为在黑格尔的伦理性别差异区分之下，感性始终与停留在事物表面的、处于卑贱属下地位且不具备行为主体伦理意识的女性气质相连，因此必须被否定并超越。离开加布里埃尔，克拉拉独自在巴黎机场候机时感到了前所未有的轻松，"所有的让她怀疑的伦理承继都被抛弃了，她开始了漂泊，就像花被剪下来，脱离了原来的根，或者是一粒种子，随风飘散，可以无所畏惧的随意落在任何地方"(《金色》，第201页)。在这里，克拉拉所怀疑并最终抛弃的伦理承继是指女性传统中以同情和关怀为代表的道德情感、道德直觉和道德经验等感性价值，而对无根的花和随风飘散种子的向往，表明了克拉拉在稳定长久爱情与短暂浅薄的露水情缘之间明确的伦理选择。德

---

① Iona A. Opie and Peter Opie, *The Classic Fairy Tales*, New York: Oxford University Press, 1980, p.178.

拉布尔对克拉拉主动抑制并割裂情感伦理有着高度的警觉，她说："我们不能抛弃过去的伦理传统，或摆脱他人对我们的要求。情感生活也许比自我意识或智性更让人悲伤，但同时也赋予人充实和完整的生活。她是我所有作品中最无情的女性，她只会攫取。"①

小说的最后，克拉拉再次逃离家乡以及面对濒死母亲表现出的情感压抑和极端冷漠留给读者更多的思考。《金色》的艺术手法之一就在于在结尾处将克拉拉的成长之旅置于劳拉·理查德（Laura Richards）的归家童话集《金色窗子》（*The Golden Window*）的结构模式之中，通过强烈比对，加深作品的伦理寓意与反讽力度。在充满浪漫想象的童话前文本中，"一个小男孩看到远处一座金色窗户的房子，于是就去寻找。经过苦苦跋涉，他突然意识到这座房子就是自己的家，而那金光灿灿只是太阳反射的光"（《金色》，第30页）。家宅意象在空间理论中暗合情感中心与伦理意蕴，"居住的空间超越了几何学空间，家宅是一种强大的情感融合力量，把人的思想、回忆和梦融合在一起"②。德拉布尔也认同"归家"作为童话结构原型体现了人类回归原初情感和生命本真状态的希望，而逃离家宅体现出灵魂无处栖居的流浪状态："家乡风貌是过去的我们和当下我们之间的纽带，是我们具有深厚情感的缘由。当它变得无法识别，我们的痛苦无法言说。我们失去的不只是某个地方，而是自身的一部分和生命的延续。"③像童话中男孩重新认识自己的家那样，克拉拉在得知母亲病重并返乡后一度与过去达成了某种顿悟式和解，翻看母亲年轻时的照片和日记时痛哭失声，终于意识到"《金色窗子》童话寓言的伦理内涵就是告诉人们要珍视已经拥有的东西"（《金色》，第30页）。然而这种体悟却转瞬即逝，无法转化为实际行动驱力。事实上，即使在临终母亲的病床前主人公也表现出一种源自政治情感

---

① Ellen Rose, *The Novels of Margaret Drabble: Equivocal Figures,* London and Basingstoke: The Macmillan Press, 1980, p.25.
② ［法］加斯东·巴什拉：《空间的诗学》，张逸婧译，上海译文出版社2009年版，第5页。
③ Margaret Drabble, *A Writer's Britain: Landscape in Literature*, New York: Alfred A. Knopf, 1979, p.270.

与自然情感痛苦冲突的内心矛盾和摇摆不定,"她一直焦虑地、害怕地等待着,唯恐出现任何情感的迹象,她不敢、也无法忍受石板上出现一丝情感的裂缝"(《金色》,第211页);一想到看望病重母亲要带上鲜花,便"羞愧难当"(《金色》,第210页)。斯宾诺莎伦理学意义上道德的增益源于通过反省将情感纳入心中,由此产生道德感并获得成长,而克拉拉却将感性习得归为空洞的能指幻象,拒绝从情感经历中学习并反思自己的价值取向。对母亲和家乡的爱让位于伦敦具有实用性的加布里埃尔,偶有表达,也在逃离、反叛传统的内化过程中被有意识地淡化搁置。在这个层面上,克拉拉的人性堕落契合反成长小说的成长失败或错位主题。

《金色》在叙述克拉拉对家乡的厌恶时,穿插了这样两则伤感的童话互文本:第一则讲述了孝顺的小女孩雨夜为寻找狠心后妈的猫而死于肺炎。第二则是一个母亲的故事:双目失明的老妪流着泪向每一个从战场回来的人哭问,是否看见过一个穿着绣花衣服的年轻男孩被杀死。士兵说只看到一个长着胡子的男人死了,死时身上确实裹着件破旧的绣花衣服。克拉拉读后毫不掩饰自己对童话文本中情感虚构性的怀疑,"故事里的悲伤缺乏一种现实生活的复杂性和层次感。她在金色童话世界闪光易碎的欺骗中寻找真实、寻找含糊的真理,但她失望了"(《金色》,第29页)。德拉布尔在回忆录《地毯中的图案》(*The Pattern in The Carpet*)中写道:与克拉拉一样,童话《伊巴密浓达和妈妈的伞》的作者艾莉森·阿特雷(Allison Attelly)晚年转而主张将表现"慈母与爱"的故事结尾改写为"更加现实而悲伤"的版本,其原因也是对童话"自我欺骗"的警惕。与阿特雷对童话欺骗性的批判一致,儿童文学家P. L. 特拉弗斯(P. L. Travers)和伊妮·德布莱顿(Enid Blyton)也认为童话学家只是按照成年人的记忆和经验接收或转录精灵意象,本身并不参与再创作,遑论价值重建。德拉布尔对这种童话解构认知模式提出质疑并指出:"造成这种表面上非个人化或超验客观的原因在于一种更接近孤独成年人经验的情感匮乏:最让人痛苦的是童年精灵崇拜的强大力量与万物有灵思想必须被抑制以抵御自我欺骗意识的矛盾。导致当代创作主体及读者产生自我欺骗意识的原因正在于他们被囿于'自我的童年'和功利性的理智之中，以致没有了情感和温情。"① 在这一点上，德拉布尔对克拉拉童话改写深层心理机制的解读符合德国浪漫主义哲学家诺瓦利斯（Novalis）的"童话魔幻变调"（demonic modulation）理论，即童话从早期旨在使他人和世界的丰盈性和神秘性显现的"魔幻化"，向以保障权利为目标的理性伦理方向流变异化。② 在小说中，主人公寻求的理性伦理集中表征为"如天上群星，时聚时散"（《金色》，第218页）的原子化人际关系及作为其维系手段的契约论、功利主义和公正诉求。人与人之间摒弃了统一性有机联系，成为卢卡奇（Ceorg Lukacs）异化理论中彼此孤立、疏离隔膜的原子。克拉拉多次拒绝在宿舍招待克莱莉亚和加布里埃尔，抗拒主动亲吻马格纳斯的原因就在于自己"太自私、不愿给予、只想获得"（《金色》，第139页）。

与此同时，无论是中学时期与工党领袖的儿子阿什交往、第一次巴黎之行时与陌生的意大利青年在电影院猎奇偷情，大学与教授发生性关系，再到最终的德纳姆替代家庭（坎迪达与菲茨杰拉德的工作合影、克莱莉亚在邦德街的画廊以及加布里埃尔工作的法国电视中心），所有对象存在的意义仅仅是为了增长见识、开阔视野。与情人之间围绕"你只是我实现自我的手段"，"而你只是我自我逃避的工具"（《金色》，第216页）这类对话伦理指向更是符合现代人根据目的性决定行为取向的纯粹理性范式。

如此看来，《金色》中重要的是如何通过表现为女性阈限的关怀与情感伦理来抵御主人公"心存感激或忘恩负义都与她无关"（《金色》，第59页），"不懂什么是爱"（《金色》，第176页）的绝对主体危机，进而启发读者重返《小妖精集市》和《金色窗子》童话世界中对情感秩序的主张以及生存意义问题。纵观德拉布尔的童话原型伦理创作诗学，

---

① Margaret Drabble, *The Pattern in The Carpet, A Personal History with Jigsaw*, Boston: Mariner, 2009, pp.54-55.
② 李永平：《通向永恒之路——试论德国早期浪漫主义的精神特征》，《外国文学评论》1999年第1期。

无论是《瀑布》中借由中国童话蓝色玫瑰指涉爱欲救赎,《针眼》中以格林童话汉赛尔和格莱特影射的兄妹之爱,还是《黄金国度》中借睡美人童话传达原始亲缘,古老童话中爱的要旨与自柏拉图以来培根(Francis Bacon)、霍布斯(Chomas Hobbes)、洛克(John Locke)、休谟(David Hume)所提倡的感性经验,穆尔(Charles Moore)直觉伦理崇尚的个人情感和卡罗尔·吉利根(Carol Gilligan)的关怀伦理等情感伦理学薪火相传,殊途同归。然而,德拉布尔不无遗憾地指出,《金色》中美轮美奂的温暖童话记忆却"在一个时代的文化浸染之下被倒置过来,成为一种臆造的精心操作或狡诈的召唤机制,伊巴密浓达等童话被影射为种族或父权主义范式,这是一种强势的文化盗用(cultural appropriation)"。① 行文至此,我们也许有必要对克拉拉毫无甄别地颠覆基督神话神圣威严、亵渎童话真诚灵动等传统价值的时代语境和文化缘起做出进一步的探究与反思。

(三)原型改写的伦理性与政治性之争

以克拉拉的原型改写为代表的去神话认知模式植根于解构主义政治化书写。神话(包括童话)所蕴含的伦理价值被认为是带有歧视意味的本质主义。换言之,当代宗教伪文字主义及魔幻变调等戏仿写作模式肇始于对神话中"意识形态"的高度警惕,原型被等同于某种宏大叙事的面具。罗兰·巴特(Roland Barthes)在《神话:大众文化阐释》(*Mythologies*)中提出"神话化程序"概念,指出神话蒙蔽了具体文化、知识的和意识形态的本来面貌,在普适规范化、合法化和自然化的外衣下建构起统治阶级极具遮蔽性的权力机制和一整套的话语系统,因此充当着"这个社会的意识形态转化的最合适的工具"。② 弗莱的学生柏格登(Deanne Bogdan)进一步对神话"隐含的父权制意识形态"展开了激烈抨击:"当逻各斯被误认为是神话时,真实和虚构变得界限不明,性属

---

① Margaret Drabble, *The Pattern in The Carpet, A Personal History with Jigsaw*, Boston: Mariner, 2009, pp.54-55.
② [法]罗兰·巴特:《神话:大众文化诠释》,许蔷蔷等译,上海人民出版社1999年版,第202页。

便成为意识形态与神话相互渗透的标志。"① 柏格登所抵制的意识形态接近葛兰西的精神道德领导权，这也正是前文所提到的坎农格特神话改写系列丛书以及《金色》中克拉拉对原型伦理采取普遍质疑态度和激进僭越立场的主要心理动因。德拉布尔在小说中多次提到德纳姆家的乱伦，如加布里埃尔、克莱莉亚和克拉拉三人之间的畸形爱恋，马格纳斯与加布里埃尔的妻子费丽帕的情史以及之后对克拉拉的纠缠，德纳姆的另一女儿阿米莉亚婚后离开"金色巢穴"（《金色》，第 181 页）便变得疯癫等令读者感觉吊诡的人性堕落体现，在主人公看来却都成了权力政治的实现表征，"用以满足自己通过人牲、恋尸狂以及乱伦来无视正统思想的好奇心"（《金色》，第 113 页）。在这个层面上，借由肉身化乱伦僭越功能将原型伦理价值作为"非我""他性"政治标靶置于普遍质疑与讽拟性互文框架中，成功地体现出克拉拉意欲颠覆的主体欲望，至于打破道德界限后的去向，于她而言似乎并不重要。

应该说，原型戏仿和颠覆对匡正歪曲的女性形象、恢复遮蔽的女性声音曾起到重要作用。然而，伦理观念的形成建立在特定时代语境之上。德拉布尔曾指出："小说的创作就是将变化中的伦理关联变动不居的社会，同时发扬其当下社会善和美载体的功能。"② 在女权运动将权力政治推向极端的今天，具有女性私人领域特征的内心空间及自然情感（区别于男性外部公共领域的政治空间与逻辑理性）被贴上自我凝视的无意识枷锁或主动参与性别操演的同谋论标签，因此必须被彻底鄙弃。《金色》中克拉拉在中学就清楚，要想跻身伯特斯比文法学校的精英圈、征服并利用优秀男生，"耶稣的灵魂之爱、童话中奖励给好孩子的小木马这种道德规训"远不及象征权力、力量的考试成绩和丰腴乳房实用，而"这种倾向是学校里所有女孩子都有的"（《金色》，第 28 页）。与此同时，自己却在不断利用男性的过程中丧失了爱的能力，"对男孩怎么也喜欢不起来"（《金色》，第 48 页）。不难看出，对内心原则性神

---

① Deanne Bogdan, *Re-Educating the Imagination: Towards a Poetics, Politics, and Pedagogy of Literary Engagement*, Portsmouth, NH: Boynton-Cook/Heinemann, 1992, p.281.

② Nora Stovel, *Margaret Drabble, Symbolic Moralist*, San Bernardino: Borgo, 1989, p.70.

话和感性体验童话原型的改写背后,恰恰是将女性导入精神肉身化和情感功用化的道德危机。正如弗莱所总结的那样:"女性主义和解构主义批评家们意欲通过原型改写,将旨在征服的帝国主义意识形态作为权力结构强行附加给神话,而文学的首要任务就是对两者做出区分。"①

事实上,弗莱早在《词语的力量》（Words with Power）出版之初就开宗明义地提出了神话高于意识形态的主张:"神话具有意识形态所不认可的灵活性（flexibility）和整合性（wholeness）。当附于其中的意识形态消失后,神话是唯一永存的要素。"②这也正是德拉布尔反复强调"不要相信讲述者,相信神话故事本身"③的原因。简言之,在关注对象方面,区别于意识形态对人性真实刻意修正过程中表现出的政治多义性展示及权力诉求（如克拉拉的"自我实现"）,神话更加灵活地关注人类总体生存的伦理性以及对客观善永恒尺度的坚持。德拉布尔将其总结为"普遍性留存"（common reservoir）和"无意向性价值"（value-free）④,包括圣歌"金色的耶路撒冷"主张的精神信仰和《小妖精集市》《金色窗子》传达的情感关爱。在认知模式方面,神话也体现出高于意识形态解构和颠覆态度（如克拉拉以反叛传统伦理本身为目的逃离家乡、聚会纵乐及性猎奇）的整合特征:无论是圣歌中耶稣艰难寻求灵魂救赎的爱的诫命、童话中为救妹妹深入险境的莉兹,还是为归家长途跋涉的小男孩,原型人物的认识论核心都在于能够建构一种积极伦理整合态度,"通过反思,激发并强化人们在碎片化的混沌体系下表达对生活总体文化严肃性或人类繁荣的基本关切"⑤。按照德拉布尔自己的话说:"人类的责任就是在一个充满碎片和分裂的世界中寻找意义,同时直面不

---

① Darrell Dobson, "Archetypal Literary Theory in the Postmodern Era", *Journal of Jungian Scholarly Studies*, Vol.1, No.1, 2005, p.8.
② Northrope Fyre, *Words with Power*, Toronto, Ontario: Penguin Books Canada, 1990, p.60.
③ Margaret Drabble, "Mimesis: The Representation of Reality in the Post-War Novel", *Mosaic*, Vol.20, No.1, 1987, p.14.
④ Margaret Drabble ed., *The Oxford Companion to English Literature*, Beijing: FLTRP, 2011, p.709.
⑤ [加]诺斯罗普·弗莱:《批评的解剖》,陈慧译,百花文艺出版社2008年版,第94页。

可能。"①

无论是当代英美社会口传活态神话的复魅，还是文学人类学对原始思维的认同回归，都折射出心理学家和文学艺术家在反思物质化现代性的过程中，对寻找失落的伦理价值及宗教人文意识中灵魂向度的精神自觉。被誉为"英国伦理学者"②的德拉布尔在20世纪60年代解构势头正盛时就以怀疑和反讽的立场回应并介入《金色的耶路撒冷》中泛政治化文化的批评语境，对其作为具体技术方式的宗教伪文字主义和童话魔幻变调等对抗性改写策略以及相应的伦理物质化、理性伦理危机表现出极大的忧惧。作家始终认为，文学的最高价值就在于增进内在精神成长和情感主体间对话等蕴含于原型伦理中的人性之善，而从整体规律和普遍原则意义上来考察的艺术也远远超越了女性自我实现的范畴，"不再是单纯的美学沉思，而成为一种伦理机构，参与了文明的工作"③。

第二节　关怀伦理心理性共同体

伴随着资本主义生产方式和市民社会的出现，契约精神的伦理预设为西方现代性转向创造了社会秩序的合法基础，其提倡的自由平等为启蒙自由主义冲破权力等级桎梏、推动历史发展提供了哲学依据，也为激进女性主义运动的自我赋权诉求指明了革命进路。然而，时至今日，现代性哲学所主张的个人意志至上却造成了信仰主体与信仰对象的分离以及广泛的精神异化。伦理学家麦金泰尔曾宣判现代性道德哲学已陷入无可挽回的泥淖："自洛克、亚当·斯密以来到罗尔斯的整个现代启蒙运动已经彻底破产，而产生在这一谋划中的现代性伦理，即沉溺于为现代

---

① Margaret Drabble, Interviewed by Joanne Creighton, "An Interview with Margaret Drabble", in Dorey Schmidt, ed. *Margaret Drabble: Golden Realms*, Edinburg: Pan American University Press, 1982, p.26.
② Margaret Drabble, *The Pattern in The Carpet, A Personal History with Jigsaw*, Boston: Mariner, 2009, p.190.
③ [加]诺斯罗普·弗莱:《批评的解剖》，陈慧译，百花文艺出版社2008年版，第459页。

性社会制定道德规则与道德秩序的规范伦理也随之失败了。"① 如果说现代性伦理的基本价值在于理性、目的及权利，那么德拉布尔小说中出现的道德困境则体现为在父权制意识形态的规约下，以男性为代表的公共领域契约道德全面渗入家庭领域并统领主体间关系，从而导致了主人公道德理解上的片面与偏向。面对现代性道德危机，无论是哈贝马斯的交往理性，还是哈桑强调辩证认识和寻找交感信仰等，都无法从根本上解决现代性道德困惑，关怀伦理学就在此背景下进入了作家视野。

关怀伦理学伴随西方女性主义运动的发展出现于20世纪70年代，其理论旨归在于主张女性独特的道德体验，强调人与人之间的情感、关系和相互关怀。代表人物主要有卡罗·吉利根（Carol Gilligan）、内尔·诺丁斯（Nel Noddings）、艾德丽安·里奇（Adrienne Rich）、萨拉·拉迪克（Sara Ruddick）和卡洛琳·维特贝克（Caroline Whitebeck）等。关怀伦理学家认为，激进女性主义在内化男性社会观念、思维与行为方式、语言与价值标准的过程中，已经失去了自身的伦理立场。如今，当她们意识到自我，重新相信自我的经验时，便发现了另外一种现实和价值，提出"对我们曾经珍视的契约道德和认识论的批判"。②

当代关怀伦理学要求重构社会结构与道德内容，反对将公共道德等同于道德本身。值得注意的是，关怀伦理学远非狭义的"女性哲学"，而是在现代性话语的规约下探究与女性自身体验相符的哲学语言，意在解构传统意识形态压迫性的道德范式，通过女性的边缘性和他者身份，在价值范畴上为人们反思现代性道德推论过程和认知方式提供一种新的观察视角和认知模式。区别于现代性公正伦理学和契约伦理学，建构在具体他人、互主性联结和情感基础上的关怀伦理对现代性哲学的认识论基础，即普适化、主客体分离和工具理性进行有力反冲。

---

① [美]阿拉斯代尔·麦金泰尔：《谁之正义？何种合理性？》，万俊人等译，当代中国出版社1996年版，第4页。
② Lorraine Code ed., *Feminist Perspective*, Toronto: U of Toronto P, 1988, p.89.

一 关怀伦理中的具体他人

现代性契约伦理的主要特征即同一性、先验性和普遍性。概念与对象的同一性问题造成了主体与客体关系的二元模式。概念与思想的先验性使它们能够成为事物的根据,普遍性则使概念与思想能够把自身标示为唯一的真理,如康德主张人的道德行为必须遵守道德的绝对命令;边沁的功利原则主张行为道德判断的唯一指向在于其后果是增多了还是减少了最大多数人的幸福。同一性、先验性与普遍性的神圣三位一体共同构成了现代性哲学关于知识有效性的标准和叙事方式的合法性根据。

然而,后现代伦理却对这种先验普适的伦理话语合法性产生了质疑。利奥塔批判现代性凭借"宏大叙述"来获得合法性的话语运动,呼吁"向同一性开战";福柯也指出传统道德概念仅聚焦连续、同一或相似的现象整体,"使人们缩小一切起始特有的差异,以便毫不间断地回溯到对起源模糊的确定中去,本身并不具有一个十分严格的概念结构"[1]。事实上,现代性伦理主张的抽象、普适性共识只是具体(西方的、白人的、男性的)文化的一种伪装,是对亚层次文化表达以及文化群体的压制和遮蔽。在此基础上,法国哲学家巴迪欧提出了著名的"情境"(situation)和"可普遍化的独体性"(universalizable singularity)观点:"对事件的忠诚体现在增补的情境中。由于事件被普遍律法所排除,因此主体必须创造出一种在此情境下存在及行动的全新方式。在此基础上,每个真理都只能作为独体出现。"[2] 这就要求伦理关系的建立必须遵循差异性和流动性原则,而不能被还原为本质意义上的道德整体性。

巴迪欧的具体化情境和独体观点为关怀伦理学的"具体他人"观(embodied other)提供了思想进路。一方面,个体具体性被抽象状态下普遍他人所遮蔽时,可逆性与普适性之间具有相悖的可能,吉利根将其

---

[1] [法]米歇尔·福柯:《知识考古学》,谢强等译,生活·读书·新知三联书店1998年版,第23—24页。
[2] Paula Salván, *The Language of Ethics and Community in Graham Greene's Fictions*, Hampshire: Palgrave Macmillan, 2015, p.6.

总结为长期关系下的"情境叙述"与"形式抽象"道德问题之间的矛盾。情境叙述包含两层意义：一是"特点历史、身份和关怀情感"下的个人实体；二是这种特定建构下的关系显现。这两种情境由在场的情感、心理状态、需求以及作为节点的故事（故事的交叉）叙述实现。这就意味着我们无法将他者理解为在普遍状态下可重复、可替换的抽象表征，或通过暂时现象判定人们的情感、意图和其他精神状态。

另一方面，从伦理发展进程来看，"伦理残余"（moral remainders）[1]是指道德要求在与其他道德选择事件发生冲突的情况下被暂时搁置的状态，这种状态作为隐性要素依旧在关联交往的构成、反应和重构过程中发挥作用。基于此，伦理理解必须不断自我调整，而不是作为封闭、固定的判断终结。可以看到，关怀伦理强调差异性而非统一性，关注具体性而非普遍性，因为"至少在生活的某些领域，对某些特定的人的关心是有道德意义的"。[2]关怀伦理反对现代性伦理恪守的抽象原则，主张以"局域性""条件性"和"时间性"取代"整体性""唯一性"和"永恒性"，要求重构知识论的立场，强调"边缘人群的生活"是一种更好的知识来源，而只有在多元异质，共生叠加的特定局域性中，真实的世界才能得到表现。

具体到德拉布尔的关怀伦理书写，母性身份促使第二代母亲由自我设定的普适公正主义者转变为肯定实际之爱的伦理主体。本哈比比指出，"具体他人的立场要求我们将每个人和存在都视为具体历史以及由关爱和情感构建起来的鲜活个体"。[3]《磨砺》中，奥克塔维亚的出生促使母亲必须对个体化的存在负责。20世纪60年代英国医院制度明确禁止探视婴儿，罗莎蒙德与另一位同样靠关系进入婴儿病房的母亲之间的谈话引发其思想重大转变：

---

[1] Bishop Sharon, "Connection and Guilt", *Hypatia*, No.2, 1987, p.22.
[2] Claudia Card ed., *Feminist Ethics*, KS: University Press of Kansas, 1991, p.161.
[3] Seyla Benhabib, *Situating the Self: Gender, Community and Postmodernism in Contemporary Ethics*, Cambridge: Polity Press, 1992, p.154.

——所有其他人怎么办？那些没有钱的，你不觉得这样对她们不公吗？

——我必须先关心自己的孩子，如果我不把自己的孩子放在首位，他们就活不下去。我把他们放在第一位，让别人也把她们的孩子放在首位去照管吧！（《磨砺》，第169页）

通过在普适公正、抽象间离的"所有其他人"与具体鲜活"自己的孩子"之间做出伦理选择，德拉布尔赋予母亲身份以现实维度的关怀伦理特质。作家高度评价了母亲身份蕴藏的真实维度："一旦你有了第一个孩子，就会发现远离尘世的空泛理念是没有用的。无论你愿意与否，你都会变成一个实际的人。"[①]《针眼》中的罗斯在小说最后放弃独自一人去非洲传教的打算，为了孩子们返回自己那桩不尽完美的婚姻；《磨砺》中的罗莎蒙德从大英图书馆的社会学文献中走出，进入作为母亲必须亲历的具体生活和共同体的建构中。

丹尼尔·贝尔在《社群主义及其批评者》一书中阐释了"建构性共同体"的具体化社会发生学机制："具体的人"进入社会时就已经有了某种需求愿望。个体是社会的产物，但首先与其所处的"具体世界"联结在一起。[②]在德拉布尔的小说中，无论是罗莎蒙德的社会乌托邦还是罗斯的宗教乌托邦目标，都囿于人性解放和正义博爱等抽象而虚幻的理论概念本身，在很大程度上成为两位女主人公忽视、否认甚至推卸对"具体的世界"中"具体之人"承担责任的借口。

然而，对孩子的爱激发第二代母亲对自己前期伦理框架中可重复、可替换的"所有其他人"进行深刻批判。罗莎蒙德和罗斯这新一代"完美母亲"对"坏母亲"所代表的、以保障权利为目标的公正伦理学进行反思，充分认识到后者只能在操纵策略中看到价值，"利他"实则为了

---

① Margaret Drabble, Interviewed by Nancy Poland, "Margaret Drabble: 'There Must Be a Lot of People like Me'", *Midwest Quarterly*, No.16, 1975, pp.257-258.
② [美]丹尼尔·贝尔：《社群主义及其批评者》，李琨译，生活·读书·新知三联书店2002年版，第194页。

"利己"的目的论和义务论以"公正的生活"代替了"好的生活"。在德拉布尔的伦理书写中,公正契约不能改变自我的构成与德行,乌托邦式普适先验幻象之爱背后是自我实现的愿望投射,而价值之所以被称为价值,就在于具体他人和实际之爱对空洞幻梦的扬弃与超越,这就是罗莎蒙德与罗斯的母亲身份带给当代读者的伦理启示。

二 关怀伦理下的"唯有联结"

关怀伦理的理论预设在于解构自主性与集体性之间的二律背反。在关怀伦理学家眼中,自我与他人之间不是一种防止他人对自我权利侵害与掠夺的关系,而是一种建设性关联。以此为伦理取向,德拉布尔主张当代女性在主体建构与共同体责任之间找到一种理想的解决方案。作家一方面呼吁新女性建构起高度的自我意识,另一方面肯定女性对他人的义务、对人性的尊重以及对抚育之爱的信心。德拉布尔敏锐地认识到今天女性生活在一个没有地图和坐标的地域,"无论在精神还是肉体层面都处在一个没有文学导向的位置"[①]。契约伦理下的主客体分离以政治正确和憎恨学派的面相导致当代激进女性的自我异化。在此背景下,德拉布尔呼吁重建包括母女联结和两性联结在内的主体间交流。

(一)关怀伦理中的母女联结

在德拉布尔的家庭伦理写作中,第一代母亲施加于子女的家庭契约强调主客体分离,直接导致主人公孤独、隔绝和神经质的心理异化。缺席的母亲作为最初客体成为孩子后来客体选择障碍征候的根源。伦理学家麦金泰尔在《德性之后》一书中指出,如果独立意识就是女性主义的全部观点,那么女性主义的伦理行动从一开始就是有缺陷的:"认识到这种失败的时代正在到来。现代性把每个人的生活分隔成碎片,每个断片都有它自己的准则和行为模式,私人生活和公共生活相分离。所有这些分离都已实现,所有个人经历的都是相区别的片段,而不是生活的统

---

① Ellen Rose ed., *Critical Essays on Margaret Drabble*, Boston: GK Hall, 1985, p.22.

一体。现代性教育我们要立足于片段去思考和体验。"① 要改变这种状态，就必须把人重新放回更大的背景之中，将主客体分离的价值观转变为与世界和他人的整体关联。在德拉布尔的小说创作中，关怀伦理拯救的对象从孩子转化为第二代母亲自身的过程，也构成母亲走出心理幽闭空间、重建共同体联结的过程。

摆脱独体生存首先要走出心理幽闭空间。德拉布尔高度评价了孩子帮助女性走出自我异化状态的积极意义："孩子让生活有了坚实的意义，母亲身份为你接触外部广阔世界提供了机会。休谟和乔治·贝克莱让我相信外部世界是不存在的，有了孩子以后，我才明白外部现实始终都在。"② 在《磨砺》中，罗莎蒙德竭力规避与包括餐厅侍者和男性在内的任何人接触，因为与前者关联预设了自己的阶层优越性，这与她的公正观相悖；而与后者联结则意味着女性的从属和依赖，这两种联结形式都是罗莎蒙德所无法接受的。

然而，母亲身份迫使女主人公必须走出自我中心的藩篱。产中住院的日子成为剑桥博士罗莎蒙德"一生中更加快乐，更爱与人交往的时间"（《磨砺》，第132页）。同病房的三位产妇争论孩子、烤面包和洗衣机思维混乱、前后矛盾却让人忍俊不禁的鲜活生活场景与之前主人公在大英图书馆沉溺于瓦尔特·热连、德莱顿和莎士比亚诗歌数据分析的泛黄故纸堆形成鲜明对比，激发第一人称叙述者怀着欣赏的喜悦对母亲身份第一次表示了认同；《瀑布》中的简为了3岁的儿子劳瑞拥有一个健康的成长环境努力克服自闭症和恐旷症。德拉布尔此时赋予母爱以伦理的维度，她曾说："我欣赏人们经受艰难的品格和回归的勇气。有人经受着难以想象的痛苦折磨却仍然每天早起送孩子上学……人们经常问为什么我笔下的母亲不就此放弃并沉溺在痛苦中，因为她们不能。"③

---

① ［英］阿拉斯戴尔·麦金泰尔：《德性之后》，龚群等译，中国社会科学出版社1995年版，第157页。
② Margaret Drabble, Interview by Dee Preussner, "Talking with Margaret Drabble", *Modern Fiction Studies*, Vol. 25, No.4, 1979/1980, pp.575-576.
③ Margaret Drabble, "An Interview with Margaret Drabble", Interviewed by Nancy Hardin. *Contemporary Literature*, Vol. 14, No.3, 1973, p.282.

共同体联结是母性救赎的第二阶段。《磨砺》中关于罗莎蒙德求助邻居照看病中幼女的细节描写需要读者特别注意。产后回到家中，由于奥克塔维亚生病，罗莎蒙德被迫求助邻居在自己外出买药期间帮忙照看孩子（在英国，将婴儿独自留在家中是违法的）。女主人公事后这样理解邻居的热情和善意："这多半是由于我承认自己有需要，同时满足邻居的需要（他们的善心得以表达并予以认同），再没有比这更温暖人心的了。"（《磨砺》，第194页）罗莎蒙德激发邻人对自己这个陌生人负责。与此同时，邻人的善行得到她的承认。这就构成了诺丁斯所言的关怀伦理环形结构，表现为"当W关怀X的同时，X承认W关怀X"；"被关怀方对关怀的知觉构成关怀的基本部分。"[①]互主性双方在道德体验与感受力的前提下相互融合联结。看着襁褓中的奥克塔维亚，罗莎蒙德感受到女儿带来的情感回馈，"一种喜悦的感情使我能够毫无保留地去爱。我的吻落在温暖的、有弹性的小脸上，唤起了充满欣喜且柔软的呢喃以及对人类天性的完全信任。"（《磨砺》，第136页）母亲身份激发罗莎蒙德与他者建立最广泛的精神联结，由此解构了自主性与集体性之间的二律背反。这也部分解释了罗莎蒙德通过母性思考获得心灵救赎的原因，因为没有了对象，人就成了"无"。与他人的交互主体性联系能够生成一种互为主体的自主，时刻要求与人对话和交流，同时放弃抽象的个人主义和权力布局下的分离姿态。

（二）新男性气质与两性联结

妻子身份与母亲身份共同构成了女性特质的重要组成部分。德拉布尔创作伊始的20世纪60年代正值女性主义以宣扬女性气质为标志的第二阶段，女性梦想着一个"没有男性的世界，取而代之的是完美的、没有等级之分的姐妹情谊"。[②]在反文化运动的时代语境下，契约家庭伦理将两性联结视为走向奴役之路的父权制权力同谋，强烈要求从政治的角

[①] Nel Noddings, *Caring: A Feminine Approach to Ethics and Moral Education*, University of California Press, 1984, p.68.

[②] Olive Banks, *Faces of Feminism: A Study of Feminism as a Social Movement*, Oxford: Basil Blackwell, 1981, p.97.

度看待两性关系。

然而，作为一名关怀伦理书写小说家，德拉布尔反对性别本质主义下的新型性别二元对立，主张重释新男性气质（颠覆传统男性形象、男性叙述视角偏移）并对当代新女性主动回归"屈从"的妻子身份表示出极大认同，以此传达出建构两性共同体联结的积极意义。

新男性气质首先体现在男性形象的改变上。区别与有着强烈自我意识的诗人、学者、考古学家等高知女性或富有的女继承人形象，德拉布尔作品中的男性形象则显得黯淡且多具女性特征。《大冰期》中的安东尼 38 岁就有心脏病；《金色的耶路撒冷》中的加布里埃尔第一次出场就显示出了强烈的女性气质，"他个子不高，非常漂亮，裤腰低及臀部……长得简直就是克莱莉亚的翻版"（《金色》，第 121—122 页）；《瀑布》中简的丈夫马尔科姆更是"有着一张敏感的女孩的脸、个子很小、身形瘦弱。他的体貌特征与男性的刚勇毫无关系，而且会始终保持那种弱不禁风、脆弱不堪的男孩气"（WF, p.101）；《磨砺》中的乔治"安静而柔弱，为了讲同性恋笑话还假装女声女气（《磨砺》，第 25 页）；《针眼》中的西蒙是一个"顺从而温和的女性化的男性"。① 可以说，女性主义者认知模式下高大威严的父亲轮廓已被悄然置换为柔美甚至虚弱的男孩气质。

德拉布尔作品中男性的性格也发生了变化。《黄金国度》中的卡罗优柔寡断，在弗朗西斯像女族长一样处理家族事务期间持续生病、需要照顾，文中还多次提到他的哭泣，以至于有评论者将德拉布尔作品中的男性作用描述为单纯的"让女人受孕，随即消失"，因此是"多余的人，他们甚至谈不上负心与否，而完全是荒谬的"。② 作品中大量出现的女性化男性与象征秩序颁布者的权威性和主导性性格相去甚远。

德拉布尔作品中男性的最大特征就是永远和孩子有着紧密的关联。苏珊·苏雷曼（Susan Sulelman）在《写作与母性》中提出，德拉布尔

---

① Margaret Drabble, Interview by Dee Preussner, "Talking with Margaret Drabble", *Modern Fiction Studies*, Vol. 25, No.4, 1979/1980, p.568.

② Ellen Rose ed., *Critical Essays on Margaret Drabble*, Boston: GK Hall, 1985, p.138.

作品中的母亲身份总是与男性联结成一个整体，并展现了它理想的侧面。① 读者看到《大冰期》中的安东尼对待情人艾利逊脑瘫的孩子莫莉表现出超于常人的耐心和爱心，陪着莫莉玩各种低智商的游戏，毫无怨言地替她收拾混乱残局，男主人公对孩子的体贴入微明显具有了母性维度；《针眼》中的西蒙在罗斯的神性感召下逐渐恢复被智性蒙蔽的精神向度。从康沃尔回到住处，相对于母亲朱莉看到冻僵的小女儿凯特后表现出的无动于衷，男主人公西蒙则表达出私人领域中的母性关爱：

> 西蒙用温暖的双手捂着她的脚，后悔不该让她走这么远……放热水洗个澡好吗？他轻轻地扭动女儿的脚趾，先暖和起来好吗？他从浴室的加热毛巾架上取下暖和的毛巾擦拭孩子的头发和小脚，找来干的羊毛衫和围身裙让孩子换上，凯特慢慢恢复过来。（ NE, pp.210-211 ）

通过对西蒙耐心照顾女儿细节的描述，德拉布尔彻底颠覆了女性主义文本中作为反面形象与否定力量的男性气质，将其置换为公共领域的权力缺席者和私人领域的积极参与者。传统父权话语体系下缺席的父亲形象源于心理学和社会学相互支撑、共同作用的男性自我界限规定。然而，在德拉布尔的文本中，男性不再是倾向分离的绝对超验权威，而是表现出与孩子之间界限抹除的亲密关系。德拉布尔借由反复出现的慈父形象颠覆了读者头脑中对冷漠父亲固有的片面理解，从而在根本上撼动了女性将男性视为压迫者的合理性基础。

男性叙述视角偏移成为新男性气质的另一表征。新女性对男性视角的认知判断常常建立在自身对男性经验的意图谬误之上，这就极易造成对男性话语的误读。然而，在《针眼》中，作家试图让掌握着叙述话语权的西蒙为自己辩护，促使读者与小说中人物一起反思西蒙义务论思维方式的真实原因：

---

① 参见刘岩《母亲身份研究读本》，武汉大学出版社 2007 年版，第 253 页。

> 他想起自己的童年——残疾的父亲和雄心勃勃、神经质的优雅母亲，她为了孩子辛苦工作，努力保障孩子的权利，一路推着孩子朝前走。……从牛津到律师，不管他是否愿意。他为了她才一路向上爬，并为此而恨了她这么多年。（*NE*, p.131）

德拉布尔在采访中指出西蒙母亲的隐忍形象"否定了生活"，因此"让人痛苦愤懑。在某种意义上，她为了孩子出人头地而牺牲自己的行为伤害了西蒙"①。母亲的牺牲成为善良受难者的原型，这对西蒙而言已经成为一种不堪忍受的负担并直接引发主人公成年之后的异化和物化；同样地，《大冰期》中的安东尼从英国绅士转变为地产开发商完全是20世纪70年代英国私有制时代精神裹挟的产物。面对艾利逊为地产繁荣景象之下大众却流落街头而对自己的指责，安东尼十分困惑不解，"他试图为自己辩护：他像整个民族一样，无以为生，只能靠幻象，靠借钱……这不是事实，他不想争辩，也无法争辩"（*IA*, pp.201-202）。在这部作品中，作家改变了女性作家惯常采用的女性视角，努力从零距离挖掘男性的内心世界。德拉布尔坦言："我笔下大量的男性角色都值得敬佩而且非常真实。如《磨砺》中的乔治是一个影子人物，女主人公的第一人称叙述无法让读者从乔治的视角观察整个事件，而关于乔治模棱两可的理解完全是罗莎蒙德的错误。"②事实上，作家认为罗莎蒙德的所作所为较之于乔治更为危险，女主人公在政治正确性下的绝对主体以及自我隔绝才是作品抨击的主要对象。个人力量无法与时代文化抗衡，男性同样经历着主体性危机和身份困惑。通过变化叙事视角，德拉布尔使男性人物得以"讲述另一种话语，形成另一种微小无形的文本"。③在作家的小说创作中，叙述视角的转变是避免以己度人的认知基础，也是两

---

① Margaret Drabble,"An Interview with Margaret Drabble", Interviewed by Nancy Hardin. *Contemporary Literature*, Vol. 14, No.3, 1973, p.279.
② Ellen Rose ed., *Critical Essays on Margaret Drabble*, Boston: GK Hall, 1985, pp.22-23.
③ [法] 米歇尔·福柯：《知识考古学》，谢强等译，生活·读书·新知三联书店1998年版，第33页。

性理解的核心要素。交往不仅支持，而且深化和促进生活方式的多元化和个性化，由此形成整体层面上对单一视角的反思。

如果说内化了男性道德话语的女性将契约伦理移用至家庭领域，因而导致女主人公的主客体分离趋向，那么作家笔下的新男性气质、或者说女性化男性的功能则是为他者与自我相遇而设置的。勒维纳斯在《伦理与无限》中写道："女性不仅仅是不可知的，而且这一存在就在于从光中消逝。女性的存在构成一个事件，不同于走向光这一空间性超越和自我表达，她是要逃离光。女性的存在方式为隐匿，或者说谦逊。所以说女性的这种他异性并不是简单的外在性。"① 德拉布尔小说中俯拾皆是的女性化男性是作家借以廓清主体间关系的映照。"逃离光"就是男性他者拒绝主题化和同一化。隐匿、谦逊和具有母性特质的新男性气质表征着不可通约的外在性，逼迫当代女性反思自身对男性形象的歪曲和对男性声音的遮蔽。

在性别共同体联结层面上，与重释男性气质相呼应，德拉布尔在小说中塑造了大量主动回归"屈从"妻子身份以及"从属"地位的高智识女性。家庭契约伦理的预设在于女性在父权制凝视和性别操演下，通过铭刻的身体和消费符码被体制化为男性权力的话语同谋。换言之，女性浪漫爱欲在自我建构的虚假共同体中被挪用、收编为意识形态的隐秘工具，在客观上强化了女性的属下地位。然而，根据德拉布尔的阐释，男性作为权力结构中主导话语的道德判断缺乏合理性依据，这便为读者从全新视域理解男女主人公的两性联结提供了契机。例如，《瀑布》中的简快乐地承认海福洛克·艾里斯性课本中"束缚"一词"精准地描述了自己的心境，我处于束缚之中了"（*WF*, p.161）。爱和关怀激发主人公在伦理建构层面上超越了唯我论和存在主义虚无。在产床上两人之间曾有一段这样的对话：

---

① Emmanuel Levinas, *Ethics and Infinity: Conversations with Philippe Nemo*, trans. Richard A. Cohen, Pittsburgh: Duquesne UP, 1985, p.67.

——在这张床上，你是我的囚犯，不过如果你乖乖的，安静地等我，我会照顾你，给你带吃的、带书，还有端茶。

——她冲他微笑着表示同意，缓慢而真诚地表示投降，像是商量好了似的，最后你会来拯救我吗？

——当然，到时候我会来救你的。（WF, p.38）

"折磨"与"遵从""拯救"与"被拯救"作为典型的灰姑娘和睡美人童话模式，历来被女性主义批评所质疑。在现代性契约伦理和女性自我赋权的阐释框架中，浪漫童话中女主人公的华丽变身鼓励女性将主体诉求限定在父权制允许的范围之内，同时为吸引男性而相互竞争，本质上是男性对女性符号身体的消费行为和自身愿望投射。那么，德拉布尔为何对《瀑布》中充盈的"13世纪浪漫爱情意象"[1]持积极肯定态度？为更准确地理解女主人公的"屈从"伦理选择，在此有必要对作家的"普遍叙述观"（universal narrative）进行简单回顾。

在《为和平写作：和平与差异；性属、种族及普遍叙述》一文中，德拉布尔提出在 E.M. 福斯特"唯有联结"的精神启示下建立最广泛共同体联系的主张。男性与女性"必须致力于相互联结……他者的领域并非敌人的领域。修好围墙，睦邻不伤，但是人为的边界和障碍却导致仇视和偏执"。[2] 基于此，读者关于德拉布尔作品中屈从女性形象的疑问便得到了合理解答：简的屈从地位并非父权制凝视下内化的自我奴役。正相反，女主人公通过主动欢迎绝对不对等关系，一方面表达了男女两性共建联结、相互融合的态度和愿望，另一方面也是对女性凌驾于男性之上激进立场的反思。玛丽琳·弗兰奇（Marilyn French）在《莎士比亚笔下的经验类别》一书中质疑了评论界对莎剧中女性角色边缘地位的论断，指出她们的"屈从地位"（subordination）为伦理意识使然，因此

---

[1] Margaret Drabble, "An Interview with Margaret Drabble", Interviewed by Nancy Hardin. *Contemporary Literature*, Vol. 14, No.3, 1973, p.293.

[2] Margaret Drabble, "An Interview with Margaret Drabble", Interviewed by Nancy Hardin. *Contemporary Literature*, Vol. 14, No.3, 1973, 225.

是一种非个人化或超越个人的纯粹利他行为，因为"整体共同体的利益至上、感觉高于行动、情感高于思想的态度不是被动，而是为了他人的利益主动地降身到隶属地位，并在其中体验到高于自我身份实现的快乐"①。勒维纳斯也肯定了"屈从"表达的他者伦理意义，"由自己来弃绝自身，不施加任何暴力地弃绝自身，停止为自己的辩护。这并不是要自杀或屈从，而是爱"②。此处德拉布尔笔下女性的自我"限制"与莎剧中女性角色的边缘地位一样，都具有超越自我内在性的非个人化伦理意蕴，意在构建女主人主动选择的、建立在爱欲之上的性别共同体伦理起点。作家由此指出，"异性之爱至关重要，这也是《瀑布》致力于表现的。反对爱欲的人认为女主人公对命运的屈从让人惋惜。我对此毫不在意，我不是为了这些女性主义者而写作"③。肖瓦尔特在《她们自己的文学》一书中也高度肯定了德拉布尔作品中女性的"屈从"立场："她作品中的女主人公，至少到《针眼》中的罗斯为止，都对遵循女性特质的局限（female limitation）持一种平和的接受态度。《磨砺》中的罗莎蒙德起初极度自律，然而意外怀孕让她不再具备控制命运的能力。自己的女性身体以及对孩子的强大母爱让她震惊，更让主人公变得谦卑（humbled），孩子则成为女性屈从（female surrender）的补偿。"④

在德拉布尔看来，契约家庭伦理教条下对男性的仇视不仅是不必要的，而且是危险的："性属问题不再是一个战场。女性主义理论和女性文学被广泛接受，姐妹联结赢得了战争。当下的战斗和纷争却发生在姐妹们内部……女性主义研究分化为党派之争并被机会主义分子所利用。"⑤ 德拉布尔的普遍写作观建立在对女性生存境遇的具体考量之上，

---

① Marilyn French, *Shakespeare's Division of Experience*, New York: Summit Books, 1981, p.24.
② Tanja Staehler, *Plato and Levinas: The Ambiguous Out-Side of Ethics*, New York: Routledge Taylor & Francis Group, 2010, p.78.
③ Glenda Leeming, *Margaret Drabble*, Horndon: Northcote House Publishers, 2006, p.38.
④ Elaine Showalter, *The Female Malady: Women, Madness and English Culture*, Harmondsworth: Penguin Books, 1987, p.305.
⑤ Margaret Drabble, "Writing for Peace: Peace and Difference; Gender, Race and Universal Narrative", *Boundary*, Vol.34, No.1, 2007, pp.218-219.

当下的女性问题并非缺乏主体意识，而是在性别独语中掩盖了女性对自身问题的反思以及对人类所面临共同困境的关注。德拉布尔通过在第二代母亲代表的"屈从女性"与第一代母亲代表的独体生存之间建立起强烈比对，彰显共同体意识下通达两性间宽容理解的价值重建意义。

英国作家、评论家温斯特（Rebecca West）曾在《她们从此过着不幸的生活》一文中阐明了新女性在硝烟散去后更加迷茫的身份困惑："女性走进大学，任职于工商业界或在两院行使投票权参加竞选，自己养活自己并且活得光明磊落。如果不幸在爱情方面失败，她们也能坦然面对……当代女性作家长时间为塑造这样的女性主义者殚精竭虑之后，我们似乎又听到女性们在集体大合唱：哦，不要欺骗我，哦，别离开我，你们怎能这样利用可怜的女孩？"[①] 现代化进程中，当代女性自愿自为设定的自我隔绝使其陷入另一种本质主义窠臼。

在德拉布尔的性别伦理共同体中，两性融合的心理残余和集体无意识为当下的性别困局提供了某种解决路径。例如，在《黄金国度》的结尾，弗朗西斯放弃绝对自由的女性主义立场，拒绝了在阿达开发矿藏的宝贵工作机会，与善良的卡罗和七个孩子回到五月农舍。对弗朗西斯而言，认识到家庭的重要性丝毫不逊于发现提祖（Tizouk）古城："这里也许不是天堂，但它适合我。五月农舍不像提祖古城那样宏伟壮观，但却带来了更多静谧的满足。"与此同时，作者以全知叙述者的视角对新女性读者和评论者的潜在对抗反应进行讽刺："你要是能，就安排一个更好的结尾吧，你可以厌恶这个结尾，可她不在乎。她根本就不在意你的意见。"（RG, p.372）在谈及这部小说的结尾构想时，德拉布尔表示："让读者自己安排结尾的原因在于，我已经十分清楚女性主义评论家不会喜欢这个以结婚结束的大团圆结局，我却觉得这个结局非常合适。让他们去设计别的结尾吧，不要来指点我该怎么写作。"[②]

《黄金国度》和《瀑布》中的弗朗西斯和简分别作为世界著名的考

---

① Elaine Showalter, *The Female Malady: Women, Madness and English Culture*, Harmondsworth: Penguin Books, 1987, p.302.

② Ellen Rose ed., *Critical Essays on Margaret Drabble*, Boston: GK Hall, 1985, p.29.

古学家和诗人，对于荒谬、混乱、变动不居又自相矛盾的整体生活图景有着高度的自我体察，而并非囿于对自身性属的狭隘关注。正如弗朗西斯所说，"每个女性都需要男性，同样，每个男性需要的也是女性。如果他（她）们没有这种需要，就应该重建需要。这世上获得幸福的唯一可能性就是依据弗洛伊德的线索找到另一半，概莫能外，而且这不会伤害任何人"（RG, p.185）。肯扬（Olga Kenyon）在对 10 位英国当代女性作家的创作特征进行分析后，高度评价了德拉布尔以女性关切为据点传达出的关怀伦理转向："她 [德拉布尔] 是首批关注诸如母乳喂养、子宫切除及女性欲望等主题的作家之一。作家对女性面对事业和家庭生活难以两全的困境进行了回应。"① 兰伯特（Ellen Z.Lambert）也指明德拉布尔笔下女主人公的困惑"不在于对 X 的欲望或对 Y 的欲望，而在于两种欲望难以兼得的张力"。② 以上评论可谓对作家整体性创作观的高度概括。德拉布尔本人多次表达了对"个体自我中折射集体自我""以女性特质为着眼点反映整体人性研究"的关注：③

> 女性的身份认同方式多元驳杂，偏激的意识形态只能让她们陷入泥潭。我不想迎合宣传或政治话语而写作，我的小说展示了生活的多个侧面以及我们行为所引发的各种结果。《针眼》和《黄金国度》中的女主人公以迥然不同的方式解决同样的问题，她们由此成功地传达了做出具体、特定选择的意义以及或许从中得到救赎的可能；我作品中的人物尝试各种不同事物，她们通过婚姻、孩子或工作寻找完整的自我和身份认同，我感兴趣的正是两者之间的张力和平衡。④

---

① Olga Kenyon, *Women Writers Talk: Interviews with 10 Women Writers*, New Yorks: Carroll& Graff Publishers, 1989, p.45.
② Ellen Z. Lambert, "Margaret Drabble and the Sense of Possibility", *University of Toronto Quarterly*, Vol.49, No.3, 1980, p.240.
③ Margaret Drabble,"An Interview with Margaret Drabble", Interviewed by Nancy Hardin. *Contemporary Literature*, Vol. 14, No.3, 1973, p.294.
④ Afaf Khogeer, *The Integration of the Self*, Lanham: University Press of America, 2006, pp.203-205.

回归共同体联结和两性关爱体现着德拉布尔通过回应他者，从而对他者负责的伦理立场。在这个层面上，作家书写性别主体间性是对女性主义主客体分离取向的有力反冲。肖瓦尔特将女性意识和女性文学的发展分为三个阶段：女性、女权和女人气质阶段。第一阶段重在模仿主流意识形态和艺术传统；第二阶段是对价值标准的僭越，倡导女性自身独特价值；第三阶段超越性别对抗，个体身份与集体身份相互促进融合。[1] 单纯模仿主流意识形态的阶段已随着以夏洛特·勃朗特为代表的19世纪维多利亚女性作家的努力而结束。进入20世纪，以托尼·莫娃为代表的差异派主张建构女性绝对主体，提出"女性完全意义上的自主使其超越斗争、矛盾和含混"[2]，第二阶段女性价值颂扬女性气质，以差异为名否认男性他者。德拉布尔对这种以意识形态反意识形态的做法表示出极大忧虑，因为它有可能陷入逆向的性别歧视，再生产出逻各斯中心话语施加的他者压迫。在此基础上，作家借用E. M. 福斯特提出的"唯有联结"共同体信念，肯定了女性意识发展到第三阶段的积极交流意义，即女性救赎不在于将自己变成权力模式下占据主导地位的男性，从而对男性以及其他"软弱"的女性进行压迫，而是在充分尊重双方差异的基础上，通过爱与关怀建立最广泛的沟通和联结。

三　关怀伦理与情感

在关怀伦理学家看来，工具理性道德抑制并拆解情感和爱，剥夺女性的伦理主体资格，只认同理想化缺席的父亲，而这一切共同造成了公共领域的道德理性。在《母性角色的再生：精神分析与性别的社会学》一书中，关怀伦理学家乔多罗在格式塔图像现象学的层面上，通过知觉组织实验阐明了道德情感的知觉向度，即：某种大致相似的图形可以由不同方式来组织，接收者以往的背景、经验、视角和期望在很大程度上影响着认知判断。面对同一个图形，看鸭人和养兔人很可能得出不同的

---

[1] See Elaine Showalter, *The Female Malady: Women, Madness and English Culture*, Harmondsworth: Penguin Books, 1987, p.29.

[2] Toril Moi, *Sexual/Textual Politics: Feminist Literary Theory*, London: Methuen, 1985, p.8.

结论，即使模糊地认识到其他可能性，也会预设特定认知方式的优先性。在这个意义上，情感作为一种阅读类型和个人化的体验方式，决定着道德对象的知觉意义。因此，关怀伦理学家提出一种有别于工具理性和公正契约的补充性伦理视角。

在新康德主义、现象学、生命主义、海德格尔学派等非理性主义和英国经验主义伦理学家培根、霍布斯、洛克、休谟所提倡的感性经验学理基础上，关怀伦理学家进一步指出，契约不能改变自我的构成与德行，只有将道德体验独立于道德理论和道德判断，才能形成将人们与生活中他人联系起来的"移情式存在"。①在这个层面上，对于"现代性"道德文化危机来说，更重要的是如何通过情感伦理来建构"现代人的心性秩序和生存意义问题"②。伦理思考发端于一个人在情感上为善的愿望，而不是开始于对善的概念的理性思索。

德拉布尔非常重视情感对精神世界的建构作用，按作者自己的话说，"生活是情感经历和自我分析的复杂混合体"③。在对第一代理性自律"坏母亲"进行批判的同时，作家也成功塑造了富有温情的第二代"完美母亲"。在德拉布尔看来，母亲身份所蕴含的关怀伦理表征着道德情感、道德直觉和道德体验，这也构成了伦理认知的重要向度。黑格尔在《法哲学原理》一书中强调了"感觉"的整体性伦理意义："伦理的最初设定是自然的东西，它采取爱和感觉的形式。在这里，个人把他冷酷无情的人格扬弃了，他连同他的意识处于一个整体之中。"④在作家的情感伦理书写中，一方面，母性经验蕴含的原初感受和爱欲成为真正伦理行动的源泉。情感作为一种统觉意义上的整体认知方式，在德拉布尔创作中主要体现为感受力与同情。另一方面，作家以《瀑布》为例，探究女性情感救赎及其建构两性共同体的积极意义。

---

① Moira Gatens ed., *Feminist Ethics*, Ashgate: Dartmouth Publishing Company Limited, 1998, p.153.
② 李佑新：《走出现代性道德困惑》，人民出版社2006年版，第51页。
③ Margaret Drabble, Interviewed by Nancy Hardin, "An Interview with Margaret Drabble", *Contemporary Literature*, Vol. 14, No.3, 1973, p.290.
④ [德]格奥尔格·黑格尔：《法哲学原理》，范扬译，商务印书馆1996年版，第33页。

（一）母女情感共同体

"感受力"是一种基于直接感官体验，同时又进入意识层面的认识能力。母亲身份激发了主人公最终意识到心性情感在智性理式的压迫下日趋匮乏的危害性，进而为自身摆脱"坏母亲"的影响，重构人格结构奠定了重要情感基础。感受力作为现象学意义上主观体验对客观世界的感官反映，表现为本能情绪的自然流露与欲望冲动的宣扬。《磨砺》中，刚刚生下奥克塔维亚，罗莎蒙德的欢乐溢于言表："我无法控制自己的快乐，这是我过去无法感受到的情感。也许是满足，或是胜利、兴奋和狂喜。快乐是我许久以来不曾奢望的感情，一切都太美好了！"（《磨砺》，第122页）此时，"过去无法感受""无法奢望"的情感洪流通过婴儿得到了宣泄。当得知医院禁止探视病孩时，罗莎蒙德歇斯底里般嚎叫："我不管，我不管，我不管，我不管别人，我不管，我不管，我什么都不管了。……我眼前一会儿一片红，一会儿一片黑，头滚烫，一阵阵眩晕，激烈的情绪淹没了我！"（《磨砺》，第161页）母亲身份凸显了女性价值评判的直觉性，疯癫作为母亲自然情绪的真实表达，被作家赋予抗争纯粹理性道德话语的伦理僭越意义，由此促使理性道德范式过失的后果显现。与罗莎蒙德的母性救赎形成鲜明对比的是，《金色的耶路撒冷》中的克拉拉在临终母亲的病床前仍然无法容忍"情感的石板上出现裂缝"（《金色》，第211页）。德拉布尔本人十分忧虑克拉拉的未来，认为她会"变成一个可怕的东西"。①

如果说感受力强调向心性的自我体验，那么"同情"则面向他者、体现出离心性道德情感。斯宾诺莎认为人类的同情建立在对同类感受的移情式体验之上："当我们想象着我们的同类感到痛苦时，我们必将感到痛苦，反之，假如我们想象着我们的同类感到快乐，则我们亦必定喜欢。"② 在《磨砺》中，同情通过母性体验要求主人公将移情延伸至日常的共同体联结，进而将情感流通的影响范围扩大至整个社会。叙述者以

---

① Margaret Drabble, Interviewed by Nancy Hardin, "An Interview with Margaret Drabble", *Contemporary Literature*, Vol. 14, No.3, 1973, p.286.
② ［荷］巴鲁赫·斯宾诺莎:《伦理学》，贺麟译，商务印书馆2005年版，第118页。

罗莎蒙德的视角细致描述了第一次见到产前诊所里孕妇浮肿的身体、贫血苍白的脸孔时所经历的巨大冲击和震撼。主人公随后在路上偶遇在诊所帮过的一位怀抱婴儿的孕妇，从后者艰难却坚定的步伐中感受到母亲身份"坚韧、庄重的神启和预示"，并表示自己"如果在五个月之前走过她身边，我对她会不屑一顾。但是现在，我的双臂仍感到她孩子的重量，在亲自体验之前，我确实无法感受到这份爱的力量，我的外衣上还留着她孩子的尿迹，真不知道她将如何走完这条路"（《磨砺》，第81页）。

与生产前罗莎蒙德建立的社会正义乌托邦理想不同，母亲身份激发主人公对人类总体生存境遇由外部、浅层和暂时的抽象认知转换为内部、深层和持续的切实同情。主人公通过内在道德体验和情感伦理成功地诠释了共情的当代价值。腹中的小生命激发了罗莎蒙德对他人采取了开放态度，为主人公从传统男性认知下的"得体领域"（the Realm of the Proper）到女性价值取向的"礼物领域"（the Realm of the Gift）转变提供了伦理契机。根据西苏的区分，男性价值强调理性系统化的"得体—财产—盗用"（proper-property-appropriate）逻辑次序，分别指自我身份、个人财产积累和篡夺霸占。而女性价值恰恰相反，主要表现为感性移情式的慷慨和给予他者的礼物馈赠。[①] 换言之，罗莎蒙德从沿袭唯理母亲代表的攫取性认知转变为同情弱者的过程，即从肇始于自我中心主义和绝对理性的移情枯竭、移情脆弱和公共性腐蚀发展为对集体身份共同体认同的过程。

在《针眼》中，罗斯以为孩子被克里斯托夫绑架，一路追踪至布兰斯通堡。然而，三个孩子、丈夫和父亲一家人其乐融融的一幕激发了主人公心底的同情，促使罗斯重新审视自己的内心。母性经验在教会罗斯爱与原谅，摒弃仇恨的同时，也将其从济世理想的孤独超验中拯救出来。斯宾诺莎曾将把"同情"定义为"由他人的不幸所引起的痛苦"，

---

① 王泉、朱岩岩:《女性话语》，赵一凡等主编《西方文论关键词》，外语研究与教学出版社2007年版，第381页。

这种痛苦使我们不仅"只是对于所爱的对象表示同情，而且对于我们平日并无感情的对象也一样表示同情，这就是因为我们认为那物与我们是同类的"①。对于罗斯而言，同情不仅仅限于所爱的人，其伟大之处正在于它能在母爱的催化下，将对孩子的情感延展至孩子身边的所有人，包括她一直"没有感情"、甚至仇恨的父亲。孩子将罗莎蒙德的宗教情感与整个共同体联系了起来，将上帝之爱具体为同胞之爱，将济世狂热的目光从对神的敬畏转向对人类内心的洞察，从不可知转向可知，从超验转向现实。斯宾诺莎在《伦理学》中指出，同情不仅激发每一个遵循德行的人自己追求善，"他也愿意为他人而去追求。而且他具有对于神的知识愈多，则他为他人而追求此善的愿望将愈大"②。罗斯由宗教理性转变为具有同情心的人文主义宗教情感，其基础是对同类的认同感和超越个体的广博同情。

情感伦理要求交往、叙述和情感体验的共同运作，强调将感受力和同情作为道德理由独立于道德理论和道德判断，这便是德拉布尔作品中第二代年轻"完美母亲"的伦理立场。正如作家所言："情感构成了救赎的力量，智性则造成了人性的障碍"③"母子关系是一种伟大的救赎，是无私之爱的图景，这在成人关系中难以企及，如果不是完全不可能的话"。④

德拉布尔以母亲身份为契机表达了自己的关怀伦理价值诉求，"对孩子的爱与理性或公正无关，只与善、爱和无私有关"。⑤母亲身份中怀孕、生产、哺育和关爱构成了德拉布尔笔下人物的核心情感体验。关怀伦理学家乔多罗也提出母亲身份具有自我治愈的潜能，"完美母亲幻想的心理现象反映在对母亲的理想化和谴责两方面，这两种倾向都说明了

---

① ［荷］巴鲁赫·斯宾诺莎:《伦理学》，贺麟译，商务印书馆2005年版，第117页。
② ［荷］巴鲁赫·斯宾诺莎:《伦理学》，贺麟译，商务印书馆2005年版，第196页。
③ Ellen Rose ed., *Critical Essays on Margaret Drabble*, Boston: GK Hall, 1985, p.25.
④ Margaret Drabble, Interview by Dee Preussner, "Talking with Margaret Drabble", *Modern Fiction Studies*, Vol. 25, No.4, 1979/1980, p.569.
⑤ Ellen Rose ed., *Critical Essays on Margaret Drabble*, Boston: GK Hall, 1985, p.28.

关怀伦理下对母亲人格的信念"。① 在这里，主张关爱联结的母亲身份超越了对女性生理或心理层面的关注，体现出德拉布尔对一种全新伦理救赎的积极愿景。作家笔下母亲身份不再是父权制凝视对私人领域中女性的隐蔽意识形态收编策略，而是具有伦理催化作用的女性创造力具体表现。

（二）《瀑布》中的女性情感救赎及两性共同体

《瀑布》讲述了诗人简·格雷与姐夫詹姆斯之间的浪漫爱欲。饱受分裂与异化等现代性问题之苦的简与詹姆斯互生情愫，然而不伦之恋却导致他们无法抹去的负疚与煎熬。为排解痛苦，两人前往挪威度假，却在途中遭遇车祸几乎死去。劫后余生的简参透生命真谛，摒弃了对爱欲的怀疑和负疚，最终实现了自我救赎。

众多爱欲神话原型在文本中出现是《瀑布》的特征之一。学者约翰·怀特在《现代小说中的神话》一书中针对现代主义和后现代主义文学中的神话化倾向提出了"原型预示"理论：由于神话与新创作的作品相比大都为人所熟知，所以"神话能够通过为小说家提供对现代事件加以象征性评注的一套速记系统，为行动或形象的整体构型提供一种比较"②。美国神话学家哈里·斯洛科将现象学、结构主义和符号学融为一体，将神话和语言与阐释三个方面的思想融入原型理论，并对"神话"和"神话诗艺"的区分进行了阐释，认为前者强调封闭的和客观事实，而后者则是一个向着反复发生的意指活动开放的符号，通过原型的置换机制和转换模式，"神话诗艺作品有效地将群体普适性与个体创造性相结合，因此成为人性的载体"③。由此可见，神话原型作为一种思维方式、认知模式与叙事策略，始终构建着我们对世界和现实的态度，承载着当代作家对复归原始思维中本真情感的心理投射、人类经验和文化传承。

---

① Cynthia F. Epstein, *Deceptive Distinction: Sex, Gender, and the Social Order*, New Haven: Yale University Press, 1988, p.197.
② 叶舒宪：《神话——原型批评》，陕西师范大学出版社1987年版，第186页。
③ 叶舒宪：《神话——原型批评》，陕西师范大学出版社1987年版，第185页。

《瀑布》是德拉布尔的第五部作品,这部"崇高与激狂的邪书"①记录了诗人简·格雷对"悲剧救赎"(WF, p.249)与"自由意志这一危险概念"(WF, p.51)的理解逐步深化的过程:小说开篇,尚在产后恢复期的简与前来照顾自己的姐夫詹姆斯在产房这一幽闭空间中建立起唯美的爱情国度,两人在几周后第一次经历了生命中性爱的极乐狂喜。然而不伦之恋却导致无法抹去的负疚与煎熬。为排解痛苦,两人前往挪威度假,却在途中遭遇车祸几乎死去。劫后余生的简参透强力意志的真谛,重建生活勇气,并最终实现了自我救赎。目前国外对该作品的研究主要围绕父权制对女性形象的歪曲以及声音的遮蔽这一问题展开,如艾伦·罗斯(Ellen Rose)强调《瀑布》所体现的女性生理决定论;约翰·汉内(John Hannay)指出简与西方文学中的众多悲剧女性人物之间存在广泛的互文关系。上述评论均关注到了作品中的女性悲剧母题,却忽略了简与詹姆斯悲剧精神的积极情感救赎内涵。

在德拉布尔的女性自由意志创作诗学中,乱伦(adultery)一词本身意味着混杂与掺入(adulteration),是一种僭越和破坏行为,在固有类别和意义中引发"不可调和的类属混乱","无法吸收的另类种属与功能的合并"②。作家小说中的乱伦行为撼动着基督伦理、社会权力契约与规训话语的固定先验解释。例如,《磨砺》中的罗莎蒙德、《黄金国度》中的弗朗西斯都有着借由不伦之爱获得精神自由的情感体验。《瀑布》在卷首引用了狄金森的诗歌,其中隐喻的生命意志诉求与尼采"上帝死了"的箴言异曲同工、桴鼓相应:"据说溺水的人会浮出水面三次 / 面向苍穹 / 随后便永远地沉入那可怖的所在 / 被上帝攫住 / 要规避直面造物主热忱的面庞啊 / 无论那看上去多么慈善 / 都像一场灾难。"原诗表现了人溺水时自救努力的矛盾心理,以讽刺的方式表明,尽管我们表现为愿意通过死亡获得上帝的救赎,但事实上每个人都在尽全力规避"造物主热忱的面庞"。德拉布尔借女诗人之口呼吁,"命运女神(Necessity)是

---

① Lynn V. Sadler, *Margaret Drabble*, Boston: Twayne Publishers, 1986, p.64.
② Tonny Tanner, *Adulteryin the Novel: Contract and Transgression*, Baltimore: Johns Hopkins University Press, 1979, p.12.

我的上帝"！（*WF*, p.56）作为希腊诸神中掌管爱欲激情的"命运女神"驱逐了上帝，而女性欲望主体自由意志的衍生性对抗派生性、此世代替彼世、抵御宗教禁欲的过程也正是希腊悲剧审美的核心诉求。

尼采在《悲剧的诞生》中以希腊神话中酒神狄俄尼索斯和日神阿波罗为象征探讨美学范畴中生命意志的僭越价值，这给德拉布尔的自由意志书写提供了极为深刻的借鉴。在承认世界的悲剧本质在于泰坦世界原始痛苦的基础上，尼采将悲剧审美划定出三重世界：在第一重世界中，人们借由日神梦一般美的幻象建构自我想象的个体化原则；在第二重世界中，酒神醉一般的狂悖激情加速个体化原则的崩溃；最终赋予酒神精神核心以日神外观的形式，重建个体原则，进入悲剧审美的第三重境界。本节将根据尼采的悲剧理论，探讨《瀑布》中爱欲情感的悲剧救赎，展示德拉布尔对生命意志和两性伦理共同体回归的殷殷期许。

1. 不伦之恋的痛苦命运

尼采曾借酒神伴护西勒诺斯之口将人类喻为"可怜的浮生、无常与痛苦之子"。[①] 悲剧来自凌驾宇宙万物之上并掌控人类命运的神秘力量，此乃世界的原质和真相。德拉布尔曾多次表达自己的宿命观，并主张"在偶然事件中探求某种决定论的深层含义"。[②] 值得注意的是，上述"深层含义"与其说隐藏在凄凉无情且充满恶意的宇宙中，不如说直指人性恒定的爱欲诉求。肖瓦尔特在《她们自己的文学》一书中将德拉布尔笔下的女主人公称为"女性的定数""夏娃的诅咒"[③] 不无道理。女性的本能直觉与历时性悲剧命运体现为某种外化为偶然事件的命运。小说中的简在谈到俄狄浦斯逃避命运反而加速命运对自己的审判时，引用了塞内加（Seneca）而非索福克里斯的话，而前者关注的正是悲剧人物

---

① ［德］弗里德里希·尼采：《悲剧的诞生》，周国平译，生活·读书·新知三联书店 1986 年版，第 10 页。
② Margaret Drabble, Interviewed by Barbara Milton, "The Art of Fiction", *Paris Review*, No.74, 1978, https://store.theparisreview.org/products/the-paris-review-no-74.
③ Elaine Showalter, *The Female Malady: Women, Madness and English Culture*, Harmondsworth: Penguin Books, 1987, p.307.

所展现的"无限激情与情感强度"。① "痛苦""受难""无助"和"绝望"等伤痛的词语时时刺痛着读者的眼睛。乱伦的魔影在简内心深处作祟：麦琪与斯蒂芬、安东尼与克利奥帕特拉、淑与裘德、与自己同名的九天女王以及俄狄浦斯等人物的悲剧命运在小说中多次出现，像达摩克利特之剑一样高悬在简的头上，而她并没有与之抗衡的能力。和詹姆斯并排躺在床上，简的负罪感有如"特里斯坦的利剑"（WF, p.40）一般令她痛彻心扉。法国中古神话"特里斯坦与伊瑟"讲述了特里斯坦和舅父马克国王的未婚妻伊瑟的故事。两人误喝搀兑了情药的酒，于是相爱并在肉体上结合。为克制爱欲与激情，他们在林中一直和衣而睡，中间横着特里斯坦的利剑。后来伊瑟被马克掠回可努阿耶，有情人也终因误会双双死去。凄美的神话以其固有的象征意蕴与普适的语言，呈现了个人行为与社会规范冲突的永恒模式，简在特里斯坦与伊瑟"爱欲的原型和范式"（WF, p.40）中看到了自己的欲望与痛苦。德拉布尔还依托神话人物的镜像共生系统，将女性人物置于无常命运的永恒母题，由此抽绎出弥漫神话人物与当代女性共同的悲剧命运。

　　乱伦本身的爱欲和不道德决定了它的悲剧性。在与宿命的痛苦斗争中，人注定是失败者，生活则是永恒的悲剧。然而，在德拉布尔看来，这是人以其有限性向无限性以及不可能性的挑战。马里恩·里比（Marion Libby）曾高度评价德拉布尔作品中"自由意志与17世纪的宿命论之间的博弈"②；瓦里瑞·麦耶（Valerrie C. Meyer）在《清教主义与自由主义》中强调了德拉布尔对"上帝、绝对预知、自由意志和命运抗争"③主题的宏观性关注。德拉布尔本人在采访中也表达了自己的自由意志救赎论思想："生活的神秘就在于此：小说家们不可避免地对自由意志、选择和决定论之间的关系持有极大兴趣。"④面对悲剧命运，简对化身为道

---

① Lucius A. Seneca, *Oedipus*, trans. Moses Hadas, Indianapolis: Bobbs-Merrill, 1955, p.6.
② Libby Marion, "Fate and Feminism in the Novels of Margaret Drabble", *Contemporary Literature*, Vol.16, No.2, 1975, p.177.
③ Valerie G. Meyer, *Margaret Drabble: Puritanism and Permissiveness*, Plymouth: Clark, Doble& Brendon Ltd., 1974, p.104.
④ Glenda Leeming, *Margaret Drabble*, Horndon: Northcote House Publishers, 2006, pp.7-8.

德逻各斯的权威话语进行了质疑与反抗："社会的观点、性别的观点、伦理的观点……谎言，谎言，一派谎言。"（*WF*, p.47）无怪乎简在看到詹姆斯朋友手背上这样一个文身图案后对其"宣言诗般的对称之美"（*WF*, p.79）大加赞叹，

B
B O B
B

打破善恶对错的价值评判框架，各执一端的五个无意义字母构成的图形诗透过横向或纵向阅读效果相同的回文结构，书写出处在象征界的边缘、距离固化和稳定的意义更远、与幻想的距离更近的流动语言，表征着"颠覆性的、爱的同一性力量"（*WF*, p.79）。没有权力等级，更没有规约性视角享有独尊的地位，发散式多维投射的图腾符号在这里宣告着剥去乱伦禁忌的真理化伪装后，备受理性和道德压抑的爱欲以另一种方式存在的平等机会。在《瀑布》中，主人公实现自由意志的路径便是以日神精神与酒神精神为构件的悲剧审美。

2. 幻梦审美的抗争与反叛

《瀑布》首先是一部用浪漫想象战胜现实逻各斯的作品。吉莉安·比尔（Gillian Beer）充分肯定了浪漫主义的解放功能："典型浪漫传奇中相互交融的故事旋律使我们摆脱了现实世界陈腐的程序和经验，从而将我们的经验体验提升到一个多维且无穷尽的可能性层面。"[①] 而搭建出"壮丽的神圣形象与外观"，[②] 在形式的幻觉与瞬间中使人生值得一过，这正是日神的智慧。

《瀑布》开篇便将詹姆斯引入简设在家中的产房。助产士将所有的取暖设备（一个煤气取暖器，两个电取暖器）都移到了这里，相对于屋外的冰天雪地和整栋房子的彻骨寒冷，温暖的产房及其潮湿的空气、床

[①] Gillian Beer, *The Romance*, London: Methuen, 1970, p.9.
[②] ［德］弗里德里希·尼采：《悲剧的诞生》，周国平译，生活·读书·新知三联书店1986年版，第155页。

单上的鲜血、乳汁和汗液、婴儿的眼泪、助产士用来清洗婴儿的黄色布丁碗以及温热的茶水都成为母亲子宫的隐喻。此处流动的液体、所有凹陷的物体，如容器和房间都成为子宫的变体。① 克里斯蒂娃进而将这一典型的阴性空间定义为梦一般不确定的非客观所指实体。相爱初期，简与詹姆斯的爱始终像一场皮影戏那样透着朦朦胧胧的美。幽闭的产房就是他们倏忽而逝的空幻孤岛，其中充盈的镜子和玻璃意象更为二人幻梦般的生活披上了亦真亦幻的面纱，使两人在远离现实指涉、创世之初混沌状态中的快乐冲动得到直观的呈现。玛丽·伊格尔顿（Mary Eagleton）认为："镜子的模仿美学源于亚里士多德，镜像中的宇宙将现实的影子封入幽闭空间，形成一个想象的世界。"② 在"玻璃一样看不见的欲望"（*WF*, p.144）中，简始终焦急等待着詹姆斯的车影浮现在对面房子的玻璃窗上，等待那模糊的、预示性的、虚幻的瞬间闪现。

在位于哈默史密斯的汽车修理厂，工人对奥特福德先生的称呼使简惊异于"陌生人口中他的名字让詹姆斯实体化、物质化了，他有了自己影子"（*WF*, p.73）。情人谈论汽缸和性能时富于情感的声音更让简想到诗人对蓝绿色天花板、金色和蓝色窗帘以及雪白墙壁丝滑材质的颂扬。造型艺术作为日神艺术的表现形式，其典范即奥林匹斯众神雕像。在《瀑布》中，詹姆斯无疑具有了丘比特的形象。每个晚上，"就像普塞克将溶蜡滴到丘比特身上，丘比特就永远离开了她那样"（*WF*, pp.35-36），简唯恐惊醒熟睡中的詹姆斯。罗马神话中的丘比特在希腊神话中对应为厄洛斯（Eros），即爱欲。"普塞克与丘比特"最早出现在阿普勒乌斯（Apuleius）的作品《金驴》（*The Golden Ass*）中。相传厄洛斯违背其母阿芙洛狄特之命，爱上了凡人的女儿普塞克，将其藏在山洞中，每晚与她同眠，但是却不让她看到自己的容貌。后来普塞克趁其熟睡之时在油灯下偷看他的样子，厄洛斯因此不再与她相见。在简的记忆中，詹

---

① Sigmund Freud, *The Standard Edition of the Complete Psychological Works of Sigmund Freud*, trans. James Strachey and Anna Freud, London: The Hogarth Press and the Institute of Psycho-Analysis, 1953, pp.354-355.

② Mary Eagleton ed., *Feminist Literary Theory: A Reader*, Oxford: Basil Blackwell, 1986, p.65.

姆斯的母亲形象就是穿着米色丝质睡裙迷人地躺在床上，像爱与美之神阿芙洛狄特一样展示惊人情色之美。神话中的厄洛斯更是美的化身，柏拉图在《会饮篇》中曾借阿伽通之口将他与美和花朵联系起来："在神们中，厄洛斯最美而且最好，气色鲜美，表明他活在花丛中。"①我们看到"像树木、花朵和天使"（WF, p.134）一样美的詹姆斯也始终以神一般的神秘形象出现。车祸发生后简十分后悔挪威之行，承认"非真实的，现实与幻想的中间地带游走的爱一旦呼吸到外界的粗鄙空气便会灰飞烟灭"（WF, p.90）、"幻想中的生活要比现实中好得多"（WF, p.238）。也许，不伦之恋在现实中无所附丽，纯粹浪漫之爱只有在审美的非现实中才能对抗命运。苏珊·朗格将艺术的魅力归为抽象的简化："在艺术抽象中要使艺术品具有所应具有的一切非现实成分。换言之，就是要断绝它与现实的一切关系，使它的外观表象达到高度自我完满。"②其实，生活何尝不是如此，借由审美形而上的抽象，简和詹姆斯在神话人物的平行镜像中拥有了空灵缥缈的爱情，生产并建构起一种纯粹外观的幻觉，其美轮美奂、安详幸福、独立自主、永恒不朽的爱情乌托邦仿佛用一层面纱遮住了他们的双眼，使两人免于直视世俗道德理念，规避乱伦命运的原始痛苦，犹如用幸福幻境的灵药使几乎崩溃的个人得到复原。朱光潜在《悲剧心理学》一书中提出审美观照实际上是一种高度专注的精神状态，超越概念的联想、批评态度和道德考虑。③在这个意义上，简的唯美爱情只有在扬弃了内化的道德控制后才有实现的可能，读者也只有选择忘却现实世界才能切身体悟女主人公的痛苦与喜悦。不伦之恋那透明的纯净花朵注定无法经受现实的风刀霜剑与凄风苦雨，于是只有在梦中继续，这便是日神慰藉的境界。

然而，简建立在自我想象上的个体原则始终是一种幻想意义上逃离冲动，涌动与意识判断空隙之间的诗意臆造。日神精神在缓和人生痛苦、规避命运惩罚的同时，也必然导致主人公虚假的梦想国度与现实彻

---

① [古希腊]柏拉图等：《柏拉图的〈会饮〉》，刘小枫译，华夏出版社 2003 年版，第 57 页。
② [美]苏珊·朗格：《艺术问题》，腾守尧译，中国社会科学出版社 1983 年版，第 170 页。
③ 朱光潜：《悲剧心理学》，张隆溪译，凤凰出版传媒集团 2009 年版，第 16—18 页。

底分裂，无法为真实的生活注入力量。在这个意义上，主人公的主体追寻诉求必须进入悲剧审美的第二重世界，即作为悲剧审美核心要素的酒神精神。

3. 狂悖激情的僭越之美

数周后，产后恢复的简与詹姆斯第一次感受到了性爱作为所有醉的形式中"最古老的存在"，① 性以其恣意肆虐、狂放不羁的毁灭力量对世俗礼法展开了最激烈的僭越和抗争。如果说日神冲动以其宁静与唯美让简在喧腾咆哮的大海之中安坐于臆造的一叶扁舟上流连忘返，暂时忘却现实，那么狄俄尼索斯则"呼唤在放纵、过度和无序中激发人们天性中最凶猛的野兽脱开缰绳，打破家庭和日常生活的一切界限"②。酒神冲动借由个体化原理崩溃而获得幸福狂喜的本能冲动在简的爱欲救赎中也得到了印证，主人公最终以醉的强力释放出巨大的狂热意志，外部传统道德意识形态与内部个体化生命表象由此得以颠覆。可以说，《瀑布》整体上是一部关于借由性爱表征反抗道德逻各斯的作品，其书名作为性隐喻在小说中共出现了三次：首先是简与詹姆斯第一次完满的激情，她"浑身湿透，几近淹溺，从孤独的高处冲下水中"（*WF*, pp.158-159）；第二次指涉詹姆斯表演的扑克游戏，两摞纸牌"在空中契合，最终一张张合为一体"（*WF*, pp.156-157）；第三次则指小说结尾处象征崇高的约克郡高达尔峡谷瀑布（Gordale Scar）。德拉布尔在《作家笔下的英国》（*A Writer's Britain*）一书中写道："任何后弗洛伊德者都必然将高达尔瀑布视为性爱的象征：喷涌的瀑布、曲径通幽的秘密小径、簇生的树木，约翰·弥尔顿曾将这里描述成一个完全意义上的性爱空间。"③ 与丈夫马尔科姆的婚姻只是理性引导和道德训诫中的绝对义务，只有当赛车手詹姆斯带着激情性爱、暴力的震撼和生命本原的死亡气息来到简

---

① ［德］弗里德里希·尼采：《偶像的黄昏》，周国平译，湖南人民出版社1987年版，第72页。
② ［德］弗里德里希·尼采：《悲剧的诞生》，周国平译，生活·读书·新知三联书店1986年版，第160页。
③ Margaret Drabble, *A Writer's Britain: Landscape in Literature*, New York: Alfred A. Knopf, 1979, p.129.

身边时，才重新点燃了她内心深处的激情火种。欲望以自然灾难般摧枯拉朽之强力激发简在沉默中爆发："里斯本的地震、泰坦尼克、艾伯茨矿难只是外部的灾难，不像我们身体的激烈狂悖，像山峦移位、森林被根除、大海潮起潮涌，没有什么能阻止这种美。"（WF, p.18）关于性的抗争即个人对集体化身体的抗争。劳伦斯在《性与可爱》中也认为性即美，"就像火焰和火是一回事一样，性和美不可分隔"，① 而随后在两人身上发生的放逐礼法、摒弃道德、放纵情感最终使两人超越社会藩篱，脱离身为形役的羁绊。乱伦性爱作为对固化心理图式、价值规范与道德标准的僭越行为，反映着建筑其上的酒神冲动，并以此进入狄俄尼索斯的迷醉之美。

值得注意的是，简在与詹姆斯的性爱关系中始终以自愿自为的受虐者形象出现。两人在关系建立的最初互称为"我的囚犯"（WF, p.38）和"受虐狂"（WF, p.98）。女主人公在翻看洛克·艾里斯（Lock Ellis）的性爱课本时坦言"被奴役一词优雅地描绘出了我的情况"（WF, p.161）。受虐的极端倾向就是死欲的不断强化。主人公多次怀着幸福的狂喜回忆起爱欲渐退时濒死状态的快感，体验酒神精神中摆脱个体化原理回归世界本源的冲动，以期"超越时间，直至摆脱生命的束缚"。② 在这个意义上，正如简所总结的那样，"性就是死亡、性就是新生"！（WF, p.158）《瀑布》的书名出自亨利·沃恩（Henry Vaughan）的同名诗作："死亡／玻璃一般纯净／每个人都下落到无底之境／深深跌宕的坟墓加速它的下坠／由此升至更光明勇敢的通途"——在死亡神秘的召唤下呼吸着毁灭的芬芳与祥和，死亡本身也就具有了某种解放和完美的极乐意蕴。我们似乎听到死亡的神谕回荡在简和詹姆斯的世界，闻到弥散在整部作品中硫黄燃烧的奇怪气味。中古传统里北方是堕落天使的聚集地，而来自挪威的詹姆斯无疑是魔鬼的化身。从赛场返回伦敦的途中，詹姆斯带着简途经死亡山（Death Hill），在黑墙隧道（Blackwall

---

① ［英］D. H. 劳伦斯：《性与可爱》，姚暨荣译，花城出版社1988年版，第106页。
② ［德］弗里德里希·尼采：《悲剧的诞生》，周国平译，生活·读书·新知三联书店1986年版，第61页。

Tunnel）死一般惨白刺眼的灯光中无助地大笑。两人一起充满期待地谈及死亡更是有 50 余次，在去挪威的途中，看似无意的对话已经预示了将死的命运：

——我现在就可以快乐地去死了。
——随时准备着就是了。（*WF*, p.194）

"随时准备着就是了"曾出现在《哈姆雷特》第五幕第二场中，勇敢的丹麦王子在生或死的疑问中替简给出了答案。雅斯贝尔斯在《悲剧的超越》中将这种人对于实在意识基础所持有的悲剧意识称为"悲剧情态"（tragic readiness）：① 在死亡中自我溶解并与原初"太一"融为一体，向着永恒的本真整体生命飞升，这就是酒神的慰藉。车祸发生后，面对濒死的爱人，简在车与人的残骸现场"为他举行所能想到的所有仪式"（*WF*, p.198）。众所周知，在古埃及神话中，艾西斯的丈夫兼兄长欧西里斯被赛特溺死，尸体分被割成十三块，藏在大陆的各处。艾西斯把找到的碎块拼接起来，使其复活；希腊神话中酒神狄俄尼索斯被泰坦神肢解，地母塞墨勒吞食其心脏后怀孕，将他重新生出。尼采认为，肢解象征着"本来意义上的酒神的受苦"，即"个体化的痛苦"，暗示了个体化状态是"一切痛苦的根源和始因"，而秘仪信徒们所盼望的酒神的新生则意味着"个体化的终结"。② 詹姆斯曾提到愿意用自己的尸体重建车祸现场，不想预言成真。小说中多次出现简寻找并组合身体碎块的描述，无论是在车祸现场"收集那些零零碎碎的东西"（*WF*, p.201），还是为儿子劳瑞组装的玩具电动车里那些发动机杆、轮轴、中心销等眼花缭乱的部件无不成为车祸后詹姆斯头骨、胳膊和骨盆骨折后躯体碎块的隐喻。德拉布尔十分重视神话在文化传承方面所起的重要作用，在一次采访中她说："我们的主体意识

---

① ［德］卡尔·雅斯贝尔斯：《悲剧的超越》，亦春译，工人出版社 1988 年版，第 26 页。
② ［德］弗里德里希·尼采：《悲剧的诞生》，周国平译，生活·读书·新知三联书店 1986 年版，第 72 页。

与身份认同由多种力量构成，而神话正是其中的力量之一。"① 以艾西斯和塞墨勒神话人物为原型，简披着詹姆斯的血衣为他举行了最后的仪式。个体的死亡成为爱情自我保存、自我圆满的一种方式，使得禁忌之中的不伦情感最终打破现实藩篱与枷锁，以一种永恒的形式获得永生。

德拉布尔在与芭芭拉·弥尔顿（Barbara Milton）的采访中鼓励读者重视《瀑布》中的死亡书写及其在暗恐与爱欲之间建构的复杂张力，"当代人应该在弗洛伊德关于'熟悉'（Heimlich）和'暗恐'（unheimlich）的对立统一框架下理解爱欲与死亡的辩证关系，即尽管表面上意义对立，但实质上呈现悖论性统一"。② 作为一种引发人们内心不安和恐惧的特质，暗恐极具辩证色彩。死亡"暗恐"作为"熟悉"爱欲、"永生灵魂"的复影而与后者共生并存，"一方面它意味着熟悉的事物，另一方面它也是被隐藏和看不见的"。③

《瀑布》中，主人公的心理暗恐借由小说中显见的水意象得到强化。弗莱在《批评的剖析》一书中充分肯定了原型意义在文学循环和整体建构方面的特殊意义，主张将意象扩展延伸到文学的传统原型中去，唤起阅读活动中无意识发生的心理认同。无论是海洋还是荒原的象征意象不会只停留在康拉德或哈代那里，它注定要把更多作品扩展到作为整体的文学共同体中。德拉布尔在一次采访中表示《瀑布》中的水"是高度象征性的"，④ 生产时的鲜血、温热的茶水和简的泪水、汗水与乳汁、冬天的冰雪、河流、大海和瀑布充盈《瀑布》全书。无论就形式还是意义而

---

① Moran Hurley, *Margaret Drabble: Existing Within Structures*, Carbondale: Southern Illinois University Press, 1983, p.113.
② Margaret Drabble, Interviewed by Barbara Milton, "The Art of Fiction", *Paris Review*, No.74, 1978, https://store.theparisreview.org/products/the-paris-review-no-74.
③ Sigmund Freud, *The Standard Edition of the Complete Psychological Works of Sigmund Freud*, trans. James Strachey and Anna Freud, London: The Hogarth Press and the Institute of Psycho-Analysis, 1953, pp.224-225.
④ Margaret Drabble, "An Interview with Margaret Drabble", Interviewed by Nancy Hardin. *Contemporary Literature*, Vol. 14, No.3, 1973, p.287.

言，水作为"一种精神的存在或对无意识领域的穿透性探询"，①都表征着简内心和记忆深处蛰居潜藏的心理世界。德拉布尔曾表示，"意象不是头脑的构想或是后来的修辞润色，而是深深潜藏在我们的无意识当中。小说家常常闯入心理治疗师的领域，潜进米诺陶洛斯的迷宫"。②小说中的水意象作为一种暗恐的语言与奇诡意识交织的话语界面，提示我们进一步审视简隐藏在父权制内化理性下的情感驱力。

詹姆斯在车祸两周后完全恢复，"所有碎片都已修复"（*WF*, p.238）。借助于肢解与新生预示个体化终结的秘仪神话，作家向世界传递着这样一个信息：死与爱不仅相生相伴，而且相互成就。在这个意义上，简正是在神话人物身上获取了巨大的力量，借由"神话仪式作为命运抗争形式的解释系统"，对漠然的生命痛苦本质和恶意的命运投去轻蔑一笑。简这样回忆起死亡的瞬间，"死，是另一种形式的生。我想到的不是疼痛、碎玻璃或者骨折，而是死亡的意义、最后的洞彻和启示"（*WF*, p.159），也许意义和启示就在于此：死亡作为向另一种本真原始生命的回归渴望，其目的在于通达爱的永恒无羁，在表层上现象与物质个体毁灭的瞬间体会到深层次生命意志，从而肯定并证实永恒生命最后迸发的巨大力量。

需要读者注意的是，酒神个体崩溃原则构成了尼采悲剧精神的核心要义。然而，"极端的酒神慰藉使人沉溺于破坏、否定和死亡，只有凭借日神的达观与秩序把人从秘仪纵欲的自我毁灭中拔出，借由在痛苦中迸发的生命意志将具体生活纳入积极肯定的轨道才是蕴藏在希腊神话悲剧精神中的终极意义"。物质世界必须成为一个无限趋向"不断重新向日神形象世界迸发的酒神歌队"。③德拉布尔在创作初期曾预设简和詹姆斯在车祸中双双死去的结局，但随即放弃了这种"浪漫爱欲"的范式，

---

① Juan E.Cirlot, "Water", A Dictionary of Symbols, trans. Jack Sage, New York: philosophical Library, 1962.
② Valerie G. Myer, *Margaret Drabble: A Reader's Guide*, London: Vision Press, 1991, p.95.
③ ［德］弗里德里希·尼采：《悲剧的诞生》，周国平译，生活·读书·新知三联书店1986年版，第32、137—138页。

并表示"死不能解决问题,他们只能活下去"①。在这个层面上,詹姆斯在死亡边缘奇迹般苏醒,其中意义发人深思。在作家看来,酒神冲动在荡涤外界囹圄限制的同时,也具有彻底自我消除和毁灭个人的倾向。只有以日神外观和静观的审美引导酒神所激发的强力意志,最终在耦合无序的现实中重建个人原则,人生才具有意义。

4. 梦与醉结合中的崇高欢乐

《瀑布》在小说结尾处安排了两个让读者匪夷所思的插曲:一是简在后记中暗示自己"停用免除一切人世痛苦的避孕药"(*WF*, p.256),准备与詹姆斯生育孩子;二是詹姆斯和简在曼彻斯特旅店误喝了掺有滑石粉的酒,两人感受到"原始尘土与死亡的味道,苏格兰威士忌和尘土,这就是人性崇高的合适结局"(*WF*, p.255)。回到伦敦后,简对历史文本中乱伦主人公或死或失明的"英雄主义"结局不以为然,并以第一人称叙述者和自己故事作者的身份告知读者:"现在还不能算结尾,死亡可以成为结局,但故事里没有人死去。我的阴性结局(feminine ending)?"(*WF*, p.248)威廉姆·斯洛(William F. Thrall)在《文学手册》中将阴性结尾定义为:"诗歌结尾处超越既定的重音音节,表现为高于绝对韵律的具体化延展、普适化和多样化。"②可以认为,无论是尘土意象还是现实中待孕的孩子,都隐喻着女性主体超越纯粹精神上的自由想象后,重建一种予以赋形的、生活具体与实体化的自由意志。

小说接近尾声时,简欣然接受詹姆斯在自己生活中的情人身份,而"车祸的意义仅仅是将詹姆斯带到凡人所居住的坚实地面"(*WF*, p.254)。然而,与其说简的悲剧救赎体现在对不伦之爱的审美态度,毋宁说是女主人公对狭义爱情的超越。事实上,詹姆斯存在的最高价值在于像厄洛斯最终带领普塞克进入奥林匹斯山那样,激发简体验到自由意志的强力生命,并引导其从最初的爱欲诉求发展到对具体生活中"所有

---

① Nora Stovel, *Margaret Drabble, Symbolic Moralist*, San Bernardino: Borgo, 1989, p.108.
② William F. Thrall, *A Handbook to Literature*, New York: The Odyssey Press, 1960, p.200.

充满生气的东西、精神及其诸表现的欲望"。① 整部小说以詹姆斯引导简走出幽闭房间,前往汉普顿公园、伦敦近郊的赛车场以及挪威的三次出行以及最后回到伦敦家中为叙述动力,分别隐喻其帮助简完成从沉溺于乱伦命运,到幻梦个体建立、生命意志得以证实,最终回到现实、重建个体原则这一自由意志痛苦的环形建构旅程。"他只是租借给她,如今租期已到"(*WF*, p.240),读者于是不无欣喜地看到,主动斩断与外界和他人一切关联、始终囿于自我樊篱内的简开始清洁房屋、粉刷墙壁、打扫地板、重归文友圈子,甚至请人帮助照看孩子、出版诗集,以一种审美的眼光看待人生。

简和詹姆斯最后来到高达尔峡谷,轰鸣的水幕从两面峭壁之间飞流直下,肆意狂悖与秩序下的壮丽外观完美结合,简不禁震惊于"它的形式,水流和形式的有机结合,狂放不羁被包容于实在的限制中,这就是崇高的例证。"(*WF*, p.254)河道与峭壁作为日神美的外观与秩序的集中体现,对瀑布隐喻下模糊而危险的情感洪流予以引导,实施提升,使酒神精神免于成为刚勇的瞎子、脱缰的野马。而此刻简的欢乐达观也不再是最初审美幻象的虚构影子,而是参透了生命的痛苦本源及其在悲剧中蕴藏的巨大力量后,在更高层面上对复归经验世界、重建当下生活信心与欢乐勃发的真实表达。埃德蒙·伯克曾将崇高美定义为创造力的最高阶段,即在克服暴力和客体对象威胁所带来的危险和恐惧后重建一种平衡关系。德拉布尔对伯克的这一观点表示赞同,认为崇高美体现了"超越恐惧、危险与黑暗后人性精神中更宏大的一面"(*WF*, p.148)。事实上,简内心深处不断发生着一种精神莅临或顿悟,一种强调形式上的死亡本能与建立无限强力的现实生活之间的辩证关系。最终,通过对这种无形、激狂力量的重塑与升华,生活中的一切混乱趋于秩序和谐,一切痛苦升华为旷达欢乐。简的欢乐溢于言表:"爱是真实的,一种日常生活中的真实。我们必须经历种种黑暗,直到死亡;但是有时,偶然的或是通过努力,我们可以找到一种在命

---

① [美]赫伯特·马尔库塞:《爱欲与文明》,黄勇译,上海世纪出版集团2008年版,第138页。

定之路上走地从容的方法。……对于一个潜在的悲剧而言，这完全不是一个悲剧结局，我太快乐了。"（*WF*, pp.169，249）攀上山顶，俯视脚下云卷云舒，一种名为"心安"（Heart's Ease）的紫罗兰漫山遍开，相信简得到了生命的救赎。悲剧审美以其肯定性激情赋予痛苦的命运本体以广度和强度，使现实生命变得更充实丰盈，最终通达更加圆满、更加舒展的彼岸。"我愿意接受痛苦"（*WF*, p.256），读者在主人公这句全书结束语中听到的是丰沛而凯旋的生命之声。自康德以来，理性便被认为是解决基督伦理与工具理性等现代性问题的重要乃至唯一途径，而潜藏在特里斯坦与伊瑟伟大不伦之恋、厄洛斯与普塞克神人之爱和欧西里斯与狄俄尼索斯死后永生等神话之中的正是一种将感性生命和两性共同体置于生活前场的积极态度。

在处理母女伦理关系和两性伦理关系问题上，德拉布尔作品中的第一代母亲大都秉承现代性伦理，试图在私人层面的家庭领域实现一种基于权利和契约范式的主客体权力关系。德拉布尔十分警惕这种家庭契约共同体结构、质疑作为伦理原则的原子式孤立的个体、抽象普适公正伦理和工具理性。作家主张重建关怀伦理心理共同体的重要意义，重塑具体他人、普遍联结和情感要义。在一次采访中，德拉布尔表示："我在60年代初期开始写作，那时新女性运动尚未开始。作为律师的女儿，我习惯于从两方面看问题。并非所有人都固守一种意识形态，大部分人的思想都繁复驳杂，我在小说中试图表现这种多元双声、赋格的现实。"[①] 对于小说中的女性人物来说，主体间性应当建立在未经扭曲、未经中介的交往关系之上。传统女性身份中的关怀母亲代表了主体和他者之间理想的伦理关系构型，但这种自我选择的"限制"并不以女性主体性剥夺为代价。

德拉布尔在访谈中表示自己十分赞同盖茨凯尔夫人提出的女性双重救赎观点："只有将家庭责任与个体性发展相融合才是解决女性问题的适当方式，一种身份的实现将有助于另一身份的发展，女性被一种胶水

---

① Afaf Khogeer, *The Integration of the Self*, Lanham: University Press of America, 2006, p.205.

黏合为一。"①看似形成悖论的个体自我和集体自我实际上能够相互唤醒、相互作用。按照德拉布尔自己的话说:"我所要寻求的不仅仅是私人的、独一无二的、细节的、有别的事物,他们也寻求相似、联结、平行的事物。随着年龄的增长,我们对人类所共有的东西越来越感兴趣。随着历史的发展,边界也会慢慢被打破。"②

---

① Afaf Khogeer, *The Integration of the Self*, Lanham: University Press of America, 2006, p.199.
② Margaret Drabble, "Writing for Peace: Peace and Difference; Gender, Race and Universal Narrative", *Boundary*, Vol.34, No.1, 2007, p.224.

第三章

新自由主义经济利益现象共同体与人文精神宗教记忆共同体

哲学上的共同体内在性批判为经典社会学、文化实践与文学批评中的共同体反思提供了契机。对主体合法性的质疑表现为新历史主义、后殖民主义、第三次女性主义浪潮、酷儿理论、新马克思主义和文化政治等各领域。在后现代学理框架中，作为一种意识形态的精密仪器，形形色色的共同性成为文化运作的或有结果。共同体的深层机制被认为是通过一种隐秘而有效的权力策略，将符号偶然性加工为诸如宗教、律法和民族国家等可供利用的身份认同。

公民社会与政体系统作为共同体概念从一开始就备受争议。在用拉丁语写作的过程中，英国政治哲学家霍布斯（Thomas Hobbes）采用了基督教教徒的"城邦"（civitas）一词来描述政治集团或市民社会，而从未用过"共同体"（community/communitas）这一政治哲学核心术语。霍布斯在共同体 communitas（共态）/res publica（共和国）与 Koinoia（基督团契）/polis（城邦）的对照表述中始终与后者有着更为紧密的关系。洛克也将民主制度、城市共同体与"去结构化后的平等人团体"（society of men）区分开来，认为后者才是独立共同体，而国家民族只是"从属性共同体"。① 在《权利哲学纲要》中,黑格尔对德国宪法"原子式聚集"(atomistic aggregation)的本质进行了批判,认为有别于市民社会,共同体一旦进入政治领域就成为反复无常的抽象集体性。简言之,政治共同体本质上是权力建构的产物、一种由个人组成的聚集状态,其成员根据自身权利组成不同团体,因此只是"混乱的人群和无组织的集合"。② 在此意义上,共态共识、平等人团体等有机共同体在时间上先于、在真实性上高于作为人工制品的外部社会政治共同体。这就解释了为何自18世纪以降,源于实证主义和自然权利哲学的反政治共同体逐步走向商业自由放任社会。

20世纪70年代以来,英国新自由主义私有制和去国有化进程逐渐取代了凯恩斯——贝弗里奇的共识社会,自由市场"看不见的手"被赋予激发经济人个体财富自动网络化为所有成员共同富裕的意义。那么,撒切尔主义政府宣称的市场利益共同体是否能够切实弥补政治代议制的缺陷,进而实现阶级接合?

事实上,从契约发展而来的经济社会强调的是自我权利前提下的"共同财产"(communantè)。当经济主体自愿将自身权利让渡给他人的终极目的是达到"共生组合"状态下的自我利益最大化时,这种共同体作为一种超历史可能性的社会公正就只能停留在对伦理可能性的想象中,因为一旦个体利益与整体利益或他者利益发生冲突,后者作为工具必定被弃置。早在现代主义初期,劳伦斯就曾借《彩虹》(*The Rainbow*, 1915)主人公之口描述了这种假想经济共同体对个体自我的侵害:

> 没有一种共同体至高的善能够让他的灵魂完整,因为共同体不再代表普通个体至高的善。他曾经以为共同体代表百万计的个体,

---

① Julián Heffernan, "Togetherness and Its Discontents", in P.M. Salván, Gerardo Salas and Julián Heffernan, eds., *Community in Twentieth Century Fiction*, London: Palgrave, 2013, p.6.
② Julián Heffernan, "Togetherness and Its Discontents", in P.M. Salván, Gerardo Salas and Julián Heffernan, eds., *Community in Twentieth Century Fiction*, London: Palgrave, 2013, p.9.

那它就必定比任何个体都重要百万倍。然而他忽略了共同体仅仅是众人的抽象，而并非众人本身。共同的善成为一种普遍意义上的损害，代表着卑俗保守的低级物质主义。[1]

当低级物质主义取代了共善，经济共同性就无法以超政治和前政治的抵抗姿态主张所有人、尤其是从属阶级的自然权利。

历史上的共同体被移置为商业利益历史集团，经济扩张的后果体现为世界范围的经济殖民。南希在 2002 年的论文《世界的制造或全球化》中提出，当今世界由资本技术至上的负面无限性所生产，而非创造："市场资本游戏场域和工具的全球化发展揭示出各个存在之间在场的联系和意义。"[2] 商业市场生产出南希意义上的交流/非交流，然而这种交流/非交流仅仅是各个成员为了自身利益向外揭示自身，但不能触及深层精神内核。以撒切尔夫人的私有制为代表的自由主义时代精神下，复数经济人的有限性独体与符号性使用价值之间的物质表象取代了真正的价值，因此只能导致真正交流或融合的无限搁置。人制造的绝对资本、经济整体性世界以及对该资本的享受反过来对人进行生产。此时的共同体成为一种虚假的团结形式，根源在于使其得以构成的、为数不多的部分成员之利益导向。

马克思进一步探析了这种经济共同体背后的排除机制。资本主义阶段劳动分工导致了人的异化和物化，即主体间性层面上人对人的依赖转变为人对物的依赖。前资本主义阶段的共同体被瓦解，个人之间的直接联系转变为外部关系的间接连接。物质主义的交换价值全面侵入人类共同体并导致后者分崩离析。在这一点上，马克思的资本腐化共同体学说与黑格尔关于资本导致"基于物质需求、财产和收入的低级共同体"[3]

---

[1] Julián Heffernan, "Togetherness and Its Discontents", in P.M. Salván, Gerardo Salas and Julián Heffernan, eds., *Community in Twentieth Century Fiction*, London: Palgrave, 2013, p.10.

[2] Julián Heffernan, "Togetherness and Its Discontents", in P.M. Salván, Gerardo Salas and Julián Heffernan, eds., *Community in Twentieth Century Fiction*, London: Palgrave, 2013, p.36.

[3] Julián Heffernan, "Togetherness and Its Discontents", in P.M. Salván, Gerardo Salas and Julián Heffernan, eds. *Community in Twentieth Century Fiction*, London: Palgrave, 2013, p.64.

观点一致，都是对社会成员沦为无组织集合这一市场被控客体的高度概括。

马克思反对经济政治共同体表征的机械内在属性。究其原因，经济学谱系的自由两级分别为原初自由意志个体和完整个体组成的共同体。前者拥有自身生产力的所有权，后者体现为革命性无产阶级共同体"自我掌控的生存状态"，而两者在当下人类文明发展进程中都处于非历史或超历史状态。与此相对，置于自由两级之间的则是由所有权衍生出的永久性历史冲突，以及对一种想象中"稳定共同体"在共时和历时坐标轴上两个维度的误读：在共时轴上，政治关系基于社会和经济联系，这种政治和体制联系必然与其他意识形态错觉及上层建筑影响相互交叠。在历时轴上，人类联结形式随其对现存生产力的控制、扩大和弃置而更迭交替，这就造成政治经济空间与实施暴力的非政治经济空间的边界不清。

在马克思看来，真正的共同体与阶级和资本经济无关。资本共同体作为虚假的人类联结形式，其形成动因在于第三方（货币）共同利益的驱使。基于此，人们必须对表面上披着普遍利益外衣，实则为获取自身特殊利益的资本主义国家、即"替代共同体"（surrogates of the community）或"类共同体"（semblance of community）的局限性保持清醒认知："在之前包括资本主义国家在内的'替代共同体'中，个体自由仅存在于统治阶级内部范围的人。同样，在'类共同体'中，个人将自身独立性建立在其他个体之上，一个阶级将自身利益建立在另一阶级之上。对于被统治阶级，虚假共同体构成了一种新的桎梏。"[①] 因此，在当下高度完善的全球化资本体系中，经济共同体只能作为意识形态施与的总体性安慰剂发挥机械聚合作用。

同样，德国社会学家滕尼斯也认为当下历史状态的内部逻辑被全球性资本主义进程所裹挟。与马克思一样，滕尼斯在《共同体与社会》这

[①] Julián Heffernan, "Togetherness and Its Discontents", in P.M. Salván, Gerardo Salas and Julián Heffernan, eds., *Community in Twentieth Century Fiction*, London: Palgrave, 2013, p.13.

一社会学经典中建立了两种集体社会秩序的对照系。他采用了黑格尔在《查士丁尼法典》（*Justinian Digest*）中对集体所有权和个人所有权的对照组形式，将共同体与社会这一组对立概念延伸至经济领域："人类关联建立在积极的相互确认之上，这种关系即共同体，其本身是一种真正的有机生活；而社会是一种存在于我们意识中的纯粹机械建构产物。"① 有机共同体与经济社会的对立也成为浪漫主义文学主题之一，其根源在于德国施莱格尔和黑格尔的唯心主义，这一传统在柯勒律治、雪莱等英国浪漫主义诗人的作品中得到了回应。

在滕尼斯看来，所有熟悉、舒适而独有的社会共存形式都可归为共同体范畴，而社会意味着外部世界和公共领域生活。在共同体中，我们从出生之初就与自己的乡邻团结在一起，而进入社会则如同步入异域。共同体是小范围的、基于宗亲组织的集体组织，其形成基础为本质意志、本能和个体记忆，植根于熟悉的家庭、村庄、城镇、邻里和友谊等类属地方。共同体通过家庭经济、习俗以及家庭口述传统得以存续。

在参照系的另一端，社会则是依赖经济学契约形成的人工制品，其基础形构体现为规约、政治、公共观念，而非共识、习俗和宗教。社会源于人的理性意志，依靠商业和实证律法运行，在空间场域上面向大都市、国家民族和世界。然而，社会表面上的联结却被永恒的分离状态所侵扰，滕尼斯提出："在共同体中，尽管一切因素让他们分离，人们仍然凝聚在一起；在社会中，尽管一切要素让他们团结，人们仍彼此分离。"② 显然，大都市作为巨大且无法控制的经济聚集物和社会表征，成为滕尼斯共同体诉求的反面。

在解决策略上，滕尼斯和马克思在如何超越社会和资本所造成的人工聚集状态上产生了分歧：后者认为只有通过源于当下社会之外力量的促进，如无产阶级，以及世界资本力量的恶化，共产主义才能取代资本

---

① Julián Heffernan, "Togetherness and Its Discontents", in P.M. Salván, Gerardo Salas and Julián Heffernan, eds., *Community in Twentieth Century Fiction*, London: Palgrave, 2013, p.16.

② Julián Heffernan, "Togetherness and its Discontents", in P.M. Salván, Gerardo Salas and Julián Heffernan, eds., *Community in Twentieth Century Fiction*, London: Palgrave, 2013, p.17.

主义。滕尼斯则着眼于复古共产主义形式，如伦理文化运动、消费方与生产方合作以及行会社会主义。值得注意的是，无论是滕尼斯的回溯视角或马克思的共产主义展望，其主张的社会、伦理与政治革命都建立在不运作的资本主义之上，即以精神性共同体作为外部社会错位状态的对抗据点。

在《大冰期》和《针眼》两部作品中，德拉布尔通过人文主义宗教记忆共同体对经济利益现象共同体展开批判。上帝作为全然他者超出机械聚集社会的控制范畴。正是通过与无限永恒者的相遇和对话，人类得以反思自身的物质欲望、自私和狭隘。与此同时，德拉布尔在《针眼》中进一步区分了"作为观念"的基督教困局与作为集体意识生命言说的本真基督教，阐明生命体验和神性实在之间密不可分的创造性关联，将宗教内涵中的神性恩典延伸至人性提升。

第一节　盖世功业与寂寞平沙——《大冰期》中的市场共同体

当代西方共同体研究范式经历了从"美好的总体性"到"负面共同体"、从"生机勃勃的有机体"到权力聚集技术下无法言说的"共同体秘密"批判之重大转向。在南希所著的《不运作的共同体》一书中，哲学家质疑了市场共同体营造的普遍利益的合法性基础，指出"资本游戏场域中主体间的联系和纽带"已成为当代"技术政治统治"运作的产物，因此必须使其"无功用化"（inoperative）。[①]南希提出的共同体幻象及通过表面上的纳入实现对边缘群体的排除机制研究也为反思文学中的经济共同体认同控制提供了契机，如雷蒙·威廉斯对英格兰美好乡村的"可知共同体"（knowable community）背后残酷的农业资本展开批判、本尼迪克特·安德森对《哈克贝利·费恩历险记》中吉姆和哈克兄

---

① Julián Heffernan, "Togetherness and Its Discontents", in P.M. Salván, Gerardo Salas and Julián Heffernan, eds., *Community in Twentieth Century Fiction*, London: Palgrave, 2013, p.36.

弟友爱这一"想象共同体"(imagined community)掩盖下的阶级暴力进行揭露等。

市场经济共同体批判也成为贯穿《大冰期》(*The Ice Age*, 1977)的主题。早在撒切尔夫人正式执政之前的政治转折期,作家就在该作品中借破产小地产商安东尼之口,以雪莱诗作《奥西曼提斯》中"盖世功业与寂寞平沙"①来隐喻自由市场经济利益现象共同体内的个体绝望和压抑。②本节拟从"自然公正"的经济利益共同体、国家民族共同体认同控制以及被收编的"另类喜剧"文化共同体三方面,昭示作品中房地产市场共同体治理术框架中剥削性生产关系再生产与阶级再辖域化本质,最后指明无产者诸众对共同性的争夺这一根本性替代路径。

一 房地产市场繁荣的实现基础:"自然公正"的经济利益共同体

《大冰期》的创作初衷源于德拉布尔对奥利弗·马里奥特(Oliver Marriott)的《房地产繁荣》这部新自由主义房地产行业圣经的阅读反思。③小说记录了英国20世纪70年代人人皆商的房地产浪潮下最广泛的市场平民参与。安东尼·基汀在牛津同学贾尔斯的友情号召下投资"帝国快乐房地产公司"。在这个由房地产商、金融家、城市建筑师组成的新人类世界中,不仅有造桥业起家的彼得斯家族第三代贾尔斯这样的大资本家,还有中产阶级转变而来的BBC电视台社会新闻评论员、左派知识分子安东尼,以及洗衣工和理发员这类"全英国最底层出身"(*IA*, p.127)的莱恩及其女友莫琳。英国伯明翰学派代表人物斯图尔特·霍尔(Stuart Hall)将这种无阶级感的经济共同体或共享的集体情势归纳为"平民主义同一体"(populist unity),即"某一路线引导下普遍中立的、代表所有阶级共同普遍利益的全民认同"。平民主义将受

---

① 安东尼在反思房地产市场的商业荣耀时引用了雪莱的"奥西曼提斯":"吾乃万王之王是也/盖世功业,敢叫天公折服!……但见废墟周围/寂寞平沙空莽莽。" Margaret Drabble, *The Ice Age*, New York: Alfred A. Knopf, 1977, p.210. 文中采用了王佐良先生的译文。
② Valerie G. Myer, *Margaret Drabble: A Reader's Guide*, London: Vision, 1991, p.112.
③ Nora, Stovel, *Margaret Drabble Symbolic Moralist*, San Bernardino: Borgo, 1989, p.164.

欢迎的资本主义制度动力界定为包含所有人。在媒体政治宣传的"民主平民主义""大众资本主义"①之下,安东尼强烈感受到自由放任时代最大范围内经济人的共同主体欲望。小说中的房地产自由市场成为一种体现开放性社会关系的民主机制,向所有人敞开了获利的可能性,安东尼也的确在 70 年代初的房地产市场颇有收益。

然而好景不长,20 世纪 70 年代中期房地产市场急转直下。小说开篇,出现在读者眼前的就是一个为逃避伦敦地产萧条而蛰居寒冬荒凉的西贡那索尔乡宅、在山楂树下埋葬一只死雉鸟的落魄破产地产商形象。作家此处将华兹华斯《序曲》中代表父亲死亡的"枯萎山楂树"及预示"露西·格瑞"中露西之死的"残破山楂树篱"死亡意象进一步贯穿至小说中象征自由精神之死的山楂树下葬鸟事件,并在卷首引用华兹华斯《伦敦,1802》中"死水沼泽、内心失去欢乐"的英国来影射安东尼在房地产自由市场短暂利好后又迅速失利的自由焦虑:"这自由是福还是祸?"(IA, p.294)此时主人公对命运无奈臣服的背后是对市场自然公正和风险性的全然认同:"洛克,他记得是洛克讲过,地租就是冒险!"(IA, p.63)从英国新自由主义经济代表人物洛克的市场客观自治机制和博弈特性,到斯密关于市场总体性"看不见的手"之下经济人对自己和他人经济活动结果和利益的不确定而处于双重无法总计的学说,都强调市场本身出于完全自律及纯偶然博弈所产生的构序缺失。然而,市场真的是非个人化的中立客体或去政治化的抽象自然物质,即安东尼口中的"诗意公正"(IA, p.9)和"无法解释的力量"(IA, p.1)吗?答案是否定的。

安东尼此处的自由焦虑源于撒切尔主义对权力意义上的经济自由与主体意义上的人性自由这两个完全不同概念的蓄意偷换。在《古典时代疯狂史》中,福柯将资产阶级的自由归纳为一种"被经济关系绑架的自由":"这是利益、合纵连横、金融组合上的自由,而不是人、精

---

① Stuart Hall, *The Hard Road to Renewal: Thatcherism and the Crisis of the Left*, London: Verso, 1988, p.277.

神、心灵上的自由。"① 经济的伪自然性背后隐藏着主导阶级的金融化政权，而"市场从来不是一件'自然的事情'，而是一个需要实现和加以普遍化的目标。国家只确定游戏规则,任由经济活动参与者游戏"②。撒切尔主义房地产市场博弈游戏究其本质是表征共同性的精密机器，它鼓励并召唤安东尼在"想象出的财富"（*IA*, p.9）中内化绝对公正的自然法逻辑，同时借由贾尔斯为代表的决定性经济权力与优势阶级巧妙地制定出等级化依附这一游戏规则，实现对安东尼们"自我毁灭式投机赌徒"（*IA*, p.234）的符号化经济使用："抢座游戏结束！赌场老板高吼：赌金全没啦！"（*IA*, p.60）《大冰期》中，安东尼必然经历的破产事件折射出不列颠帝国主义的阶级辩术和德拉布尔所言的"市场命运背后的残酷机制"。③ 主人公在帝国快乐房地产公司的破产清算中勉强不赔不赚，贾尔斯却早已在特怀福德地产管理局和商业银行的授意下，暗中以一千二百万英镑的价格促成政府收购最初个人出资不足五千英镑的河边空地项目而大赚一笔。而当伦敦楼市崩盘，"一次抵押、二次抵押出去的房子被诅咒烂在投资者手里"、无房者走上街头游行抗议、地产商由于房地产市场泡沫破碎而成为政客痛骂的"国家灾难"时（*IA*, pp.60-66），包括安东尼在内大批被迫主动破产的小地产商又在市场的"共同体自动免疫（auto-immunize）"，即"共同体成员毁灭自我以保证整体安全"的原则下成为祭祀品典范，被用来转移、纾解社会愤怒，从而悖论性地对房地产市场整体起到了维稳作用。在这一点上，无论是莱恩被金融构陷关进约克郡北区的司克勒比监狱，还是安东尼被贾尔斯视为"累赘"（*IA*, p.217）而以其生病为由合理清除出帝国快乐房地产公司，都与纳粹为维护种族纯粹性而对族内次等雅利安人展开的暴力清洗别无二致。

---

① ［法］米歇尔·福柯:《古典时代疯狂史》,林志明译,生活·读书·新知三联书店2005年版,第519页。
② ［法］雅克·比岱:《福柯和自由主义》,吴猛译,《求是学刊》2007年第6期。
③ Margaret Drabble, Interview by John Hannay, "Margaret Drabble: An Interview", *Twentieth Century Literature*, Vol.33, No.2, 1987, p.130.

得知安东尼同意退出后，贾尔斯喜形于色，迅速与一直暗中联系的养老基金完成公司重组，而失去了最初融资利用价值的安东尼在贾尔斯看来则"蠢得要命，居然相信让他退出的建议是为了他自己的利益，这未免也太堂吉诃德了"（IA, p.153）。在贾尔斯处心积虑威逼利诱安东尼撤股的过程中，后者只得将自己比作莎士比亚历史剧中被恺撒和莱必多斯暗中算计的安东尼自嘲，并使用大量诸如"暗箱""密谋""出卖""骗局"等阴谋性描述字眼表达对遭受贾尔斯蒙蔽的失落（IA, pp.122-138）。美国激进左翼学者迈克尔·哈特（Michael Hardt）在《大同世界》中详细论述了破产在房地产共同体中保障优势阶级支配性关系再生产的运作机制："生产出的共同财富部分被大地产投机商和金融家所剥夺、管控、占有和私有化，而资本积累正是通过崩溃和破产，或者说通过危机所导致的公司接管得以实现。"①小说中的房地产经济危机成为重要杠杆，被创造性地用来对共有财产进行私有化："小地产商们倒闭的倒闭、坐牢的坐牢、自杀的自杀，只剩下最大的资本家接管了新的财富。"（IA, p.8）此处德拉布尔将安东尼在贾尔斯资本游戏中必然经历的破产事件作为叙事核心置于前场，意在昭示安东尼始终处于"贾尔斯集团内部的外部"（IA, p.78）这一他者化客体身份。

安东尼在帝国快乐房地产公司中的"内部外在性"（being-within an outsider）也出现在卡夫卡《审判》里著名的乡村人穿越法律之门的隐喻中。"法律之前"故事展现了"敞开之门"施加的至高禁止："已经敞开静止了一切活动。那来自乡村的人无法进入，因为进入已经敞开之处，在本体论上是不可能的。那扇只为他敞开的门通过纳入他来排除他。"②"门已敞开"诱导主人公狂热投身地产资本游戏。同时，市场又在"自然公正"的经济律法下使其心甘情愿地接受命运、主动退出。安东尼在探视同样破产并被关押在北赖丁区司克勒比不设防监狱

---

① ［美］迈克尔·哈特、安东尼奥·奈格里：《大同世界》，王行坤译，中国人民大学出版社2016年版，第114页。
② ［意］吉奥乔·阿甘本：《神圣人——至高权力与赤裸生命》，吴冠军译，中央编译出版社2016年版，第75页。

的莱恩返程时，收音机里播放着悲伤民谣"老橡树上的黄丝带"："我刑期已满，我回家里来／我已经懂得什么属于我，什么不属于我／漫长的三年过去了，你还需要我吗？"（*IA*, p.128）破产后的安东尼已经不再被需要，这就是贾尔斯通过纳入性排除实现自身利益最大化的核心秘密。如同飘系附着于橡树的黄色丝带，主人公被地产市场操纵的共同主体身份无足轻重，因为金融政权只能假装正视他，却并未真正看重其功能。

二 房地产重建运动的宏大目标：民族共同体与帝国复兴

1974年由OPEC石油危机引发的世界性经济危机中，英国人均国民生产总值已降为西方发达国家中最低的国家之一，国际上用"英国病"来概括英国严峻的经济形势。德拉布尔通过艾利逊往返沃勒契耶探视因交通肇事被羁押的简所展开的旅行叙事，讲述了多起英国公民被印度、乌干达和土耳其政府扣押的报复性事件。昔日的日不落帝国江河日下，沦为"浑身污秽的老狮子，谁都能扯它的尾巴"（*IA*, p.91）。在民族身份危机的严峻形势下，撒切尔政府亟须让房地产重建运动作为"形象政治"[①]唤起民众对强大帝国的无限遐想和追忆，成为复兴历史上大英帝国的象征。

安东尼决定与自己的牧师父亲决裂并投身房地产的原因是传统的中产阶级职业"毁灭了英国、摧残了经济。"（*IA*.p.30）缩写为"I. D"的"帝国快乐房地产公司"（Imperial Delight）代表"一个令人满意的新国家身份（identity）"（*IA*, p.26），公司办公大楼"帝国大楼"则指向"又一个英国"（*IA*, p.29）。德拉布尔在采访中明确表示："安东尼房地产重建的经济扩张行为再现了帝国精神。"[②]其市场引路人莱恩更是由于长期致力于伦敦棚户区改造、建立宏伟的挈耶银行、邦赛特镇的威特曼商

---

① Stuart Hall, *The Hard Road to Renewal: Thatcherism and the Crisis of the Left,* London: Verso, 1988, p.71.
② Ellen Rose, *The Novels of Margaret Drabble: Equivocal Figures,* London and Basingstoke: The Macmillan Press, 1980, p.122.

厦等摩天大楼而被各大媒体舆论经济板块争相塑造为民族英雄，称其"像过去的英国人那样，壮志凌云、目光远大，对来犯的小国挥舞铁拳"（*IA*, p.171）。除了利用伦敦地产重建运动激发民族自豪，撒切尔政府还大力推行乡宅重购政策进一步强化大众的国家民族意识。安东尼敏锐地捕捉到肯特、苏赛克斯、萨福克郡等众多乡村地产投资的民族身份认同意味，并高额贷款购买位于西贡那索尔的"高鸦乡宅"（High Rook House, HRH）。"高鸦"缩写暗合"皇室殿下"（Her Royal Highness），其名出自福斯特《霍华德庄园》中赫特福德郡象征帝国遗产的鸦巢（Rooks Nest）。在《霍华德庄园》中，从伯贝克山俯瞰鸦巢，福斯特想象英国是英勇的海上舰队："岛屿像银海中的珠宝，在灵魂之船上航行，世上最伟大的舰队陪伴其左右，直至永恒"①，而读者顺着安东尼的视线却只能看到高鸦背后"地产市场私有化这艘沉船"："灰色的沙子和小圆石，直到永恒，或接近永恒，铅海中廉价的石头。幻想中的强大民族云般闪亮、然后破碎、消失。"（*IA*, p.221）

在从"伟大的舰队"到"沉船"、从"银海中的珠宝"到"铅海中廉价的石头"、从"永恒"到"接近永恒"的转变过程中，千秋功业沦为寂寞平沙。小说中关于高鸦外古老榆树被暴风雨连根拔起的寓意尤其需要读者注意：在福斯特笔下，作为鸦巢内部属性衍生的山榆树是一种将英国性视为悠久、稳定民族身份的方式，而高鸦入口处具有百年历史的榆树却难逃被毁的命运。此处德拉布尔通过在不可靠叙述表层文本（安东尼在象征过去快乐悠闲英格兰的高鸦静待地产市场转机）与深层文本叙述评论（高鸦物资紧缺、老鼠蜘蛛肆虐、安东尼债务缠身并破产）之间拉开反讽性距离，旨在对撒切尔政府盗用乡宅所承载的民族历史记忆进行批判。

英国外交官克莱格购于南肯辛顿的维多利亚时期宅邸更能体现作家对撒切尔政府"向后看修正主义"（backward-facing revisionism）②的质

---

① E. M. Foster, *Howards Ends*. New York: Penguin, 2000, p.178.
② Joel Krieger, *Reagan, Thatcher and the Politics of Decline*, Cambridge: Polity Press, 1986, p.63.

疑。安东尼前往沃勒挈耶前夜留宿在此，卧室里悬挂的筑堤前的切尔西城、温莎城堡、伊顿风景、威斯敏斯特桥镶边画，以及加框的东方鸟类刺绣和壁炉上的爪哇皮影等帝国记忆让安东尼爱国热情和民族自豪感油然而生的同时，也让他陷入了对现实中民族身份危机的认知焦虑："这到底是一个衰老、闹鬼的英国？还是勇往直前、未来的英国？"（*IA*, p.206）

通过反思高鸦乡宅和克莱格官邸作为复兴大英帝国叙述提喻这一空洞能指的表征危机，德拉布尔揭露出撒切尔政府地产重建运动的隐蔽之处：资产金融权力为地产繁荣的市场信条披上了帝国复兴这一国家利益至上的虚假外衣，其实质却是主导阶级为实现经济集权而对平民施加的再总体化编码。这就不难理解为何安东尼对作为冷静旁观者并因此被德拉布尔赋予更高叙述权威的艾利逊憧憬英国式庄园之梦时，后者不屑一顾地反问："哪儿？这儿的山腰上？这座漂亮的 17 世纪雅各宾式乡宅？逃避主义者的远古纪念碑？你们这些地产商为国家的**表面**（原文强调）所做的一切：游戏乡宅！"（*IA*, p.201）在马克思的资本共同体批判中，国家"表面上凌驾于社会整体之上的力量"植根于资产阶级特殊利益的自我增长，因此只是体现"统治阶级范围内自由"的"表象共同体"（semblance of community）。[①] 正是在这个意义上，安东尼最终意识到具有四百年历史的高鸦实为"鬼屋"（*IA*, p.66）；异装癖患者克莱格对自己维多利亚宅邸曾是嗜血贵族杀妻藏尸的"蓝胡子橱柜"（*IA*, p.257）心知肚明。房宅中萦绕的鬼魂揭露了地产重建掩盖的残酷资本剥削关系再生产实质，按照作家自己的话说，"房宅及地产市场所表征的历史文明实为不列颠帝国主义和阶级辩术"[②]。

意义深远的是，在这部讲述帝国危机的国家状态小说中，安东尼被特别设定为剑桥历史学毕业生这一潜文本浸透着德拉布尔关于"英

[①] Julián Heffernan, "Togetherness and Its Discontents", in P.M. Salván, Gerardo Salas and Julián Heffernan, eds., *Community in Twentieth Century Fiction,* London: Palgrave, 2013, p.13.

[②] Margaret Drabble, Interview by Gillian Parker and Janet Todd, "Margaret Drabble", in Janet Todd, ed. *Women Writers Talking,* New York: Holmes, 1983, p.175.

国性"历史书写这一国家马基雅维利主义的思考。根据布莱恩·道尔（Brian Doyle）的观点，历史学作为典型的"英国学科"是撒切尔夫人对领导权危机所做出的回应，被利用来解释私有制和自由市场这一非相关目标，从而"确保国内稳定"。① 帝国遗产和市场经营统一体作为民族文化和深层价值结构被撒切尔政府赋予某种想象动力，作为经济重建组成部分的遗产工业，被用来在市场经营律令及其失序、碎片化的商业时代重构新的民族身份和归属感。安东尼也不得不承认他在牛津接受的历史学教育"使自己的行动受限于一个过去世界的认知方式，他始终是没落帝国之子"（IA, pp.259-260）。

如果说小地产商是在自由进取的时代精神下直接参与私有化房地产市场，那么更多的普通英国民众则是在"与国家共患难"（IA, p.179）的共同体想象和爱国主义的道德责任下，通过主动放弃福利性公房和郊区迁徙而间接被纳入地产私有化重建运动的。撒切尔政府地产改革一方面推进私有产权与市场化，先后通过542项地产私有化政策以最大化资产阶级的利益，② 另一方面大力削减公共住房支出。小说中安东尼的母亲被迁至纽卡斯尔郊外十英里外的小屋、莫林的伊维婶婶从怀特霍恩每周一英镑租金的老房被赶到郊区。然而，底层人民通过自我牺牲式集体性自我改造将个体生命铭刻进撒切尔政府民族复兴政治系统，在促进房地产私有化自由市场蓬勃发展、靠出售福利公有住房获益240亿英镑的同时，自身却颠沛流离、居无定所，"人们被赶进公租房、搬进地下室、大篷车、大街上"（IA, p.60）。根据英国中央统计局的数据，仅撒切尔主义初期，民众家庭房屋债务从8%增至14%，30%的伦敦人口生活在贫困线下，仅官方登记的无家可归家庭已达120万户，其中25万人被迫成为偷住空房的占屋者。③ 在返回伦敦诺丁山出售老宅之前，安东

---

① Brian Doyle, *English and Englishness*, London: Routledge. 1989, p.17.
② Kosta Mathéy, "The British squatter movement: Self-help housing and short-life cooperatives", *Home, House and Shelter: Qualities and Quantities*, Vol.51, No.307, 1984, p.335.
③ Kosta Mathéy, "The British squatter movement: Self-help housing and short-life cooperatives", *Home, House and Shelter: Qualities and Quantities*, Vol.51, No.307, 1984, p.334.

尼的前妻也警告他务必在更多占屋者闯进之前脱手，免得他们"像野猫野狗一样把那地方弄得臭不可闻"（*IA*, p.204）。德拉布尔曾以谢菲尔德华而不实的社区住房项目为例阐明自己对大规模房地产重建运动的极大不满："一切都取决于你选择什么样的建筑：那些表面上体现大英帝国宏伟壮观、设计大胆惊人却没有实际功能的高楼大厦，还是平民能推着婴儿车生活的地方？"①小说中"房地产国家神话"（*IA*, p.32）下的民生凋敝证明了具有两幅面相的不列颠帝国女神统治下贫富两个英国的合法性，《大冰期》的核心主题也始终围绕着整体通过表征为国家利益的地产经济对底层个体的合法化侵害展开。

在《作家的不列颠：文学中的风景》（*A Writer's Britain: Landscape in Literature*）一书中，德拉布尔指出，狄更斯对建筑废墟和腐朽之物的大量描写是对维多利亚时代地产繁荣背后尖锐社会问题的批判。书中有一段对《董贝父子》中俨然已成荒原的卡姆登城的描写：

> 人和地产以鲜明的对比并存：旧式城堡、富人的公馆与阴冷潮湿的茅舍、租房户破衣烂衫下的尸体，所有的一切都拥挤、连接、并列在一起。千奇百怪的建筑造型和材料上下颠倒，混乱不堪，从地下穿过、在水中铸造、指向天空，一切都像噩梦一样不可理喻；狄更斯对帝国伟大的征服精神全无赞美之意，他看到的只有无序背后强大的机械秩序。②

同样地，"无序背后强大的机械秩序"以民族复兴之宏大叙事构成了弥漫在《大冰期》全书中隐秘而有效的权力装置。小说中，德拉布尔通过安东尼情人艾利逊的女性审慎视角和抗拒立场，以同样的废墟意象向我们展示了规模浩大的诺瑟姆火车站重建这一国家地产工程如何无情

---

① Margaret Drabble, Interview by John Hannay, "Margaret Drabble: An Interview", *Twentieth Century Literature*, Vol.33, No.2, 1987, p.133.
② Margaret Drabble, *A Writer's Britain: Landscape in Literature*, New York: Alfred A. Knopf, 1979, pp.207, 213.

地剥夺底层无车步行者的基本民权并实施阶级区隔。为给女儿莫利买礼物，过去步行五分钟就能走到的火车站对面的商店却成了艾利逊无法到达的目的地：先得穿过车站前建筑商和承包商林立的广告牌、无数在建的脚手架和多层停车场，然后走下"遍地腌臜、气味恶臭"的地下公路混凝土隧道，最后翻过围栏，横穿危险的四车道车流，像"车流中被撞得血肉模糊、一直走向死亡的那只阿拉斯加犬一样，拖着脚步在垃圾的海洋里穿行"。艾利逊只能悲叹："这并不是复兴，这是跟炉渣堆一样糟糕的废墟！"（*IA*, p.173）建筑废墟强化了观者对资本罪恶的视觉感受，也印证了哈特和奈格里在《大同世界》中提出的关于房地产经济本质上是公共性剥削的论断："地租通过对共同性去社会化（desocialization of the common）运作，通过富人之手将大都市中生产和积累的共同财富进行私有化……作为一种无声的经济统治，它在残忍和野蛮程度上远超出其他暴力形式。"①《大冰期》中，地产重建运动营造的崇高深刻的帝国复兴及其整体化想象盗用了伦理道德和民族想象等共同体纽带，诱使安东尼们遗忘经济、民族共同体内部不对称的牺牲经济学，驱使20世纪70年代英国数以万计的小地产商和普通民众心甘情愿地为这个受限的想象付出或破产、或无家可归的代价。德拉布尔对此直言不讳："借由房地产经济构建起来的民族认同仅仅是想象共同体的诡辩，是国家范围内资本利益集团被腐化的例证。"②

在接下来的叙述中，面对经济萧条，斯多葛派主教和贵格会慈善家们梦想着呼吁人民节衣缩食、捐款办学和禁欲来建立乌托邦式大同世界，德拉布尔对他们自我营造的受难者奉献精神表现出极大的同情和惋惜："这些圣徒相通论者笃信在共同心智的信条下为所信福音齐心努力，他们每晚都要为帝国祈祷，其实，别人都比他富有，欲望也大得吓人。"叙事者紧接着提出哈姆莱特式的质疑："自我牺牲自然是好的。但没有个体利益，又哪会有国家？上帝赋予人们的自爱和集体之爱是相等

---

① ［美］迈克尔·哈特、安东尼奥·奈格里：《大同世界》，王行坤译，中国人民大学出版社2016年版，第181页。
② Margaret Drabble, "Face to Face", *English Review*, November 7, 1993, p.7.

的。……在蒲柏那个年代，全英伦不过五百五十万人，而今它有六千万人。这就是英国的现状。社会和个人，这是个问题。"（*IA*, p.62）

三 文化市场共同体：经济利益链条绞拧下的另类喜剧

破产后的安东尼在绝望中认清房地产市场运作下的民族情感实为"腐化共同体"（*IA*, p.216），转而借观看牛津同窗、新左派喜剧明星迈克·摩根所表演的一场另类喜剧来表达政治平等诉求。与经济领域营造的全民共同普遍利益形成意图同构，在文化领域，撒切尔政府将阶级界限抹除确立为新的文化秩序，大力支持左派表演机构自由创业，以此促进文艺界市场繁荣。在此背景下，工人家庭出身的迈克靠表演新左派激进单人脱口秀"另类喜剧"迅速红透全英国，并被《每日邮报》等主流媒体塑造为继地产商莱恩之后的又一位平民参与市场的典范。

体现在"另类"表演风格上，迥然不同于传统左派政治喜剧两大流派"北方工人俱乐部"（Working Men's Club）的温和影射及"牛津剑桥俱乐部"（Oxbridge Club）的小范围受众参与，另类喜剧强调以"激进、疯狂粗鄙"为武器，通过大众文化传播来表达工人阶级要求差异性、多样性的平权集体意愿。① 然而，德拉布尔真的将剧场商资本集团与新左派演员共建的、官方允许甚至鼓励的全新大众共识和集体情势，即安东尼口中"新平均主义文化共同体、大不列颠新的光明且无阶级的未来"（*IA*, p.292）视作现实中民主共享的表征空间吗？答案显然是否定的。

一方面，另类喜剧真实的阶级批判被剧场商挪用为获取利益的风格标签。对于商业娱乐的提供方而言，在英国复辟剧和魏玛共和国的革命性舞台背景下，迈克在内容上严肃的反官方政治批判（反资本市场、反私有制和反剥削）与在形式上夸张粗鄙的语言和肢体动作（与观众进行达达主义卡巴莱歌舞互动、急风骤雨式的钢琴演奏、冲下舞台疯狂尖

---

① Eckart Voigts, "Zany Alternative Comedy: The Young Ones vs. Margaret Thatcher", in J. Kamm, et al. eds., *British TV Comedies*. London: Palgrave Macmillan: 2016, p.148.

叫、马桶、妓院和性笑话等粗鄙剧场互动）之间形成了巨大反差。这种新奇喜剧商品滑稽风格极大地增强了喜剧效果，吸引伦敦上流社会"所有愤世嫉俗、赶时髦抨击时政的自由主义人士和找乐子的人"对其趋之若鹜，因此提高了剧场上座率，"更加有利可图"（*IA*, p.225），至于迈克真实的革命意图则无关紧要。事实上，当 70 年代末保险销售员彼得·罗森格的在迪恩街的一家脱衣舞俱乐部开创另类喜剧的首个标志性剧场"伦敦喜剧商店"（London Comedy Store）时，关注的也只是其舞台技术学符码意义的巨大商机。① 这也佐证了万德尔（Philip Wander）关于文化消费市场利益链条中符码操控下真实之死的断言："当代文化产品价值不再取决于它的使用价值，而是取决于它的交换价值。"② 激进的新左派代表迈克被剧场商塑造为低俗愚昧的工人阶级群氓、"怒气冲冲、歇斯底里的疯子、供社会精英娱乐消遣的老鼠和滑稽小丑""全英国最可笑的、讲政治笑话的年轻人"（*IA*, p.212），彻底沦为喜剧市场的欲望对象，"疯狂"也成为描写整场表演出现次数最多的高频词。安东尼的另一牛津同学、同在剧场观看表演的古典主义学者林顿一语道破迈克标签化的"另类"能被剧场方和媒体允许，甚至鼓励其集体越界的原因只是"让人发笑"："笑话 [能实现交换价值的疯狂表演] 混淆了现实 [作为使用价值的真实阶级批判]，笑话使人脱离现实，最终笑话变成了现实！"（*IA*, p.81）

在这个层面上，德国喜剧学者埃卡特·沃伊特（Eckart Voigts）试图通过巴赫金的狂欢化类比，将另类喜剧的疯狂滑稽和插科打诨解读为某种叛离者在阈限时刻生成的权力对抗姿态，进而实现对资本象征秩序的潜在"合法性僭越"，③ 显然忽略了喜剧市场对迈克批判符号进行挪用的强大收编机制，而隐藏在另类喜剧"进步大众性机构所贩卖的进步大

---

① Gavin Schaffer, "Fighting Thatcher with Comedy: What to Do When There Is No Alternative", *Journal of British Studies*, Vol.55, No.2, 2016, p.374.

② Philip Wander, Introduction to the Transaction Edition, Henri Lefebvre, *Everyday Life in the Modern World*, trans. Sacha Rabinovitch, New Brunswick: Transaction Books,1984, p.xiii.

③ Eckart Voigts, "Zany Alternative Comedy: The Young Ones vs. Margaret Thatcher", in J. Kamm, et al. eds., *British TV Comedies*. London: Palgrave Macmillan, 2016, p.59.

众性自由主义意图"背后的（*IA*, p.70），则是商业模态社会支配性结构下的猎奇消费文化和他者书写。

另一方面，表演者的经济理性和牟利动机也导致其阶级批判的局限性和自身价值的断裂。面对安东尼"为什么要成为同谋"的质疑，迈克直言不讳自己是受利益驱使："我没法抵制，我只是个小丑，他们付钱让我踢他们。"（*IA*, p.220）颇具反讽意味的是，另类喜剧演员最初旨在批判撒切尔政府的市场化，自身却成为撒切尔政府为鼓励文艺界自由创业而推出的货币激励政策"进取补助计划"（Enterprise Allowance Scheme）的直接受益者。① 作为被资助人的市场位置决定了迈克的文化同谋身份，而成功的关键就在于掌握激进的分寸，"在技术上完美的控制""踢得不疼，挠痒发笑而已"（*IA*, p.220）。例如，表演最激进的一幕中，迈克尖叫着质问观众："'私有财产就是偷窃'这句话是谁说的？经济学引文词典让你们扔进马桶了？"（*IA*, p.217）当台下无人应答时，迈克至多也只是嘲讽观众是"健忘、悠闲又富有的资本家精英"，做出丝毫不触及其剥削本质、甚至明贬实褒的含混批判。

在接下来自问自答的"即兴创作"（*IA*, p.218）环节，迈克一边疯狂跳着卡巴莱舞蹈冲进观众席，一边大肆炫耀地连珠炮般援引洛克、霍布斯、马克思、皮埃尔·普鲁东和牛津大学经典PPE政经哲学科关于资本私有制"偷窃"理论的精湛脱口秀表演更是引发观众哄堂大笑。法国社会学家布尔迪厄（Pierre Bourdieu）在分析文化资本隐形操控时指出，演员表面上的"即兴创作"实际是文化正统的定向性和个人轨迹共同作用下的实践行为，背后铭刻着统治阶级的"文化训导"。② 具体到迈克身上，从牛津大学毕业，再到皇家莎士比亚剧团担任主角、成为英国上流社会最受欢迎的喜剧巨星，这个威尔士矿工家庭出身、来自绿色山谷的"工人阶级知识分子和极左派"早已在资本逻辑的文化训导下发生了阶级属性转向。他在脱口秀即兴创作中流露出的智性优越感，以及演

---

① Gavin Schaffer, "Fighting Thatcher with Comedy: What to Do When There Is No Alternative", p.391.
② Jen Webb, Tony Schirato and Geoff Danaher, *Understanding Bourdieu*, London: Sage, 2002, p.x.

出结束后斥责等待清场的剧场杂工、走过清洁工身边时"女主角耍大牌般愤然离开"便是明证（*IA*, p.219）。

基于此，德拉布尔对另类喜剧这一"突变的商业形式生产"①提出了严正警示。在作家的象征诗学中，剧场的功能在于生产虚假的现实感。正如莎士比亚认为剧院意在激起"千千万万缺乏宣泄渠道的同代人热烈的感情"②，勒维纳斯将"剧场总被阐释为一场游戏"归因于它"没留下任何痕迹的现实，在此之前与之后的虚无如出一辙"，③德拉布尔早在60年代创作的《加里克年》（*Garrick Year*, 1964）中，就借在怀特剧院（Wright Theatre）遭遇婚姻骗局的女主人公之口明示"剧场就是骗取信任的诡计"。④《大冰期》中剧场的危险在于它使从属阶级的怒气得到宣泄，沉溺于不具有任何实际意义的革命假象中而不自知。因此，安东尼通过参与虚假的文化共同体，进而解构市场至高权力的想象性对抗就不再有效。前者需要对世界资本语境下的僭越路径进行彻底反思。

第二节 人文精神宗教记忆共同体

希伯来文化中所肯定的共同体联结作为宗教人本意识的表现形式，以其严格的良知对抽象个人和物质化形成了反冲。例如，在《金色的耶路撒冷》中，基督团契和精神性提升针对主人公克拉拉的极端个人主义构成对位性纠偏路径；《大冰期》的结尾，安东尼恢复对上帝的信仰，以保罗蒙召的宗教顿悟为契机悬置撒切尔政府的共同体控制、对物质主义展开去运作实践。

从小在教友派环境下成长的德拉布尔有着浓厚的宗教情结。作家在

---

① Margaret Drabble, "Writing for Peace: Peace and Difference; Gender, Race and Universal Narrative", *Boundary*, Vol.34, No.1, 2007, p.217.
② Dennis L.Sansom, "Ethics and the Experience of Death: Some Lessons from Sophocles, Shakespeare, and Donne", *The Journal of Aesthetic Education*, Vol. 44, No.4, 2010, p.25.
③ Emmanuel Levinas, *Existence and Existents*, trans. Alphonso Lingis, Pittsburgh: Duquesne University Press, 1978, p.4.
④ Nora Stovel, *Margaret Drabble, Symbolic Moralist*, San Bemardino: Borgo, 1989, p.45.

采访中明确表达了自己的人文主义宗教观：

> 爱自己并非终点，你必须为此做出努力，而宗教就是这种力量之一；① 我很早就开始阅读班扬的作品。他对我的道德思考影响深远，不光是我，他影响了整个17、18和19世纪每个人的道德观。每个人都会读他的《天路历程》，这是一种理解世界的方式。②

在德拉布尔的价值体系中，希伯来文化的精神性存在织就了伦理之网、提升了主体的存在价值。基督文化作为西方文明的古老源头，强调道德良知和精神救赎，正如T.S.艾略特所言："我们的艺术形成并发展于基督教中，我们的一切思想也正是有了基督教的背景才具有意义。一个欧洲人可以不相信基督教信念的真实性，然而他的言谈举止却都逃不出基督教文化的传统，并且必须依赖于基督文化才有意义。"③ 在德拉布尔的作品中，基督教不再是宗教规训律令，而是向伦理维度转化，能够引导人们从外在、单向度的物质主义转移到对澄明生命本体的领悟。作家表达的神性终极关怀与世俗具体之爱既为人们提供了精神提升的内在依据，也指导我们对后现代独体式存在进行反思。在这个层面上，德拉布尔通过《大冰期》中上帝对市场的悬置以及《针眼》中罗斯对消费主义的对抗，传达出希伯来人文精神宗教记忆共同体的当下意义。

一 《大冰期》：无产者诸众对自治共同体的重建

《大冰期》的第二段卷首引语引用了弥尔顿《论出版自由》中的天国作为对撒切尔政府自由市场共同体的有力反冲："我看到他[英国]像雄鹰一样在天国般的光源中洗濯自己长久以来被蒙蔽的目光。胆怯的群燕聒噪不安、扑闪上下，在它们嫉妒的吵闹中，间离和断裂即将到来。"

---

① Margaret Drabble, Interview by Dee Preussner, "Talking with Margaret Drabble", *Modern Fiction Studies*, Vol. 25, No.4, 1979/1980, p.575.
② Ellen Rose ed., *Critical Essays on Margaret Drabble*, Boston: GK Hall, 1985, pp.22-23.
③ [英]T. S.艾略特：《基督教与文化》，杨民生等译，四川人民出版社1989年版，第205页。

卷首引语引用前文本作为小说要旨，导入主题引出下文，为接下来的市场共同体去功用性叙述做好准备。小说结尾，安东尼只身前往内战中的东欧铁幕国家沃勒契耶解救艾利逊因交通肇事被捕的大女儿简，在返程登机时由于炸弹袭击滞留，却令人费解地在四个月之后出现在专门关押鲍格米勒派教徒等思想犯的普勒维斯提集中营服刑，并在狱中皈依上帝。当采访者提出主人公身陷囹圄是命运沉沦的结果时，德拉布尔马上反对："不，他的出走和自我监禁作为救赎手段是我有意为之的。"① 从文化地理学层面上看，一方面，东欧铁幕社会主义国家沃勒契耶在物理空间上远离资本主义英国；另一方面，物质极度匮乏的普勒维斯提集中营作为安东尼摆脱资本控制的心理建构空间，帮助主人公完成精神上的出走。

在《不运作的共同体》中，南希主张以一种绝对后撤的姿态返回"独体"（singularity）状态，以此解构权力话语下主体被共同体湮没的命运。独体并非本质，而是一种"对不可重复的独特性的确定、而非坚实整体的成员"。其核心特征在于"无功用"（inoperative），即不可总体化和工具化，因为"没有任何东西在独体之前发生，它不是功用的产物"。② 《大冰期》中，安东尼的宗教回归与该特征高度契合。主人公投身集中营即"我"（孤绝沉思的雄鹰）通过"间离和断裂"来抵抗聒噪群燕所代表的市场共同体对主体的质询，是典型的独体自我表达。

安东尼在普勒维斯提集中营重新归皈上帝并非突然，小说中有两处描写已经预示了他日后宗教认同的重大转向。第一次预示发生在安东尼重访伦敦克劳福德大教堂料理牧师父亲后事并签署放弃"河边空地计划"文件之际。仰视伴随自己长大的"天国般美轮美奂"大教堂，安东尼回想起帝国大厦工程竣工时，工头、建筑师、投资方、城市规划局在天台庆功，曾将"人类自己的创造"抬高到上帝的位置，却经历了一种

---

① Ruth Wittlinger, *Thatcherism and Literature Representations of the 'State of the Nation' in Margaret Drabble's Novels*, Munchen: Herbert Utz Verlag, 2001, p.47.

② See Julián Heffernan, "Togetherness and Its Discontents", in P.M. Salván, Gerardo Salas and Julián Heffernan, eds., *Community in Twentieth Century Fiction*, London: Palgrave, 2013, p.27.

"奇怪的、无信仰者的战栗"。此刻,笼罩在"普照世人之光"的克劳福德大教堂入口"不可撼动"的耶稣像和六翼天使、通道里"永恒玫瑰"的石雕都反复提醒安东尼上帝对地产商自诩"万王之王"的嘲讽以及"上帝荣耀作为更强大的力量对商业荣耀"(*IA*, p.200)这一伪共同体偶像崇拜的纠偏与匡正。

第二次预示发生在主人公决意退出帝国快乐房地产公司,并在次日前往简所在克鲁索格莱德监狱施救的途中。一座当地被当作博物馆的清真寺再次唤醒了安东尼的宗教感知:"人要是没有上帝该怎么办?他在半路上停了下来,就像保罗在去大马士革的路上一样。"(*IA*, p.265)《圣经》中记载:"扫罗[保罗悔改归主前的名字]行路,将到大马士革,忽然从天上发光,四面照着他,他就仆倒在地。"(《使徒行传》9:1-5)德拉布尔在安东尼被"选中"并退出地产市场与保罗蒙召之间建立起显见的平行映照,目的是凸显"上帝的荣耀作为更强大的力量"对"市场的荣耀"构成的失效机制(*IA*, p.224)。生命政治哲学家埃斯波西托曾从经济学词源入手,将罗马法中的"负债"(munus)与真正"共同体"(community)联系起来,指出自由资本社会无节制的财富攫取欲望已经损害了民众的精神自由,因此有机、深度共同体的建立必须以财产功用负面化为前提:"共同体作为人文精神的总体性,其纽带不是财产,而恰恰是负债和利益减损。"① 与埃斯波西托所主张的财产功用负面化殊途同归,在《裸体》(*Nudities*, 2001)一书中,意大利左翼政治神学家阿甘本(Giorgio Agamben)也提出通过"无用的上帝身体"展开市场逃逸行动,"上帝的性器官和肠道仅仅是神圣荣耀镌刻在其罩袍之上的象征花纹,荣耀与无功用性紧密相连",其意义在于驱逐并自我清空"兽类般永不能满足的贪食"②。小说最后,曾经为经商而与牧师父

---

① Gerardo Salas, "When Strangers Are Never at Home: A Communitarian Study of Janet Frame's *The Carpathians*", in P.M. Salvan, et al., eds., *Community in Twentieth-Century Fiction*. London: Palgrave, 2013, p.169.

② Giorgio Agamben, *Nudities*, trans. Stefan Pedatella, Redwood: Stanford University Press, 2011, pp.98, 105.

亲决裂的安东尼却在信中告诫艾利逊要远离贾尔斯，只有"上帝会指引你"（*IA*, p.292），决心在集中营写一本"关于上帝的书，这一切都与进取精神和商业资本无关。他决不能拒绝这个什么都不做的机会"（*IA*, p.292）。尤其当主人公表现为疯狂的房地产市场自由进取精神的贪食欲望、艾利逊眼中"地产投机淘金热的邪恶兴奋剂、高烧和毒瘾"（*IA*, p.113）被铭刻进资本社会工程的控制体系时，安东尼自愿自为的财产剥夺、经济利益减损以及宣称自身在市场的无价值、"什么都不做"无疑具有了催吐净化的意义，恰恰不对称地构成他潜在自由精神增益的悖论性起点。此时的上帝也远非神学概念，而是以一种全新生命形式成功出走的资本关系逃离者们形成的象征性抵抗。

无独有偶，艾伦·华纳（Alan Warner）的《莫尔维恩·科拉》（*Morvern Callar*, 2002）中同样通过圣餐、大树教堂和西班牙村落的圣母马利亚雕像来抵御"假日旅行公司"的经济决定论与旅游凝视；巴恩斯（Julian Barnes）的《英格兰，英格兰》（*England, England*, 1998）以圣阿尔文教堂对抗匹特古公司的怀特岛迪士尼主题公园，后者已然成为典型的消费社会仿真类象；安妮塔·梅森（Anita Mason）的《抵抗混乱的战争》（*The War Against Chaos*, 1988）通过教堂抵御"全球商贸公司"的反知识分子运动。当代英国小说中，被赋予人文内涵的宗教意象作为自由隐喻使资本集团控制个体的作用机制展现出来，从而使市场共同体的内在性属性失效。

安东尼主动步入集中营便是选择了象征性死亡，这也是他最纯粹的无功用性表达和最极端的独体实现方式。当采访者提出主人公身陷囹圄是命运沉沦的被动结果时，德拉布尔马上反对，"不，他身处的并非原本意义上的监狱，监禁和停滞作为救赎主题是我有意为之的"。[①]在沃勒挈耶机场爆炸现场的残骸和遍地尸体中，安东尼却以一种惊人的冷静欣赏着林顿翻译的《索福克勒斯戏剧集》，并对忒拜城神话中安堤戈涅

---

① Ruth Wittlinger, *Thatcherism and Literature Representations of the "State of the Nation" in Margaret Drabble's Novels*, Munchen: Herbert Utz Verlag, 2001, p.47.

在石牢中选择象征性死亡这一牺牲仪式表示出极大的愿望投射和情感认同:

> 安提戈涅为了一个毫无意义的准则站出来、死去。"我不会为丈夫或孩子去死,因为我可以再婚、再生孩子,可我到哪里能再得到一个哥哥呢?"安东尼想到,正是安提戈涅牺牲的毫无意义赋予她的行动以重大意义。今天的人们依然被牺牲的本质所感动,也许我们的社会从18世纪就开始接受理性,如今该到了坚定有力地转向非理性的时候了。(*IA*, p.318)

借由原型人物镜像,安东尼意在明志,即:安堤戈涅"无意义""非理性"的牺牲悬置了一切的城邦律法、终能促成独体显现并且中止与象征秩序同一化的关系。事实上,安东尼跳过身在伦敦的艾利逊和简生父的合法监护、主动从西贡那索尔辗转至伦敦大使馆,再前往沃勒契耶营救简却身陷囹圄的整个行动在情节设置上十分吊诡,因为他既在伦理关系上与后者无关(情人的女儿)、情感上又十分厌恶简的叛逆以及她对自己和艾利逊结婚的阻挠,到达目的地后又多次放弃联系艾利逊的机会。那么唯一的解释就是:与安提戈涅埋葬波吕涅克斯以主动求死、并以死反抗克瑞翁的城邦暴政一样,安东尼营救简不过是他欣然赴死、并通过死亡所含蕴的个体性、属我性和不可还原性,以僭越世界资本语境下经济理性和市场共同体控制的借口而已。在林顿的译本中,石牢表征着一种阐释学反抗场域,即共同体控制下主体清空所带来的死亡狂喜:"置身活人墓,她的婚房。在死亡选择你之前,先选择死亡。"(*IA*, p.251)新马克思主义文论家伊格尔顿(Terry Eagleton)在《甜蜜的暴力——悲剧的观念》一书中也赋予当代"安提戈涅们"通过"死中之生开启另一种真理秩序的革命伦理学"的积极意义。[①]以此为观照,

---

[①] [英]特里·伊格尔顿:《甜蜜的暴力——悲剧的观念》,方杰译,南京大学出版社2007年版,第294页。

放弃自己经济人身份的安东尼与无功用的上帝、向死而生的安提戈涅一样，都是以独体的抵抗姿态让自身缺席，进而在"不可能的共同性中向[真正的]共同体开敞"（openness of a community）。[①]安东尼出走的目的并非确立唯我论的原子式个体，而是为重建复数独体之间的全新组合关系做出准备，而"只有建立在共同性之上——既能够进入共同性，也能够利用共同性——的出走才有可能。"[②]《大冰期》的最后，安东尼在集中营"认识了很多朋友"、狱友们"共同做工、共担责任"（IA, p.319, p.313）。在接受英国外交官探视的宝贵机会，他提出的唯一请求却是一把坦布拉琴，因为"我们每天晚上都要唱歌"，以至于英国大使感叹道："我忘了你还是个音乐家"（IA, p.316）。在《旧约》中，琴是最常见的伴奏乐器，作为团结隐喻多次出现在诸如送约柜、祭祀等集体欢庆仪式中。如《历代志上》中记载："以色列众人欢呼吹角、吹号、敲钹、弹琴，大发响声，将耶和华的约柜抬上来。"（15：28）此时安东尼与包括末世圣徒原教旨教会、耶和华见证会在内的众多异教徒白天在林中伐木、夜晚弹琴鼓瑟而歌成为典型基督团契的共同体凝聚仪式，意在建构起集中营中杂多众人构成的"自治共同体"。[③]需要注意的是，此时集中营里杂多的教派独体性组合是在保持各自内在差异性的前提下，"人人都能以任何方式、任何奇特的仪式向上帝忏悔"（IA, p.319）。以安东尼为代表的普乐维斯提集中营"思想犯们"（IA, p.315）在平等参与和协商网络的集体性层面上自我治理，以复兴上帝荣耀为共识而共同行动。杂多性无法被统一，这就在根本避免了被市场同质化的危险。

理解"穷人的诸众"（Multitudes of the Poor）概念是读者理解普勒维斯提集中营中众囚徒作为阶级整体抵抗资本统治的基础。小说中，面

[①] Julián Heffernan, "Togetherness and Its Discontents", in P.M. Salván, Gerardo Salas and Julián Heffernan, eds. *Community in Twentieth Century Fiction*, London: Palgrave, 2013, p.15.

[②] Julián Heffernan, "Togetherness and Its Discontents", in P.M. Salván, Gerardo Salas and Julián Heffernan, eds. *Community in Twentieth Century Fiction*, London: Palgrave, 2013, p.112.

[③] Julián Heffernan, "Togetherness and Its Discontents", in P.M. Salván, Gerardo Salas and Julián Heffernan, eds. *Community in Twentieth Century Fiction*, London: Palgrave, 2013, p.153.

对弥散 20 世纪 70 年代英国的通货膨胀、高失业率和经济衰退下的民生凋敝，隐含作者曾借安东尼之口发问："上帝之爱能否恩泽诸众？"（Can God's love suffice this multitude?）（*IA*, p.74）在自主马克思主义理论中，诸众指"无视身份地位和财产状况、聚集溢出从而形成政治体的那些人"，① 其典型特征是社会等级和群体的无限混杂。斯宾诺莎将贫穷的状态视为转变的逻辑起点，"将贫穷与力量结合在一个动态进程中，这个进程正是迈向[真正]共同体的生产"；马克思也赋予"绝对的贫穷"以对抗排他性的、联合起来的财产社团等"替代共同体"② 的力量。在斯宾诺莎和马克思的基础上，哈特和奈格里进一步指出，较之于富人在私有产权保障下"以财产共和国的伪装去代表整个社会"，通过纳入强人而排除穷人的资本运作，"穷人的诸众"则是彻底多元开放的政治体，因此具有"重新打开组织，让所有人参与进来"的开放性共同体冲动和革命性表征。

在《大冰期》中，集中营内的囚徒诸众并不仅仅意味着苦难、剥夺或者匮乏，而是确立阶级主体性的生产。德拉布尔将安东尼夺取诸众身份的实现场域置于物质相对匮乏的东欧社会主义国家沃勒契耶具有明显的区域政治意味。该地是罗马尼亚旧省，在华兹华斯的十四行诗"1820，六月"（"June 1820"）中，曾以"树林"意象喻指迥然有别于英国的绝对外在性和他异性："那里远离英国，[沃勒契耶]的树林中，夜莺欢快啼叫。"③ 安东尼正是在沃勒契耶集中营"饥寒交迫、终日担惊受怕、没有酒、性和温暖"、"极度苦难"的穷困状态下皈依上帝，最终通过模仿使徒行为，"理解了他人承受的各种巨大痛苦和苦难者身上蕴含的勇气。现在，他关注穷困之人，而非过去的影子，不再执泥于他和艾利逊享有的那个关于和平和普适之爱的空洞个人私有幻梦"（*IA*,

---

① Julián Heffernan, "Togetherness and Its Discontents", in P.M. Salván, Gerardo Salas and Julián Heffernan, eds. *Community in Twentieth Century Fiction*, London: Palgrave, 2013, p.26.
② Julián Heffernan, "Togetherness and Its Discontents", in P.M. Salván, Gerardo Salas and Julián Heffernan, eds., *Community in Twentieth Century Fiction*, London: Palgrave, 2013, p.13.
③ Qtd. in Myer, Valerie G. *Margaret Drabble: A Reader's Guide*, London: Vision, 1991, p.111.

pp.319-320）。

在对待穷人的态度方面，人文主义宗教对他者的无条件纳入与撒切尔资本主义私有市场的纳入性排除构成了强烈对比。小说中，占屋运动中穷人女孩被迫在安东尼位于伦敦诺丁山的老宅中产子，并在英国国家医疗服务体系对穷人的漠视下像"烂土豆""笼子里的动物"一样悲惨地死去，因为"真正的穷人：那些衰老、失业的人，不被待见的移民……穷人的回报是下辈子的事"（*IA*, p.74）。宗教关怀与此截然不同，它面向的是所有的穷人和普遍穷困状态，因为"在耶稣的眼里，你们都是同样的人"。①小说第一部分，秉持圣徒相同论信念的基思利贵格会教徒把所有收入捐给了她曾经工作过的非洲，已卸任的大主教义务性为儿童贫困行动组织工作，基督徒凯蒂的丈夫迈克斯在红宝石婚纪念日被爱尔兰军炸死，吉蒂仍心系"六百万犹太人、以及所有正在监狱死去的人"（*IA*, p.179），而德拉布尔的政治哲学思想中之所以带有明显的人文主义宗教意味，也是因为基督教记忆共同体欢迎所有流浪的人、背井离乡者或孤独朝圣者，能以无条件包容他者的神意来战胜撒切尔主义的经济人唯我论。如此看来，《大冰期》中的贫穷和压迫的经历同圣经本身一样是一个重要的文本，并且保持着与圣经的对话。穷人作为政治哲学概念，不仅代表着社会团结的无限形式，更蕴含着共同体的变革和创造潜能。

德拉布尔本人并非基督教徒，她所关注的上帝荣耀表现出更多的人文主义"人性"内涵，而非宗教神性。作家在采访中明确表示："宗教复兴不再指传统意义上的基督教。我不去教堂。……但我相信基督教中'摆脱物质控制'和'爱人如己的他者伦理'这两种理念意义重大。"②在这个层面上，《大冰期》中的人文主义宗教信念与自主马克思主义殊途同归，都强调以穷人/穷困者所主张的财产共有来抗争资本主义唯我

---

① ［美］奎迈·安东尼·阿皮亚：《世界主义：陌生人世界里的道德规范》，苗华建译，中央编译出版社2012年版，序言，第6页。
② Margaret Drabble, Interview by Dee Preussner, "Talking with Margaret Drabble", *Modern Fiction Studies*, Vol. 25, No.4, 1979/1980, p.575.

论的个体私有化。尤其当英国新自由主义私有制下富人诉诸虚假的普遍性,以财产共和国的伪装去代表整个社会时,重建穷困状态/穷人作为真正共同体伦理主体的合法性,才有希望真正"组织并建构起人类共同体（human community）"。①

二 始于宗教、终于责任——《针眼》中的人文精神宗教记忆共同体

20世纪70年代初,德拉布尔以《圣经》和《天路历程》为神话原型创作了基督教伦理小说《针眼》。作品在叙述结构上分为上、下两部,上部讲述了富家女罗斯的基督独体式灵修,下部讲述了主人公为了孩子回归家庭的思想转变。已有评论者注意到了《针眼》中广泛的圣经指涉,如以扫献祭、所罗门断案、撒玛利亚妇人和雨后彩虹等。②但上述评论或者仅对其中的个别宗教意象进行分析,或者认为罗斯回到丈夫身边是女性的失败和对女性解放运动的背叛,她的结局是一场"没有结果的天路历程"③,却对德拉布尔笔下蕴含人性向度的神性道德以及作家所肯定的是何种宗教伦理缺乏深度分析。笔者认为,《针眼》中罗斯的宗教救赎也经历了从圣经启示经卷中"神的新天新地"到四部福音书中"人的天国"、从《天路历程》上部中基督徒"始于上帝"到《天路历程》下部女基督徒"终于责任"这样一个从唯灵主义宗教神学到人文精神宗教记忆共同体的转变过程。

（一）宗教律令对资本逻辑的反冲

在《针眼》中,物质主义和资本逻辑下的经济立法作为神性道德的对立面出现。《圣经》主张内心神的道德律法先于经济法律:"凡以行律法为本的,都是被咒诅的……没有一个人靠着律法在神面前称义。"

---

① [美]迈克尔·哈特、安东尼奥·奈格里:《大同世界》,王行坤译,中国人民大学出版社2016年版,第139页。
② Valerie G. Myer, *Margaret Drabble: A Reader's Guide,* London: Vision Press, 1991, p.17.
③ Ellen Rose, *The Novels of Margaret Drabble: Equivocal Figures,* London and Basingstoke: The Macmillan Press, 1980, p.87.

（《加拉太书》，3:10-11）班扬笔下的释道者曾带领基督徒参观一间布满灰尘的房间并指明："律法非但不能靠它的功用洗净人心里的罪，反而会把罪激活。"① 法律作为"理论/裁决"（theoretical/juridical）工具理性的集中体现，将道德情感置于被贬损与抑制的地位。小说中罗斯的父母为阻止女儿嫁给来自伦敦北部康顿镇的希腊穷人克里斯托夫，不惜通过法院的强制令禁止两人见面，离婚后罗斯又因为经济问题在孩子的监护权之争中身心俱疲。

小说展现了资本逻辑与消费文化对精神救赎的冲击。因为贫困不能领养黑人孩子的珍妮特在痛苦中消沉；乔维特案中工会与管理层沆瀣一气开除示威游行的工人；甚至身为经济法律师的西蒙也承认自己是以正义之名捍卫错误的事业。多年来在法律泥淖中挣扎的罗斯对其控诉可谓一针见血："法律程序只能自我延宕，像暴力一样什么都解决不了，更无法触及心灵的困惑与灵魂的需求。"（NE, p.198）基督教的神性道德观被驱向思想与公正的世俗"智性知识"所替代，盲目地反对驱使我们具备良知的本能。资本逻辑作为外部立法被华兹华斯称为"替代性的治标药剂"，只是对人类弱点的修补，却"绝非值得赞美的绝对荣耀"，遑论"纯净的宗教"。② 德拉布尔曾借西蒙上司、经济法律师事务所负责人杰斐逊之口讽刺西蒙"只能看见树林而看不见树"（NE, p.213）。此处"树林"所代表的经济理性作为时代精神在很大程度上遮蔽了西蒙的个体感知，而只有恢复"树"的有机个人心性秩序与生存意义，才能重返宗教伦理中的精神性存在。

德拉布尔自小在浓厚的宗教氛围下成长，宗教传统始终对她有着潜移默化的影响。她的母亲玛丽·德拉布尔是卫理公会派教徒，德拉布尔姐妹三人在约克镇的蒙特教友派学校接受了早期教育。教友派注重个人责任、灵魂自省以及共同体合作的教义，这都促成了德拉布尔最早的责

---

① ［英］约翰·班扬：《天路历程》，苏欲晓译，译林出版社2007年版，第19—20页。
② William Wordsworth, *The Prelude*, ed. Jonathon Wordsworth, London: W. W. Norton& Company, 1979, 2: 212–215.

任观念,而《针眼》的意义即"如何重返宗教维度的神性道德"①。布拉德伯里(Malcolm Bradbury)在《现代英国小说》中阐释了德拉布尔依托道德神性抵御消费主义侵蚀的不懈努力,称赞作家"通过道德现实主义来实践对一个陷入物质主义的时代清醒而深刻的文化理解。在《针眼》中,德拉布尔对社会状况、个人生活与更广泛的公共事务进行道德解读"。②借由上帝的荣耀积极地、有意识地通过心灵与精神直面消费社会,这便是罗斯的天路历程带给当代读者的精神启示。

以詹姆斯的《贵妇人画像》《鸽翼》和《金碗》等作品为前文本,《针眼》同样将关注的目光指向金钱与物质主义的迷思。《针眼》写于宗教式微的70年代,时值后现代浪潮席卷英国社会,鲍勃·迪伦(Bob Dylan)和甲壳虫乐队在轰响的舞台上嘶吼抗议歌曲,俨然成为青年人心目中新的弥赛亚。同时,包括约翰·厄普代克(John Updike)、芭芭拉·金索尔弗(Barbara Kingsolve)、卡瑞尔·菲力普斯(Caryl Philips)、琳达·霍根(Linda Hogan)在内的众多作家也都以讽刺和戏仿的态度来表达对上帝的怀疑、解构与颠覆。德拉布尔敏锐地觉察到这种颠破式的"否定性经验"(experience of negation)无法解决任何问题,由此呼吁人们坚守上帝的公义、谦恭与博爱精神,重返基督教传统价值的神圣精神救赎。

《针眼》上部讲述了工业巨头之女罗斯如何以唯灵主义的宗教理性、禁欲主义的生活方式为基督伦理导向,努力抵御英国70年代的享乐主义和物质主义。主人公为了赎罪将巨资捐给非洲国家建校,学校却在战乱中毁于一旦。她推行的多项宗教改革也收效甚微。种种激烈狂悖的宗教实验均以失败告终后,罗斯选择独自带着孩子在贫民区体验一种超验自省的宁静生活。由约翰·班扬所著的《天路历程》寓言小说描写了"基督徒"为了赎罪,放弃妻儿和邻人,经"灭亡城""灰心沼""艰难山"等精神历练,最终达到天城"锡安山",进入了永生之境。西方学者恩

---

① Margaret Drabble, Interview by Dee Preussner, "Talking with Margaret Drabble", *Modern Fiction Studies*, Vol. 25, No.4, 1979/1980, p.568.

② Malcolm Bradbury, *The Modern British Novel*, London: Penguin, 1994, p.385.

斯特·卡西尔（Ernst Cassirer）在《神话思维》一书中指出人文主义宗教记忆共同体能够激发人们在历时层面汲取道德经验："在祖先崇拜盛行之时，个体不仅感到自己与祖先紧密相连，而且认为自身与祖先同为一体。"① 法国叙事学家格雷马斯（Algirdas Greimas）在探索原型人物延续性和历史因袭心理的基础上，按照成员与构成素材的关系进一步将叙事作品中的人物大致归纳为主体与客体、助手方与敌对方两对行动元。主体即英雄/主人公，客体行动元既可以是人，也可以是其他目的物或某种状况，如实现某种欲望、遵守某一条例等。②

从角色及其承担的叙述功能来认知原型人物这一范式在《针眼》中也得到了充分体现。主人公罗斯（Rose）的名字在英文中有"玫瑰"之意，西蒙多次将她比作玫瑰："白色玫瑰的花苞，在冬天的严寒中那么隽永，那是灵魂的震颤"，"她比野玫瑰还要甜美。"（NE, p.301）在《圣经》中，玫瑰隐喻上帝的荣耀，表征着圣母马利亚、天堂、仁慈和神圣之爱："旷野和干旱之地，必然欢喜。沙漠也必快乐，又像玫瑰开花。"（《以赛亚书》35:1-2）与此同时，玫瑰的刺指示痛苦："耶稣受难之地的鲜血和殉难，短暂死亡后的精神重生。玫瑰在生命之树脚下生长，代表着新生和复活；玫瑰园则是天堂的象征。"③ 20世纪以来，叶芝、乔伊斯和艾略特等作家都将玫瑰作为荒原图景的象征性解毒药方，以体现人类所具有的最深远、最积极的价值。在《针眼》中，以"救赎者""殉道者"和"修女"形象出现的罗斯坚信她的名字"含有某种特别意义，那就是基督转世"（NE, p.84）。

罗斯的基督身份通过小说另一主人公西蒙的视角得以强化。西蒙以圣经中同名的耶稣信徒西蒙·彼得（Simon Peter）形象出现，劝说罗斯重新接纳克里斯托夫，并带着她回到布兰斯通与丈夫和孩子团聚。

---

① ［德］恩斯特·卡西尔：《神话思维》，黄龙保译，中国社会科学出版社1992年版，第196页。
② ［荷］米克·巴尔：《叙述学：叙事理论导论》，谭君强译，中国社会科学出版社2003年版，第253页。
③ Jean Campell Cooper, "Rose", *An Illustrated Encyclopaedia of Traditional Symbols*, London: Thames and Hudson, 1978.

"西蒙·彼得"意为石头。耶稣说:"你是彼得,我要把我的教会建造在这磐石上。"(《马太福音》16:18)小说中的西蒙常以石头自喻,承认自己"灰暗、冰冷而古老,像一块石头"(*NE*, p.19);圣经中这位来自伽百农,又名矶法的忠诚门徒最先认出耶稣就是弥赛亚,西蒙第一次见到罗斯便感受她的神性力量"像教堂里的壁画那样有一种隽永温和的意味"(*NE*, p.24);彼得曾三次不认主,与此相仿,西蒙起初也不理解罗斯为何会住在贫民区,后来在三次看到异象之后,方才坚信"她是上天赐予的灵光显现"(*NE*, p.325),其间也经历了一个类似彼得蒙召的信仰转变历程。以《圣经》中的耶稣、《天路历程》中的基督徒为人物原型,罗斯始终以虔诚的精神感悟在贫民区追求神圣的宗教理想和道德救赎,反抗70年代英国自由主义时代精神下的物质进步主义。班扬肯定了《天路历程》人物命名的人性影射,主张"根据人物的性格特征和人格属性为其选择具有历史底蕴的名字"。[①] 在《针眼》中,通过人名在神话镜像中所承载的深层含义,德拉布尔使《圣经》和《天路历程》中的神性基督形象在罗斯身上重生繁衍,从而赋予人物以宗教神学对抗物质主义的潜能。

  必须说明的是,德拉布尔反对的并非经济生产本身,而是价值建构过程中一切向着绝对资本逻辑运动的伦理趋向。基于此,作家并不赞同罗斯信仰的物质原罪观,而是肯定了克里斯托夫信仰的新教财富观。《天路历程》中聚敛门下的"恋世""爱钱"和"吝啬"都死在钱财山底马的银矿里,罗得的妻子由于贪恋世界而变成盐柱。罗斯在一个今世的肉体与来世的精神、罪人与圣徒、地狱与天堂的二元对立世界中长大,认为财富只能带来内疚和无法偿清他人债务的负债感。她从诺福得的庄园豪宅来到伦敦北部贫穷的中路区完全出自"向罪而死"的赎罪心理。回到布兰斯通堡的父母家后,罗斯坐在清教徒保姆兼家庭教师诺拉曾经住过的房间里,痛苦的回忆席卷而来:

---

① Kathleen Swaim, "Mercy and the Feminine Heroic in the Second Part of Pilgrim's Progress", *Studies in English Literature*, Vol.30, No.3, 1990, p.401.

> 地狱的火、魔鬼、折磨、背叛、痛苦……无尽的恐怖,被剥皮的玛耳绪阿斯高悬在客厅里,斩首、惊惧、血和诅咒;圣厄秀拉和贞女们死在河岸上,鲜血从脖子里喷涌而出;燃烧的山坡上,耶稣因为世人那些难以言说的罪恶被钉在十字架上,身体扭曲、面色惨白、血流不止。(*NE*, p.356)

"地狱""剥皮""血和诅咒"构成了清教以其严苛的良知对鲜活生命的否定方式。了解了主人公的清教背景后,我们就不难理解罗斯为何要将三万英镑捐给非洲的尤狄阿纳,却用一种她自嘲为"病态的吝啬"缝补一个用了四年的破旧钱包,自己住在贫民区孤独自省。在谈到希伯来文化中的罪恶感时,阿诺德在其著名的《文化与无政府状态》一书中写道:"有件事在挫败人们的所有努力啊,这件事就是罪。与希腊文化相比,希伯来文化中罪孽所占的空间实在太大了,阻止人们实现完美的障碍充斥着整个场景。"① 罗斯的罪恶感不仅让自己过着与世隔绝的生活,也深深地伤害了克里斯托夫和父母。看到丈夫要求变更抚养权的证词后,罗斯曾一度想要像以扫那样放弃孩子,一人去非洲继续圣徒的事业。

与罗斯的资本原罪观与自我否定相反,克里斯托夫笃信的则是资本主义新教。当两人为财富是否罪恶而争执的时候,克里斯托夫引用了《马太福音》中"按才受托"的比喻,即每个人都应在生活中积极投入上帝所分配的事业。与罗斯离婚后,克里斯托夫在布兰斯通先生(罗斯父亲)的企业努力工作,这种因服务而带来的财富增长也因此承担了一种客观和非人格化的社会责任。神学家达利(Mary Daly)在《超越上帝》一书中主张摒弃清教的禁欲与严苛,在积极入世的层面重新理解上帝:"为什么'上帝'一定是个名词?为什么不能是最主动,最生机

---

① [英]马修·阿诺德:《文化与无政府状态》,韩敏中译,生活·读书·新知三联书店2008年版,第104页。

勃勃的动词？不仅是本质（Being），更是一种存在的方式（Be-ing）"。①原谅了丈夫和父母后，罗斯在诺拉的书架上抽出《天路历程》和《丰盛的恩典》并陷入了沉思："迷失、迷失，这就是它的手段。我在班扬引导的弯路上流连忘返，意志消沉，以至忘记了最普通的责任，让班扬下地狱吧！"（*NE*, p.358）清教徒在某种程度上是希伯来精神的受害者，它培育绝对极端的严正道德，而不是人文精神下的意识自发性。阿诺德对清教徒执着于"唯一不可缺少之事"的刻板倾向表示出极大不满，认为这种狭隘的人性观"无视人性全面和谐发展的要求"，"以如此多样的方式毒害了我们的思想和行为"②。如果说《天路历程》中的基督徒由于在艰难山丢失经卷，在约旦河丧失信心而必须通过赎罪才能获得上帝的恩典，那么罗斯的宗教救赎只有在走出清教禁欲和自我划定的罪恶牢笼后才有实现的可能。德拉布尔肯定的宗教救赎并非上帝的抽象概念，她更强调通过《圣经》和《天路历程》原型对具体生活中的"他者伦理"进行某种信仰表达。

（二）从宗教律令到人文主义宗教记忆共同体

《针眼》的第二部分，克里斯托夫要求变更抚养权的敌对方行动构成罗斯伦理意识转变的关键。《天路历程》下部描述女基督徒（基督徒妻子）和孩子、同伴们集体前往天国的历程。与上部分基督徒抛弃家人、寻求自我救赎迥然异趣，女基督徒及其集体成员在逆境中相互扶助、共渡难关。罗斯的丈夫克里斯托夫同样承担着帮助罗斯的责任，然而其表现与西蒙相比更加复杂。克里斯托夫（Christopher）的名字在《圣经》中暗示着基督与路西法（Christ-Lucifer）的结合，意为"基督的运送者"（Christ-Carrier）。路西法曾是天堂中地位最高的炽天使，后因意图与神等同而被打入地狱，但仍保留神圣的六翼形象。小说中的克里斯托夫也同时具有天使和魔王两种身份：一方面，在基督教传播初

---

① Mary Daly, *Beyond God the Father: Toward a Philosophy of Women's Liberation*, Boston:Beacon Press, 1973, pp.40-41.
② ［英］马修·阿诺德:《文化与无政府状态》，韩敏中译，生活·读书·新知三联书店 2008 年版，第 135 页。

期,力大无比的克里斯托夫皈依耶稣,决心"以上帝之名运送人们穿越怒海。一天他背着一个孩子过海,孩子越来越重,巨人仍没有止步。孩子喊道,'我创造了世界,我救赎这世界,我负载着世界的罪恶'。"①《针眼》中的克里斯托夫当过卡车司机、导游,永远在路上行走,留给读者的始终是那个在康沃尔郡岛和布兰斯通海岸沼泽中背着孩子的坚定背影。另一方面,克里斯托夫由于无法忍受罗斯清教徒式机械严苛的宗教教条而威胁妻子要将孩子们带离英国,又以敌对方的身份迫使罗斯认识到个体感性生命的意义。格雷马斯十分重视小说中反对者的作用,认为他们"决定着主体种种不同的经历,这些主体在达到其目的前必须克服强大的反对力量"。②黑格尔在《美学》中提出了类似的情节矛盾动力观点,即:"情节应表现为动作、反动作和矛盾解决的一种本身完整的运动。"③情节不仅体现为事件基于因果逻辑的组织方式,还体现为叙述者展示人物行为之间的矛盾冲突、揭示人物命运变化、进而表述"事件由缺乏秩序到重建秩序"的动态进程。④在这个意义上,作为基督运送者的克里斯托夫从路西法到天使、从敌对方到助手方人物功能的转换促成罗斯放弃一个人的孤独自省,为了他人踏上更为神圣的责任之旅,并最终实现了基督徒的神性救赎。

作为罗斯无法同一化和归化的绝对他者,前夫的敌对身份在客观上打破了罗斯的内在性。伦理学家史德勒(Tanja Staehler)提出:"伦理学只有在他者对我的自私产生怀疑时才会发生。自我主义还会残留在伦理学中,但是它不会成为伦理学的基础。"⑤《针眼》中,罗斯的原罪救赎在本质上属于单向度的主体欲望,中路区的底层人民作为客体的工具为其所用后便与其无关,或者说某一客体无法对其补足,无法满足罗斯

---

① Alban Butler, *Lives of the Saints*, New York: Benziger Brother Inc., 1953, p.204.
② [荷]米克·巴尔:《叙述学:叙事理论导论》,谭君强译,中国社会科学出版社2003年版,第240—241页。
③ [德]格奥尔格·黑格尔:《美学》第1卷,朱光潜译,商务印书馆1996年版,第278页。
④ 梁工:《圣经叙事艺术研究》,商务印书馆2006年版,第177页。
⑤ Tanja Staehler, *Plato and Levinas: The Ambiguous Out-Side of Ethics*, New York: Routledge Taylor & Francis Group, 2010, pp.33-34.

的欲望构成她转向其他客体的伦理合理性，这都不是上帝作为大写的他者所主张的伦理关系。

罗斯曾多次向西蒙解释自己来到中路区的原因是对贫民窟穷人的"怜悯"。在《修辞学》一书中，亚里士多德将怜悯（pietas）描述为"毁灭性或痛苦的恶降临到不该承受其后果的人头上时给观者带来的痛苦感，尤其当观者也有可能面临这种即将到来的邪恶时，他更加感受到其痛苦"。① 尼采在《反基督》中批判了亚里士多德意义上的怜悯，质疑了怜悯行为主体潜在的自我指涉意图，他们在怜悯对象身上仅能看到"可能发生于自身的痛苦"，因此是一种"病态的危险"。怜悯的产生机制首先预设了主客体间的距离和界限，最终目的是利己而非利他。在《针眼》中，财富原罪论者罗斯关注穷人所受的痛苦也具有明显的功利性，即为了规避末日审判这种"可能发生于自己的痛苦"，因为"生锈的金银"必会"像火一样"燃烧、审判那些不把一切都"投在库里"的人（《雅各书》5:3、《马可福音》12:43-44），而非出自对苦难者的共鸣性情感。

《针眼》中关于罗斯违心照看底层女孩依琳私生婴儿的细节描写尤其值得读者注意："她听上去和颜悦色，但当她回到房间时却异常焦躁气愤。'真讨厌、又要被该死的婴儿拖累了。这就是怜悯的结果！'"（NE, p.176）此时罗斯对社会弃儿依琳及其婴儿、依琳在精神病院做保洁工的母亲夏科太太的怜悯，与其说源于伦理上为善的情感本能，不如说是自我强制下对做"正确之事"的刻意模仿。在与中路区人们直接交流的过程中，罗斯始终作为观察者、见证者和救赎者与穷人保持着审慎而冷静的距离，而非以参与者或共同体成员的身份真正融入贫民区生活。猜测到婴儿父亲可能是修车厂的黑人，罗斯更是表现出极大的"恶心"和"厌恶"（NE, p.172）。显然，作品中怜悯引发的主客体关系中，依琳和夏科太太作为被怜悯者、受害者或能力上减退的人被剥夺了伦理

---

① Paula Salván, *The Language of Ethics and Community in Graham Greene's Fictions*, Hampshire: Palgrave Macmillan, 2015, p.75.

主体资格，始终处于罗斯家长式权威的属下屈从地位。正是在这个意义上，尼采明确指出："怜悯最终指向自我而非他人，它降低被怜悯之人的尊严，同时赋予施与之人虚伪的优越感。"[1] 罗斯怜悯穷人的表象下掩盖的是尼采所言的"腐败力量"。儿子康斯坦丁也怀疑母亲是否也像厌弃依琳的婴儿那样厌弃自己，严肃指责罗斯是"伪君子，因为你刚才还夸那个婴儿可爱"（NE, p.178）。

启示经卷中的"新天新地"出现在《但以理书》和《启示录》中，强调的是神秘直觉和终极的精神机能以及上帝的神迹与超现实，罗斯向往的也是这样一个金冠冕和金竖琴熠熠生辉的金光之城。罗斯幼年最喜爱的一个词就是"在远方"（Yonder），幻想自己日后进入一个"充满魅力的神秘想象国度，朦朦胧胧地坐落在青山之上的城堡，怒海之上的高塔，那就是天国"（NE, p.120）。成年后，坚信人性堕落的罗斯成为彻底的理想主义者，物质只是观念的表象，现实成了彼世不可见之物的神秘显现，她在伦敦北部的贫民区建立起自己的宗教乌托邦，"一砖一瓦地建造童年时代的圣城、幻象中的平静"（NE, p.44），并完全投入到个体与上帝的精神超验交流中。《天路历程》第一部描绘了一个在上帝庇佑下"一想起家就羞愧难当，非常厌恶"[2]的孤独追寻者。同样，为信仰与工业资本家父亲决裂、与新教丈夫离婚的罗斯在自我否定、自我剥夺的灵修赎罪中，带着孩子感受着日常生活中超越现世的属灵世界。

然而，尽管罗斯的个人理想主义表现出一定精神诉求与社会意识，但其伦理指向最终还是回到自身，回到自我赎罪的内在精神提升。哲学家乌纳穆诺（Miguel de Unamuno）在《生活的悲剧意识》（The Tragic Sense of Life）一书中写道："那些信仰上帝，却充满痛苦、不确定性和怀疑的绝望信徒，他们信仰的实际上是上帝这一理念（God-idea），而

---

[1] Paula Salván, *The Language of Ethics and Community in Graham Greene's Fictions*, Hampshire: Palgrave Macmillan, 2015, pp.77-80.
[2] ［英］约翰·班扬：《天路历程》，苏欲晓译，译林出版社2007年版，第36页。

非上帝自身（God Himself）。"①针砭并修正自我中心主义的道德寓言必须通过回应他者、对他者负责的具体外在性意识中才能实现，克里斯托夫要求变更抚养权，在客观上造成主人公必须面对自己作为一个母亲的责任，她一手建造的"天上耶路撒冷""永生的神的城邑"在瞬间崩塌。

德拉布尔在肯定女主人公严肃神性诉求和公正意识的同时，也指出了罗斯必须摒弃自我想象的主导地位，展现群体生活中宾格"我"的必要性："作为一位'庄园女主人'，她喜欢那些贫困的人，部分原因在于他们的卑微让自己以一种奇特的方式扮演了'慷慨夫人'的角色。我对此持复杂的怀疑态度。我的确认为罗斯在做对的事，她过着善意的生活，但这仍然是存在问题的"②；"罗斯是共同体中的孤立分子，她没有与他者相遇，比如克里斯托夫，她是庄园女主人，来去自由。"③独体的天路历程导致罗斯忽略共同体联结，因而是一种存在主义维度的自爱自省，烙写着极端智性之上狂热的自我印记，进而抽空了罗斯人性与仁爱的血液，这与德拉布尔所主张的人类共同体诉求背道而驰。作为极端智性活动的怜悯阻碍了罗斯与贫民区的人们建立一种基于良知和本能的道德联结。德拉布尔这样解释罗斯公正伦理背后的自我中心观：

> 我在《针眼》中想说的是你不能刻意地靠着意志去爱。济慈写道："心灵关爱崇高伟大"，当爱本身不再有意义，而成为通往某个地方的途径，哪怕这个地方是神的信仰，它都会变得丑陋、麻木而具有攫取性。罗斯在某种程度上是无情的，她可以和孩子们在一起，继续生活在自私的恩典中，对世界的痛苦视而不见。她也可以

---

① Paula Salván. *The Language of Ethics and Community in Graham Greene's Fictions*, Hampshire: Palgrave Macmillan, 2015, p.66.
② Margaret Drabble, Interview by Dee Preussner, "Talking with Margaret Drabble", *Modern Fiction Studies*, Vol. 25, No.4, 1979/1980, p.566.
③ Margaret Drabble, Interview by Dee Preussner, "Talking with Margaret Drabble", *Modern Fiction Studies*, Vol. 25, No.4, 1979/1980, p.566.

离开，做一个真正的殉道者，这是另一种自私的恩典。①

有别于启示经卷中的"新天新地"，《圣经》中第二种理想国指向四部福音书中耶稣为人而建的"天国"。上帝不再是一个不在场的权威语音中心，而是具体形赋为"凡倒虚己，取了奴仆的形象，成为人的样式"（《腓力比书》2:7）。在小说的后半部分，罗斯的伦理指向也由主体施恩给予他者的"怜悯"逐渐转化为平等主体间的"同情"（compassion）。同情的意义超越了自我救赎，提升为面对他者悲痛产生的共鸣性意识以及减轻其悲痛的欲望。它意味着双方零距离的共同情感，因此表达了德拉布尔肯定的真正伦理愿景。正是在这个层面上，罗斯从怜悯到同情、从宗教神学的自我确认到面向他人责任意识的转变促成她从宗教人本转向世俗人本，因为真正的慷慨源于"责任和债务行为，产生于他者的权利（rights of others）"。②

与他者回应，对他者负责的伦理顿悟使罗斯不再消极被动地遥想神恩眷顾中的新天新地，而是在道成肉身的耶稣引导下传达世俗之爱。《天路历程》第二部中众人追求的天国福祉由爱和关怀构成，而母爱正是这种牺牲与无私的集中表现。女基督徒的儿子马太曾经在守望者的家中问"谨慎"："为什么鹈鹕会用喙把自己的胸膛啄穿？"谨慎"答道，"为了用自己的血来养育幼雏。基督愿用自己的血拯救孩子脱离死亡"。③此处作为道德园艺师的母亲身份正是以其牺牲精神，铺就着人类重返复乐园的归途。读者看到西蒙的母亲像"鹈鹕用自己的血哺育幼鸟"（*NE*, p.30）那样含辛茹苦地将西蒙培养为一名成功的律师；罗斯最终没有听从上帝的告诫，而是在痛苦的抉择下放弃前往非洲传道，为了给孩子一个完整的家而回到克里斯托夫身边。对于罗斯而言，"她的精神死了，

---

① Margaret Drabble, Interviewed by Nancy Hardin,"An Interview with Margaret Drabble", *Contemporary Literature*, Vol. 14, No.3, 1973, p.285.
② Paula Salván. *The Language of Ethics and Community in Graham Greene's Fictions*, Hampshire: Palgrave Macmillan, 2015, pp.75-76.
③ [英] 约翰·班扬：《天路历程》，苏欲晓译，译林出版社2007年版，第204页。

从上帝的恩典中堕落。天堂发出的明亮光线离她越来越远。如今的她活在矛盾和悲惨之中。那是为了善和爱、为了克里斯托夫和孩子"（*NE*, p.378）。母爱所蕴含的奉献精神激发出罗斯的他者伦理，使其超越唯灵论玄思，进而向真实生活中的人性关怀转变。

在德拉布尔看来，宗教以上帝的形象承载着现代人对本真价值进行认知的信仰模式，是对爱和善的崇敬。叙述者这样评论女主人公的选择："重新接纳他（克里斯托夫）是对的，这样做不是由于她自身隐秘的弱点，而仅仅出于宽容的光辉，是为了别人。责任，就是她所做的一切，为别人、为他、为孩子们。"（*NE*, p.395）神学家朱莉安十分看重基督的母性特质，认为"神的身上蕴含着母性和主的大能，基督是我们怜悯的母亲。在基督母亲的庇佑下，我们不断成长发展。"[1] 德拉布尔也认同"母亲身份是积极意义上的概念。母爱体现出永恒的善，是上帝之爱的显现"。[2] 可以说，母性本身蕴含的具体、现实的深度关怀不仅没有贬损罗斯的神性信仰，反而更加彰显多年来被人们忽略了的上帝的世俗人性内涵，使得罗斯从抽象、孤立而虚伪的体制化宗教形式中解脱出来，而基督教作为同情和在场的宗教，显示出与法利赛人虚伪的仁慈怜悯截然相反的共同体伦理诉求。罗斯的回归与四部福音书中道成肉身的基督为救赎世人，他成血肉之体一样，都有一种对人类生存真实状况的深刻体察。神对我们不再是抽象、虚幻的概念，而成为一个实在、具体的存在。

责任并非轻松甜美的字眼，痛苦是获得知识的必要途径。罗斯曾以流血隐喻表达自己在赎罪与孩子之间选择的内心挣扎，深感自己"大脑里溢满了鲜血，这些鲜血喷涌进了我的意识，我在流血、我在流血、我在流血"（*NE*, p.285）；她的手腕上"深深的伤口、红色潮湿的鲜血大滴大滴流淌"，而对主人公"血大滴大滴地滴落在地，每一滴都有硬币那么大一滩"（*NE*, p.163）的描述使读者联想到耶稣额上的荆棘，"大

---

[1] Dame Julian, *Revelations of Devine Love*, trans. Clifton Wolters, Harmondsworth: Penguin, 1966, p.165.

[2] Ellen Rose ed., *Critical Essays on Margaret Drabble*, Boston: G.K. Hall &Co. 1985, p.28.

滴大滴的血像珠子一样从花环下滚落"。血在基督教中意味着救赎,《约翰一书》中写道:"这藉着水和血而来的,就是耶稣基督;不是单用水,乃是用水又用血,并且有圣灵作见证。"(《约翰一书》5:6-7)。血的象征构成了赎罪仪式与宽恕信念之间的联系,而德拉布尔将罗斯回归家庭的时间安排在复活节和圣灵降临节正暗示了基督的第二次来临。

乔治·艾略特曾说,长久以来,有三个词经常被用作号角来激励人们,即"上帝""永生"和"责任",但前两个词让人无从做起,而"责任"却是确定无疑的。艾略特的这段思想转变历程,学者威利总结为"始于上帝,终于责任"。①《天路历程》第二部梦境寓言是在第一部问世六年之后写成的,其主人公从坎贝尔在《千面英雄》中发掘的悲剧式探索英雄(quest hero)转换为甘愿屈从于孩子和教友共同体的喜剧式女基督徒,充分反映出作品愈加成熟和深刻的人文精神宗教内涵。同样,《针眼》中罗斯从宗教人本到世俗人本的转变也体现出交往之爱,在本质上替代了自利的热情,从自我清空的零度位置实现向真正共同体的伦理提升。罗斯的中间名沃特尔(Vertue)出自古法语 vertu,意为"真和善的德行"(virtue)。德拉布尔这样解释德行与恩典(Grace)的区别:"恩典是一种耦合无序,是上帝的意旨,而德行是一种道德,它需要我们为之付出极大的努力才能实现。我不认为罗斯最后回到丈夫和孩子身边会减损上帝的荣耀。她是在两种不同的荣耀之间进行选择。主人公选择的是更艰难的一种,她追求的是上帝的大义。"②

在小说的结尾,罗斯、西蒙和孩子们来到中路区亚历山大宫广场,眼前那些"颇具喜剧效果、奇形怪状又破旧不堪"的石狮由于"出自众人又用于众人"对罗斯而言也具有了特殊的意义,因而比布兰斯通豪宅中那"卓而不群、贵族般高雅别致的纯手刻狮子"更加珍贵,罗斯希望"每个人的灵魂也能如此"(NE, p.399)。此时西蒙眼中的罗斯在阳光下"闪着光环,周身闪烁着万道光芒,明亮刺眼。她走在最前面,发射出

---

① Basil Willey, *Nineteenth-Century Studies*, Harmondsworth: Penguin, 1973, p.214.
② Margaret Drabble, "An Interview with Margaret Drabble", Interviewed by Nancy Hardin. *Contemporary Literature*, Vol. 14, No.3, 1973, pp.284-85.

光亮"(*NE*, pp.392-393)。在《针眼》中,正是借由爱与牺牲激发的最朴实具体的责任感,罗斯最终将自己从幻象与个人主义的悲剧中解放出来,真正体悟到爱人如己的基督精神,以喜剧的形式实现了自己的人文宗教记忆共同体重建。

| 第四章

帝国之眼中的异文化共同体与地方共同体重建

世界主义是当代共同体研究在社会学领域的重要议题。① 从古希腊时期的犬儒学派狄奥格尼斯自称"宇宙公民"、基督教传教士圣·保罗提出"世界上既没有犹太人也没有希腊人[……]在耶稣的眼里,你们都是同样的人";到启蒙时代的康德主张的"地球公民"和"世界法律"观念、德国克里斯托夫·维兰德(Christoph Wieland)的"整个宇宙就是一个国家"学说;再到19世纪马克思呼吁的"国际主义",世界主义始终要求成员超越狭隘的民族情感或地方诗学,转而承担起对于世界整体的伦理责任。

作为世界主义的文学回响,弗吉尼亚·伍尔夫曾主张摆脱国家、性别、学校、邻居或者其他事物"不真实的忠诚";托尔斯泰也痛斥"愚蠢"的爱国主义,因为"要消除战争,必先消除爱国主义。"② 20世纪后

---

① 在关联性结构的伦理范式下,共同体研究范畴可分为人类学视域下的文化界定群体构成;政治学关注的公民性、自治政府、公民社会和集体身份认同;哲学和历史学中具有颠覆性的意识形态或乌托邦共同体观念;社会学领域共同体研究中的地方性社会组织形式,该领域的共同性亚形态研究又可分为社群政治哲学(城市区域)、文化社会学(身份的文化建构、自我与他者的关系)、后现代政治和激进民主(集体行动与赋权)、世界交往和跨国运动(虚拟邻近性)等范畴。
② [美]奎迈·安东尼·阿皮亚:《世界主义:陌生人世界里的道德规范》,苗华建译,中央编译出版社2012年版,"序言"第4—8页。

期，经济全球化运动进一步推动了世界主义的发展。作为超越民族国家框架的普世价值表征，当代世界主义更多地被理解为一种实用的市场策略或宏观经济主题，被认为能够涵盖世界公民这种最广泛的、众人的抽象。在《世界主义——陌生人世界中的道德规范》一书中，美国学者阿皮亚（Kwame Appiah）将这种全球开放性总结为"无根的世界主义"[①]。

"无根的世界主义"以"可误论"（fallibilism）为逻辑起点，即"我们的知识是不完美的、暂时的；在新的证据出现之后，我们的知识是注定会被修改的"[②]。个体只有以一种外部性的总体视角来反观自己作为特定成员的局限性，并以一种苏格拉底式的反讽间离于自身原有的文化传统时，才能摆脱局限性，增长见识。具体到民族认同和民族文化问题，后现代世界主义思想要求每一个成员必须反思民族的虚构本质、揭示民族的播散特质和叙述偶然性。

然而，对于小民族而言，无根的世界主义者所关注的抽象人性仅仅是一种相对繁荣的世界观。它把这个行星变成一个由特定民族国家延展到地球村的同心圆世界，因此与前一章中提到的新自由资本主义对穷人的纳入性排除没有区别。当今，全球商业对文化系统的民族多样性共态形成了网格化侵蚀和殖民。有鉴于全球权力谱系的两极从来不是截然对立，而是相互渗透融合，因此创造一种独立于公司资本、民族国家系统行为的知识转移和社会流动的能动性并不具有现实意义。

基于此，阿皮亚提出了"有根的世界主义"和"伦理偏私性"两个重要概念。有别于世界主义的普世价值，"有根的世界主义"更关注现实日常生活中具体的个人，一个自生命伊始就与自己的历史、文化产生关联和共情的有根之人。在《认同伦理学》（*The Ethics of Identity*, 2005）一书中，阿皮亚解释道，倘若"没有这些关联，我们

---

① ［美］奎迈·安东尼·阿皮亚：《世界主义：陌生人世界里的道德规范》，苗华建译，中央编译出版社2012年版，第9页。
② ［美］奎迈·安东尼·阿皮亚：《世界主义：陌生人世界里的道德规范》，苗华建译，中央编译出版社2012年版，第217页。

不能成为自由的自我，我们甚至根本不能成为自我"。① 作者所指的"关联"即伦理偏私性："对所有人来说，应该首先关注亲密的朋友"，② 包括民族同胞、共同血脉和特定的地方。阿皮亚特别谈及英国第一位犹太人首相本杰明·迪斯雷利（Benjamin Disraeli）为自己的犹太血统而自豪，并决心让自己置身于"世袭家族"的延续："在寻找祖先的过程中，他似乎发现了另一个灵魂：他的判断力不再徘徊于由公正的同情心所构筑的迷宫，而是带着高贵的偏袒之心——这也是男人的真正力量所在——去选择更为亲密的同伴，让同情心变得更为实际，舍去鸟瞰般审视的理性。"③ 在这里，通过在"高贵的偏袒之心"与"鸟瞰般的理性"迷局之间建立强烈对照，阿皮亚肯定了对前者"爱有等差"的情感偏向。

尤其对于当今第三世界民族国家而言，在内部分裂、民族身份尚未建立的语境下，空谈民族播散和解构不仅不符合历史唯物观，还有可能使自身成为后殖民话语的文化同谋。伊格尔顿曾指出，一个在历史上饱受欺凌，在当下又处处受制于人的民族若主动放弃文化传统与认同，就是放弃了最具凝聚力的武器。他引用威廉斯小说中的话说，"民族主义在此意义上就如阶级，拥有它、感受它、是唯一结束它的方式。如果你未能占有它、或过早放弃它，便只会被别的阶级和民族欺骗"。④ 归根结底，"有根的世界主义"以本土民族为基点，提倡用少数派的眼光来衡量民族认同与全球发展之间的关系。此处的本土特质代表了处于边缘地位的民族所发起的政治实践和伦理选择，旨在重建世界主义与民族主义的平等关系，而非简单地认可已有的"边缘"政治实体或身份。

必须指出的是，"伦理偏私性"并不必然导向狭隘的民族主义。正如本杰明·迪斯雷利在声称自己对犹太人保持忠诚并发现"另一个灵

---

① ［美］奎迈·安东尼·阿皮亚:《认同伦理学》，张容南译，译林出版社 2013 年版，第 37—38 页。
② ［美］奎迈·安东尼·阿皮亚:《认同伦理学》，张容南译，译林出版社 2013 年版，第 284 页。
③ ［美］奎迈·安东尼·阿皮亚:《认同伦理学》，张容南译，译林出版社 2013 年版，第 10 页。
④ 参见孙红卫《民族》，外语教学与研究出版社 2019 年版，第 46 页。

魂"的同时,"并没有拒绝对于整个人类的忠诚"①一样,对于所有弱小民族来说,"爱有等差"的民族情结和爱国主义完全可以打破人为的隔阂和自私,将真正主体共同关心之事推己及人,激发民族内部的人同样去关心其他民族的命运,最终实现平等的,而非二元经济模式下的人类命运共同体。

在东方旅行小说《象牙门》和《红王妃》中,德拉布尔表达出对于异文化交往和构建世界主义共同体的积极意愿。然而遗憾的是,作家笔下古代朝鲜的宫廷暴力和当代柬埔寨的杀戮场纪实无论怎样被置于前场,背后始终隐藏着作家的帝国无意识和大国优越感,以及进步的、文明的、自我界定的西方作为终极规范参照系和唯一正确的意识形态据点。在这个层面上,德拉布尔的东方纪实和跨文化交往存在明显的局限性,这也确证了阿皮亚所警惕的"无根的世界主义"和异常抽象人性的危险。

德拉布尔并未就如何克服无根的空泛和抽象,进而重建具有根脉感的跨国界、跨区域联结给出具体解决路径。而令读者欣慰的是,在作家20世纪70年代创作的《黄金国度》中,作家曾针对世界漫游者受损的人性提出一种情境性的替代进路,即回归地方性所象征的精神联结、根脉意识和生命存续。作家在将具体的地方视为向心性"宇宙中心"的同时,也赋予其动态开放的外在流动性,以此促成自我在全新共同体中积极转变。这也可视为作家异文化交往和"有根的世界主义"创作的伦理建构方向。

第一节 帝国之眼中的异文化共同体

德拉布尔曾在多个场合表达自己的世界主义和异文化理解主张,阐发自己对全球化语境中打破东西方壁垒的理想:"我们生存于文化相对主

---

① [美]奎迈·安东尼·阿皮亚:《认同伦理学》,张容南译,译林出版社2013年版,第10—11页。

义时代，彼此理解十分重要，我在寻找故事中具有普遍性的东西。"①作为世界主义理念的文学共同体实践，作家在《象牙门》和《红王妃》两部小说中分别探讨了英国—柬埔寨、英国—古代朝鲜之间的异质文化碰撞交往问题。两部小说的情节均不复杂：《象牙门》描写了布克文学奖得主、作家斯蒂文·考克斯对撒切尔政府私有制自由市场不满，转而前往正处于共产主义革命实验阶段的柬埔寨寻求政治解放；《红王妃》则讲述了18世纪朝鲜王妃附身当代英国女学者芭芭拉，以鬼魂叙事的方式发出传统女性被遮蔽的声音，重构古代朝鲜宫廷历史，并以芭芭拉收养中国女孩这一典型东西方文化交好事件结尾。从表层叙述看，两部作品均体现了德拉布尔的异文化理解创作主旨，然而细查之下，主人公在历史编纂元小说框架下展开的异文化理解诉求却困难重重。

一 代理权之争——符码消费下的东方之死

撒切尔政府在20世纪80年代推行文艺组织之间的"共同体管理"（community policing）政策，文化艺术领域不再享受政府补贴，而是整体向"社会赞助、商品化、市场化和分权管理"的私有制方向转变。②在资源有限的条件下，各种文艺机构在这场零和博弈中为争取新资源竞争激烈，而"黑暗东方"素材的小说和电影创作无疑迎合了西方读者的猎奇心理，拓展了新时代的英国文学市场。

斯蒂文东方冒险的表层叙述围绕寻找波尔波特展开，深层叙述则聚焦出版社所策划的东方新蒙昧主义与暴行消费。作品中的主人公曾因小说《巴黎公社》斩获布克图书奖，出版社不遗余力地在全世界宣传推广小说中的共产主义他者书写，同时也让斯蒂文大赚一笔，如主人公所言："我靠写公社赚钱，把巴黎公社变成小说出售。纪德出售刚果、安德烈·马尔罗出售吴哥，这就是作家的作为：他们表面上提供信息，实际上在售卖商品，艺术不过是买卖投机。"（*GI*, p.357）在这个层面上，

---

① [韩]李良玉：《玛格丽特·德拉布尔访谈录》，朱云译，《当代外国文学》2009年第3期。
② Ruth Wittlinger, *Thatcherism and Literature Representations of the "State of the Nation" in Margaret Drabble's Novels*, Munchen: Herbert Utz Verlag, 2001, p.27.

"红色高棉书写"中的种族屠杀、尸体和杀戮场成为出版市场与斯蒂文共同制造出来的象征性符码,极大地满足了西方读者的文化猎奇心理和民族优越感。《象牙门》开篇就勾勒出"我们"凝视下"他们"的愚昧落后:

> 好时代和坏时代共存。我们生活在好时代的人从那些跌跌撞撞爬过桥、越过河的人口中得到信息。他们躯体不全、浑身是血、惊恐万分又饥肠辘辘。他们试图告诉我们桥的那一边发生着什么,我们试图倾听……这些讯息让我们恐慌、怜悯又害怕。我们能相信这些来自坟墓的故事吗?这些事真的会发生在我们的世界?我们的时代?关于那些已死的和将死的消息传播迅速,我们在吃吐司、喝咖啡的一顿早餐时间就能吞噬(devour)上千条这样的消息,在晚报新闻上再吃掉更多。(*GI*, pp.3-4)

上述引文中,叙述者对"吃""喝"和"吞噬"等字眼的运用使西方消费柬埔寨"坟墓故事"之类恐怖信息的猎奇心理得以清晰呈现。小说中帝国之眼凝视下的柬埔寨形象大都与未开化有关,那里的人"铁犁牛耕,男人和女人徒手修堤建坝,就像原始社会那样,那里的人用苦叶子煮水治病、用椰汁给彼此输血"(*GI*, p.84)。斯蒂文眼中的柬埔寨再现了康拉德的刚果,正如"年轻的康拉德手指着地图册上非洲白色心脏(white heart of Africa)的那个点。……那里出没着食人族和野人"(*GI*, p.45),主人公以一身白西装的西方浪漫主义绅士和解救者形象从巴黎到曼谷,到柬埔寨边境难民营,再到河内、胡志明市、金边,最后到达柬埔寨密林里的遗弃山村,其意图也是通过东方探险来佐证西方对东方人类学奇异性的想象,"把柬埔寨带到历史之外"(*GI*, p.13)。主人公以战地作家身份创作的《战争暴行故事集》(*Stories of Atrocity*)手稿更成为揭露柬埔寨蒙昧残暴的文本证言。后殖民学者格雷厄姆·哈根(Graham Huggan)在《后殖民奇异:边缘市场化》一书中将猎奇看作对文化差异进行"商品化"的有效策略:"奇异性(exotic)并非如通常所认为的那样,是特定人群、物体或地点固有的特征;猎奇(exoticism)是一种美学接受方式,它使人、物体、地方变得奇特。"[1]撒切尔时代媒介关注的并非柬埔寨的真实样态,而是满足读者在认知和现象学层面对意识形态他者符号性存在的好奇,一切取决于供求计算以及拉动需求的能力,如斯蒂文所言:"他并不爱那里的人们,事实上,他恐惧并憎恨那里的人。"(*GI*, p.357)

令人遗憾的是,靠书写柬埔寨暴行和死亡为出版市场生产文化商品的斯蒂文,他自己的死也成了商品,并引发了他的文学经纪人海蒂和电视制片人加布里埃尔之间一系列的代理权之争。当得知加布里埃尔已经制作出关于斯蒂文的纪录片,海蒂一边气急败坏地指责后者是"秃鹫、噬骨者、这些再循环机器、什么都能吞的电视佬"(*GI*, p.391),一边迅速以经纪人的有利身份,自己与自己签下斯蒂文《战争暴行故事集》手稿的代理权合同,买断"斯蒂文一生的出售权",随后还不忘向利兹夸耀自己的"效率和进取的市场精神"(*GI*, p.249)。至此,柬埔寨书写以及书写柬埔寨的斯蒂文都成为消费文化的载体,沦为西方文化市场所生产的欲望对象。

二 西方腹语术与新东方主义

《象牙门》开篇即描绘了泰国边境小镇亚兰(Aranyaprathet)的边境桥,桥的一边是泰国相对现代化的西方式东方,一边则是柬埔寨红色高棉统治下难民营"阳光下的黑暗"(*GI*, p.3)。如果说符码消费下的东方之死形赋了西方"好时代"(Good Time)对东方"坏时代"(Bad Time)(*GI*, p.365)施加的知识话语建构,传统意义上的东方主义建构方式因其明晰的殖民主体尚易察觉,那么《象牙门》和《红王妃》中隐含的新东方主义则成为当代更具隐蔽性,也更加有效的殖民策略。具体到两部作品中,新东方主义主要体现为两种形态:一是行为主体发生改

---

[1] Graham Huggan, *The Postcolonial Exotic: Marketing the Margins*, London: Routledge, 2001, p.13.

变，新东方主义执行者从西方白人转向本民族内部成员；二是新东方主义者在呈现东方的过程中，更倾向后现代民族解构的话语自觉，即斯蒂文口中"历史的终结"（*GI*, p.462）。

首先，作为属下的东方亡魂和种族屠杀幸存者只能通过西方言说自我，说与西方，最终被西方言说。《红王妃》中，亡灵以第一人称叙事视角，对精心挑选的英国学者芭芭拉这一"替身""使节"和"值得托付的人"（*RQ*, pp.224, 232, 242）讲述自己如何受惠于弗洛伊德精神分析、西方解构主义思潮的人性启蒙，以及如何在启蒙后反思朝鲜宫廷的黑暗恐怖。比如，她提及英祖国王的话，"永远不要在白内裤上留下红色的印迹，要让你的裤子保持洁净。男人不喜欢看到红色印迹"（*RQ*, p.15）。然而读过弗洛伊德之后则"成熟自不待言，加之读 19、20 世纪的［西方］人类学和精神分析学的专著，我明白了，那其实是男人对女人经血的恐惧"（*RQ*, p.16）。红王妃 60 岁生日时收到儿子送的珐琅珍珠胸针，图案是"一只孤独的**西方人**（原文强调）的眼睛，这只有着淡绿褐色虹膜的女性眼睛，意味深长地看着我"。主人公特别强调它"来自西方"，象征时空压缩的"地球仪、珐琅之眼"，因此它是"好运之眼、长生之眼，能在未来拨云见日的眼睛、能窥见隐藏世界的眼睛。我一辈子都好好地保护"（*RQ*, pp.268-269）。帝国之眼下的西方智性思想使红王妃完成了从黑格尔所贬抑的"精神蒙昧"到新女性的转变，也实现了帝国腹语术的隐蔽意图。

腹语术字面义是"用肚子发声"，作为一种特别的发声方式，这种"令人产生声音来自其他地方、而非发声人的错觉"① 常出现在亡灵附体和通灵术的文学文本中。在新东方主义模式下，帝国腹语术巧妙地使弱小民族内部成员发出来自西方人之口，而非其真实源头的声音或嗓音，在本质上仅仅是一种丧失自我身份后的声音模仿和空间错觉。《象牙门》中，失子母亲阿克兰（Akrun）因出镜于普利策摄影奖作品《我的儿子

---

① Steven Connor, *Dumbstruck: A Cultural History of Ventriloquism*, Oxford and New York: Oxford University Press, 2000, p.50.

在哪里？》而成为西方世界"痛苦的民族符号"和"受创的圣殇（*GI*, pp.22,151）。然而反讽的是，阿克兰本人在巴黎接受教育，在照片中也穿着一件"多少西方化了的沙笼"。她暂居的泰国边境难民营聚集了各种国际组织和媒体，"美国道路、日本交通工具、欧洲军队救护人员聚集成为一个移置了的西方阵营（displaced West），里面却没有柬埔寨人。这些人像苍蝇一样在这个受伤民族的伤口周围聚集"（*GI*, p.124）。阿克兰向西方世界反复展现柬埔寨的国家悲剧，"民族死了，这事儿让人难过，可我们又能做什么"？"骷髅堆、孱弱的活人，这就是这个时代"（*GI*, pp.335,164）。在她看来，只有国际组织才能"决定［我们］这些人是真实的人（Real People）"（*GI*, p.128）。

萨义德在《东方主义》中详细分析了自我界定的西方与他我界定的东方、欧洲民族文化与所有非欧洲民族文化区分背后的霸权关系。在西方的东方书写中，"东方不存在直接的在场，只存在间接的在场；是东方学家——诗人或学者——使东方说话，对东方进行描述，为西方展现东方，表示东方或代表东方说话。"① 在两部小说中，无论是红王妃选定芭芭拉作为自己"朝鲜恐怖故事"②的合法倾听对象，还是阿克兰对着不计其数的、她自己都辨别不清的国际组织缩写 OXFAM, UNBRO, ICRC, ICRDP, UNHCR, UNICEF, WHO, FPP, FHH, WR, COER 讲述"柬埔寨民族之死"，进而被西方视作本民族社会、文化和历史的直接表述，都是以本土证人证言的形式强化东方主义的他者书写，以一种听似真实的东方化话语确证自己民族的落后野蛮和历史边缘性。因此，具有文化混杂身份的红王妃和阿克兰面向西方受众的讲述—倾听行为无疑成为一种殖民共谋，在很大程度上消解了古代朝鲜和柬埔寨的民族主体资格，而被同化者们表达的也只能是痛苦。异文化理解因对话交往条件和结构上的不平等而成为世界殖民主义君临东方的一种策略，其本质始终是欧洲中心论。

---

① ［美］爱德华·W. 赛义德:《东方学》，王宇根译，生活·读书·新知三联书店1999年版，第27—28页。
② ［韩］李良玉:《玛格丽特·德拉布尔访谈录》，朱云译，《当代外国文学》2009年第3期。

其次，德拉布尔对古代朝鲜和红色高棉时期柬埔寨的刻板印象在很大程度上受到西方后现代主义思潮的影响，表现为一种以拆解民族历史为目的的解构书写。这种反本质主义的反民族叙述在小说中主要体现为民族播散和历史讽拟两方面。

《象牙门》中，真实与虚构的边界模糊，民族处于永恒的播撒和延异中。斯蒂文前往战火中的柬埔寨的部分原因是对康拉德的想象和崇拜。而现实中的康拉德仅仅是《伦敦图书评论》后殖民讨论中的空洞对象、曼谷文华东方大酒店英式下午茶作家酒廊里的同名鸡尾酒名，如詹姆逊所言："康拉德已成为后现代无深层意义的一部分，在这个世界里，只有商品拜物教侵袭下的影像文化或幻象。"[1] 斯蒂文曾遇到在英国电影/纪录片《杀戮场》中出演难民角色的柬埔寨难民，以及美国半纪实电影《末日启示录》的摄像师；[2] 利兹无法理解在东南亚看到的种种暴行、畸形婴儿、白骨如山的万人坑，断定这是加布里埃尔纪录片中的布景：

> 人怎么能相信别人说的话？怎么能相信亲眼所见的东西？她怎么辨别剧中人是不是红色高棉？也许那些人都是演员，游击队领袖应该是假的，他可能是个煮面条的厨子、群众演员或间谍。白骨应该是真的，不过那些身体扭曲的婴儿会不会是某个电影团队制造出的特效呢？（*GI*, pp.392-393）

柬埔寨的物质经验世界与纪录片影像叙事呈现的红色高棉杀戮场超空间交叉重叠，真实和幻象以一种奇诡的互渗形式越界混杂，帝国之眼中的柬埔寨民族认同本身就是虚构。加布里埃尔纪录片传达出以

---

[1] Fredric Jameson, *Postmodernism, or, The Cultural Logic of Late Capitalism*, North Caroina: Duke University Press, 1992, pp.6-9.

[2] 《杀戮场》（*The Killing Fields*, 1984）由罗兰·约菲（Roland Joffé）导演，讲述了柬埔寨"零年"（Year Zero）暴力大清洗运动；《末日启示录》（*Apocalypse Now*, 1979）由弗朗西斯·科波拉（Francis Coppola）导演，讲述越南和柬埔寨的黑暗残暴。两部西方拍摄的东方暴行纪实片都获得过奥斯卡奖，形塑了西方受众观念中的东方。

下信息：媒介仿真与拟像超真实超越现实、替代本源，因此比真实更真实，也是唯一的真实。斯蒂文死前不禁感叹："为什么试图描述真实？真实本身就不真实。真实是洞穴墙壁上影子的影子，没有什么安放在保险柜里。"（GI, pp.335-336）幻象造成能指链断裂，消解了民族的实在属性和存在基础，"无法理解"也成为整部小说中出现最多的高频词。

小说中，梦的虚构本质使柬埔寨红色高棉的民族幻象进一步具体化。《象牙门》书名源自荷马《奥德修斯》中珀涅罗珀对还未暴露身份的奥德修斯所讲解的一个梦：听完克里特人的简短发言后，佩涅洛佩通过梦中的象牙门与兽角门表达自己对真实与虚幻的态度：通过象牙门来到我们身边的梦是虚幻的，只有通过兽角门出现在我们面前的梦才会讲述真实。象牙门还出现在维吉尔的《埃涅阿斯纪》第6部分，埃涅阿斯和西比尔从象牙门这一虚构之梦的大门降入地狱。斯蒂文起初将英国资本主义和柬埔寨共产主义分别对应通往虚假的象牙门和通往真实的兽角门。他痛恨私有制的英国不再有"兄弟友爱、激情和共同体"（GI, p.124），崇拜波尔波特的共产实验、向往柬埔寨那片"水往山上流的东方地景"（GI, p.18）。然而，红色高棉"零年"（Year Zero）的暴力清洗很快让斯蒂文的"意识形态之梦"（GI, p.82）理想幻灭，真实的兽角门也成了虚假的象牙门。身处黑暗的中心，斯蒂文终于意识到柬埔寨只是一个"逃离之梦、他域之梦"（GI, p.45）。他开始"反复梦见有个人把骷髅头装在小黑包里，而且这个骷髅头只是百万分之一，还有三百万、两百万、一百万、八十万……"（GI, p.360）；利兹在柬埔寨生病时，恍惚中梦见斯蒂文的头被砍下来放在大浅盘上，她甚至梦见自己被斩首处死；阿克兰不断地梦见"铁锹重击骷髅头的声响，好像世上不再有别的声音。那声音一遍又一遍，一遍又一遍地重复"（GI, p.79）。在《民族与叙事》（Nation and Narration, 1990）一书中，霍米·巴巴（Homi K. Bhabha）提出了"播撒民族"（dissemiNation）的观点，即民族本质内部充满了矛盾和限阈性，处于不断的"播撒"之中，其运行机制在于内部至高权力的暴力，因此并不具有真实性。①影像中的民族符号在幻梦般的后现代拟像空间取代了民族本身，斯蒂文只能发出悲叹："我们都是历史这部伟大电影中的群演！"（GI, p.164）

除了对民族真实进行虚构化处理，德拉布尔还通过戏仿对民族内在合法性进行讽刺。作家在作品表层结构中加入了大量关于历史人物和历史事件的民族叙述，然而建构并非隐含作者的真正意旨，此时的历史书写意在解构。《象牙门》中，斯蒂文坦言柬埔寨共产党制造了一个"讽拟（parody）的时代"（GI, p.40）。巧合的是，他飞往柬埔寨的飞机机长名为 Parodi；阿克兰所住的难民营也被描述为对"城市和乡村的双重戏仿"（GI, p.337），暗示柬埔寨共产运动从金边到密林转移的失败。为躲避政府对于亲西方群众的迫害，阿克兰装扮成面摊主，她的游击队员儿子米塔（Mitra）则不伦不类地装扮成香烟小贩，他就是"一个军团（legion），他不关心母亲是死是活，他一路向前，身后是万千众人"（GI, p.462）。此处的军团除了指罗马军队，还戏仿了圣经中最后被基督治愈的群魔（《马可福音》5:1-20;《路加福音》8:26-39）。人物身份在政治压力下倒错以及野蛮的群氓形象显然是对波尔波特红色政权肃反运动的戏仿；叙述者还将柬埔寨共产党戏称为"一种原始的绿色政党"（GI, p.84），讽刺其革命理想与80年代英国的"左翼衰退、核裁军和绿色运动的梦一样可笑"（GI, p.184）。琳达·哈琴在《后现代主义诗学》中分析了戏仿的去中心功能并指出，作为历史编撰元小说的核心理念，戏仿能够"通过矛盾融合挑战戏仿对象"，目的在于抵抗宏大历史，因而是"一种完美的后现代形式"。②可见，《象牙门》对柬埔寨民族的戏仿解构了国家的精神内核，印证了作者关于"西方好时代，柬埔寨坏时代"（GI, p.3）的民族优劣伦理判断。

尽管民族主义在现当代西方后现代思潮下已经成为一个被合理清算

---

① See Homi K. Bhabha, "DissemiNation: Time, Narrative, and the Margins of the Modern Nation", in Homi K. Bhabha, ed. *Nation and Narration*, London and New York: Routledge, 1990, p.299.

② Linda Hutcheon, *A Poetics of Postmodernism: History, Theory, Fiction*, New York and London: Routledge, 1988, p.11.

的问题。然而，一味在西方民族主义的解构阐释框架内理解东方第三世界的民族认同，则忽略了后者特定的历史境遇和伦理诉求。以《象牙门》中最受德拉布尔和西方读者指摘的肃反"暴行"为例，在后期柬埔寨肃反运动演变成历史灾难之前，柬埔寨人民的抗美独立革命一直具有重大历史意义。1975年柬埔寨共产党刚刚解放金边，美国五年侵柬战争后留下的残余武装和上千年的君主制及神权力量关系勾连。在此背景下，柬埔寨共产党以马克思主义为主导的思想形态、为捍卫国家主权而在解放区展开的集中领导、统一战线和肃反政策符合民族利益，是特殊国情下的时代产物，本身无可厚非。而小说中对西方侵略只字未提，更是将1975—1978年柬共的历史错误普遍化为柬埔寨，甚至世界性共产运动的集体暴行，预言社会主义必然走向"历史的终结"（*GI*, p.462），从而加以戏仿讽刺，这显然并非实证与历史唯物主义的合理认知范式。

同样，德拉布尔通过文化移植和文化翻译将朝鲜的《王妃回忆录》以戏仿的形式改写为《红王妃》。在小说中，作家借东方亡者还西方之魂，将英祖大王刻画为多疑的暴君，不止"行为怪异、有强迫症"（*RQ*, p.45），还杀兄篡位，最终将王储困在米柜中八天致死，造成"壬午祸变"这一恐怖事件。然而，在朝鲜《王妃回忆录》原著四部回忆录的记载中，英祖是朝鲜历史上著名的开明君主，推广朝鲜文、坚持儒教治国和人道主义，以简朴、仁德和公正著称。思悼世子是由于严重精神疾病而屡屡置人民安危于不顾，威胁到朝鲜王朝的存亡，英祖国王大义灭亲才将其赐死。德拉布尔的讽拟和改写与原著译本在伦理判断上迥然异趣，以至于美国文评家理查德·艾达读完《红王妃》后体验到的是"两个在风格和内容上完全脱离的叙事，两个从未真正对接的声音"。[1] 18世纪英国思想家埃德蒙·柏克在分析法国大革命过于激进时指出，某些表面上与理想主义理念不符的政策可能会产生卓越的实际效果。[2] 柏克所指的"实用效果"即实用伦理，强调具体社会进程中的实际效用和

---

[1] Richard Eder, "The Red Queen: Babs Channels Lady Hyegyong", *New York Times*, 10 Oct 2004, http://www.Nytimes.com/2004/10/10/books/review/10EDERL.html?r=1&oref=login.

[2] ［英］埃德蒙·柏克：《法国革命论》，何兆武译，商务印书馆1998年版，第80页。

特定历史语境。具体到两部作品中的第三世界"可怖"主题，无论是斯蒂文目睹柬埔寨大屠杀"暴行故事"后的精神幻灭，还是精英知识女性芭芭拉听到古代朝鲜"恐怖故事"时的震惊，都源于主人公无法根据西方颁布的"人类故事普遍性"（*RQ*, p.161）和真理符合论来理解具象化的东方文化后形成的心理落差。对东方民族的理解障碍又直接导致了作家得出民族即"捏造与伪造"，因而绝非"真正共同体"的论断。① 如此一来，德拉布尔通过帝国腹语术、强调真实阈限性以及戏仿民族身份来挖掘"真实"背后的"虚构"，进而重构另一种"真实"的民族共同体去运作实践，就演变为西方和东方关于"谁的真实"之话语权之争。

三 各美其美，美人之美

客观来说，德拉布尔的东方书写表达了积极的异文化理解愿景，体现了作家借由文学世界主义共建人类命运共同体的历史责任。在接受韩国文化学者的采访中，作家表示自己十分关注文化理解与误解的问题："这是我们时代的一个大问题。……不同文化之间是否能彼此理解？我们生存于文化相对主义时代，彼此理解是非常重要的。"② 在"为和平书写"一文中，德拉布尔也指出："只有欣然接受多元文化，我们才有望维持永久的和平。"③ 作家以人性普遍性为判别标准与衡量准绳建构的伦理指向无疑具有时代进步意义，她笔下痛恨 80 年代撒切尔政府私有制、向往柬埔寨"火山喷发一样巨大变革"（*GI*, p.84）的斯蒂文、与东方王妃亡灵主动对话的芭芭拉均是作家异文化理解的客观关联。

然而，必须认清的是，在当今东西方权力失衡、东方被剥夺民族主体和发声资格的语境下，一味强调普遍性、呼吁"理解"难免生产出西方对东方施加的"类似度管控"和"相似性暴力"。④ 正如巴特勒在《战

---

① Benedict Anderson, *Imagined Communities, Reflections on the Origin and Spread of Nationalism*, London: Verso, 2006, p.6.
② ［韩］李良玉：《玛格丽特·德拉布尔访谈录》，朱云译，《当代外国文学》2009 年第 3 期。
③ Margaret Drabble, "Writing for Peace: Peace and Difference; Gender, Race and Universal Narrative", *Boundary*, Vol.34, No.1, 2007, p.225.
④ 参见孙红卫《民族》，外语教学与研究出版社 2019 年版，第 28 页。

争的框架》一书中所言:"政治领域内部遍布着各种框架,框架使我们无法理解他人生命,无法理解生命易受伤害,易遭摧残的特质,从而也无法理解生命受伤和逝去的现实。"西方知识框架中的人权、人性和理解实质是将自身价值普遍化、相似化为世界上所有民族成员的价值。然而,表面的同一性背后却渗透着文化霸权,直接导致诸如《象牙门》中英国国内多元文化主义政策下俯拾皆是的民族歧视:利兹伦敦住宅里的菲律宾清洁女工、阿尔比恩(英国诞生神话中的民族创始巨人,此处指代英国)的越南和柬埔寨难民、被打死的加利福尼亚城红色高棉难民儿童等。利兹给曼谷的泰国航空打电话时,背景音乐播放的却是爱尔兰经典民谣"绿袖子"。国际上,蜂拥而至的慈善组织一边打着救援难民的旗号调配资金,一边却将钱"填满了乐施会自己的金库"(*GI*, p.97)。从以上分析可以看出,德拉布尔所言的"文化理解"表面上让人联想到一副和谐景象,而实际上,正是世界主义营造的差异缺席图景遮蔽了西方至高权力对世界共同体内部民族他者的纳入性排除事实,其本质仍然是移位了的东方主义。

基于此,对于《象牙门》和《红王妃》中外受资本帝国侵略、内部积贫积弱的柬埔寨和18世纪的古朝鲜,愈加要突破西方意识形态和价值观框架对自身的限制,加大对民族自觉的坚守。在"美美与共,天下大同"尚未发生的时代语境中,也许"各美其美,美人之美"才是第三世界当下应当秉持的民族立场。

第二节 地方共同体重建

当前国际性世界主义、多元文化主义和"泛地方主义"强调打破国家民族界限和"地方性"辖域。然而,正如《象牙门》和《红王妃》所揭露的,表面上普世正义的超民族或多民族共同体背后,隐藏着西方中心意识形态下以"流动的地方"消解众多"他异性地方"的后殖民策略,其最终结果仍旧是西方唯一"独裁的地方"。在此背景下,德拉布尔通过《黄金国度》中"具体的地方"书写,表达出以地方诗学对抗后现代无限空间移位的伦理抗争。

《牛津英语词典》对"地方"（place）的释义主要包括：（1）在某种秩序下的地点（location）或位置（position），包括空间和地位上的秩序；（2）某个具有自我特色（character）的地方（locale）或环境（environment）；（3）某物存在（exist）或栖居（dwell）的住所。① 相较于"空间"（space）的开放延异和流动特质，地方一词则具有相对明确的位置感。段义孚在文化地理学层面指出地方是"附着意义的空间"。"恋地情结"（Topophilia）作为时空压缩造成的"无地方感"和"无方向感"的解毒药方，能够通过"家"这一"记忆的地点"重建人与物质环境、人与人的真实感情关系。② 在《关键词》中，雷蒙·威廉斯也阐明共同体的本质在于"共同的身份和性格"，其核心特征表现为一种"直接性或地方性"（immediacy and locality）。③ 可见，无论是宣扬"恋地"情结的人文地理学，还是威廉斯表达直接性的地方观，都是以相对稳定的"地方"脉络来抵抗后现代空间延异造成的错位和失序，以具体位置感、积极在场和归属感纠偏无根世界主义中必定出现的身份困惑和真实感丧失。

必须说明的是，在以上地方具象的理论框架中，"具体的地方"和"区域独特性"不等同于个体性、静止、封闭或意义完结。恰恰相反，地方学派关注的是在现象学层面上，以现实物质对象为感知据点，在情感本能与对这种本能的观察反思之间进行积极交流，从而对广域世界进行多维度回应。海德格尔曾在"栖居"现象学阐释框架内，将地方与世界统一起来：人"置身世界"（being-in-the-world）即"栖居"（dwelling）在某个特定地方。这个具象、物质、具体的"地方"，或者说宇宙的中心能够即时性地折射出大地、天空、诸神以及凡人的四重意义："大地职司负载，成就春华秋实；天空是拱形的太阳之路，是阴晴

---

① 参见陈浩然《地方》，《外国文学》2017 年第 5 期。
② 参见陈浩然《地方》，《外国文学》2017 年第 5 期。
③ Raymond Williams, *Keywords: A Vocabulary of Culture and Society*, New York: Oxford University Press, 1988, p.75.

圆缺的月亮的轨道，是四季的轮回；诸神是召唤众生的神性之使；必死的凡人就是人类。"① 在这个意义上，具体的地方无不蕴含着内在与外在、此在与彼在、特殊与普遍、自然与崇高的转换潜能，具有强烈的宇宙共同体生成意义。

"具体的地方"观念是理解《黄金国度》主旨的关键。德拉布尔指出："我试图阐释英国北部中路区居民一家三代的遗传性抑郁。这一主题关乎命运、宿命以及人是否能够对其进行超越。"② 作家最真实的力量在于呈现地方性含蕴的有机共同体整合能力，以及在失范、失序的碎片化世界重建秩序的伦理指向。德拉布尔在采访中提到华兹华斯曾将约翰·穆勒从精神崩溃的边缘拯救出来，后者常背诵《序曲》里的诗句："我们的命运、灵魂与归宿在于无限和想象、不灭的希望和奋争，在于企盼并渴求某个永远等待诞生的形象。《序曲》中的诗句提醒我们人生就是热望、受苦和奋斗。"③ 里德（Walter L. Reed）在《巴赫金视域下的浪漫主义文学》一书中探析了地方性对话内涵的"他者性建构"，十分赞同巴赫金作品中"具有影响力的、集合性的动态连贯世界观"。地方作为"宇宙的中心"，能够促成无意识与意识、主体与他者之间的交叠融通，表现出具有自我修正能力的"开敞整体"（open totality）潜能。④ 德拉布尔秉承了地方整体诗学的创作传统，并将其运用到《黄金国度》的写作中。

《黄金国度》的情节围绕着女主人公两次归家旅程展开：为事业远离英国中部贫瘠的家乡、放弃情人卡罗的考古学家弗朗西斯·奥勒兰萧（Frances Olleranshaw）回到托克利镇祖父的鳗鱼农舍寻根，却发现物是人非。在非洲阿达（Adra）开会期间惊悉从未谋面的祖母康斯坦斯死于托克利的五月农舍，于是匆匆赶回安排葬礼。弗朗西斯在这一过程中

---

① 参见陈浩然《地方》，《外国文学》2017 年第 5 期。
② Margaret Drabble, "An Interview with Margaret Drabble", Interviewed by Nancy Hardin. *Contemporary Literature*, Vol. 14, No.3, 1973, p.288.
③ Margaret Drabble, "I've Been to The Hell and Back", *Telegraph*, March 14, 2003, p.4.
④ Walter L. Reed, *Romantic Literature in Light of Bakhtin*, New York: Bloomsbury, 2014, p.10.

结识了表兄、地质学家大卫和表妹詹尼特，并对自己家族的过去、生命转化与共同体成员共生共存的深度联结有了全新的认识。小说中，有别于虚假的异文化共同体，五月农舍具有典型的地方性特质，小说中的撒哈拉提祖古城，鳗鱼农舍和五月农舍，以及花园和海岬这三种具体的地方，分别对应记忆与创新，智性主体与平凡真实交叉互动／死者与生者共存，以及有机自然与宇宙力量联结这三种共同体形式，共同促成了世界统一性的伦理重构。

一 撒哈拉提祖古城——记忆与创新

小说开篇，弗朗西斯踯躅在那不勒斯，追忆从前与卡罗在此地共度的时光：两人曾在海边泥沼的管道上发现了大量青蛙，这些源自泥土、代表生命和创造的生灵让弗朗西斯非常欢乐。在另一瞬间，两人在餐厅欢乐的一幕让她记忆犹新，她"突然想起那个时候，坐在破旧的桌子旁，透过白色的网眼窗帘向外面的大路望去，面前是两个吃了一半的三明治，象征着结合。一种狂喜的瞬间突然降临，她过去从未如此快乐过"。（RG, p.67）对过去瞬间欢乐的回忆让弗朗西斯意识到自己放弃卡罗的错误，激发女主人公挽回这段情感的决心，并表示与卡罗的甜蜜回忆像"护身符""种子"或是"无法想象的春天象征"（RG, p.69），可以让她在黑暗的寒夜随身携带。正如华兹华斯所说的："记忆保有新生的能力。"① 弗朗西斯随即给卡罗寄去明信片，表达想念之情。正是通过记忆中的地方具象和物质处境，德拉布尔成功地诠释了在回忆、想象以及潜在感觉活动中进行心理创造的理念。记忆中的永恒瞬间、精神领域的深层沉淀成为弗朗西斯赖以存身的宇宙中心。叙述者强调主人公"一直在有意识地控制这一过程，铭记这些时刻，将它们悉数保存"（RG, p.67），此时弗朗西斯的内心时间使情感体验的瞬间成为心灵历史的永恒记忆。

---

① William Wordsworth, *The Prelude*, ed. Jonathon Wordsworth, London: W. W. Norton & Company, 1979, 12: 209–210.

克劳迪娅·莫索维奇（Claudia Moscovici）在《浪漫主义与后浪漫主义》一书中，通过存在论视域将浪漫主义与后浪漫主义文学中的时间问题分解为"存在的理由""怀旧"和"未来"三个方面。其中"存在的理由"提示人们在有限的存在中向不可知的时间之神尽己所能地寻求意义和欢乐。莫索维奇继续将"怀旧"分为两种形式，第一种是"环境性怀旧"，以加缪《陌生人》(The Stranger) 中的莫索尔特（Mersault）为代表，这种人只能在对过去的回忆中才能生活，因此是老者、病人或懦弱者；第二种是"内在怀旧"，以普鲁斯特《追忆似水年华》中的马塞尔为例，这种怀旧的立足点是现在和未来，因而是一种积极的行为。与存在主义者不同，"真正的怀旧尽管让人们在无限的时间长河中意识到自身的渺小脆弱，但我们应当将过去弥足珍贵的各个时刻连接起来，进而激发现在的创造力，并通达一个有意义的未来"。① 此处莫索维奇的创造性怀旧观点与华兹华斯提出的"时间之点"理论不谋而合。

"时间之点"是华兹华斯在其长篇传记史诗《序曲》中提出的重要浪漫主义诗学概念，用来指因为某种原因引起作者对生活的回忆，通过这些回忆，作者在不经意间领悟更高层次的意义。《序曲》中充盈着时间之点，如"偷船事件""温德米尔少年"和"跨越阿尔卑斯山"等。诗人认为心灵通过回忆可以修复这些记忆，其目的在于寻找一种"生动化的品质"，将对世界的体认最终转化为一种整体性想象能力，或者说心灵所追求的是萦绕于心头的某种崇高可能性。在传记《华兹华斯》一书中，德拉布尔指出《序曲》记录的是一场发现之旅，在时间维度中"像河流一样蜿蜒回旋，时而向前、时而向后、追寻着表面上不相关事件与印象之间的联系及其意义，这些联系缓慢地构建内心自我"。② 小说中，弗朗西斯的想象绝非沉溺、执着于对过去的回忆，而是被赋予连接过去和未来的可能，过去也因此具备了疗愈的能力，激发出弥足珍贵的创造力。考古学家弗朗西斯想象中的时间之点显然秉承这种积极原则，

---

① Claudia Moscovici, *Romanticism and Postromanticism*, Lanham: Lexington Books, 2007, pp.86-87.
② Margaret Drabble, *Wordsworth*, London: Evan Brothers, 1966, p.82.

即一种激发人在现实中趋向行动的能力。

《黄金国度》中，弗朗西斯通过想象的转换机制，使撒哈拉沙漠的提祖古城成为记忆激发创新的发生场域。济慈也高度强调想象力的作用："想象触及的美便是真理，无论它们过去是否存在。想象堪比亚当的梦——他醒来，发现其中的真理。"①《黄金国度》书名出自济慈的名诗《初读查普曼的荷马》，在诗中，济慈将自己比作一个发掘出新星球和黄金国度的天空观望者："呼吸想象的纯美安宁／像天空的观望者／看到新的星球出现在视野时的感觉"，诗人发现使黄金国度得以出现的媒介正是想象。洛尔（Margaret Rowe）对小说和济慈的原诗进行了比较后认为："两者关注的都是如何通过保持与过去的联系而获得创造力：小说通过显性的考古，而十四行诗则通过翻译。"② 小说中，德拉布尔以弗朗西斯之口，指出提祖古城与弗朗西斯的想象性创新之间构成一种相互唤醒的双重关系：

> 我想象了一座城市，它就存在了，如果没有这种想象，它就根本不会出现。下一步该想象什么了呢？她下一步又会构思出怎样的恢宏图景？是不是如果继续在沙漠深挖就会发现黄金？脚踩下去就会让水从干涸之地喷涌而出？挥动手臂就会让石头开花？……她知道城市就在那里，出发、挖掘，她找到了它，所有这一切都产生于灵光闪现的瞬间。这种知识来自哪里，为什么她能得到这种能力，这种能引发其他事件的启示和顿悟？（*RG*, pp.29, 34-35）

德拉布尔在采访中将弗朗西斯的知识来源明确为某种"想象"：

> 弗朗西斯在撒哈拉发现了黄金国度，她在那里挖掘出了金条。

---

① Robert Gittings ed., *Letters of John Keats*, Oxford: Oxford University Press, 1970, p.37.
② Margaret Rowe, "The Use of the Past in Margaret Drabble's *The Realms of Gold*", in Dorey Schmidt, ed. *Margaret Drabble: Golden Realms*, Edinburg: Pan American University Press, 1982, p.158.

这是想象的象征，是一种启示。在正确的地方挖掘是幸运，而猜到正确地方的位置则要依靠创造性的想象。我想要指明的是想象的世界真实存在，人们可以进入这些世界并创造一个美好的未来。①

上文中，弗朗西斯的想象知识建立在记忆对客体的物质性认同之上。德拉布尔将这部作品中三位主人公弗朗西斯、卡罗和大卫分别安排为考古学家、历史学家和地质学家绝非偶然。事实上，整部《黄金国度》都是在探讨弗朗西斯对人类为何要探索过去的疑问："为了什么？为了什么？挖掘过去是为了什么？个人的过去或是世界的过去。人们如此执着于这一问题的目的是什么？"（*RG*, p.124）对远古历史的敬畏建构着弗朗西斯想象与创造的根基。主人公庄严地意识到，只有在承认历史物质性和外位性的前提下，想象才有可能通过抽取或加诸客体对象的某些特征使对象和自身都成为一个新的存在。法国哲学家和文学批评家加斯东·巴舍拉（Gaston Bachelard）提出了"物质想象"（material imagination）概念。一方面，物质世界必须经由语言、概念、类别等媒介才能为我们所认知；另一方面，物质不只是我们思考的对象，我们能够透过物质生成意义并建构主体："想象思考物质，在物质中生成梦想，栖身于物质，必须使想象的对象以物质化的方式具体化。"② 小说中的弗朗西斯始终在物质中思考，并通过物质进行思考，以避免陷入纯粹抽象的自我意识。主人公震惊世界的考古发现并非出自臆想的空中楼阁，她的成功建立在对坚实物质经验世界和客观实体的考量之上。在撒哈拉沙漠下发现提祖古城之前，弗朗西斯曾对其做了大量的前期考察：迦太基的石碑、卡诺城的梅洛伊狮、库希特脸谱，阿森纳乌斯关于迦太基人穿越撒哈拉沙漠的零星词句、在乍得湖与利比亚边境山区瞥见的关于废墟

---

① Olga Kenyon, *Women Writers Talk: Interviews with 10 Women Writers*, New Yorks: Carroll& Graff Publishers, 1989, pp.47-48.
② See Victoria Mills, "Introduction: Victorian Fiction and the Material Imagination", *Interdisciplinary Studies in the Long Nineteenth Century*, No.6, 2008.https://www.researchgate.net/publication/276841891_Introduction_Victorian_Fiction_and_the_Material_Imagination.

的模糊记忆都是"偶然"发现提祖古城的物质想象前因。

《黄金国度》重述了博阿迪西亚（Boadicea）女王的故事。弗朗西斯的哥哥休认为主人公就像《历史上的人物》插画书本上的布迪卡："博阿迪西亚，爱西尼的女王，坐在草屋里谋略抵御罗马的进攻，她盯着炭火，弗朗西斯也是这样，手中端着酒杯，兽皮地图铺在脚边。"（*RG*, p.199）弗朗西斯自小也对博阿迪西亚产生强烈镜像认同。后者是古代英国女王，她领导起义反对罗马军队占领亡夫的王国，带领爱西尼人反抗侵略者并取得胜利。弗朗西斯在自己的考古生涯中也曾出生入死，她为自己浑身的伤疤和手脚上的硬茧而自豪。历史学家安东尼·弗雷泽（Antonia Fraser）指出博阿迪西亚女王在英国历史上具有"宗教人物、女祭司、女先知甚至类似女神这样的地位。"① 在《女王勇士》一书中，弗雷泽写道："自 20 世纪初始，博阿迪西亚就开始广泛指代女性主义运动。1986 年，艺术家朱迪·芝加哥（Judy Chicago）名为'晚宴'的作品展在伦敦举行。期间展示了 39 个系列、共 999 位杰出女性的成就。博阿迪西亚女王作为'传奇时代的勇士女王'系列中最重要的人物而名列首位。"② 弗朗西斯以历史上真实人物与物质客体为参照，以超凡的能力带领考古队在沙漠中找到了迦太基古城，"深思远虑、从不停歇、从不止步"，并在"金子与铅、生存或自杀诸般太平洋一样浩如烟海的可能性中选择了黄金国度"（*RG*, p.17）。趋向行动的意志与能力促成了历史与当下的对话关系，人物镜像与主叙述形成类比路径，承担着对其进行解释说明的功能。浪漫想象的生产机制以弗朗西斯对史前世界的敬畏与经验积累为前提，并在对客体进行深刻体察的基础上获得创作灵感，最终通过想象与顿悟发现提祖的确切位置，使古迦太基人的商业文化意义在弗朗西斯的研究中得到重新阐释，从而使对象成为一个新的存在。

然而，不是所有的想象都能促成记忆与创新的转变。与弗朗西斯以

---

① Antonia Fraser, *The Warrior Queens*, New York: Vintage Books, 1988, p.69.
② Antonia Fraser, *The Warrior Queens*, New York: Vintage Books, 1988, pp.300-302.

撒哈拉沙漠的提祖古城为中心、从而联结过去未来形成鲜明对比，德拉布尔在作品中还塑造了沉溺在幻想中故步自封的詹尼特这一主人公。家庭主妇詹尼特是弗朗西斯的表妹，她的婚姻和生活如一潭死水，唯一的慰藉就是推着婴儿车在小镇漫游、等待末日审判，幻想自己作为神的祭品被人们从庞培古城遗址里挖掘出来，在孤独的幻想中自我否定，同时否定客体世界，"自由，要自由做什么呢？她不能想象"（*RG*, p.129）。事实上，能否在自我与外界物质客体之间搭建沟通的桥梁成为幻想和想象的界限，并在很大程度上决定了主体能否重获欢乐和创造力。不难看出，詹尼特虚无缥缈的幻想缺乏一个坚实的中心，那就是对客体物质性的承认。华兹华斯对想象与幻想的特质进行区分后指出："幻想的构成是偶尔的短暂结合，它是一个任意联合，在它之外很少或没有含义。"相比之下，想象则"以一种永恒的关系联合客观事物"。① 换言之，想象连接主体与客体，而幻想则囿于主客体分离。詹尼特抽离于物质世界，陷入了纯粹超验哲学玄思的窠臼。

时间之点绝非停留在对过去经验位置的追忆，而是在贯通过去与将来的诉求中通达欢乐与创造。德拉布尔强调了华兹华斯诗作中对外界意义的肯定，十分赞同诗人能够"以饱蘸情感的笔触为我们描绘了外部世界对内在自我与意识活动的影响"。② 想象需要实景来设定它的疆界，避免抽象空泛乃至越界。行文至此，我们似乎可以用弗朗西斯自己的表述作为她关于过去时间和历史意义疑问的解答，即"做一名考古学家就是试图以过去证明未来的可能性，我们在过去中寻找一种可能的、联结中的黄金国度"。（*RG*, pp.120-121）

二 鳗鱼农舍与五月农舍

《黄金国度》中，鳗鱼农舍和五月农舍作为共同体联结中心，成为智性主体与平凡真实、死者与生者之间的沟通桥梁。

---

① W. J. Owen ed., *The Prose Works of William Wordsworth*, Oxford: Oxford University Press, 1974, p.93.

② Margaret Drabble, *Wordsworth*, London: Evan Brothers, 1966, p.72.

（一）智性主体与平凡真实联结的共同体

《黄金国度》中，以鳗鱼农舍和五月农舍为物质据点，弗朗西斯成功体验到智性主体与当地平凡却真实的乡下人越界融合后的心性成长。法国作家莫里斯·贝贾（Morris Beja）曾以《神曲》为例，指出"顿悟"是由琐事或微不足道的东西引起的意义显现："但丁在《神曲》最后看到上帝光彩焕发，那是幻想；而现代主义的顿悟与引起顿悟的原因是不成比例的。"罗伯特·兰波（Robert Langbaum）也指出："17世纪英国诗人沃恩的诗行'几天前的晚上，我看到永恒／就像一个纯净的，无穷无尽的光环'不是'顿悟'，而是对幻想的陈述，因为我们感觉不到任何东西，永恒也只不过是像一个大光环而已。"① 德拉布尔对华兹华斯诗歌中的困苦者描写给予高度评价，认为诗人的乡村图景首先呈现的是艰辛的手工劳作，这种劳作的意义不仅是劳动本身，更是一个共同体追寻自己文化身份的方式，此时的劳作在华兹华斯之后演变为英国性的内在组成部分。

描写普通人的平凡，甚至苦难的生活是华兹华斯诗学的显著特征。诗人本人也承认其诗歌通常选择微贱的田园生活题材，因为在这种生活里，我们的各种基本情感共同存在于一种更纯粹的状态。在《华兹华斯传》中，德拉布尔写道："华兹华斯不是哲学家，他的意识更多的集中于具有实体的单个自然意象，例如蚂蟥捕捞者。"② 与诗人理念相契合，德拉布尔对日常生活以及苦难的关注不止于模仿或描述以引发怜悯，而是由此恢复普通人身上所蕴藏的、未受抑制与约束的澄明与本真、自然的赤诚与质朴。

在小说中，弗朗西斯从自我身份确证到他异性自反的实现机制为"内在的视线"（inward eye）（*RG*, p.116）。主人公希望借此"看到／你看不到的东西……不要再用／廉价的目光解读事物的形态／如此平静和

---

① Wim Tigges ed., *Moments of Moment: Aspects of the Literary Epiphany*, Amsterdam: BrillRodopi, 1999, p.39.
② Margaret Drabble, *Wordsworth*, London: Evan Brothers, 1966, p.126.

凝止，在充塞着我心灵的不安思绪中，显得如此美妙"。① 在《黄金国度》这部悲观主义者所写的乐观主义小说中，弗朗西斯作为一位享有世界声誉的考古学家，盛名之下却无法排遣内心的苦闷。第一次造访祖父母留下的鳗鱼农舍时，她盼望以"内在的视线来想象意识深处相应的图式"，最终还是以"未经准备的视线"（unprepared eyes）（*RG*, p.118）来观察久违的故乡：学校操场上捡石头的快乐孩子和女人们在弗朗西斯眼中只是强迫的苦役和贫瘠。随后在当地的博物馆参观时，弗朗西斯将一把黑色鳗鱼叉用途说明中的"捉"（trap）看成了"翻搅"（turn），于是"想象着一个老人在河渠里毫无目的翻搅水渠的样子，就像华兹华斯笔下的蚂蟥捕捉老人"（*RG*, p.119）。

"蚂蟥捕捉老人"出自华兹华斯的名诗《坚毅与自立》（"Resolution and Independence"）：被苦难和疾病折磨的蚂蟥捕捉老人尽管"又老又穷，说不尽千辛万苦，长年累月、老实本分挣得一份报偿，为捕捉蚂蟥东奔西走，把周围的池水翻搅。"老人表述中显露的愉快、亲切，庄严的气派"让我耻笑自己，因为我看出：他那把瘦骨残骸/藏着一颗心，却如此坚强豪迈"。② 德拉布尔在这首诗中同样看到了乡村平淡生活中显露的大义以及在贫瘠土地上实现自我救赎的心理驱力，按照作家的表述，"农舍蕴藏着平实当下的伦理，他（蚂蟥捕捞者）是一种警示、一个预兆、一个忠告，有着深刻的意义。毫无怨言的艰辛让苦难与朦胧的安慰通过想象奇迹般结合起来；他既是真实的，又是象征性的，一个真实的老人，又是某种自然力量的预示；他引起华兹华斯注意的原因不是他说了什么，而是他之所是。"③

然而，弗朗西斯"未经准备的眼睛"却对此视而不见，承认托克利镇村民古老的坚忍精神就像古迦太基铭文上的符号或拉丁文字一样艰深晦涩。华兹华斯在《序曲》中对"内在的目光"和"焦虑的目光"（anxious eyes）进行区分，指出前者可以通达人类灵魂的深处，与此相

---

① 参见朱玉《废墟，花园，"高明的目光"》，《国外文学》2006年第3期。
② 杨德豫选编：《华兹华斯诗歌精选》，北岳文艺出版社2000年版，第113—114页。
③ Margaret Drabble, *Wordsworth*, London: Evan Brothers, 1966, pp.119-122.

对照，"依赖焦虑的目光，在繁忙的探顾中／不见昭著的真理和简单的事情"。弗朗西斯无法洞见平凡苦难的人类精神，她的第一次朝圣之旅注定以失败告终。

在《序曲》中，华兹华斯注意到这样一种人，他们通过"向内观望"实现了对"愚钝心灵"的自我否定，即个人层面上从向心力转为离心力的创造能力：

> 向内观望
> 看到了易于消逝的生命时间之间、人与人之间
> 多样的联结。
> 奇异的支柱撑起并保存
> 记忆与思想的世界。①

"向内观望"作为一种高度自反的内部观照仪式，与"内在的视线"一样，都要求主体超越以客体本来面目对待客体的限制，以客体对待诗人心灵的展现方式对待客体，进而重返以平常人为代表的自然状态。不久后，弗朗西斯从非洲的阿达赶回处理康斯坦斯的后事。坐在祖母五月农舍温暖的壁炉旁，翻着抽屉里家族几代人的书信记忆，领悟到奥勒兰萧家族中也曾有努力革新技术的鞋匠、为爱付出一切的祖母，弗朗西斯陷入了华兹华斯式"宁静的沉思与清明的神智"，经历了心灵之眼的顿悟，终于懂得"在每一件事情里／都含有一个故事"。卑微的奥勒兰萧家族不仅代表着人类苦难的外观世界，更含蕴着人性精神的秘密，而康斯坦斯的五月农舍俨然成了又一个华兹华斯笔下"废毁的茅舍"。

康斯坦斯祖母的情人约翰投海自杀，年仅一岁半的婴儿不幸夭折，她一个人在五月农舍过着与世隔绝的生活，直到默默死去。华兹华斯的《废毁的茅舍》讲述的也是这样一个等待与死亡的故事：农家女玛格

---

① William Wordsworth, *The Prelude*, ed. Jonathon Wordsworth, London: W. W. Norton & Company, 1979, 2:381–386.

丽特等待丈夫退役归来,在等待中幼子相继夭亡,这是一个"默默受苦的故事"。在诗作的开篇,"我"来到老人之所在,发现"这曾是一片花园之地,今已荒芜","草木蔓生、水井半塞、凄凉萧瑟",① 这是一座废毁的茅舍。弗朗西斯初到五月农舍看到的也是这样一番残败荒凉景象:整个村舍笼罩在荒芜的气氛中,"摇摇欲坠的农舍被荆棘和悬钩子覆盖……荆棘疯狂地蔓延至了前门,曾经的草坪上野草丛生,长满了籽,窜得很高。村舍的窗户用木板和波纹铁围住,只留下一楼的一扇窗。各种各样的植物到处蔓延,将卷须和吸根四处伸展"(*RG*, pp.259-277)。《废毁的茅舍》废园里有一口水井,它可谓废园的缩影,井中堆满枯叶,已经干涸。康斯坦斯的农舍里也有这样一个废弃的水槽,"石水槽很深,现在被叶子塞满了。弗朗西斯用勺子捅了捅叶子,顿时跑出来很多甲虫和蜘蛛,简直就是昆虫的天堂"(*RG*, p.304)。相同的破败景象折射出两部作品跨越时空的精神契合。那么,为什么这样一首充满苦难悲伤的诗在结尾处却描述了年轻人和商贩的心灵平静?弗朗西斯一走进五月农舍周围便感到"一种肃穆的静谧笼罩着这里的一切?"(*RG*, p.303)究其原因,或许就在于当代人对平凡苦难生活中人性力量的持久信心,对岁月尊严的崇敬。

五月农舍不仅蕴含着普通人的平凡苦难,还传达出个体对权力话语的抗争精神。康斯坦斯爱上已婚的水手约翰并未婚生子,被当地教会和家人唾弃,将她当作巫婆避而远之。尽管如此,康祖母仍然顽强生活。她种植玫瑰,喂养林中小鸟,就像废弃花园中疯长的植物一样"只对自然,而不对人类低头"(*RG*, p.292)。弗朗西斯在这里感到的不是衰败惨淡,而是勃勃生机中蕴藏的"新生的能量"和"中心情感"(omphalos feeling),而读者也随之从康祖母"充盈着人类痛苦和失落的废弃农舍中汲取养分,在不安中获得深刻的宁静"(*RG*, p.383)。在《华兹华斯诗歌》中,哈特曼指出诗人的"中心情感"是对"体现在具

---

① 参见朱玉《废墟,花园,"高明的目光"》,《国外文学》2006 年第 3 期。

体命定之点的宇宙中心的关注"。① 这里的"宇宙中心"与人性精神一脉相承。《黄金国度》中有一个细节值得读者注意，康斯坦斯在遗书中特别说明禁止将自己埋葬在基督徒墓地，而是要安眠于农舍内"俗世的领地"（unhallowed ground）（*RG*, p.329）。此处康斯坦斯的巫婆身份为女性抵抗统治秩序及其惩罚提供了有力武器，集神秘主义诗意与艺术为一身的女性话语表达出对父权象征界及其理性道德规约的反叛。

同样，华兹华斯《荆棘》中的玛莎·雷、《序曲》中的退役士兵和盲乞丐、《西蒙·李》中那个"病病歪歪，干枯消瘦"的老猎手尽管无依无靠，仍旧"使出了浑身力气"努力地挖着树根。德拉布尔将华兹华斯的这类作品称为"天命诗"（poetry of resignation），认为其中蕴藏着"尽其所能的艰难决心，毫无怨言努力前行的坚韧"。② 如果说《废毁的茅舍》中的玛格丽特因为爱将废墟变成了花园，那么祖母康斯坦斯与玛格丽特一样，象征着永恒而持久的人类精神和心灵。因此，德拉布尔与华兹华斯一样，都赋予晦暗卑微的工作以尊严。通过农舍这一"宇宙的中心"，德拉布尔看到了苦难中人们从未放弃的努力和自助，正如她所说："华兹华斯书写社会弃儿的目的不是让人们震惊、警惕或对超自然充满恐惧，而是明确地告知我们他们是多么正常、安全并且充溢着人性之光。"③

在小说的最后，弗朗西斯买下五月农舍，静心倾听无声而忧郁的人性之歌。她决定接管祖母留下的一切，"重返原始的本真情感，猜测它的运行轨迹，并且复归最初的想象"。④ 德拉布尔崇敬华兹华斯诗作中日常生活与深刻精神维度的有机结合，"即使最卑微最单纯的人也有着对生活深度和意义的理解，他们的感情与那些名人或幸运儿的一样重要。"⑤ 在这个意义上，与华兹华斯一样，德拉布尔主张关注人的普通情

---

① Geoffrey Hartman, *Wordsworth's Poetry*, New Heaven: Yale University Press, 1975, p.140.
② Margaret Drabble, *Wordsworth*, London: Evan Brothers, 1966, pp.117–118.
③ Margaret Drabble, *Wordsworth*, London: Evan Brothers, 1966, p.56.
④ Margaret Drabble, *Wordsworth*, London: Evan Brothers, 1966, p.161.
⑤ Margaret Drabble, *Wordsworth*, London: Evan Brothers, 1966, p.29.

感、普通的人类联结与经验以及平实生活所蕴含的深刻内涵。基于此，重返鳗鱼农舍和五月农舍为弗朗西斯这一智性主体与普通人建立情感共同体提供了契机，将普通人面对苦难生活不屈不挠的坚毅执着置于前场，彰显人与人、人与外界充满道德感的精神纽带。作家选取普通生活中的事件和情景，通过日常语言加以讲述或描绘，同时赋予它们想象的光华，使平凡的事物在心灵中呈现出不平凡的一面，而人类精神自有其"永恒的、历经痛苦而生生不息的意义"[1]。

（二）死者与生者共存的共同体

原初意象以文化人类学、心理学和象征诗学为学理基础，与人类愿望投射和情感指涉形成外显与内容、功能与实体的关系。格林（Wilfred L.Guerin）认为原型意象是："不同时空的人们在不同神话中感知的、具有共同意义的象征，它能引发相似的心理反应，起到相似的文化功能。简单地说，原型就是普适的象征。"[2]德拉布尔神话诗学中的原初意象不只是叙述策略或修辞技巧，还承担着将无意识前场化为意识的价值重建伦理责任。

身兼作家、文学批评家和文选编撰家三重身份，德拉布尔深谙I.A.理查德的实践批评之道，并对"以神秘方式表达内在感受"[3]的意象文学要素有着强烈的理论自觉。在作家的创作中，原型意象作为集体无意识和心理残余反复出现，通过神话系统隐喻承载祖先的精神遗赠。在《黄金国度》中，投射于鳗鱼农舍和五月农舍充盈的伊甸园神话原型意象呈现出典型的地方性表征，在归家母题无限共时性与恒久历时性的意义上，成功表现了德拉布尔的人类根脉和生命循环观。

罗兰·巴特将所有的文本都视为俄狄浦斯故事的翻版，声称"所有的故事都旨在寻根"。[4]伊甸园是人类早期文化中出现最早、使用最频

---

[1] Margaret Drabble, *Wordsworth*, London: Evan Brothers, 1966, p.45.

[2] Wilfred L. Guerin, et al., *A Handbook of Critical Approaches to Literature*, Oxford: Oxford University Press, 1999, p.160.

[3] Margaret Drabble,"An Interview with Margaret Drabble", Interviewed by Nancy Hardin. *Contemporary Literature*, Vol. 14, No.3, 1973, p.286.

[4] Roland Barthes, *The Pleasure of Text*, trans. Richard Miller, New York: Hill & Wang, 1975, p.36.

繁的原型意象之一。尽管后来夏娃受到蛇的蛊惑偷吃禁果,被天使用燃着火的剑逐出葳蕤常青的伊甸园,但人类从未放弃重返乐园的努力。古代苏美尔人构想的乐园神话也有着与伊甸园同样的泥土、水、火和生命树意象。斯宾塞《仙后》中的伊甸园是乌娜父母失而复得的祖国,但丁《神曲》等作品中出现的伊甸园意象折射出人类由罪恶到救赎、由死亡和复活的过程。

伊甸园原型意象在当代众多作家的创作中得以移置和续写。如海明威的《伊甸园》故事讲述亚当和夏娃吃了辨别善恶树上果实后非但没有悟出爱的真谛,反而更加陌生,陷入孤独茫然之境,最后导致邪恶。作品意在告诫人们应当彼此相爱并重归人类共同体,而西方社会一切邪恶都源于联结精神的匮乏。以圣经中得乐园、失乐园与复乐园为原型系统,《黄金国度》中的主人公将个体身份认同置于对家庭、过去、自然和人类生命循环的整体性语境考量,以期最大限度地重返现实生活中的黄金国度,而隐藏在该理念背后的,则是作家对存在主义原子式自我,以及机械聚合原则下工业社会对人性腐蚀的反思与批判。

弗莱曾站在元历史的高度上,以前浪漫主义、浪漫主义和后浪漫主义为时间标尺对生存之链的宇宙图示进行概观,提出人类历史演进过程中得乐园、失乐园和复乐园三阶模式的观点。在《黄金国度》中,德拉布尔正是通过伊甸园意象重复了人类堕落、启蒙和归家的原型模式,肯定弗朗西斯从深刻但单一的独体式主体建构发展到对家庭、历史和集体身份的认同,以此提醒读者重释伊甸园构建的地方诗学及文化记忆的当下意义。

伊甸园是生命创始、人与自然建立关系的重要标识,也是人类重返黄金时代心理残余中归属感和确定性的终极目标。人类历史开始于创造一个美好世界的冲动:《圣经》中对于伊甸园的追忆,希腊人对于田园仙境(Arcadia)的向往,波斯人对于帕哈地(Paradis)的想象。从最早建立的亚述(Assyrie)王国以降,人们锲而不舍地创造这个神话的天堂。德拉布尔在其文学地图式的批评著作《作家的英格兰》中赋予乡村以纯净童年和黄金时代记忆载体的意义:

黄金时代指涉现代文学中英国的黄金过去和我们的童年。天堂留在我们的孩童时期，这就是真理。首先，很多注定在城市生活工作的成年人或者在乡村长大，或在华兹华斯和卢梭的信仰影响下回到乡村度假并学习。乡村让生活更好地开始，使我们的精神免受污染，自然是最好的老师；其次，成年人所写的回忆录，无论是虚构还是真实的，都将童年视为金色时代和天堂，童年的土地随着岁月流逝不仅没有模糊黯淡，反而更加清晰可见；最后，在城市生活的孩子可以通过富有想象力的作品去乡村旅行，儿童读物中的土地之美俯拾皆是。可以说，我们总是倾向将某一地貌和风景与童年联系起来，并从中窥视到一个弥足珍贵却正在消逝的世界。①

　　弗朗西斯祖父位于英国中部沼泽乡村的鳗鱼村舍"就像天堂和最初的伊甸园"（RG. p.102）。在这个最初的极乐世界中，土地丰沃、果实满枝、生命之水常流常新。"生命之树"是伊甸园的标志，"大地—伊甸园"中心意象出自《马太福音》中"田地就是世界"的箴言（13:38）。树上的果实是园中亚当和夏娃生命的根本："耶和华神使各样的树从地里长出来，可以悦人的眼目，其上的果子好作食物。园子当中又有生命树和分别善恶的树，园中各样树上的果子。"（《创世记》，2:16）在弗朗西斯眼中，鳗鱼村舍俨然一个果实的伊甸园：外墙上总是贴着"苗圃作物，进屋选购"的大幅告示：棒豆、豌豆、郁金香、唐菖蒲、水仙、苹果、梨子、莴苣、嫩葫芦，这里是孩子的天堂"（RG. p.101）；与此同时，叙述者特别强调鳗鱼村舍建在填海土地的沼泽之上，而水则是伊甸园的另一构成要素。（《创世记》，2:8-16）中记载："有河从伊甸流出来，滋润那园子，从那里分为四道，即比逊、基训、西底结及幼发拉底河。"鳗鱼农舍终年云蒸霞蔚，"肥沃和丰产得令人难以置信。村子需要大量排水装置，因此到处都是筑堤和渠道。要不是人精心看护，这里会一直

---

① Margaret Drabble, *A Writer's Britain: Landscape in Literature*, New York: Alfred A. Knopf, 1979, p.247.

沉入海里，就像罗马沉入内陆沼泽一样"（*RG*. p.101）。流水潺潺、雨水惠泽中的伊甸园景象栩栩再现，人在其中流连忘返。《黄金国度》中鳗鱼农舍的原型取自德拉布尔祖父母在林肯郡的农舍，那里"不仅仅是一个地方，还是人生在赋形之前的最初记忆"。①

与此同时，鳗鱼农舍的河流、树木和各种生物被抹上了浓重的母性色彩。在希伯来语中，夏娃（Hawah）作为"众生之母"，她的名字与"生命、生物"（hayi）一词有关。德拉布尔特别将作为生命神圣源泉的夏娃形象移位到弗朗西斯身上，并用很大篇幅介绍简的哥哥休费心周折为她购买女性用品，两人在卧室谈论生产、避孕和爱的情节。叙述者这样说道："这是弗洛伊德的性启蒙阶段，尽管她确实是在鳗鱼农舍的一个盛夏进入青春期的。"（*RG*. p.104）鳗鱼农舍的原始生物蜉蝣将主人公童年农舍与圣经中的伊甸园创世图景有机勾连："微小而特别的远古物种伸出小小的胳膊浮在水面上晒太阳。史前世界的幸存者，罗马人到来之前的住民，它们活在青铜时期文物碎片沉入沼泽之前，小小的碎骨里还留有恐龙庞大骨骼的记忆，它们是上帝和大地永恒的立约。"（*RG*, p.104）小说中，作为生命起源的蜉蝣是远古生物繁殖的集中体现，传承着共同体联结和历史绵延情结中对人类最初生命起源的敬畏与怀念。弗莱在《伟大的代码》《有力的词语》和《创造和再创造》等多部著作中提到"衍生的自然"这一概念，以回应《创世记》中上帝在 7 日内创造世界万物，以及柏拉图在《帝迈欧篇》中描绘的创世场景。"生存之链"的宇宙图式以上帝的真善美为根本，世界万物都是上帝神圣意志的体现，是上帝恩典的流溢创造了万物。小说中鳗鱼农舍作为弗朗西斯思想中有机生命的溯源地，滋养着弗朗西斯回归人类童年的原初梦想，因此与生命繁衍紧密相关。

然而，后现代独体间"没有关系的关系"拆解了人类初始时期由于生存需要而建立的共同体纽带。小说开篇，弗朗西斯为了自己的考古事

---

① Margaret Drabble, Interview by Dee Preussner, "Talking with Margaret Drabble", *Modern Fiction Studies*, Vol. 25, No.4, 1979/1980, p.562.

业远离了鳗鱼农舍和情人卡罗,将自己比作水族箱里产子后已丧失生命意义的母章鱼。正如英国作家威廉·坦普尔(William Temple)在《伊壁鸠鲁的花园》(*Upon the Gardens of Epicurus*, 1692)一文中总结的那样:"如果我们相信《圣经》,我们就该肯定:万能的上帝把人在花园中的生活视为他所能给予人的最快乐的生活,否则,他就不会把亚当安置在伊甸园里了。伊甸园是天真和欢乐之地。当人堕落之后,就开始了耕种和城市生活,而罪恶和辛劳也接踵而来。"①《创世记》(3:24)中,上帝为惩戒人类将亚当和夏娃驱逐出乐园,"又在伊甸园的东边安设基路伯和四面转动发火焰的剑,要把守生命树的道路"。与人类先祖亚当和夏娃一样,弗朗西斯在鳗鱼农舍享受过短暂的乐园幸福之后,也走上了乐园以外遥遥无期的漂泊之路。主人公自十五岁起就离开农舍,祖父母相继去世,昔日的伊甸园荒芜破败,"天使拿着喷火的剑将她驱逐"(*RG*. p.104)。城镇入侵乡村,童年记忆不复存在。德拉布尔在她的非虚构作品《华兹华斯传》中写道:"田园诗的主题是对黄金时代和美好往昔的缅怀。"②人的分离与异化在鳗鱼农舍满目疮痍的荒草丛中表现得淋漓尽致:"水渠还在,可她不用看就知道它那原初的时光已经不在了。水渠旁边成了工地,水泥搅拌机、标语、大堆的砖头取代了过去纯洁无垠的甘蓝地。"(*RG*. p.115)

考古学家弗朗西斯虽享有世界声誉,曾在撒哈拉沙漠中挖掘出斐济人的提祖(Tizouk)古城,提出了古迦太基—古苏丹梅罗依契约理论,然而她的生活却被巨大的存在主义虚空包围。小说初始,弗朗西斯就被诊断出抑郁症、乳腺肿瘤,并在剧烈的牙疼中感受死亡的威胁。当代伊甸园呈现出一副无奈而失落的挽歌图景,被驱逐出伊甸园的现代人只能躲入自我之中,在巨大陌生的世界中自我囚禁。弗莱在《可怕的对称》中指出,在浪漫主义者布莱克的诗歌中,"生存之链"的宇宙图式已经被颠覆。随着旧的"生存之链"宇宙图式成为历史遗迹,外部的宇宙世

---

① 张箭飞:《解读英国浪漫主义》,《外国文学评论》2003年第1期。
② Margaret Drabble, *Wordsworth*, London: Evans, 1966, p.31.

界成为以人为中心的冷漠环境。如果说布莱克笔下的奥克通过反抗代表着上帝的老者尤立顺以证明自己,那么作为现代奥克的弗朗西斯只能在代表异化的病痛中忍受疏离和孤独,"能生的自然"抑或自我决定论取代了上帝"衍生的自然"中的生命创始与共同体关联。

除了独体的自我隔绝,失乐园更体现在极端的死亡层面。弗朗西斯曾在哥哥休的农舍中提到萨尔维特·罗萨的名画《恩培多克勒跳埃特纳火山》,并在布鲁尔的《常用语与神话词典》中找到了弥尔顿的一段话:

他,被世人尊为神祇
跃入埃特纳的烈焰
内心充满欢乐
恩培多克勒(*RG*, p.190)

恩培多克勒是希腊前苏格拉底哲学家,也是毕达哥拉斯灵魂转世论的支持者,曾纵身跃入火山以证明生命不灭、人神同体。象征死亡的火山坑也构成了《黄金国度》的中心意象,作品大团圆结局之下却涌流着人类最痛苦的死亡潜流。弗朗西斯与长兄休(Hugh)一家围坐在灰坑旁讨论死亡;斯蒂芬最终决定像恩培多克勒一样跃入火焰,摆脱被生活征服的命运而选择带着新生婴儿一起服毒自杀;詹尼特凝视着"溶蜡的死海",期盼世界末日;大卫登临活火山,想象"最后的灰烬和黑洞"。《黄金国度》弥散着死亡的气息:弗朗西斯的姐姐爱丽丝煤气自杀;祖母康斯坦斯饿死在五月农舍,她的情人约翰跳海;卡罗全家都死于纳粹的毒气室。同时,弗朗西斯家族似乎有遗传性抑郁倾向,她的叔公自缢、堂兄卧轨、婶婶住在精神病院。小说中显见的灰烬意象作为死亡指涉的集中体现给整部作品蒙上了沉重的黑色幔布。祖母在五月农舍被活活饿死的丑闻促使弗朗西斯不得不再次返回托克利镇处理后事。

然而,在村舍寻找康斯坦斯遗迹的过程中,弗朗西斯却意外洞彻了生命和死亡的意义。与此同时,主人公及时认识到了自我隔绝潜在的危险,返回多年来中断一切联系的家族尘封历史,恢复亲族同一关系,坚定地走上回归伊甸园的艰辛旅程。在原始气息蔓延的神秘所在，五月农舍茂密的丛林和荆棘完全覆盖了人类存在的痕迹，彰显生命的无畏与尊严。

神秘伊甸园表面的狂野和荒芜之下涌流着的蓬勃的生命强力，正如村舍旁半死山楂树，"枝繁叶茂、欣欣向荣、生命似乎并未被死亡阻止，树叶依然从坟墓中爆发新生"（RG, p.259）。死亡绝非终点，而是生命循环的又一开始。按照德拉布尔的话说，"生活就是从一种极致转换到另一种极致。事物处于这种动态转向对立面的过程中，或者同时处于两种状态"①。《黄金国度》中生与死构筑的复杂转化体系以影身指涉的方式展现出人类历史发展概观。叙述者这样描述弗朗西斯坐在五月农舍炉火旁的形象：她"蜷缩在火光下、金发发白、闪着红光、胳膊环着膝盖、一件男人的绿色编织衫将她包裹起来"。这时的弗朗西斯俨然詹尼特眼中那个"头发雪白，鹰钩鼻"的吸血女巫，甚至同去的律师也不禁感叹："你就像五十年前的康斯坦斯本人。"（RG, pp.301-302）在腾尼斯的《共同体与社会》中，火炉具有重要的象征意义，灶火象征着"家族世代变化的持久生命力"，火炉还引申出用餐、餐桌等，意味着"团结当前的成员以维持和更新肉体和灵魂"②。在康祖母真挚爱情的影响下，弗朗西斯融入家族历史中，延续并转换祖母的生命言说。

在著名的《致奥尔弗斯的十四行诗》和《杜伊诺哀歌》中，象征主义大师里尔克（Rainer Rilke）这样解释生与死的转化："生命转化涉及人和自然、生与死、可见与不可见的关系。死者用骨髓肥沃了土壤，结出了美果，使活人得到营养。这果子是无声的力量和爱的结晶，是万物之间不断互相转化的产物，它本身又将转化为人的能量去从事新的创造，大自然的循环无穷无尽。"③在《黄金国度》中，德拉布尔借弗朗西斯导师之口表达自己对生命循环终极意义的认识："我们必须学会与绝望

---

① Ellen Rose ed., *Critical Essays on Margaret Drabble*, Boston: GK Hall, 1985, p.28.
② ［德］费迪南·滕尼斯：《共同体与社会——纯粹社会学的基本概念》，林荣远译，商务印书馆1999年版，第45页。
③ 袁可嘉：《欧美现代派文学概论》，上海文艺出版社1993年版，第136页。

和解并将其看作整体和循环往返的模式。……生活是一个循环，不是彼此分裂的绝对状态之间毫无意义的顺序表达。"(*RG*, p.8)以重返五月农舍为契机，考古学家弗朗西斯最终认识到康祖母的墓地连同海格特墓地、拉雪兹神甫公墓、罗马新教徒公墓、格雷挽歌中的墓地、布拉格的犹太墓地与葬礼仪式都承载着古老文化符号的深刻内涵。血缘根脉之于家庭和有机共同体建设意义重大，如 T.S. 艾略特所言："对逝者的虔诚，即便他们默默无闻；一种对未出生者的关切，即使他们出生在遥远的将来。这种对过去和未来的崇敬必须在家庭里就得到培育，否则将永远不可能存在于共同体中，最多只不过是一纸空文。"① 五月农舍含蕴的生命存续意义不仅是对死者的虔诚，更要在死者与生者之间建立起积极的共同体纽带，由此治愈自身作为现代漫游者"受损的人性"。② 在五月农舍，大片灌木和玫瑰丛掩映其中，蔷薇、树莓和款冬白色的花朵将其装扮地宛若主人公童年记忆中葳蕤常青的伊甸乐园。一个人坐在祖母的小屋，弗朗西斯翻看着记录整个家族历史的书信和日记，第一次与自己过去不屑提及的家族历史产生了强烈认同，觉得自己"到了家里"(*RG*, p.309)。

法国人类学家列维·布留尔提出"集体感知"(collected percept)和"参与律"(principle de participation)两个概念来表达原始思维中主体通过某种方式占有客体、或被客体占有的神秘属性："集体感知"的对象是事物背后与其"客观相联系的东西"，这种"东西"和事物本身一样，能够产生"某种确定的影响"，因此是"一种实在"和"事物表象的一个主要部分"。集体感知的原始思维中，包括地方在内的物性与作为其内在有机组成部分的神秘属性形成一种复合关系，"每种自然现象，都不是我们认为的那样。我们在它们身上见到了许多我们意想不到的东西"；与此同时，集体感知重视"参与律"，即"现象之间的神秘

---

① T. S. Eliot, *Notes toward the Definition of Culture*, Croydon: Faber, 1948.
② [美]丹尼尔·贝尔:《社群主义及其评论者》，李琨译，生活·读书·新知三联书店 2002 年版，第 96—102 页。

联系,人和物之间相互影响、相互作用的关系。"① 在《黄金国度》中,鳗鱼农舍和五月农舍的地方性作为物的典型代表,体现出超越自身地理学意义的神秘集体感知(平凡苦难的人类力量)和参与律(死生循环),德拉布尔对这种凝聚于具体地方的精神纽带表示肯定:

> 自由和解放的概念对我而言毫无意义。我们从未与过去断裂,从未远离他人对我们的要求,我们也不应当希望自己成为这样的人。存在主义思想强调无关他人的行为,我认为这是错误的生活态度,我们都应继承悠远的过去和人类共同体并负起自己的责任。②

《黄金国度》可以被认作一部关于人类重获共同体联结的著作,故事结尾又回到了叙述开端的伊甸园图景,与开篇童年记忆中的鳗鱼农舍首尾相接。弗朗西斯与卡罗连同他们的七个孩子幸福地生活在五月农舍,并重建与家族兄妹的联系,她的女儿黛西和卡罗的儿子鲍勃也在此结婚生子,在已逝祖辈的祝福中繁衍生息,代代相传。始终在潜意识中排斥乡村原始生活方式,却在世界旅行中自我异化的弗朗西斯终于在五月农舍重归乐园,承认"他们是我的家人"(*RG*, p.301)、"血浓于水"(*RG*, p.281)。正是在这种双向对流过程中,主人公消除了自己与外部世界的疏离、对立状态,达成了与历史和原始情感的精神契合。正如德拉布尔所说:"现代人也许可以凭借思想智性斩断自己与生于斯、长于斯的世界之间的联系,但是人类历史变迁的实质在于无限与历久,无论是生命体还是无生命事物都是该缓慢模式的一部分。"③

小说中,弗朗西斯最终回归代表生命循环的五月农舍,建构起死者与生者共存的深度共同体。德拉布尔借由伊甸园原型意象赋予家庭史、

---

① [法] 列维·布留尔:《原始思维》,丁由译,商务印书馆1981年版,第27—28、69页。
② Margaret Drabble, "The Author Comments", *Dutch Quarterly Review of Anglo-American Letters*, No.1, 1975, p.36.
③ Margaret Drabble, *The Genius of Thomas Hardy*, London: Weidenfeld & Nicholson, 1975, pp.164-165.

村落史书写、历史图景以深刻的当下意义，使主人公与祖母所代表的血缘、心缘和地缘在时隔三代的记忆空间实现生命循环。正如弗朗西斯所体悟的那样，"生命绝非不断相互排斥且毫无意义的对立状态，而是循环往返、生生不息"（*RG*, p.8）。德拉布尔十分赞赏哈代对英格兰乡村乐园的描写，认为哈代"有意识地记录着将逝的习俗和正在消失的乡间风景，并通过不断重提那个黄金时代和怀旧重建伊甸园及共同体"①。作家在评价肯尼斯·格雷厄姆（Kenneth Grahame）的《柳林风声》（*The Wind in the Willows*）时写道："该作品传达的是多神教、神秘主义和对已失去的纯真童年的追寻。它有力地体现了这一时期英国文学的特点，即对英国乡村和童年土地的回忆。"②《黄金国度》中的鳗鱼农舍和五月农舍作为具象的地方，寄托着主人公对共同体关爱和回归生命神圣源泉的渴望。伊甸园理想留存于人类集体无意识中，寄托着人类世世代代寻找失落价值，表达回归永恒本源、历史归宿和共同体家园的心理共鸣，德拉布尔由此指出："对大多数英国人而言，黄金时代从未像现在这样离我们如此遥远，诗人们也从未对地方诗学如此着迷，作家用笔承载着这份愿景。"③

三　花园与海岬：有机自然与宇宙力量联结

在德拉布尔的作品中，崇高美在上帝与宇宙精神层面上，通过神性自然得以表现，这一点与华兹华斯在万物有灵论中体现出的崇高美旨趣相同。法国革命失败后，华兹华斯开始对葛德文的理性主义和18世纪的英国社会感到失望，遂转向宗教寻求出路："淳朴的生活和高尚的思想已不存在/过去崇高的美好/已经消失，我们的天真/还有充满生活气息的纯净的宗教。"④ 神圣景观传达的精神力量反映出当代人对崇高美

---

① Margaret Drabble, *The Genius of Thomas Hardy*, London: Weidenfeld &Nicholson, 1975, pp.168-169.
② Margaret Drabble, *The Genius of Thomas Hardy*, London: Weidenfeld &Nicholson, 1975, p.257.
③ Margaret Drabble, *The Genius of Thomas Hardy*, London: Weidenfeld &Nicholson, 1975, p.277.
④ William Wordsworth, *The Prelude*, ed. Jonathon Wordsworth, London: W. W. Norton& Company, 1979, 3:127-131.

回归的渴望。在《黄金国度》中，每个人物都有着借由自然与神圣宇宙力量交融的经历。弗朗西斯在那不勒斯看到的广袤植被、祖辈乡间村舍后池塘中生生不息的蜉蝣都代表着上帝的创造与无限的宇宙能量，而人类的力量无法企及。小说中所有的自然现象就其精妙与完善程度来说，实则包含并表明自然宗教这个概念。依照基督教的宇宙结构论，上帝首先流溢出自然，然后流溢出人的灵魂和感性世界。人在获得上帝神性的过程中感知崇高美的流溢，从而在美学的层面上获得精神的提升。

弗朗西斯将卡罗的牙齿作为护身符须臾不弃，如果说考古学家的行为代表着她对人类有机生命的崇敬，那么弗朗西斯表兄、地质学家大卫随身携带的黄石英则超越了人类生活的范畴，直指神秘的宇宙力量。德拉布尔认为，浪漫主义诗人柯勒律治的想象诗学较之于华兹华斯平静的冥思更加玄妙且富于论证性，"柯勒律治的思想更加抽象，更具哲学性，是一种纯净的想象（refined imagination）"。[①] 神秘的大卫关注的正是柯勒律治想象中伟大而不可征服的崇高世界。

作为浪漫主义美学的重要范畴之一，崇高感由朗吉弩斯开启、发展于沙夫茨伯里伯爵（A. Shaftesbury），并在伯克的深入阐释中视觉化为浪漫主义的生动意象。在崇高感中，敬畏和惊奇是崇高事物展示的巨大力量。如德拉布尔在《作家的英格兰》一书中所说："柯勒律治笔下的图景不是英国，而是《古舟子咏》里可怕的、想象中的海景，深邃的浪漫大峡谷以及东方华厦的杉木屋顶。"[②] 叙述者这样描述大卫登山观海的场景：

> 他一直爬到山顶去看海。在暗夜中向下俯视，他看到了完全超出自己想象范围的恢弘壮丽、狂放不羁和纷繁多样。海面上目光所及之处是数不尽的小岛，灰白的海豹像海豚一样弓着脊背不时从水中浮现，一幕生机盎然的图景。这里的景色像是活的，似乎生命正

[①] Margaret Drabble, *Wordsworth*, London: Evan Brothers, 1966, p.142.

[②] Margaret Drabble, *A Writer's Britain: Landscape in Literature*, New York: Alfred A. Knopf, 1979, p.168.

在自己的创造中沸腾。神圣的岛屿始于远古无人之境。它们就那样从北到西无尽延伸,超出人类欲望的极限。世界的尽头是太荒之境,那里没有人类。(RG, p.50)

几乎同样的场景也出现在《序曲》第14章,华兹华斯描绘了著名的登临斯诺顿山片段:

> 月亮高悬在一望无际
> 万里无云的碧空之中,而在我脚下
> 凝聚着一片静谧的白茫茫的雾海
> 成百山丘暗黑的脊梁高耸在
> 这片寂静的大洋之上;再过去
> 远方,更远,伸展着浓浓的雾气
> 好似山岬、海岬和海角的形状
> 延伸到大西洋,那大洋显得渺小,放下他那上帝的威严
> 侵占了一望无垠的远方①

同样是通过登山观海,大卫与华兹华斯一样体验到上帝的恩典和"宇宙精神"(RG, p.170)。自然荒芜之境反射出永恒世界中万物恒定的现实。作为地质学家,大卫的视线更易穿过短暂的人类历史,领略常人无法企及的宇宙精神,"想象中的天堂是自己端坐在某处的观看席上,看着地球发生变化。人类的生命太短,了无趣味。他想看的是那些进程缓慢的伟大事件如何在最后化为灰烬,重归宇宙的黑洞"(RG, pp.178-179)。人类的历史与海洋相比如沧海一粟,主人公宣称自然崇高属于无限永恒的范畴,而生成与有机的世界则是有限的和短暂的。

大卫在《黄金国度》中始终作为一个神秘人物出现,甚至隐含叙述

---

① William Wordsworth, *The Prelude*, ed. Jonathon Wordsworth, London: W. W. Norton & Company, 1979, 14:41-51.

者也不得不承认,"我本想在叙述中增加大卫的部分,可我越看他,他就越让人无法理解,我没有勇气展示这一人物"(*RG*, p.176)。海岬作为具体地方和凝聚节点将自然神性与宇宙力量融合汇聚起来,实现了小说中物质世界与上帝崇高的有机精神契合。

在《黄金国度》中,借由自然感受宇宙力量的还有詹尼特。傍晚花园中出现的深蓝色天际、深粉色或紫色的云彩构成了天国神启意象。叙述者这样描述詹尼特受到震撼的心境:"天空和云彩壮观的形状和色彩令她惊异,她长久地站在原地,手里拿着茶壶。'我要更多地抬望眼向上看上帝'。"(*RG*, p.149)"抬望眼仰视山峰,主将从那里解救我"是主人公在教堂招贴板上看到的圣经引文。在这里,詹尼特将自然神圣化、将神圣意象化的过程让读者想起华兹华斯《好一个美丽的傍晚》中自然体现万物有灵论的著名描写:"夕阳、大海、苍天如此安恬、自在;这神奇的时刻,静穆无声,就像屏息默祈的修女,透着神性。人在亚伯拉罕的胸怀,即使你尚未感受庄严的信念,天性的圣洁也不因此而稍减,虔心敬奉,进入神庙的内殿,上帝和你在一起。"①亚伯拉罕的胸怀即极乐世界的天国。亲近大自然也就是亲近了上帝,并由此获得一种崇高神性。根据德拉布尔的表述,"外部世界的任何客体都有独立的内在生命。对于华兹华斯而言,重要的是聆听悬崖、大海和高山自己的语言"②。上帝作为无限存在附着于自然有限的形式上,使主人公将有限性个体融入宇宙整体,暂时获得了置身事外的冷静。

华兹华斯在诗中呼吁人们通过自然和地方重返上帝,回归"崇高的思想"和人的神性本源,"我们痛苦,我们悲伤,但也不是没有希望。"③对上帝和宇宙力量的崇敬不仅使心灵获得宁静,更重要的是引导读者反思人类不足,理解宇宙崇高的意义。需要注意的是,德拉布尔超越了造物主对其创造之物单方面作用的限制,进而在构建有机共同体的高度

---

① 杨德豫选编:《华兹华斯诗歌精选》,北岳文艺出版社2000年版,第137页。
② Margaret Drabble, *Wordsworth*, London: Evan Brothers, 1966, p.91.
③ W. J. Owen ed., *The Prose Works of William Wordsworth*, Oxford: Oxford University Press, 1974, p.98.

上，主张在自然与宇宙之间实现跨边界哲学对话。

浪漫主义地方性诗学作为一种文学思潮并没有在20世纪终结，而是一直延续至今。德拉布尔对此的关注由来已久，作家于60年代出版传记《华兹华斯》，在多部小说中引用济慈和华兹华斯的作品，《大冰期》更是将弥尔顿的《论出版自由》和华兹华斯的《伦敦，1802》作为卷首引语置于前场，在《妥协》（1980）中加入了大量关于华兹华斯诗学的讨论。德拉布尔对文学先辈华兹华斯赞誉有加，并表示自己一直"自觉或不自觉地受到他的影响"：① "他的意识活动既不简单也不易懂；他到底是泛神论者还是柏拉图主义者？是基督的自然神秘主义者、无神论者，还是哈特里、卢梭或葛德文的追随者？事实上，他是一个整体，他的想象和信仰不可能被归于片面的理念。"②

德拉布尔在具体地方根脉感与弗朗西斯这一世界漫游者的无根状态之间构建起强烈对比，凸显地方对于促成主体身份认同的积极作用。作家归家模式下的地方性书写表达了重返个体稳定身份、归属感与人类共同体的美好愿景。德拉布尔通过弗朗西斯的视线、叙述臧否以及对复乐园结局的温情叙写，成功搭建起记忆与创新，智性与平凡、死者与生者，以及自然与宇宙精神之间的联结桥梁，为弗朗西斯受损的人性指明了疗愈方式。

---

① Margaret Drabble, *A Writer's Britain: Landscape in Literature*, New York: Alfred A. Knopf, 1979, p.8.

② Margaret Drabble, *Wordsworth*, London: Evan Brothers, 1966, pp.73, 80.

| 第五章

受限的文学无条件好客与条件性好客的文学创新

英国当代文论家德里克·阿特里奇（Derek Attridge）在《文学独体》(*The Singularity of Literature*, 2004)、《J.M. 库切及文学事件的阅读伦理》(*J.M. Coetzee and the Ethics of Reading Literature in the Event*, 2005) 和《文学作品》(*Works of Literature*, 2015) 三部专著中集中阐释了文学独体与好客伦理。在包括海德格尔、迦达默尔、布朗肖和德里达等后存在主义"独体学派"（school of singularity）的影响下，作者质疑了当下主导"文学工具主义"（literary instrumentalism）批评范式将文本或文化制造物视为实现预定目标的工具，并用以验证某种目的论或生产某种有用性的做法。作为回应，阿特里奇强调独体的"嵌套"（nested singularities）表现方式，因为"体验独体就是体验相互嵌套的复数的独体"。[①] 作家的创作和读者的阅读要像考古学家探究、重建考古现场一样，推迟预设象征意义和寓言神话的冲动，摆脱主题化的隐喻建模，转而对物质细节进行转喻式、展演性阅读，从而实现自我对文本世界的伦理好客。T.S. 艾略特也曾在文学创新的层面提出艺术"非个人化"："艺术的感情是非个人化的。诗人若不完整地把自己交付给他所从事的工作，就不能实现非个人化。他也不会知道应当做些什么，除非他

[①] Derek Attridge, *The Singularity of Literature*, London & New York: Routledge, 2004, p.64.

所生活于其中的，不但是现在而且是过去的时刻，除非他所意识到的不是死的，而是活着的东西。"① 艾略特非个人化创作观与阿特里奇的文学独体旨趣相通，都强调文学事件必须抵抗作为专有名词的惯常事实、意识形态后果、目的论和因果律，才能走向作为动词的构成性和生成转换性。美学韵律即体验，作者意识包括所有自我在积极体验过程中的贡献："创作者的独体性既是文学空间中的一点，也以其独体视角成为能够反观该空间的一个独体性位置（singularity of the position）。"②

以独体诗学为阐释路径，德拉布尔的作者意识随时在叙述过程中现身，以反观自己的作者身份。作家叙事意识的张扬、叙述痕迹的暴露造成了不可靠叙述以及作者权威丧失，自涉性叙事标志着作家认识上的进步，叙述的自我意识意味着对自身缺憾的体悟，戏谑式元叙述正是对语言自身虚构性的警醒。

与此同时，阿特里奇敏锐地意识到文学无条件好客因其对绝对他者的过度强调必然导致"歪曲和背叛"。为避免文学落入意指链断裂后文本的嬉戏，阿特里奇提出建构"条件性好客"的文学伦理，将文学事件和读者展演分别扩展为"行动—事件"和"作者性"创新，以此实现与他者的"部分融通"（partial accomodation），最终通向文学创新。在这个层面上，德拉布尔的后现代摹仿论与阿特里奇的条件性好客理念高度契合。德拉布尔不囿于对耦合无序和碎片化的呈现，而是通过语言化思想的碰撞质询和异质话语的对话交流，搭建一种通达瞬时性真实和可能性意义的文学伦理通道。

在德拉布尔的文学共同体创作中，强调意义建构的现实主义和强调意义溢出的后现代主义文学思潮被统摄在一个共存的整体结构中，词语内部互为他者的语义相互融合对话，不断产生出新的元素和意义。在作家看来，文学阐释即交流行动，而交流正是文学共同体形成的实现基础。

---

① John Hayward ed., *T. S. Eliot: Selected Prose*, Aylesbury: Penguin Books, 1958, p.30.
② Derek Attridge, *The Work of Literature*, Oxford: Oxford University Press, 2015, p.147.

第一节　受限的文学无条件好客

德拉布尔在 1967 年回答 BBC 采访时说:"我不想写那种预言性的实验小说,那种在五十年后人们阅读时才说对的小说。我对那种小说不感兴趣。我宁可站在我所崇敬的正在消失的传统之尾,也不愿站在我所厌恶的新传统之首。"[1] 作家所言的"正在消失的传统"即现实主义,"所厌恶的新传统"指后现代主义。评论界也依此将其视为作家的现实主义创作宣言。然而,当 2014 年采访者再一次引用这句话,德拉布尔则表示这种提法"让人厌烦":"它像胶水一样贴在我身上,我讨厌标签。"[2] 事实上,从 60 年代末的《瀑布》开始,作家的创作逐渐呈现出阿特里奇所说的好客叙述特征和后现代写作样貌,包括强烈的作者自反意识、小说虚构性书写和语言焦虑等。

根据阿特里奇的独体性文学观,独体性即在某一特定时刻、文化范围之外思考、理解、想象、感觉和感知他者性,其基本特征为"非纯粹性"(impurity)和"可摹仿性"(imitability)。[3]

一方面,"非纯粹"否定文学作品具有某种稳定不变的先验性本质,而是一种发生,即独体化。文学与其他书写形式不同,"它不解决问题或拯救灵魂,也不为政治或道德程式服务"。[4] 存在层面上的意义始终向混杂、再阐释和语境重构开敞,这就要求读者(作者也是自己书写的读者)摆脱不言自明的事实、语言系统结构、意识形态决定论、历史进步主义、机械表现、目的论、知识论和因果逻辑等宏大叙述,从而呈现事物构成性过程。具体到文学,创新性写作行动带来的他异性不仅是所感受的差异,它意味着无法还原的,无法被过去理解方式认识的全新存在。

---

[1] Elaine Showalter, *The Female Malady: Women, Madness and English Culture*, Harmondsworth: Penguin Books, 1987, p.305.

[2] Margaret Drabble, Interviewed by Nick Turner, "An Interview with Dame Margaret Drabble", *Writers in Conversation*, Vol.1, No.1, 2014. p.8.

[3] Derek Attridge, *The Singularity of Literature*, London & New York: Routledge, 2004, p.63.

[4] Derek Attridge, *The Singularity of Literature*, London & New York: Routledge, 2004, pp.4-7.

阿特里奇强调了独体与"特殊"（uniqueness）的本质差异。文学独体首先要求去内在确定性、抵制普遍化，它既无本质，也非实体，是一种创新过程中通达全新他者的溢出效果。他者性或他异性表现为惊奇或陌生的文学体验向度。阿特里奇在德鲁兹关于他者的界定，即"前个体、非个人和非概念"的基础上进一步指出：文学他者并非尚未相遇的思想、实体、人或文化，而是一种对于当下同一状态而言出现的"不可相遇性"[①]（unencounterable），"他者不仅是'不同于'或'除此之外'，它是'另一个'同一。他者性与同一产生联系的方式表现为一种'必要的排除'"；而特殊则是现有文化序列和熟悉律法中的差异性个别，是"集体性范畴下某一部分与该集体中其他部分的数字性区分"，[②]因此难以逃脱同一化的命运。

另一方面，独体"可摹仿性"特征强调作品创新具有无条件的情境性和瞬时性。阿特里奇借用德里达关于签名的"可重复性"（iterability）来阐述独体化反复发生，而每一次都不尽相同的开敞可能："每一个日期或签名都具有不可还原的独体性、此时此地的唯一事件性，新语境中的可重复性赋予其新独体性。独体从来不是一次性的，不是句号或握紧的拳头，而是一种异于自身的标记。"[③] 独体自我延异以成为自我，这一过程反复发生。

"展演"（performance）和"体验"（experience）成为独体性的深层实现机制。文学作品的独体性只有读者从被动接受陈述性评论、抗拒预设的目标和心智控制转变为对作品他者性的主动展演和体验时才能出现。在阿特里奇看来，以诗歌为代表的文学事件展演并非名词，而是体现过程和切近的动词："创新即产生艺术作品的过程以及在阅读中展演过程的踪迹。"[④] 将意义理解为动词表意，小说就不仅仅是表现事实，而是对客观性的展演、推进和一个体验世界可知性的邀请。我们从文学中

[①] Derek Attridge, *The Work of Literature*, Oxford: Oxford University Press, 2015, p.55.
[②] Derek Attridge, *The Work of Literature*, Oxford: Oxford University Press, 2015, pp.134-136.
[③] Derek Attridge, *The Work of Literature*, Oxford: Oxford University Press, 2015, p.136.
[④] Derek Attridge, *The Work of Literature*, Oxford: Oxford University Press, 2015, pp.15,57.

学到的不是真理，而是对真理的讲述或否定。文学中重要的是解决以下问题：人物做了什么？事件如何发生？叙述如何引发、间离、采纳、接受他异性？作者如何以言行事？作者意识如何在持续的指涉不确定中自我确立？

针对以上问题，阿特里奇给出的答案是文学好客。文学独体事件要求读者必须以无条件好客的伦理姿态来迎接、祝祷诗歌语言如同弥赛亚一般随时来临。好客诗学中的无条件意味着阅读先于并外在于任何程式和主题化规则，进而对独体性他者进行创造性回应。唯其如此，才能以未经调节的直接性和瞬时性感受文学事件的纯粹独体性，"好客是让自己被占据，准备好无法准备（to be ready to not be ready），以一种几乎暴力的方式让自己被占据、被惊奇。同样地，我尚未准备好接受，甚至尚未准备好'尚未'"。①作为主体的作者/读者与作为客体的文本性之间表现为一种倒置的、绝对不平等关系。当代文学审美中，互文、戏仿和元文本等不可靠叙述解构作者权威的过程，即通过巴特所言的"作者之死"完成传统文学主客体关系根本性权力逆转的过程：客人（读者反应层面的文学独体事件）成为主人，成为作者意识不可接近的、神秘超验的绝对他者。

在《J.M.库切及文学事件的阅读伦理》一书中，阿特里奇详细阐释了这种不可知、不可感，又似乎可知可感的文学独体性如何体现在库切的多部作品中。例如，《等待野蛮人》（*Waiting for the Barbarians*,1980）中，库切借主人公之口表达强烈的自我怀疑："一直有什么东西在盯着我的脸，只是我一直看不见它"，一直到小说结尾他依然"继续等待"②；《彼得堡的大师》（*The Master of Petersburg*, 1994）中的核心问题是"等待期待已久的未知"，然而主人公寻找儿子死亡真相的谜团却织了又解、解了又织。整部小说中悖论混杂着悖论、黑暗裹挟着黑暗，主人公无法对不期待之事进行应答。以无条件好客叙述为观照，德拉布

---

① Derek Attridge, *The Work of Literature*, Oxford: Oxford University Press, 2015, p.5.
② J. M. Coetzee, *Waiting for Barbarian,* NY: Penguin Books, 1999, p.170.

尔作品中的文学独体亦呈现出朝向事件的好客叙述，具体体现为"原空间"延异结局、"间质空间"转换叙述以及"平滑空间"的矛盾修辞。

一 意义播散——"原空间"延异结局

在德拉布尔的无条件好客创作诗学中，意义和真实也在踪迹和播散过程中不断消解。开放式结局体现了德拉布尔关于作者认知局限性的理论自觉。结局延异与传统现实主义小说布局严谨、结构紧凑、井然有序的同一化设置形成强烈对比，历史和主导性意识形态在他者临显的过程中失去了对他异性实施整合和内化的话语霸权。德拉布尔将作品中的开放式结局归因为"对连贯和整体感到排斥"[1]。《夏日鸟笼》的结尾，读者无从得知露易丝是否放弃奢华生活回到真爱约翰身边，而萨拉还不能确定和未婚夫的未来，她"还在等待，看看自己能否保持对婚姻的信念，重新上路"（SB, p.207）；《金色的耶路撒冷》以克拉拉躺在床上，像《尤利西斯》中的莫莉一样在迷乱的意识流中流连忘返结尾，那里"没有尽头，只是一个广袤无边，不断重新排列组合的世界"（《金色》，第218页）；《针眼》中罗斯似乎回到了克里斯托夫身边，但作者却留下了太多的不确定因素，"五年之后她也许会因为无法接受克里斯托夫而再次离开，我在书中根本无法回答这个问题，因为我不知道答案"[2]；《象牙门》的结局更是扑朔迷离，关于猜测米塔下落的一张表格占了三页的篇幅：

> 米塔在巴黎郊区的小阁楼里攻读他的医学课本，直到夜里，还在研究那些大大小小的骨骼名称；
> 米塔躺在用脆弱柱子搭成的战地医院里，刚被截肢，昏迷不醒；
> 米塔穿着白色、金色和绿色混搭的紧身制服在香格里拉饭店入

---

[1] Valerie G. Myer, *Margaret Drabble: A Reader's Guide*, London: Vision Press, 1991, p.95.
[2] Margaret Drabble, "An Interview with Margaret Drabble", Interviewed by Nancy Hardin. *Contemporary Literature*, Vol. 14, No.3, 1973, p.283.

口深深地鞠躬；

　　米塔穿着破烂的迷彩服和英国废弃的旧衣物，和一群孩子坐在地上，教他们投掷手榴弹的技巧；

　　米塔是约克郡山谷难民营的翻译兼负责安置的官员；

　　……

　　米塔死了，十年前就死了；

　　也许米塔不想收到母亲的信，也许他故意隐藏起自己的踪迹。
(*GI*, pp.159-161)

　　米塔和德拉布尔小说中的众多人物一样，"处于到达过程中，同时居于中立的幽灵"状态；既似人又非个人化，既关涉又无涉主体知觉，既发生又未发生。按照阿特里奇的话说，"新的到来"意味着所来之幽灵，也意味着来者的独体性："他／她不期而至，我等待着他／她，又没有等待或期待他／她，我不知道所期／所等是何人或何物。"[①] 米塔"隐藏踪迹"的开放式结局替代了传统结尾固定的、终结的真理观，激发读者的自我意识以及对文学事件的审视与反思。

　　米兰·昆德拉曾说："在小说之外，人处于确证的领域：所有人对自己说的话确信无疑，不管是政治家、哲学家还是看门人。在小说的领地，人并不确证，这是一个游戏与假设的领地。"[②] 封闭式结局体现的是绝对真理所要求的普适先验性合法叙事，终极意义的在场使要求变革的呼吁噤声。相反，德拉布尔在构思作品时，并不给出一种结局，而是将多种可能性结局组合并置起来。加缪曾在伊夫·克莱因的《空无》艺术展留言簿上写道："只有一无所有才最伟大。"开放式结局如同清空的杯子，唯有如此，读者才能在文本中观照他者、重新进行道德选择并理解世界。德拉布尔对作家断言的质疑可视为其文学伦理学的真正起点，由此避免主题化符号系统的单纯回响。

---

① Derek Attridge, *The Work of Literature*, Oxford: Oxford University Press, 2015, p.297.
② ［捷］米兰·昆德拉：《小说的艺术》，董强译，上海译文出版社 2004 年版，第 97 页。

基于此，德拉布尔在《瀑布》中安排了三重延异结局：第一重结局为简和詹姆斯在去往挪威途中发生车祸后幸免于难，仍旧在各自的婚姻之外保持着情人关系。回到伦敦，简对历史文本中乱伦主人公或死或失明的"英雄主义"结局不以为然，并以第一人称叙述者和自己故事作者的身份告知读者，"现在还不能结尾，死亡可以成为结局，但故事里没有人死去。我的阴性结局？"（WF, p.248）此处的阴性结尾具有"诗歌结尾处没有重音的音节及既定韵律的延展与不规则形式"，[①] 传达了主人公完全意义上借由乱伦爱欲的欢乐结局对规则、等级和伦理进行的挑战；在第二重结局中，简和詹姆斯同游格瑞达尔大瀑布，并记录了当晚旅馆房间内两人误喝掺了爽身粉的威士忌这一附加事件，对酒和灰尘这一象征尼采式酒神个体崩溃和死亡原则的"悲剧崇高结局"（WF, p.238）展开戏仿；然而小说并未就此结束，主人公紧接着告知读者，在詹姆斯病重期间自己由于停服避孕药而避免血栓恶化，并在作为第三重结局的后记中写道，"古老小说中爱的代价是死亡，现代女性的代价则是血栓或神经失常"（WF, p.254），从而对传统女性文本的固化结局进行了"令人震惊的反讽"（WF, p.239）。《瀑布》的多重延异结局体现了延宕的不确定性，是空间与裂缝的端口和自由漂浮的能指，促成了女性超越规范后进行欢乐表达的自由。

在这个层面上，德拉布尔女性书写的结局未完成性与德鲁兹提出的"原"（plateau）文本不谋而合。"原"概念来自印尼巴厘岛文化中母婴之间性游戏的文化隐喻，不同于性高潮，而是某种连续的高强度稳定状态。"这种状态不再代表强度极点的结束，并且可以不断被修改。"[②] 可以说，简女性书写中对传统女性文本死亡结局的三次改写、续写和戏仿正是根据"原"空间中"反意指裂变原则"（principle of asignifying rupture），对重建女性语言表征流动生成机制的积极努力。西苏在《书写之梯的三步》中写道："书写不一定意味着你一定要到那里，书写不是到达，多数

[①] William F. Thrall, *A Handbook to Literature*, New York: The Odyssey Press, 1960, p.200.
[②] Gilles Deleuze and Felix Guattari, *A Thousand Plateaus: Capitalism and Schizophrenia*, trans. Brian Massumim, London: The Athlone Press, 1988, p.16.

时候它不到达。"①《瀑布》中简的诗作结局作为表征空间的语言拒绝强加给文本以终极意义，促成反象征语言的行为得到自由表现。

在《七姐妹》第四部分的尾声，坎迪达试图打捞一棵被人扔在高速公路桥下的死圣诞树，结果却是不仅自己受伤，树又被人扔回到原处。主人公只能将自己比作西西弗斯，所述所为的只是看不见希望的徒劳："我充满期待，却不知召唤我的是什么？"（SS, p.248）不知期待何物，向全然他者的到来祝祷，这就是德拉布尔的无条件好客诗学。按照作家的说法，"重读自己作品时，我常常惊讶于自己当时的处理方式，我从未计划过以何种方式去写。它们就那样发生了，或者说不是按照事情可能的样子而发生了"②。小说结尾处，对于真理的确证被一再推迟，被叙述之事超出作者叙述行为，语言符号系统呈现出未知性和阈限性。

二 拆解叙述权威的展演性阅读——"间质空间"转换叙述

第一人称与第三人称叙述交替运用是《瀑布》转换叙述形式最明显的特征。"由于没有象征阶段的规范语言，婴儿通过修辞转换表达自己原始的体验和需求。"③西苏在《普罗米希亚之书》中也运用了这种人称修辞的转换叙事来彰显女性语言表征空间的僭越价值。普罗米希亚是普罗米修斯的女身，叙述者将书写的自我一分为二，即"'我'和'H'基于临近性，反复不断地从一个位置滑向另一个位置且只能在边缘汇合。"④《瀑布》没有明确的章节，全书过渡的划分主要基于十三次人称转换实现。在"她"及"简·格雷"的部分，第三人称全知叙述者在希腊神话普赛克与丘比特、法国中古神话特里斯坦与伊瑟及古埃及神话艾西

---

① 张玫玫：《语言、身体、主体性再现：女性书写论的美学向度》，王宁主编《文学理论前沿》（第8辑），北京大学出版社2011年版，第77页。
② Margaret Drabble, "Mimesis: The Representation of Reality in the Post-War Novel", *Mosaic*, Vol.20, No.1, 1987, pp.114–115.
③ 张玫玫：《语言、身体、主体性再现：女性书写论的美学向度》，王宁主编《文学理论前沿》（第8辑），北京大学出版社2011年版，第26页。
④ 张玫玫：《语言、身体、主体性再现：女性书写论的美学向度》，王宁主编《文学理论前沿》（第8辑），北京大学出版社2011年版，第76页。

斯与欧西里斯三个爱情神话的阐释框架中，借由原型的心理投射功能加强了当代人简和詹姆斯爱欲的普适真理意蕴。第三人称叙述者在此基础上进一步将简乱伦合理性归结为马尔科姆的暴力倾向、对表姐露西婚姻的摹仿冲动及自己对房子的所有权等"事实"。而随后"我"的部分却又推翻了前述理由："我前面的叙述暗示了是他离开的我，但是一切不是这样的：我疏忽了他，我放弃了他。"（*WF*, p.51）姐妹共生的理由更不可信："我厌倦了弗洛伊德式的家庭关系。"而关于房子归属的借口也十分牵强，简自述道："我是一个多大的骗子啊！我可以和詹姆斯在任何地方发生关系。"（*WF*, pp.138-139）第一人称叙述在很大程度上消解了第三人称话语的客观性，其离散无章，流动而多元的力量展现出作为客体的"她"在自身内隐藏着另一他者，即作为主体的"我"。

与此同时，简作为小说的元作者"我"，明确地告知读者整部作品将采用第一人称和第三人称转换叙述。简在开篇就讲述了自己在"寻找一种叙述文体来构建新意义"时的操作困境，"如今要从不同角度体察同一事件，而过去只用一种视角就够了"（*WF*, p.47），在结尾处又宣称自己"要把第一人称的疑虑转换到第三人称中去"（*WF*, p.220）。基于此，读者更倾向于将"我"视作一个被讲述的人物，这就消解了第一人称作为自传叙述者在文本中心的权威性。在《瀑布》中，转换叙述所体现的差异领域重合与移置形成"阈限空间"（liminal space），即传统非此即彼的二元划分模式重新被"置于另一种三维辩证的第三空间之中，其目的是扰乱叙述一种生活时的呆板和固定，质疑对事实进行过分简单化记录的权威"①。读者必须参与两种叙述视角下的对话协商及意义互渗的语言单元间隙，才能在反复阅读中拼贴、重构即此即彼，又非此非彼的女性话语交集空间。

转换叙述也出现在《七姐妹》中。"她的日记""艾伦的说法"和"最后时刻的秋天"三部分均采用第一人称受限视角。"我"通过故事

---

① ［美］爱德华·索亚：《第三空间：去往洛杉矶和其他真实和想象地方的旅程》，陆扬译，上海教育出版社 2005 年版，第 184 页。

自我和叙述自我的重合来剖析内心，试图理解婚姻和死亡的生活日常困境。

第二部分"意大利之旅"通过第三人称外位性叙述引入在行为能力上高于普通人、在与自然的关系中高于自然规律的远古神话，试图超越受限第一人称视域下的生存异化和日常生活困局。叙述者在坎迪达七姐妹与希腊神话"七姐妹"（Pleiades）神话原型人物之间，在主人公们逃离伦敦去往意大利寻找生命意义，与希腊神话中埃涅阿斯出逃特洛伊，历经艰难建立罗马城的原型结构之间分别建立镜像关联。如坎迪达所言："她再也不需要自言自语地哀诉了，她清楚地意识到自己已经变成了另外一个人，一个具有多维视角、多声部的人，她没有必要装傻，她可以随心所欲地运用成语或引经据典，不用怕被人说成书呆子或半吊子，不用怕被人说成是小题大做或自作聪明。"（SS, p.172）

然而到了坎迪达试图以假想中女儿艾伦的视角（实际上仍是她自己的视角）来重新审视意大利之旅的真实性时，现实生活的阴影和精神困顿在此取代了诗性神话。叙述视角的不断转化揭示了作者叙述的不可靠性，巴别塔下的喧嚣拆解了叙述权威，读者展演取代了意识完整的作者，也体现了德拉布尔的后现代好客作者观。

三 记号语言表征空间——"平滑空间"的矛盾修辞

英国空间政治学家斯图尔特·埃尔顿（Stuart Elden）指出："空间由两种途径生产：一种是心理构想，另一种是作为生产方式的语言。"[①] 以其空间建构理论观照《瀑布》，如果说叙述者通过讲述比安卡和产床上的简分别成为简和詹姆斯回归母体的自我投射镜像这一心理事件，成功地对拉康学说中女性借由认同男性"小他者"[②] 以建构主体进行了颠

---

① Stuart Elden, "Between Marx and Heidegger: Politics, Philosophy and Lefebvre's *The Production of Space*", *Antipode*, Vol.36, No.1, 2004, p.95.

② 拉康主体建构中的"小他者"指对母子共生幻象禁止后进入的男性他者异己状态；"大他者"指象征秩序下的"语言和法规"。See Dylan Evans, *An Introduction Dictionary of Lacanian Psychoanalysis*, London: Routledge, 2006, p.135.

覆，那么简作为元作者提出的记号语言则构成对超越男/女对立的语言这一"大他者"的空间越界。克里斯蒂娃提出记号语言从根本上区别于符号语言的确定意指，"其所不拟证明的无语和记号状态更善于搅乱空间秩序、摧毁原有价值观念并使女性主体从中获得愉悦"①。在《瀑布》中，与想象界婴儿状态紧密相关的类语言或超语言等记号语言主要体现在"平滑空间"的矛盾修辞中。

固定意义的语素与词法事实无法表达体现婴儿身体需求的欲望紊乱，即词义含相互抵牾消解的悖论状态。简只得这样表述自己与詹姆斯之间的矛盾情感："既熟知又陌生具有一种难以承受的意义，狭隅空间中彼此犹豫不决的巨大距离。"（WF, p.36）"既熟知又陌生""狭隅空间中巨大距离"的词语对位可追溯到但丁"幽闭限囿的广阔天地"、马洛"狭隅空间无限丰盈"等著名修辞悖论。托尼·泰勒（Tonny Tanner）认为："作为典型的乱伦语言，矛盾修辞通过并置同一个意义单元内互相矛盾或不调和的词，凸显异质多元空间存在的合法性。"②法国哲学家吉尔·德鲁兹（Gilles Deleuze）也提出语言"平滑空间"（smooth space）概念，即有别于条纹空间通过条分缕析的标准化度量与规范化判断以实现语言同质化的目的，平滑空间遵循语言的"异质联结原则"（principle of connection and heterogeneity），旨在外化语言意指过程中呈零散化矛盾分布的矢量因子并在其间建立链接，前景化语言本体的对立和内部趋反特征，进而从根本上生成语言本质主义的逃逸线。③正如简所说："品行的名称可以互换——邪恶与美德、救赎与堕落、勇猛与脆弱，这就造成了混淆以及对格言警句中矛盾的戏仿。"（WF, p.52）反抗知识话语、违背社会道德造成了简的"堕落"，恰恰是"堕落"带来了简的"救赎"，在这个意义上，堕落反而具备了狂欢式表征空间的僭

---

① Julia Kristeva, "Signifying Practice and Mode of Production", *Edinburgh Review,* Vol.12, No.1, 1976, p.26.
② Tonny Tanner, *Adultery in the Novel: Contract and Transgression*, Baltimore: Johns Hopkins University Press, 1979, p.23.
③ Gilles Deleuze and Felix Guattari, *A Thousand Plateaus: Capitalism and Schizophrenia*, trans. Brian Massumim, London: The Athlone Press, 1988, p.370.

越功能，以此生产出简女性书写学理延伸下"此地此时话语的别处、霸权话语空间表征的盲点"。①

《七姐妹》的矛盾修辞主要体现在各部分之间的结构关系上。小说由"她的日记""意大利之旅""艾伦的说法"以及"最后时刻的秋天"四个部分组成。第一部分"她的日记"讲述了坎迪达在日记中记录下的生活。借由日记这种私密性较强的自我书写形式，女主人公试图讲述自己失败的婚姻、搬到伦敦后的焦虑和对生活的憧憬等。然而自我理解并不顺利，在第一部分即将结束时，叙述者自己承认，"在这个叙述中我杜撰了一部分内容"（SS, p.159）。

第二部分"意大利之旅"共九小节，标题取自歌德的同名作品《意大利之旅》。该部分讲述了坎迪达在得到一笔意外之财后，邀请维吉尔阅读俱乐部的朋友远赴迦太基和库迈的朝圣之旅。第三部分"艾伦的说法"以坎迪达的二女儿艾伦的视角，对坎迪达的生活重新进行评判。开篇写道："到目前为止，我和你所读到的故事，是在我母亲神秘莫测的猝死之后，在她的手提电脑上发现的。"（SS, p.251）艾伦宣称："在提到她喜欢吃五香三角菜饺时，她也许撒了谎，也许没有撒谎，但是，她肯定在其他许多事情上是说了谎的，无伤大雅或者极其严重的谎言。"（SS, p.255）女儿开始确认母亲在前两个部分中所讲述的故事有哪些是真实，哪些是虚构的，因此第三部分是对前两个部分的修正与否定。在第三部分最后一段，艾伦继续指出，母亲坎迪达在第二部分"意大利之旅"中明确提到自己亲自去了库迈，听取了西比尔让她屈服的预言。可是艾伦却从杰拉尔德太太那里获知，"她们谁也没有去库迈"（SS, p.271）。第三部分"艾伦的说法"里面还有诸多质疑，叙述者反复指出，"她在日记中撒谎了"（SS, p.204）。

然而，第四部分"最后时刻的秋天"却再一次打破了读者的阅读期待。坎迪达本人以第一人称突然发声："我发现我在假扮我女儿方

---

① ［美］爱德华·索亚：《第三空间：去往洛杉矶和其他真实和想象地方的旅程》，陆扬译，上海教育出版社2005年版，第142页。

面做得不够好,或者说在佯装自己已死方面做得不够好。"原来,第三部分中,艾伦关于母亲自杀的描述是坎迪达自己虚构出来的。叙述者一边转述艾伦的怨言,一边对假想中女儿的怨言进行纠正,其目的在于从"艾伦的角度来看待事物"(SS, p.275)。以女儿的立场和学校生活经历入手分析简·理查兹(前夫继女)的死因,坎迪达震惊于安德鲁与他的学生之间可能存在的暧昧关系。叙述现实被建构的同时被撤销抹除,成为意指漂浮的感知残像,真相似乎无限接近,却永不抵达。

综上所述,在《瀑布》和《七姐妹》中,语言自身的不可预测性以矛盾修辞的方式导致因果链被反复打断,向前推进的叙述动力一再阻滞,进而造成真实和虚构边界不明。叙述好客在作者意识与文学事件的关系上体现为叙述者对全然他者的绝对好客,无条件地欢迎他者挑战,最终解构小说本质以及作家和语言的内在确定性。

然而,不可否认的是,建立在意指过程不可能性之上的无条件好客叙述本身具有明显理论缺陷,即它决定性地指出任何伦理决定都是不可能的,因此是以一种相对论和怀疑论的本质主义替代机械反映论的本质主义。

第二节 条件性好客与文学创新

在德拉布尔的好客叙述中,小说的意义播散、拆解叙述权威的展演性阅读以及记号语言表征空间共同建构了不可预测的文学事件。作家对文学规则中的张力、空白和裂隙高度警觉,并利用这一阈限空间思考不可想之事,体验不可体验之事。

然而,德拉布尔没有步入对独体性抑"同"求"异"理论原则的极端恪守,而是在充分肯定读者展演性和语言符号性的基础上,对应提出"作者性"和物质性"个体文化"的积极文学创新主张。作家将文学独体"事件"延展为"行动—事件",进而实现阿特里奇所言的"条件性好客"(conditonal hospitality),即读者/作者"有意识的、谨慎的、规则控制下的文学创新"，① 从此避免使文学陷入主体消亡的哲学玄思或集体沉默。

对德拉布尔而言，条件即框架。在文艺批评论著《地毯中的图案》中，作家将小说创作比作"框架"下的拼图："拼图是有框架的（jigsaw with frame），是意义、秩序和布局的模拟之物。……只要你努力，就可以完成拼图。那些无为、无用的木头和纸板零散碎片终将汇聚为一幅完整的图案。"② 框架是意义建构的实现条件，为无限的播散、踪迹赋形、使延宕的意义具体化。巴赫金在《文学作品中的内容、材料与形式问题》中也指出开放性需要边界，离开了边界，它便"丧失了生存的土壤，就要变得空洞傲慢，就要退化乃至死亡"③。此处阿特里奇的"条件"、德拉布尔的"框架"和巴赫金的"边界"都强调了秩序重建的代偿机制，目的在于重构失落的意义，弥补碎片化和虚无主义带来的异化，匡正责任缺失后反伦理和非伦理文学现象。

弗雷德里克·卡尔（Frederick Karl）在《当代英国小说》一书中写道，"英国小说总体上更关注有限，而非无限；更关注传统的人物和情节，而非沉溺于无可表述的东西。简言之，英国小说回归到一种传统中，即更多地涉及整体的、独立的（self-contained）世界本身，同时吸收了现代主义的多种技巧"④；艾米·伊利亚斯（Amy Elias）也将战后英国不能被贴上标签分类的作家称为"后现代现实主义"或"元摹仿"小说家，认为他们的创作是"受本体论命题支配的摹仿论，后现代现实主义小说家处于一种既认识到真实的不确定性，又坚持摹仿论美学目标的矛盾之中"⑤。德拉布尔在《新摹仿论：战后英国小说的现实主义表现》

---

① Derek Attridge, *The Work of Literature*, Oxford: Oxford University Press, 2015, p.304.
② Margaret Drabble, *The Pattern in The Carpet, A Personal History with Jigsaw*, Boston: Mariner, 2009, p.338.
③ [俄] 米哈伊尔·巴赫金：《巴赫金全集》第1卷，晓河等译，河北教育出版社1998年版，第323—324页。
④ Frederick Karl, *A Reader's Guide to the Contemporary English Novel*, New York: Farrar, Straus and Giroux, 1963, p.4.
⑤ Theo D'haen and Hans Bertens, eds., *British Postmodern Fiction*, Amsterdam: Rodopi, 1993, p.12.

一文中开宗明义地表达了自己在后现代语境下重释现实主义小说真实观的不变立场:"传统远比我设想的复杂,直白地写一部 19 世纪的小说既不可能,更不应该。我们能够汲取并综合所有人的写作元素。这不是一个致力于重写詹姆斯·乔伊斯的问题。在你的自我意识与这些传统中存在一个巨大的中间区域(middle area),如果你足够幸运,就会从中发现自己的声音。"①

德拉布尔的条件性好客叙述与无条件好客下对真实的全然拆解不同。自 1963 年出版第一部小说《夏日鸟笼》以来,德拉布尔一直试图在变动不居的文本符号好客与相对稳定的意义生成之"中间区域"延伸"现实主义"的当下内涵。作家坦言当代作家在解构主义浪潮下已经无法创作的事实着实"令人不安",然而自己却非常幸运地"在后现代理论成为学术滥调之前已经拥有足够强大的声音。我对自己正在写什么的意识也足够强大,同时学会了如何整合这些问题"。② 在德拉布尔看来,充分汲取后现代主义质疑、反思以及自我指涉的过程本身就是对传统现实主义小说叙述形式进行回应、修正、探索并重新建构其意义的过程,目的在于通过对话与整合,重新进行对真实诉求的信仰表达。作家直言自己的现实主义写作与"默多克式游戏"一脉相承,均是在"看似迷乱虚无的文本之下涌流着的真实生活"。③ 正是真实的不确定性与真实美学目标之间的张力构成了德拉布尔受本体论支配的新现实主义创作理念。

条件性好客叙述为探析德拉布尔的"交流"创作诗学提供了学理依据。在作家的小说创作中,好客的"条件"体现在三个方面:第一,在认识论层面上,作者的意图性和能动性;第二,在方法论层面上词与物的联系;第三,在价值论层面上人必须理解外部世界的集体无意识。

---

① David Higdon, *Shadows of the Past in Contemporary British Fiction*, London: Macmillan, 1984, p.28.
② [英]玛格丽特·德拉布尔:《我是怎样成为作家的——德拉布尔访谈录》,屈晓丽译,《当代外国文学》2002 年第 2 期。
③ Afaf Khogeer, *The Integration of the Self*, Lanham: University Press of America, 2006, p.219.

一 条件性好客的伦理主体——"作者性"

自浪漫主义文学时期的"诗人神性说"、现实主义时期的"诗人摹仿说"到现当代文论"文本中心论和读者中心论",作家地位经历了一个不断式微的过程。后现代主义叙事主体的自我意识在对笛卡尔"我思"的哲学清算思潮下被置于前所未有的高度。作者仅仅是虚构的权威、不具有伦理主体资格的功能符号。因此,"在写作的游戏中,作者必须扮演死亡这个角色"。[①]作者之死与文本独立反映了作者与文本的剥离,人的创造物成为异化于人的力量。

德拉布尔的小说创作中,作者被缩略为自反性意识功能主要体现为叙述者/隐含作者介入。在《大冰期》中,叙述者坦言自己无法进入主人公的世界:"不能跟安东尼·基钉一起进入那个集中营。那里不对我们开放……上帝是存在呢?还是不存在?他什么时候会蒙召安东尼·基钉?"(*IA*, p.295)叙述者在这里是纯粹的旁观者,仅以一种单纯的感知方式描写人物和事件,而把理解、分析、概括的任务交给读者。在《黄金国度》中,叙述者更是对自己的无知供认不讳,"唯恐无法深入……我实在抱歉。"(*RG*, p.175)。全知全能的叙述者消失于文本,作者以无条件好客的开敞姿态迎接文学独体性临显(visitation):"好客首先触及的是自我中的他者,是'自我的中断',即作为他者的自我对自我的中断。好客并不来自一个主权的、自我确认的主体,而是来自一个已经分裂的主体;正是这种自我分裂构成了好客的基础"[②]。后结构主义文论中的无条件好客呈现的元虚构、互文和嵌套叙事等均是作者意识自我分裂的具体表征。无条件好客解构了作者稳定、持久文化系统的表征功能,体现出叙述者与文本事件之间的不对等关系。那么,可否以此推定德拉布尔作为隐含作者在文本中无法表达自身伦理取向和价值选择?实际上并非如此。

---

① David Lodge ed., *Modern Criticism and Theory*, London: Longman, 1988, p.75.
② Derek Attridge, *The Work of Literature*, Oxford: Oxford University Press, 2015, p.300.

德拉布尔的作者意识首先是一种意图超越叙述模糊的"作者性"（authoredness），其核心特征在于受限的主观能动性。阿特里奇从胡塞尔现象学中的意图性出发，将作者性置于康德"无目的的目的"（purposiveness without purposes）阐释框架中解释文学独体事件的美学反思。对于康德而言，自然明确的合法则性使得主体认知成为可能，阿特里奇关注的则是主体意识如何借由所具备的目的性来理解作为经验对象的人工制品。在这一点上，作者的意图性更接近华兹华斯"明智的被动"（wise passivity），两者都强调了主观重置（subjective refashioning）和"通过我自己的独体性回应确证它的独体性"（affirm its singularity in my own singular response）。① "无目的"和"被动"表达了当代作家对传统目的论认知框架下概念化、类型化陈腐现实的质疑，呼吁对文本不确定性和不在场他者的好客，但这并不能消解作者表述、理解外部世界的"目的"和"明智"伦理选择的意义。作者意识具有特定文化语境下属人的、思想的维度。创新性既是创新者的意图性行动，也是出现在共同体领域和个人领域的发生性事件。

"体验"与"认同"的区别在于前者包括一系列回应性行动，而后者仅为纯粹的被动。对作者/读者来说，回应他异性施于惯习世界的意志和能力，并且用文字表现出来，此时的"消极"已经是强烈伦理行动的结果。不同于后现代叙述者介入以表达自我否定、自我质疑的话语焦虑，德拉布尔作者介入的目的是对无条件好客驱动下的展演性阅读进行质疑，同时为自我伦理主体身份辩护。

德拉布尔对后现代阐释学框架中读者展演性阅读演变为读者话语暴力的倾向产生质疑。在《黄金国度》的结尾，叙述者对读者宣布，"你们就在这里，要是可以，就写一个更合适的结尾吧！你要是恨这个结局，尽管恨好了，作者在文本建构中仍保留着自己的一席之地"（RG, p.34）；当读者质疑詹妮特推着婴儿车往来于托克利镇是德拉布尔作者权威的意识形态运作时，隐含作者再一次对读者"你"进行话语反讽：

---

① Derek Attridge, *The Singularity of Literature*, London & New York: Routledge, 2004, p.81.

"就像前23页她推着婴儿车在托克利转悠一样,她现在还是一样在那里转悠。这样写不是说时间从那次简短的见面之后就停止了,或是叙述者想要对事件强加武断的秩序感或意义。你也可以要求她在同一地点不动,但詹尼特也可以被允许做点运动,因为她的活动实在太少了"(RG, p.157);与此同时,德拉布尔预见到后现代读者对《黄金国度》中众多"巧合"情节的不满,但她并不在意:"对于那些反对在小说中出现巧合的人,你可以指出真实的明信片的巧合实属少见,尽管本书中还有许多其它巧合。"(RG, p.224)同样地,《自然好奇》中的艾利克斯正在看电视中关于柬埔寨暴行的报道,此时叙述者对读者权威进行了挑战,"你们要是可以,找出那个编撰出来的故事吧,没有奖金"(NC, p.208);《七姐妹》第四部分,针对前一章艾伦关于自己自杀的讲述,坎迪达反驳道:"我试图冒充自己女儿,或试图假装已经死了。……我必须承认我就在这儿,仍然活着。我当然不会死在运河里,难道你真相信我会那样死去,哪怕是一瞬间。"(SS, p.275)《象牙门》中,德拉布尔对读者"你"试图重写结局的展演僭越进行了反讽:"你也许觉得这两个故事按照传统的情节演进叙述会达到更加满意的效果。也许你是对的……但是这种叙述是不可行的,叙述与主题严重不符。"(GI, pp.137-138)

除此之外,《象牙门》的叙述特征之一为大量插入列表,外聚焦叙述者不再发出自己的声音,只是将一系列数据和选项放在读者面前,让后者自己评说、下判断,其中就包括斯蒂文朋友们的营救方案、利兹在去往东南亚途中可看的推荐书目表、一系列关于波尔·波特历史剧的描述,以及战争期间美国部队在越南投下的炸药吨数,等等。正当读者以为德拉布尔也加入了后现代主义作者反伦理或非伦理的相对主义阵营时,作家却笔锋一转写道:"你们认为这些表格本身就可以提供足够的信息,跳过阅读、剪掉文本、为主题实施注射死刑,这些2000年的技巧。"(GI, p.283)通过质疑读者视点以审视、判断和游离姿态外在于生活的不负责态度,德拉布尔对叙述主体意识合法性剥离后必然导致的文本意义不确定性、价值判断和伦理取向失序展开批判。后现代语境下对读者他者性的全然好客导致叙事自我失语,由一个内部一致的有机整体转变为分裂松散的多重矛盾体。众声喧哗的差异性和表述的杂语性致使文本意义悬置、价值瓦解、秩序混乱、旨归不明。更加遗憾的是，作者主体消亡并未达到真正意义上的民主，反而在一定意义上消解了叙事文学的价值意义。

针对作者意识含混导致的伦理失序问题，德拉布尔所肯定的作者介入无疑具有价值重建的意义。作家主张在词与物、叙与事的伦理反思空间中实现主观能动、即作者性意义上"我"的创造性自我改善。

在德拉布尔的小说中，隐含作者起到了调解、融合多重视点的作用。与人物在文本中不同的伦理立场会造成作家相对的视点受限，"无法讲述整个事件"。为尽力达到威廉斯所说的"全知共同体"（fully known community），德拉布尔小说中的隐含作者表现出与读者的积极交流沟通愿望。为了实现"事实"（外部世界和内部世界）与"象征"（叙述行为）之间的贴近，作家放弃权威断言和判断，邀请人物和读者一同观看、体会和见证事件发生的行为过程。德拉布尔的"作者介入"旨在建立起作者、读者和人物之间的积极沟通对话机制。

然而，众声喧哗无法含混、拆解或消弭作者的声音。例如，《大冰期》中的隐含作者一开始就以审问、慎思的冷静声音向读者描述了70年代英国的国家状况："一只巨大的冰拳，伸出根根巨大的冰指，碾压着、冷冻着伟大强悍的大不列颠。"（*IA*, p.60）弥漫全书的冰冻意象表达了70年代英国民众的市场自由困惑；《黄金国度》中关于弗朗西斯的描述在小说中占绝大部分篇幅，她与叙述者较近的情感关系（作家将她放在主要叙述者的位置）使她的意识成为主要观点，具有作者化身和小说人物的双重身份。小说中，隐含作者还通过括号内排比并置的方式展示自己的立场，如卡罗对弗朗西斯的决绝分手无比痛苦时，隐含作者紧接着在括号中安慰道，"她表达爱的信和明信片几个月之前就寄出了"（*RG*, p.51）。括号中的内容是作者隐性显现的集中反映，表现的是作者的共同体联结思想以及对家庭、历史的崇敬态度和价值立场。

《七姐妹》中隐含作者的声音最具整合代表性。在主人公为什么离婚、对死亡的理解以及朋友萨利的为人等问题上，坎迪达的叙述自我

("我")、故事自我("她")和自我的他者(艾伦的声音)之间的叙述视点不断切换、相互拆解、彼此证伪。然而,如果就此认为小说主旨在于呈现含混、揭露文学虚构本质,这种解读则流于浅表。小说中,每小节之前都附有一段以不同字体、更大字号打印的介绍性文字,隐含作者以第三人称对该节进行概述。例如,第一部分以第一人称限知视角"我"轻松地玩纸牌游戏开篇,介入性隐含作者则拆穿了她最初的情感异化,为随后的个体成长提供参照,"她独坐在黑夜里,这是她暂居伦敦的第三年"(SS, p.3);第二部分"她"独自来到西比尔的洞穴,预言女巫劝导主人公"放弃吧!"隐含作者却鼓励坎迪达:"谁在遥远的岸边等待?她的爱人还是上帝?"(SS, p.200)第三人称叙述独白蕴藏隐含作者的声音,凸显文学事件的行动意义。

荷兰叙述学家米克·巴尔(Mieke Bal)的"作者叙述代理"理论将作者符号化为一种非个人的语言学功能:"叙述者应该被指涉为它,而不是他或者她。"然而,德拉布尔却无法抗拒将作者视为具有情感的伦理主体,因为"叙述者就是我,他们是可靠的"。[1] 小说中,作家将复调、多重限制视角的微型对话投入多元思想的大型对话中,异质话语相互指涉、对抗、渗透或转移,但喧哗中仍有主音、复调中仍有主调。作者的谦逊并不导致作者之死,或者作者在叙述过程中无法对读者讲话,不能持有自己的态度和立场。按照德拉布尔的话说,"现在将叙述者介入称作后现代主义策略,但在维多利亚时代人们认为这是叙述者与读者对话。约翰·福尔斯、马尔科姆·布拉德伯里、大卫·洛奇等作家都采用过这种手法";[2] "我作品中的叙述者介入是一种沟通工具。叙述者超越了传统叙述模式,以直接的亲近形式与读者对话"。[3] 作品中隐含作者的整合精神超越了对他者的简单聚合相加或机械综合,而是在各种悖论因素之间建立有机联系,在多重对话中展开对当下文明内核的哲学反

---

[1] Glenda Leeming, *Margaret Drabble*, Horndon: Northcote House Publishers, 2006, p.15.
[2] Olga Kenyon, *Women Writers Talk: Interviews with 10 Women Writers*, New Yorks: Carroll& Graff Publishers, 1989, pp.34-35.
[3] Glenda Leeming, *Margaret Drabble*, Horndon: Northcote House Publishers, 2006, p.51.

思，进而实现意义创新。

在《审美活动中的作者与主人翁》中，巴赫金对文本中他人和"我"的关系进行了全面诠释，认为众声喧哗无论多么可贵而必要，仍需一个作为接收者的"我"对多音齐鸣的聚焦角度进行整合和理解："在他人身上也是这样近乎发狂地从原则上不等同于自己，生活在那里也同样不具完成性。但对我来说，这不是他的最后结论，这结论不是说给我听的，因为我处在他的身外，最后的结束语要由我说出。"[①] 所有客体都要由隐含作者来感受，甚至连不可感受的结论也只能由"我"来捕捉和发现。因为"不论在任何情况下，在移情之后都必须回归到自我，回到自己外位于痛苦者的位置上。审美活动的真正开始，是在我们回归自身并占据了外位于痛苦者的自己位置之时，在组织并完成移情材料之时"[②]。正是通过"我"的眼光，话语和视角的不断变换才得以表达，德拉布尔巧妙地处理了作者与叙述者、叙述与角色以及主人公（叙述者）与不同人物的关系，使她既可以同作品中的人物保持舒适的距离，同时又以冷静客观的态度将自己对人生和艺术的思考以及道德哲学思想融入自己的作品中。

对于深谙布思关于"讲述"与"展示"差异作者观的现代读者而言，后者的优越性体现在作者地位的降格、作者与读者关系的灵活性及创作的艺术性上："从福楼拜开始，很多作者都深信'客观'或'非人格化'的叙述模式要比作者直接出现或可靠叙述更加自然。一种便捷的区分就是，'展示'是艺术的，而'讲述'是非艺术的。"然而评论家却忽略了布思这段引文的后半部分，即"尽管如此，小说始终是在'讲述'，作者的判断始终在场"。[③] 布思的观点在某种程度上也代表了德拉布尔的作者真实观。当被问到是否愿意像马尔科姆那样在大学教授写作

---

① ［俄］米哈伊尔·巴赫金：《巴赫金全集》第1卷，晓河等译，河北教育出版社1998年版，第226页。
② ［俄］米哈伊尔·巴赫金：《巴赫金全集》第1卷，晓河等译，河北教育出版社1998年版，第127页。
③ Wayne Booth, *The Rhetoric of Fiction*, Chicago and London: University of Chicago Press, 1961, pp.8, 20.

课程时，德拉布尔给出了否定的回答，原因是自己"不善于校验、指摘别人的作品。我更倾向于讲授文学课，引导学生如其所言的理解原文，而不是让学生们过度阐释"。① 作家对解构浪潮下无限放大读者地位的倾向提出了警告："叙述者必须完全隐退在某种程度上是不正常的。叙述者是故事的一部分，任何时候他或她都可以介入。"② 叙述主体作为叙述行为的承担者可以选择公开或隐蔽的存在方式，但不可能彻底消失。正如布思所说："作者可以不在作品中直接露面，但是他总是存在于作品中。"福尔斯也反对"声音是已经死亡了的技巧，没有任何技巧能够使我们摆脱'全知作者'的罪名。如果一个作家仍然在从事写作，并且像罗伯特格里耶那样写得不错，那么他就会发出自己的声音"。③ 与传统作者中心论不同，德拉布尔所肯定的作者介入建立在对其他可能性的回应之上，而非权威式的先验断言。作为文学意义建构活动的伦理主体，作者的声音蕴含着对经验世界和文本世界的责任与信任：文学能够通达人性、社会现实和人的意识活动；作者和作品的联系反映人和他的创造物之间的相互依附和信任，以及人对自身理性和外在世界的信任。按照德拉布尔的观点，"事件会不时地支配人物，但是我不喜欢事件支配的程度过高，我喜欢一定程度的自我控制和自我推进（self-control and self-propulsion）"。④

更进一步说，即使作者的受限视点呈现出完全意义上的事件被动性（"我们都知道我们不知道"），叙述不可靠性仍然有助于建构意义真值。在《新摹仿论》这篇旨在探求文学意义的论文中，德拉布尔指出，戴维·洛奇在《你能走多远》一书中拒绝进入教皇保罗的意识并仿写《人类生命》（Humanae Vitae）通谕、特洛普在《菲尼亚斯·芬》（Phineas Finn）第二十九章乞求缪斯帮助他再现内阁议会内部商议情况，这种

---

① Ruth Wittlinger, *Thatcherism and Literature Representations of the "State of the Nation" in Margaret Drabble's Novels*, Munchen: Herbert Utz Verlag, 2001, p.38.
② [英]玛格丽特·德拉布尔：《我是怎样成为作家的——德拉布尔访谈录》，屈晓丽译，《当代外国文学》2002年第2期。
③ 程倩：《守望自我：叙事主体意识的变幻》，《外国文学》2008年第5期。
④ Glenda Leeming, *Margaret Drabble*, Horndon: Northcote House Publishers, 2006, pp.22-23.

"露怯"行为表面上是作者外聚焦叙述功能的局限,而实际上却是一种更高层面上"虚实并用的辩术":

> 我们都知道我们不知道（We know we do not know）,我们都知道或能够想象物质粒子运动的耦合无序和混沌空间。《金色笔记》中安娜所说的"一如既往的失败"让我们想起了伍尔夫在《贝内特先生和布朗太太》(1923)中的一句名言,"宽容留白和中间阶段、模糊不明、不完整和失败"。正是这种允许失败的态度和作者偶尔为之的介入增加了作品对现实准确性的表现力度:小说家所说的"我对这一点一无所知"实则加强了其他叙述部分的可信性。不要相信这些谦虚而无知的叙述者,他们的表白值得怀疑,实际上是一种有助于读者打消疑虑的修辞策略。追问不可靠的叙述者毫无必要,他们也许躲在德里达和解构主义的堡垒中宣称自己根本不存在,但其本意绝非如此。事实上,他们非常清楚自己一直都在。谚语说得好:不要相信讲述者,相信故事本身。从事实到象征再回到事实的旅程中,作者越来越频繁地打断自己的叙述,提醒我们他只是叙述中的一个元素,他会由于盲目、偏见或仅仅是因为困窘不安而无法讲述或表现整个事件。然而,正是这种坦白加强了表达的真实性。不要相信这些谦逊而"无知"的叙述者,这些都只是修辞手法,其目的在于帮助读者消除疑虑,相信讲出的文字,"不可靠"叙述是一种虚实并用的辩术（double bluff）。①

以上引文中,"不可靠""无知"讲述者的"留白和中间阶段、模糊不明、不完整和失败"为虚,目的是讲述故事之"实"。德拉布尔通过模棱两可的限制性修饰,使自己的表达显得不十分肯定的行为并非对作者能动性没有把握,而是借助语言学中表现概念模糊与表述不确定的

---

① Margaret Drabble, "Mimesis: The Representation of Reality in the Post-War Novel", *Mosaic*, Vol.20, No.1, 1987, pp.13-14.

"模糊限制语"（hedges）来实现最大限度真实的有效手段。

美国语言学家莱科夫（Gegorge Lakoff）认为含混词语的功能是"使概念明晰"。正是模糊限制语的隐含意义（非字面义）构成了"话语的真实条件"。① 英国文体学家韦尔士（Katie Wales）在《文体学词典》中也把模糊限制语定义为对话语进行限制修饰，"以便减少说话人话语所承担的风险"，其目的在于证实说话人对自己话语真值的确信。换言之，当说话人没有足够的把握或为了避免别人反击，就会用"可能""相对来说""我不确定"等表述来降低自己话语断言的程度，使自己的话语避免风险或达到无懈可击。模糊限制修辞旨在传达这样一个基本事实：文本特定位置的模糊限制恰恰说明了"其他部分的真实"。② 德拉布尔也表示，叙述者坦白"对这一点一无所知实则加强了其他叙述部分的可信性"，反证了小说家对切近真实的负责态度。以此反观《大冰期》中叙述者关于东欧"集中营不对我们开放"（*IA*, p.295）视点盲区的坦诚、《黄金国度》中叙述者"无法理解他[漫游者大卫]"的歉意（*RG*, p.175），恰恰反衬出隐含作者对于资本市场伪共同体和宇宙力量的真实确证。正如德拉布尔所言："小说家承认自身认知受限是加强表现内容的真实性、再现对象现实性的伦理行动（reality of his representation, veracity of his reporting）。"③ 在实现完整表达的过程中，作者讲述真实真诚、严谨的求实态度悖论性地体现在语言模糊不确定性与逻辑矛盾的模糊限制中。

二　条件性好客的伦理工具——作为"个体文化"的物质语言

物质语言是条件性好客的伦理工具。在文学创作中，德拉布尔主张有条件地欢迎他者，此处的预设条件即好客主体的"个体文化"

---

① George Lakoff, "Hedges: A Study in Meaning Criteria and the Logic of Fuzzy Concepts", *Journal of Philosophical Logic,* Vol.2, No.4, 1973, p.474.
② Leo Hickey ed., *The Pragmatics of Translation*, Clevedon: Multilingual Matters Ltd., 1998, pp.185-202.
③ Margaret Drabble, "Mimesis: The Representation of Reality in the Post-War Novel", *Mosaic*, Vol.20, No.1, 1987, p.13.

（idioculture）。① 个体文化是特定时间内构成主体的文化范式总体性，是独体的特殊文化场域。其中，语言作为个体文化的典型内容具有两大特征：一是相对稳定性，二是这种稳定性的运行机制在于叙述者内部自我与内部他者之间的"部分融通"。

传统现实主义相信语言可以表现世界，因此多采用因果逻辑的线性叙述来构建人物和情节。20世纪60年代，后结构主义者则主张语言的能指和所指同时消失，意义消解在无限的延异和滑落过程中。元小说家否认现实可以被表现，在小说中，语言不再是主体借以定位外部世界的工具，而是以漂浮的语言关系分析文本中延异的语言效果，其结果只能是陷入语言的牢笼。

身处后现代语言转向的洪流，德拉布尔不可避免地受到后现代主义语言观的影响，并在自己的创作过程中主动参与关于任意、不透明且不确定的语言能否表征现实的讨论中。例如，《象牙门》中利兹无法相信自己在东南亚看到的种种暴行、畸形婴儿、白骨如山的万人坑，她甚至猜测这也许是加布里埃尔纪录片中的布景："人怎么能相信别人说的话？……白骨应该是真的，不过那些身体扭曲的婴儿会不会是某个电影团队制造出的特效呢？"（*GI*, pp.392-393）对语言能指表征能力的质疑在《瀑布》中发展到了极致，这部小说可以在整体上被认为是一部讨论语言是否能够表现真实的作品。女主人公简·格雷嫁给马尔科姆在很大程度上源于他在聚会上演唱了17世纪诗人托马斯·坎品（Thomas Campion）的骑士爱情诗歌，被他那"迷人的、深入人心的忧郁音律"所吸引，认为"音律是歌者的真实符号，毕竟人不是木头或琴弦做的乐器"（*WF*, p.95）。然而，不确定的符号无法使人信服，她最终也没能找到声音符号背后那个马尔科姆，能指落空了，两人的婚姻成为一场灾难。

然而，德拉布尔的语言诗学不是主体位置的空洞标记，而是在发生学基础和目标上都具有相对的稳定性，体现为人类现实、具体生活实践

---

① Derek Attridge, *The Singularity of Literature*, London & New York: Routledge, 2004, p.21.

中多维事件的相对延续性、一致性和意义。文学独体性/他者性并非是完全外在于文化框架的纯粹耦合无序,而是总体文化属性和规则调节后的再构成。重返语言表征功能体现着德拉布尔在方法论的高度上对恢复人类理解世界能力的信心。在《瀑布》中,语言表征功能借由主人公对历史前文本的认同得以确证。婚后的马尔科姆从坎品爱情诗中的骑士变成家庭暴力执行人,简却仍然相信爱情,"更愿意把马尔科姆当作那个内心安宁、充满激情的行吟诗人,而不是那个手指嵌入我的肩膀、在卧室墙上猛撞我头的人"(WF, p.93)。表征为语言的诗歌具有精神守望和信仰支撑的力量,因此蕴含着深刻的精神维度,其理想色彩成为诗人简追寻美好事物和永恒欲望的隐喻象征。正如简所言:"我一定是疯了才会这样相信爱情,但如果放弃这种想法,就是更加彻底的疯狂。"(WF, p.230)

与此同时,作为文化联结点的个体意识或无意识表征,个体文化的构成性实体是一种具有内部矛盾的复杂文化话语和实践沉积。简言之,在建构词语序列和意义单元的文学创新实践中,无涉碰撞、交流和指意功能的纯粹独体文本没有意义。在德拉布尔看来,可读性意味着可分、可参与和属于某种文类及其概念总体性等,植根于作者/读者的文化标准、知识多样性、早期作品的积累、性情与习惯和对文学技艺的运用及超越。

在《文学独体》中,阿特里奇以威廉姆·布莱克的《病玫瑰》为例,阐释了特定词语结构、典故和文化指涉如何情境性地在阅读事件中对"我"提出要求,进而展演出"34个单词的文学独体事件":

> The Sick Rose
> O rose, thou art sick.
> The invisible worm,
> That flies in the night
> In the howling storm,
> Has found out thy bed

> Of crimson joy:
> And his dark secret love
> Does thy life destroy. ①

阿特里奇详细分析了读者/诗人与诗歌如何相遇、体验和展演的过程，如何通过对多维语域、呼语和童谣三个方面的文化物质/个体文化创造性再想象感知作品的独体性。第一，在话语多维语域上，词语同时朝向开始和结束运动，例如，"虫"的字面义"蛆虫、毛虫"，古体意义"毒蛇、龙"，比喻义"地狱般的痛苦、悔恨的啃噬"和神话义"菲勒斯的男性生殖图腾"共时出现；第二，呼语层面上，读者既是分享发言人位置（恐惧？幸灾乐祸？怜悯或得意？）的施述人，也是与玫瑰同构的受述人（被指责、揭露和被毁灭）；第三，轻松童谣韵律与死亡意向的双重运动引发个体思维、情感模式和文化规范的中断。因此，文学作品的独体性被剥离了任何本质、不变的、难以言传的内核，不再是边界坚固的有机整体。独体性产生于作品构成中的一套活跃关系，这种关系在阅读中相互作用，生产出面向多个读者的多元声音，永远不会完结并确定为固化结构，这就使"我"在某一时刻无法掌握作品的一致性。与此同时，读者又被自身熟悉的、持续的规则韵律和终极语汇向前推进，通过参与模糊的、甚至矛盾的情感复杂体，在某一瞬时与诗歌中逐渐溢出的"美的毁灭"故事相遇。

（一）从转换叙述到"我"的确信

转换叙述丰富了人物对现实复杂性的认同，是认知论层面的叙述越界，即受述者感受到叙述表现行为逻辑被违反或否定，能指范畴与所指范畴之间自然的时空和等级关系不再适用。然而，德拉布尔采用故事内（第一人称）和故事外叙述层次（第三人称）越界的目的并非否定小说家认识世界的能力，而是在更高层面上激起人物做出自由意志下的伦理选择，按照作家的话说："转换叙述表现现实的断裂，而非佐证文学作

---

① Derek Attridge, *The Singularity of Literature,* London & New York: Routledge, 2004, p.65.

为人工制品的虚构性。"①

《瀑布》一书，在250页的小说中共发生了十三次人称转换，高密度高频率的转换叙述为读者提供了进入存在于简内在自我和内在他者两种心理相位的通道，两个不同声音的争辩和矛盾使简的语言呈现一种疯癫中的痛苦交锋。一方面，作为人物/主人公/叙述客体的第三人称通过"她""简"与"简太太"再现了近乎完美的纯洁爱情理想，不断对身体欲望进行建构；另一方面，作为作者/叙述者/叙述主体的第一人称则以"我"之口反复打破之前"她"陈述的"事实"，对上述"作为他人的自我"展示的浪漫爱欲表达提出怀疑。女主人公迫切地需要用自己的语言建构另一种真实，然而这条路困难重重，能为自己行为正名的那个词总是转瞬即逝，难以把握。詹姆斯之前开玩笑时曾说过，"我对你撒谎是因为我们睡在一起（I lie to you because I lie with you）"，简认为这是一句"最贴心的含混不清"。随之又想："语言中的含混使其受到诸多限制，这着实令人伤心：无法翻译，也无法表达蕴含其中的某种绝对真理。"（*WF*, p.71）语言在内倾的符号世界中成为一种待查的知识谜团，而这也正是后现代的语言观。

挪威之旅中发生的车祸促成了简与爱人生离死别的体验，简笃定对詹姆斯情感立场的时刻，转换叙述终止，"我"不再对本能爱欲感到罪恶，第一人称自此贯彻到小说最后。叙述者宣称："我最初对这起浪漫事件的态度是疑惑，现在则要收回当初的猜疑，并且将所有疑虑都转移到已经弃之不用的第三人称了。我相信爱，所以要驱逐那些梦魇般的怀疑。"（*WF*, p.220）

语言个体文化相对稳定的深层运行机制在于叙述者内部自我与内部他者之间的"部分融通"。②德拉布尔的文学伦理选择并非在封闭认知体系和外部视角下对陈腐现实的再确认，而是在自我和他者、边缘和中心、碎片和整体之间，在自我与自我、边缘与边缘、中心与中心之间发

---

① Margaret Drabble, Interviewed by Nick Turner, "An Interview with Dame Margaret Drabble", *Writers in Conversation*, Vol.1, No.1, 2014, p.12.

② Derek Attridge, *The Singularity of Literature,* London & New York: Routledge, 2004, p.28.

掘一种全新关系，以此为逻辑起点进行意义创新。此时的创新不仅是主体间性的语言融通（外在人际关系），更表现为主体内部自我和内部他者之间（内在人际关系）"意义多人格主义"（personalism of meaning）[①]的多维交流。阿特里奇在《文学作品》中指出，正是语言内部自我的分裂，使得对他者的融通和艺术创新成为可能。互为他者的内部语言作为个体文化的典型体现，一方面，它指向"独体的、异质的、随时变化的属性偏好、习惯和知识的集合体"[②]，另一方面，个体文化内部互为独体的异质语言之间可以相遇、交流并实现部分融通。更为重要的是，当创新性创作结束后，作为他者使能方的作品以及作为个体文化个人表征的读者／作者能动方都发生了变化："他者被融通为同一，但此时我已经是'不同的同一'（different same）"[③]。在德拉布尔的条件性好客叙述中，作者在书写／阅读矛盾、悖论、拼贴和互文穿插的过程中超越了与他异性意义相遇前的狭隘，"我"的理解方式和阐释符码发生改变，主体认知结构也发生重构，最终获得视野和知识。语言独体与语言他者相遇的同时，自身的内部序列结构也发生了永恒的改变。

根据阿特里奇的好客叙述伦理，了解"绝对他者"与"关系中的他者"之区分，是实现异质语言"部分融通"的前提条件。前者是南希、巴塔耶、德里达意义上的全然他者，完全超出"我"的理解和控制，全然异与"我"和"我的"体验，与"我"的交流是在居间空间分享永恒的离散状态，即永恒的关系之外或"没有关系的关系"；后者则指向一种尚未出现的他者，此时的他者一方面强调作为事件发生的阅读不能像众多批评理论所做的那样，预先为相关或不相关的完满读者反应立法，现有思维方式和语言及其复杂性、策略条件和多因决定因素无法呈现他者。然而另一方面，尽管他者难以提前预测，作者／读者仍然能够以回溯性分析的方式，"部分地"切近并理解文学中作为一种存在的真理。在这个意义上，阿特里奇提出："没有绝对他者、全然超验的他者、

[①] Walter L. Reed, *Romantic Literature in Light of Bakhtin*, New York: Bloomsbury, 2014, pp.58-64.
[②] Derek Attridge, *The Work of Literature*, Oxford: Oxford University Press, 2015, p.62.
[③] Derek Attridge, *The Singularity of Literature*, London & New York: Routledge, 2004, p.32.

与经验特殊性无关的他者；他异性产生于积极的事件性关系（active or event-like relation）。他者在结构上总是处于由未知到已知，从他者到同一的过程中。脱离关系的他异性无法对我施予影响，对我而言就不存在。"① 后现代语言游戏对于融通的反感和对于绝对他者的礼赞，掩盖了同一与差异的辩证联系，因为暂时的同一性、部分的融通产生于语言共识所形成的松散的主体间性，这种融通不仅支持、而且深化和促进生活方式的多元化和个性化。所谓"部分"意味着他者及其语言化的思想无法被完全抹除并取代，而是通过"我"已存的语言文化被感受到。话语越多，意味着矛盾和差异越多，而远离话语暴力正是基于这样的矛盾、差异和意义多元人格，而非"我"或"他"单方沉默或集体噤声。

例如，在《瀑布》中，简最初在产房与詹姆斯发生不伦之恋时，第一人称"我"表达了自己的负疚感和罪恶感、"她"的部分讲述了浪漫爱欲故事；挪威之行中，詹姆斯受伤住院后被露丝接回英国，简准备放弃这一段情感，"她"和"我"的伦理位置转换："她"开始怀疑不伦之恋的意义；小说结尾处两人在高瑞达尔大瀑布下和好，第一人称"我"最终驱逐第三人称，僭越乱伦禁忌的道德体系通过负疚对自身的主体化控制，不再需要来自他人或自我的"宽恕"，重建对爱欲的自我确证。《七姐妹》前两部分构成"内在人际关系"交流："她的日记"记录坎迪达离婚后的迷茫、对死亡的恐惧以及前夫出轨如何导致"我"的受难者身份，"意大利之旅"强调"她"来到伦敦后通过参加维吉尔诗歌学习班和游泳健身自我疗愈（这也是隐含作者的期待），第三部分"艾伦的说法"跳出坎迪达内部第一人称或第三人称视角，从外在人际关系、即女儿的第一人称视角分析坎迪达离婚的原因在于母亲的冷淡，第四部分又回到坎迪达的第一人称叙述，主人公最终认识到自己在日记前三部分中将自己描述成受难者是为让自己的行为具备道德合理性，"显得得体"。事实上，她对前夫早已没有感情。

在与哈丁的采访中，德拉布尔表明《瀑布》中的分裂声音并非要消

---

①   Derek Attridge, *The Singularity of Literature*, London & New York: Routledge, 2004, p.29.

解意义，而是建构真实："总要有人来讲述这个几乎是 13 世纪的浪漫爱情意象，或描述这种经历，最好的办法就是让处于矛盾旋涡中的简自己来说。"① 作家还再三表示自己 "厌恶故弄玄虚的书，欣赏明晰透彻的语言。如果你自己都不知道自己想表达什么，又为什么要动笔去写呢"？② 哲学家伯克里（George Berkeley）有一句名言："存在即所见"，而在德拉布尔看来，存在即所述。尽管现实世界与人用语言描述出的世界之间存在距离，但是由于语言的作用，这种差距会在人的意识里缩小、甚至消失。而 "总要有人来讲述" "让简自己来说" 的过程本身就是厘清事实纷繁状态的表现。正如简所说："我书写爱情。我越强调爱的迷茫痛苦，我对爱的渴求就越强烈，我也就更清楚地认识自己。"（WF, p.243）《七姐妹》的第三部分，坎迪达假想中的艾伦写道："当她在第一人称和第三人称之间跳转的时候，她是想逃离自己声音的牢笼。"（SS, p.213）小说最后，坎迪达结束了第一人称自我和第三人称自我的反复转换，以 "我" 的确信结束全书的半自传叙述："我现在充满了期待。" 与此同时，最后一个小节前统摄性的第三人称介绍也转变为第一人称的自我觉醒："伸出你的手，我对自己说，伸出你的手！"（SS, p.248）当这个 "我" 被女主人公所掌握，对生命意志不再怀疑，语言的渐进性表征功能也就得到了实现，而一切语言以外的经验必须也只能用语言来表述，这就是语言真实的悖论。德拉布尔在谈及《瀑布》和《七姐妹》的结局设置时，对第一人称的整合功能进行了肯定："我认为在第一人称小说中你能够得到一个完整的人。"③

在这个过程中，对抗、分裂、矛盾和不确定的元叙述转变为统一、一致和确定的澄明语言，实现从自我分裂到自我疗愈、从精神异化到个体成长，此时的 "我" 已经是 "不同的同一"。从转换叙述到以

---

① Margaret Drabble,"An Interview with Margaret Drabble", Interviewed by Nancy Hardin. *Contemporary Literature*, Vol. 14, No.3, 1973, p.293.
② Ellen Rose, *The Novels of Margaret Drabble: Equivocal Figures,* London and Basingstoke: The Macmillan Press, 1980, p.58.
③ Margaret Drabble, "Mimesis: The Representation of Reality in the Post-War Novel", *Mosaic*, Vol.20, No.1, 1987, p.38.

"我"结束对立和争论体现出作家对他者进行回应、部分融通并承担伦理责任的信念。"我"的个体文化中的秉性系统、偏好环境、"我"的知觉、评价和行动的分类图示构成系统均发生改变,这就是作品独体及其创新性的产生方式,即"读一首诗就是感受自身进入一种新思想和感情的世界,体验他异性,使不可能成为可能以及思想和身体全新的构成性"。①

（二）从矛盾修辞到意指生成

在《七姐妹》中,结构矛盾超越了意义消解本身,而是在一定程度上激发主人公完成伦理选择,是主人公伦理困惑之后某种程度的自我确证。小说表面上由"她的日记""意大利之旅""艾伦的说法"以及"最后时刻的秋天"四个不同叙述者讲述,现实与虚拟形成对接的莫比乌斯环结构。然而,与默多克《黑王子》中四个次要人物分别写的后记、《喧嚣与骚动》中四个人物的复调叙述不同,《七姐妹》从头至尾都是老年坎迪达自我（"我"）、自我中的他者（"她"）、自我想象中的他者（艾伦）以及最后回到自我（"我"）所写的日记。德拉布尔认为作品中叙述层次越界并非不可靠叙述者的自反技巧,反而是求真的体现:"《七姐妹》中的不可靠叙述者仅仅是一种后现代叙述把戏,无法记起事实是非常现实主义的,全知全能是一种深层次的非现实模式。叙述者/人物不确定自己故事的真实性,她与自己争论什么是真实。"②作者性强调了作者受限认知的事实,因此呼吁向他者开敞。同时,矛盾修辞随着叙述进程推进能够部分地统一,表达出文学真理事件内涵。

构筑"真实性"通常被认为是日记体小说的目的,作者在私人性亲密空间自我表达。然而,作品中小说第三部分"艾伦的说法"中,女儿却对坎迪达电脑中的日记内容,包括前夫出轨原因、是否一个人去往库迈等内容的真实性表示质疑:"为什么一个人在日记里还要撒谎呢?"（*SS*, p.265）有评论者认为德拉布尔戏仿日记的目的在于揭示"小说的

---

① Derek Attridge, *The Work of Literature*, Oxford: Oxford University Press, 2015, p.143.
② Margaret Drabble, Interviewed by Nick Turner, "An Interview with Dame Margaret Drabble", *Writers in Conversation*, Vol.1, No.1, 2014, p.9.

虚构本质"。① 然而，按照作家自己的解释，日记中谎言却旨在以回溯的眼光提供一种心理代偿和愿景，"让自己显得体面"：

> 所有的叙述声音都是由我书写的。我们在写日记的过程中面对很多问题，我们在日记中表达的是真实还是谎言？真实是什么？即使在日记中，我们是否也在试图让自己"显得体面"，我们是否能够讲真话？我想我们不能。我们在日记中欺骗自己。这是一部实验小说，讲述一个女人第一次进行书写的故事。她不是作家，只是尽力写出自己的生活。但我是作家，我知道她在做什么。②

坎迪达的日记作为典型的自传文体，其功能在于自反式愿望投射和意义整合。主人公在道德观念（性冷淡以及强烈的死欲）与本能驱使的心理相位（爱欲和生存欲）之间激烈博弈。在日记中，她反复展演、再现这种冲突，同时通过自述艺术进行自我观察、自我理解。简言之，日记以谎言载体的形式，对坎迪达根据期望回溯性地重构过去的理想自我、预构未来的积极生活起到了关键作用。

德拉布尔作为作家深知"谎言"是为了通过人物内部自我和内部他者的冲突碰撞和话语博弈实现身份认同，因此呼吁"尽力书写出自己的生活"，以此通达真理的唯一性。在《瀑布》中，简为自己的不伦之恋找出三条理由：房子是自己父亲买的、对姐姐露丝的模仿以及家暴和自己的神经症。然而，小说最后，简承认这些都仅是让自己显得"无辜""得到道德宽恕"的借口："谎言、谎言、一派谎言。我甚至将事实说成了谎言，这并非我的本意。我不想欺骗谁，只是想做出类比，但我的作为比谎言还要恶劣，我歪曲了事实"（*WF*, p.84）。唯一的"事实"即简的爱欲救赎诉求，而"我自始至终、完完全全都是没问题的"（*WF*, p.237）。

---

① 王桃花：《从"伟大的传统"到后现代主义》，湖南人民出版社 2016 年版，第 33 页。
② Margaret Drabble, "Many Layers of Modern Novels: A Conversation with Margaret Drabble", interviewed by Miho Nagamatsu, *The Web Rising Generation*, Vol.158, No.3, 2012, pp.36-37.

第一人称和第三人称不同视角的转换叙述和前后矛盾的语内行为，都传达出对未知的开敞和对他者的好客。然而，德拉布尔的小说中，解释来自内在自我和内在他者的差异性视界融合是所有人物自我理解过程中所追求的目标。这种融合并不是同质化，而是通过学习使"我的"视角和"她的"视角、"之前的我"和"之后的我"取得一致，而不管是"我的"还是"她的"、"之前的我"还是"之后的我"，都必须或多或少地在交往协商中重新修正现行的证明活动，从而通过相同的语法达成共识的语言共同体。

（三）从结局散播到瞬时性意义确定

开放式结局表达出德拉布尔对终极意义不确定性的创作认同、对他者意义的好客。然而，不同于福尔斯在《法国中尉的女人》中为萨拉设置的三条异质性道路，德拉布尔作品中的开放结局呈现为对真理无尽切近又永不到达的同质性意义延异。作家的开放性是条件之下的意义开敞，表现为对某种结局的伦理倾向。

《瀑布》的最后出现了三重延异结局：高瑞达尔大瀑布下体验爱欲崇高——旅店误喝象征尘世的滑石粉插入片段——停避孕药后意外血栓好转、暗示女性身体和精神双重救赎的后记；《七姐妹》的莫比乌斯环结构以两次西西弗斯式的"徒劳"事件结尾：一是坎迪达试图解救河中死树，结果阴差阳错自己受伤进了警局，奋力拖上来的树又被抛回原处；二是坎迪达继续在伦敦公寓织着毛衣，像珀涅罗珀织布一样，织了又拆、拆了又织，永无完结。然而，尽管结局的旁逸斜出或回溯性空间表面上阻碍了情节向前推进的动力，但德拉布尔的确是在讲述个体成长的故事，意在通过"不可能的形式表现经验事实"。[①] 具体到《瀑布》文本，简从最初的精神异化转变为爱欲救赎主体，克服最初的写作障碍并回归现实崇高；《七姐妹》中坎迪达在结尾与女儿重建亲情联结，意识到离婚的真正原因是自己对生命意志的渴望，并且开始考

---

① Margaret Drabble, "Mimesis: The Representation of Reality in the Post-War Novel", *Mosaic*, Vol.20, No.1, 1987, p.11.

虑是否接受即将到来的求婚，对死亡有了全新的认识。正如燕卜荪所说："含混至少有七种形态。保持多样性并不需要在意义之间选一而排他，而可以用柔性的手段包容多种意义，并让它们朝同一个方向使劲。如果只相信意义的不确定性，反而会让读者不知所终。"① 燕卜荪所说的"柔性的手段"，即整合、沟通、调节语言中异质因素，为的是"朝一个方向使劲"，进而通达某种正确决断的伦理目标。德拉布尔在《地毯中的图案》中也表明了同样的观点："一本书自有它的开始和结局，书写试图使含混明晰、混乱转变为秩序、使碎片完整并凝聚为整体的图案。我们可能会失败，承认失败却是我们能动性的最好体现，因为失败本身即是进步。"②

无论是第一人称"我的确信"、意指生成抑或是瞬时性意义确定，都体现出语言作为个体文化的相对稳定性，即此在的意义以及对在场的反映。在《新摹仿论》一文中，德拉布尔提到传记学家、丈夫米歇尔·霍尔罗伊德关于历史真实唯一性的观点："我们的生活建立在对以往发生事件的创造之上。对过去关键信息的改变意味着一个人可能生活在另一个故事中，但这仅仅是在完全回溯意义上的不同故事。一个人整体的生活在任何细节上都与最初完全相同。"③ 与历史传记的情境唯一性同构，小说创作也表现出接近在场的真理的伦理诉求。更准确地说，德拉布尔的条件性好客作为一套修辞策略体系，不是机械反映或照相机式影射客观现实，而是提供一种经验的现实版本。

黑格尔曾提出"现实的现象学投射"和现实主义文本的排列特质，即现实是一种具体的关系结构在场："不能说现实仅仅存在着，而现实主义模仿现实；而是现实是排列事物的一种可能，正如同现实主义是排列文本的一种可能。"④ 美国文评家马歇尔·布朗在黑格尔的基础上将

---

① Susan Ang, "OOOO that Eliot-Joycean Rag: A Fantasia upon Reading *English Music*", *Connotation*, Vol.15, No.1, 2005, p.233.
② Margaret Drabble, *The Pattern in The Carpet, A Personal History with Jigsaw*, Boston: Mariner, 2009, p.338.
③ Glenda Leeming, *Margaret Drabble*, Horndon: Northcote House Publishers, 2006, p.116.
④ 参见徐蕾《拜厄特与当代英国现实主义小说的重生》，《学海》2016年第6期。

有差异的、复数的现实主义等级式交叉构成的潜在符号化过程称为系列"剪影"（silhouette）。换言之，具体文本现实呈现的仅仅是现实样态多重可能性中的一种。在《时间与叙事》中，利科特别区分了三种紧密相关、相辅相成的摹仿活动。摹仿从来都是创作性的，是文本世界打开"其中一个"通向现实世界空间的断口，以此构建文学作品中的文学性。利科把这种创造性断裂称为"摹仿2"，与指涉现实的前理解阶段"摹仿1"和读者接受作品的"摹仿3"构成完整的循环过程，成为"实践活动之预构与作品接受之重构之间的中介"。① 德拉布尔的新摹仿论与黑格尔的现实现象学投射、布朗的剪影系列学说以及利科的摹仿断口理论旨归一致，都相信在复数现实世界和复数文本世界之间，存在一种瞬时性的通达关系，作者和读者可以在共同心理期待、个体文化部分融通的交集中，依其可辨认性来摹仿现实的一种版本，窥见一露峥嵘的天机泄露物和图案，建立词与物、现实性与可能性的有机联结。

德拉布尔的条件性好客叙述提供给读者一种真实版本的可能性。毕加索曾说过一句看似悖论的箴言："艺术不是真理。艺术是一种谎言，它使我们认识真理，至少认识到要去认识真理。"② 德拉布尔作品中的虚构文本、修辞"谎言"以及对真实、语言的反思不是为了使人更加迷茫绝望，恰恰相反，是为了通过距离的拉大，使读者重新意识到在充满耦合无序、不确定性、相对性和多维性的生活之中，我们无限接近并回归整体性、确定性、真理和价值的可能性，因为生活越纷繁复杂，人们就越希望走向本质。

德拉布尔寻求的并非超验、陈腐经验预设下的真理，而是转向"意志本性"并向"智性多元"挪移，强调的是过程而非状态。作家所提倡的语言个体文化不仅要求自我反讽，更需要通过客观的公正和移情，保持对他人和外部世界等"非我之物"的关注以及"我"对于物可回应的

---

① 参见徐蕾《拜厄特与当代英国现实主义小说的重生》，《学海》2016年第6期。
② Richard Ellmanned, *The Modern Tradition*, New York: Oxford University Press, 1965, p.232.

信心。① 作家的条件性好客拒绝提供目的论，持续的论点或道德结构，常常体现为叙述行为犹豫不决的状态，即做出决定和叙事表现行为的过程同时被正确决断和表现的不可能性所打断。然而，在作家看来，正是这种断裂和犹豫不决激起我们对整体和信任的深刻认同：

> 在含混和犹豫中我们不断揭示新图景及新象征符号，而新图景及符号反过来将挑战我们试图再现的现实。就像科学家和数学家通过对物质和数字的审视越来越接近事实并揭示秩序与模式，然后在这一秩序之上进一步揭示出新的混乱与无序一样，作家也不懈地通过从具体到普适、从复制到原型的交互演化，踏上从事实到象征再回到事实的追寻之旅。②

作品中各义素独体之间的交流碰撞对意义创新起到关键作用。"独体并非思想和情感完全无法触及，而是可以与后者相遇。在阅读中，必须将自身以独体之名交付给独体性，但是独体性必须向外分享自身并且自我妥协。"③ 此处"自我妥协"的作品独体性意味着语言诗学可被作者（包括阅读—书写过程中的读者）和读者（包括阅读自己作品的作者）时间性地相遇、部分地体验和感知。阿特里奇指出，《台风》文本可以独立于阅读而存在，而《台风》作品只能通过阅读而产生（其中包括康拉德在写作文本过程中的阅读和再阅读）。换言之，尽管作为独体事件的文学他者性由于其瞬时性难以把握，但它却可在反复阐释以及对他人的阐释进行纠正、交流和对话整合的过程中被读者（以及作为读者的作者）识别和再识别，《台风》也因此获得了可感知的、有限的、存在意味上的意义（并非先验理念）。德拉布尔将这种瞬时性与真实、秩序的

---

① Ihab Hassan, "Beyond Postmodernism: Toward an Aesthetic of Trust", in Klaus Stierstorfer, ed., *Beyond Postmodernism: Reassessment in Literature, Theory and Culture*, Berlin: Walter de Gruyter, 2003, p.217.
② Margaret Drabble, "Mimesis: The Representation of Reality in the Post-War Novel", *Mosaic*, Vol.20, No.1, 1987, p.13.
③ Derek Attridge, *The Work of Literature*, Oxford: Oxford University Press, 2015, p.137.

相遇归因为一种伦理主动性：

> 我始终在寻找耦合无序与形式之间的关系。我坚信如果你站得足够高，就会认清看似耦合无序的事物实际上是计划的一部分。人们需要感知这种无序中的形式，也许在心理上我们都畏惧混乱无序的不可预测，希望得到秩序。人类不相信偶发事件，他们不断寻找理由和原因。如果他们无法在事件本身找到这种理由，就在事件背后寻找一种主动性。①

激发文本抽象符号系统向创新性作品的真理事件转变，即文学独体事件在朝向无条件好客的伦理驱动原则下，将基于规则的条件性好客具体化，这就是德拉布尔通过文化达尔文主义回归信仰和公共批判、实现文学实在论和意义创新的理论路径。德拉布尔由此提醒文学研究者和读者在矛盾含混中重建对世界以及对认知者自身的信任："小步走，向前走一步半，向后退一步。作家不承诺更多，而是希望更多。正如《七姐妹》的结尾，坎迪达在窗边的日记中所写：'我充满了期待，是什么在召唤我？'"②

德拉布尔曾在剑桥系统接受后现代语言哲学训练，认同文本语言能指滑落的可能。语言能指的任意性要求清空自身先验唯一和恒定的意义，但这并不意味着能指存在的根基是虚妄的。相反，正是由于能指意指空无，它才能产生多种意义。作家曾在《新摹仿论——战后英国小说的表现》一文中对多丽丝·莱辛的语言建构观点进行了深入评述。后者在《金色笔记》中以隐含作者的身份告知读者，主人公安娜旨在说明语言无尽延异特征的30页日记"是没有用的，一如既往的失败"。德拉布尔进一步提出，无尽的语言延异与踪迹、在场与不在场的语言游戏是"不可靠的"，它排除了不以人的意识为转移的外部世界，无法表现

---

① Glenda Leeming, *Margaret Drabble*, Horndon: Northcote House Publishers, 2006, p.11.
② Dinitia Smith, "Discovering Life Through Virgil and an Inheritance", *New York Times*, Dec 20, 2002: E50.

"应该表现的内容",因此"令人警觉"。① 幸而安娜最终认识到语言终有所指,最终删繁就简,将日记中30页的怀疑和自反凝结为9行文字的真实练达,并以"普通的一天"开篇,从自我设定的语言迷宫中获得自由。

论及当代英国作家对语言泥淖所持的警惕态度,德拉布尔肯定的另一个作家是安格斯·威尔逊(Angus Wilson)。玛格丽特是其优秀作品《绝非笑料》(*No Laughing Matter*, 1967)中的主人公,同时也是一名作家,耽乐于用语言文本世界替代现实世界。玛格丽特将刚认识的情人克利福德写进自己的小说,对其毫无根据的猜度怀疑可谓无所不用其极,甚至到了天马行空的地步。她这样写道:"他出身卑微……克利福德从小被母亲灌输男性绝对权威的信条。"不想这份手稿被拔牙归来的情人看到,他在手稿后续写道:"拔牙太血腥了,这个男人是疯子,你将多高兴啊!"克利福德紧接着指责玛格丽特"缺乏在生活中建立深刻而持久关系的信心",并在手稿最后讽刺她信口雌黄的语言非伦理行为:"你在语言艺术方面天才绝伦!"德拉布尔总结道:

> 威尔逊通过这个小插曲对玛格丽特创作的戏剧化提出质疑。《绝非笑料》讽刺了恶意、浮躁和急功近利的语言实验风潮。作家以严肃的态度致力描述一个愈发复杂的、后弗洛伊德式的自我意识和多维碎片化的社会。这部小说也因此超越了自我怀疑、碎片化和失败的语言实验,是对丰富、多样态现实的再现。②

在德拉布尔的新摹仿论语言观中,小说通过语言和叙事对现实经验进行了深层探析。例如,在《瀑布》中,语言逐渐明晰的意指过程在认识论层面上帮助简理解世界和自我:

---

① Margaret Drabble, "Mimesis: The Representation of Reality in the Post-War Novel", *Mosaic*, Vol.20, No.1, 1987, p.9.
② Margaret Drabble, "Mimesis: The Representation of Reality in the Post-War Novel", *Mosaic*, Vol.20, No.1, 1987, pp.11-12.

> 她能够闻到跑道上奇妙而又危险的硫黄燃烧味道，然后想这会是什么呢？它对应的那个词是什么？她想知道这个名词是否能描述火热的焦煤、汽油和橡胶。也许这会是一个对她来说必不可少的词，一个非常重要的词。她不得不放弃大写的词（Word），进而屈服于小写的复数词语（words），一种破烂不堪、支离破碎的相似物。（*WF*, p.81）

简试图寻找的语言不再是作为素材堆砌的公共习语，即"大写的词"，而是具体语境下尚未形成的复数"小写词语"，是勒维纳斯意义上动态言语行为的"言说"对封闭观念下"所说"的僭越，一种朝向他者的外在性运动。此处，与勒维纳斯无法相遇的绝对他者语言不同的是，小说家为他者性词语命名、寻找词语"对应"之物的目的是重新确证语言的外部世界指涉功能。同样，德拉布尔借《针眼》中西蒙之口讲出"不是文字扼杀生命，精神给予生命，而是完全相反：精神扼杀生命，文字给予生命"（*NE*, p.257）。作家批判了后现代语言观的普遍质疑偏向，转而呼吁重释文字对生命的建构功能。这也印证了拉康在《自弗洛伊德以来文字在无意识或理性中的位置》一文中提出的观点："现代人普遍认为，文字扼杀生命、精神给予生命。但我们想知道的是精神如何在不涉及文字的情况下存在。精神命名那颠扑不灭的主张只能建立在具有真理效应的文字生产机制之上，它本身就是精神的能指。"[1] 从对普适经验、文化、文字语言确定性的极度焦虑转变为从大叙事到小叙事，从主观认识的多样性到史料和史识的重新互证，德拉布尔的文学创新完全能够做到既重视文字作为终极语汇的稳定性，又不排斥语言在具体情境下表现在场历史真实的可能。

德拉布尔不囿于书写重构秩序的任意性、展现语言的脆弱，而是相信小说有可能会让我们尽量触及语言符号之外的世界。语言作为"个体

---

[1] See Eleanor H. Skoller, *The In-Between of Writing: Experience and Experiment in Drabble, Duras and Arendt*, Ann Arbor: The University of Michigan Press, 1993, p.52.

文化"中共同经验的核心要素、约定俗成的认知指涉，在建构价值、塑造共同体信仰上起着关键作用。作家由此呼吁重建语言与社会的关系，重新激发文学的社会责任以及干预社会的能力。文学需要对生活在现实机构、日常习俗中的人产生影响，需要重申一个物质经验的、非柏拉图式的宇宙，并将其具体化为语言、人类情感、地方、出生庆典和死亡、神祇、灵魂、禁忌和仪式等。人类世界并非由无数符号星云统治的无主之地。

德拉布尔承认语言的不透明性和构成性特征有让它成为"谎言"的可能，但如果只有通过"说谎"才能最大范围、最大限度地达成社会一致，只有谎言才能实现主体间交流合作，那么说谎者就是在说真话。正如《神曲》中所描述的，但丁只有骑上守在第八层地狱入口的怪兽革律翁（Geryon）才能游历地狱，诗人也只有暂时搁置不信，通过修辞行动这一能动性条件，使自己的内在性语言回应部分融通的他者语言，进而对外部世界负责。

三　条件性好客的伦理目标：及物写作与外部世界指涉

20 世纪 90 年代以后，文学评论界逐渐意识到元小说的伦理缺失困境：柏林墙的倒塌、冷战结束和资本主义的持续发展代表着西方世界最后乌托邦理想的破产。原本主张独体性、私人性的后现代主义颠覆性话语、反意识形态转而成为精英主义美学和新二元对立下的主导权力，因此成为自身最初反抗的对象。南希式独体文学强调文本的自由嬉戏，通过文本符号之间以及作者、文本和读者之间没有交流的交流或无条件好客实现意义的永恒中断。然而，后现代文学中碎片、混杂、戏仿、拼贴、讽刺且讳莫如深的姿态、接近庸俗和诡谲的精神气质极易导致作者陷入自我放弃和内在自反的谵妄，造成对自我命名的无限焦虑。与此同时，语言内部不确定性和词与物外部指涉功能消失共同导致作家伦理选择焦虑，因为如果真实的本质是虚构，那么一切都被允许，各种替代都成为过度的权力和肆虐的欲望。

区别于后现代作品对小说虚构性及其作为人工制品建构形式的极度

强调，德拉布尔关注的始终是一个文本之外的世界以及文学对这一世界的有效表现。作家在采访中表达了自己对建构与思考过程的重视，提出"写作的目的是使未知的事物明朗化，对世界上尚未给出答案的诸多问题进行思考，我的每一本书都是一次探索之旅"。① 德拉布尔的创作旨在通过虚构与真实的张力传达着人类救赎、价值重建和对真实的追寻。小说家的工作是通过想象进行虚构，创造出另一种现实，而读者阅读文学作品的期待则是自愿地暂时搁置不信，以合理性的描述、验证和选择替代预设性的规约和先见。

在德拉布尔的条件性好客伦理叙述中，具有外在性和稳定性的"作品"（work）在重要性上高于内在的、变动不居的"文本"（text）。如同伊格尔顿以"梦创作"（dream-work）的深度阐释方式挖掘心理诊疗室病人所述梦境的"梦文本"（dream-text）背后的社会和个体文化一样，② 德拉布尔的新摹仿论首先是一种暗示性艺术诗学，其运行机制在于通过虚构性地展演、呈现一个文本之外的真实现实世界。作家相信作者/读者作为好客主人，在面对作为伦理客人的文本做出伦理回应时，能够超越文本性对漂浮能指和符号嬉戏"本身的呈现"（labor as such）以及机械化解码词语静止、聚集状态的无条件好客。③ 阿特里奇以康拉德的《台风》为例说明，文本仅仅是计算机可读符号的字符串，"只需要解码，无涉所写之物的意义及其影响，是一种依其自身、并因其自身的独体性存在，文本拒绝任何阐释"。④ 如果阅读《台风》只为了解 19 世纪末的航海实践，或是为了确证读者熟悉的传统意义及其能指符号，那就是文本。

然而，将这种拒绝阐释的阐释、对无限延异文本符号的绝对好客具体到实际表意的文学创作和批评实践则不可想象。在德里达看来，遵

---

① Margaret Drabble, Interview by John Hanny, "Margaret Drabble: An Interview", *Twentieth Century Literature*, Vol.33, No.2, 1987, p.138.
② 参见林懿、王守仁《在悖论中坚守——现实主义文学的当代发展与理论争鸣》，《外国文学研究》2016 年第 3 期。
③ Derek Attridge, *The Singularity of Literature*, London & New York: Routledge, 2004, p.103.
④ Derek Attridge, *The Work of Literature*, Oxford: Oxford University Press, 2015, p.139.

循"慷慨律令的绝对形式"是危险的,因为纯粹的文本符码"并非一系列的理想状态,而是一整套更加模糊的要求,从一开始就可能出现的'歪曲和背叛'(perversion and betrayal)。① 托什(Josh Tosh)在《超越后现代》一书中也指出,元文本的非个人化表面下是对伦理判断的规避、对伦理行动和伦理责任逃避,因此是一种"**依照其本身**"(as such)行道德之事的"**歪曲伦理**"(ethics of perversity)、"**唯我论沉默**"(solipsistic silence)和"**叙述自杀行动**"(act of narrative suicide)。②

被叙述之事作为未知的、具有离心性的阈限文学事件,与叙述行动向心性和物质语言的生动创造之间,斥力、引力、张力和驱力相反相成、交流融合,目标是重新理解并改善我们与世界的关系,这就涉及了文学伦理建构。德拉布尔反对元文本内部研究囿于反思的反思,即对反思剩余的反思性再标记。

英国著名后现代文论学家帕特里夏·沃(Patrick Waugh)将安吉拉·卡特、德拉布尔、海伦·菲尔丁、多丽丝·莱辛、艾丽丝·默多克以及菲·威尔顿等多位当代英国女性作家的创作归为"怀疑理性主义"(skeptical rationalism)范畴。沃指出她们能理性对待元小说无条件好客的形式实验:

> 60年代充斥英国社会的反文化运动和情境主义者将欲望和经验美学化当成现实,这比技术统治论国家更加具有潜在的破坏性。英国当代作家区分开意向性艺术想象创作与认识论范畴迥然异趣的、艺术之外的世界秩序。元小说文本性对于作家来说是一种伦理工具(ethical tool),而非一种不加区分的本体性多元主义。在这方面,英国当代小说家发挥着持久的影响。面对后现代与商业的合谋,以及晚期资本主义消费的自我形塑,她们理性地参与到元小说

---

① Derek Attridge, *J. M. Coetzee and the Ethics of Reading Literature in the Event*. Scottsville: U of KwaZulu-Natal P, 2005, p.302.
② Josh Tosh, *The Passing of Postmodernism, A Spectroanalysis of the Contemporary*, Albany: U of New York P, 2010, p.118.

的形式实验主义中。①

元小说文本性仅仅是一种"伦理工具",而非伦理目标。后现代理论帝国哀悼本体论层面上的不可知世界、偏执于认识论层面上的超真实话语符号实际上已经预设了世界可以而且应当被知晓、语言需要指涉外部现实、与外在于自我的他者相遇这一集体无意识。

基于此,德拉布尔对元文本内部无穷延异的的踪迹和虚构进行了"理性怀疑",转向肯定作品真实在场的信任诗学。在作家的文学条件性好客理论体系中,作品关注的始终是一个外部世界,"具有推动、转变和揭示人与世界关系的语言能力"。②在德拉布尔小说中,作者性的行动元、语言的意指功能都指向外部真实以及词与物相遇的某种可能。德拉布尔在采访中明确说明:"小说应当表达这个世界,人们如何生活和工作。当我说'应当'时,我仅仅是说那就是我所寻求的。"③如《七姐妹》中隐含作者直言,"我是作家,我知道她在做什么"④、《瀑布》中的简通过语言能指和所指的相遇来认识具体世界,因为"这会是一个对她来说必不可少的词,一个非常重要的词"(WW, p.81)。小说人物在结尾处大都扩展了对存在和客观复杂性的理解、暂时性地治愈了开篇时的精神异化,体验到"爱是真实的,一种日常生活中的真实"(WW, p.169)。《瀑布》中的简回归具体生活中的爱欲联结;《黄金国度》中的弗朗西斯在五月农舍重建血缘、地缘和精神共同体;《大冰期》中安东尼认识到撒切尔主义经济共同体和文化共同体对"自由市场"的霸权式颂扬,最终通过宗教的悬置机制重获精神自由;《七姐妹》中的坎迪达和《针眼》

---

① Patricia Waugh, "The Woman Writer and the Continuities of Feminism", in James F. English, ed., *A Concise Companion to Contemporary British Fiction*, Malden: Blackwell Publishing, 2006, pp.194–195.
② Derek Attridge, *J. M. Coetzee and the Ethics of Reading Literature in the Event*. Scottsville: U of KwaZulu-Natal P, 2005, p.302.
③ Margaret Drabble, Interviewed by Nick Turner, "An Interview with Dame Margaret Drabble", *Writers in Conversation*, Vol.1, No.1, 2014, p.8.
④ Margaret Drabble, "Many Layers of Modern Novels: A Conversation with Mpargaret Drabble", interviewed by Miho Nagamatsu, *The Web Rising Generation*, Vol.158, No.3, 2012, p.37.

中的罗斯重建母子联结。正如《大冰期》中的安东尼所总结的："只有真实才可能有趣，不管事实多么乏味，总比荒诞无稽更加有意义。"（IA, p.163）

德拉布尔对把握此在、重建某种在场的稳定、整体性外部秩序、恢复词与物联系以及求真的信心具体化为日常生活中的物质语言。在《新摹仿论》一文中，作家将其称为"及物语言"：

> 现实主义小说能够通过不可能的形式展示出持久的能量。在奥尔巴赫的作品中，我找到了他对外部现实细节执迷的兴趣。……我不相信小说已然变得如此自反，以致无法以任何可辨识的方式去反映外部世界。我喜欢那些平淡日常且卑微的人，喜欢对衣服、街道、房子、做饭、吃饭、洗盘子的人的描述。……小说不是象牙塔，而是书写我们当下的生活方式，其内容涵盖服饰、盆栽植物、苗圃、电炉、猫和帽子、聚会和葬礼、哺乳和生老病死以及政治、公共事务、历史观点和预言。"及物语言"并非是琐屑、卑微或自我贬抑的。①

上述引文中，日常生活中真实、具体、生动鲜活的及物语言与元语言无尽回溯的智性博弈形成鲜明对比。其中，关于身体的及物写作集中体现了作家对表现相对稳定的物质实存和经验世界的信心。例如，《针眼》中罗斯的神性身体上有"深深的伤口，红色潮湿的鲜血大滴大滴流淌"（NE, p.163）；《大冰期》中安东尼患心脏病、艾利逊的小女儿莫利患脑瘫、姐姐罗莎蒙德患乳腺癌、基督徒凯蒂被爱尔兰军的炮弹炸掉一条腿、她的丈夫当场死亡、外交官克莱格是异装癖患者……小说中疾病的身体是对大英帝国荣光不在的哀悼；《七姐妹》中坎迪达衰老的身体是对死亡命题的思考；《黄金国度》和《瀑布》中爱欲的身体和绝食的

---

① Margaret Drabble, "Mimesis: The Representation of Reality in the Post-War Novel", *Mosaic*, Vol.20, No.1, 1987, p.11.

身体对立;《金光灿烂三部曲》中哈罗路谋杀案中被斩首的女人"坐在废地上一辆无轮诺丁山彩车驾驶座上，没有头，整齐地系上安全带，她的头在她旁边的乘客座位上"（RW, p.192）;《象牙门》中艾利克斯的丈夫布莱恩患肠癌，"肠子被掏空，身体又被缝合起来，像新的一样"（GI, p.433），利兹和斯蒂文的脚踝都受过伤，"用金属片固定着"（GI, p.346），斯蒂文直接承认自己"已完全裂成碎片。……我几乎不是同种人类原料做的"（GI, p.105）。柬埔寨杀戮场更是遍地"成堆的骷髅头，憔悴的行尸走肉，我们这个时代的形象"（GI, p.164）。小说中可触可感的物质身体是德拉布尔条件性好客的典型体现，传达出作家对文学表现世界真实的信任。事实上，英国本土小说传统在接受社会建构主义和后现代文本主义方面始终持审慎态度。对前者来说，伦理责任常常与经验主义携手，共同对统摄性学术理论进行质疑。

伍尔夫认为现实主义作家是"只重身体不重精神"的"物质主义者"，主张揭示一种纯粹精神和意识构成的内部世界，"越少异质与外来的混杂越好"。① 奥尔巴赫则指出，伍尔夫混淆了作为认识新世界契机的物质身体与陈腐、被提前预设的身体铭刻之区别，因此她创作中"不可解释的象征主义、对意识的多元反思"只能让读者"失去希望、困惑、迷茫，对作品表现的现实怀有敌意"、表达的是"弥散宇宙的毁灭氛围，隐含的对文明的憎恶"。② 德拉布尔也以伍尔夫研究者常从其创作的日记、书信等物质生活记录中补充性解读她精神性作品意义为例，阐明自己更"喜欢完整的观念"，而伍尔夫"是一个非常分裂的人"。③

必须说明的是，后现代符号身体与德拉布尔的物质身体摹仿属于两个完全不同的范畴。前者是西苏、拉康和巴特勒意义上"引用的身体"，是对自身声称其所摹仿之物的摹仿，展演性的记号身体成为完全意义上

---

① Virginia Woolf, *The Common Reader*, New York: Harcourt, 1984, pp.147, 150.
② See Ihab Hassan, "Beyond Postmodernism: Toward an Aesthetic of Trust", in Klaus Stierstorfer, ed.,*Beyond Postmodernism: Reassessment in Literature, Theory and Culture*, Berlin: Walter de Gruyter, 2003, p.208.
③ ［英］玛格丽特·德拉布尔:《我是怎样成为作家的——德拉布尔访谈录》，屈晓丽译，《当代外国文学》2002 年第 2 期。

的非实体。后现代的身体仅仅是一种自由漂浮的人工制品，在主体建构中随时可被牺牲，因此作为物质就不再重要。而德拉布尔的物质身体则是针对过度文本化理论和真实虚构化的解毒剂。小说家笔下被斩首的身体、厌食的身体、机械的身体和患病的身体蕴含的物质偶然性具有推动、转变和揭示人与世界关系的潜能，因此高于理性哲学透明的完美主义，意在抵抗过度的文学符号化和虚无化。

具体的地方是作家及物写作的另一种体现。德拉布尔在采访中表示，《瀑布》中出现的北约克郡高瑞达尔大峡谷著名景点"是一种辩证法，极富崇高美的高瑞达尔峡谷的确存在，这样的指涉使虚构的小说具备真实感"。[①] 然而，经验世界的真实并非终点，德拉布尔进一步指出，"高瑞达尔大峡谷是真实存在的地方。然而在某种意义上，两个人物的激情爱欲远比大峡谷更为真实。虚构的人物承载着高度的象征性，比真理更加真实，比物质的表现更加真实。他们不是现实的，但却是真实的(not real, but true)"；[②] 同处故事内话语层和故事外叙述层的第一人称甚至以隐含作者的身份闯入并反问读者，"你可能认为詹姆斯和我作为小说人物一定是不真实的，但我们始终存在，小说是我们真实经历的记录，否则为什么还要创作？"[③] 对外部逻辑和经验世界现实的虚构旨在搭建理想现实的另一种真实，这也是终极的真实。

德拉布尔曾借《磨砺》中剑桥文学博士罗莎蒙德之口，以讨论哈代《生命中的小小嘲讽》中巧合事件是否能够体现真实为契机总结自己对文学真实的看法："关于事实与虚构的关系，我一直持亚里士多德的观点，而非柏拉图的。"（《磨砺》，第169页）众所周知，亚里士多德将诗人的职责归于描述按照可然性或必然性可能发生的事，认为诗歌较之于自然表象更接近真理，这也正印证了佩沃（Thomas Pavel）在《虚构世界》一书中对真实悖论的界定，即通过忽略虚构作品"可能世界"

[①] Margaret Drabble,"An Interview with Margaret Drabble", Interviewed by Nancy Hardin. *Contemporary Literature*, Vol. 14, No.3, 1973, p.292.
[②] Ellen Rose ed., *Critical Essays on Margaret Drabble*, Boston: GK Hall, 1985, pp.29-30.
[③] Glenda Leeming, *Margaret Drabble*, Horndon: Northcote House Publishers, 2006, p.13.

（possible worlds）中某些逻辑语义特征，即把一个概念进行"天真的改写"或"无意的隐喻化"，使叙事作品原初字面意隐而不见，从而窥探虚构表面之下的真实。①在德拉布尔的作品中，由物质语言绘制的虚构地图肩负着指引读者通达真实方向的重任。作家的小说经过艺术的裁剪、重组、渲染和戏剧化加工，使读者在文学与整体真实生活之间进行联想。德拉布尔不拘泥于表面细节的真实，也没有刻意制造普遍性的假象，而是努力去揭示某种生活体验在场的真实。

德拉布尔对英国伟大文学传统中的社会意识与道德严肃性有着强烈的体察与认同，多次表示自己"非常崇敬利维斯及其伟大的传统，小说具有生机勃勃汲取经验的能力、对生活所持的开放性憧憬态度以及显著的道德力度，而不是为了自由嬉戏"。②作家于1979—1985年编撰《牛津英国文学指南》，该经历促使她对当代文学批评理论进行系统梳理，让作家对元文本与文学实在之间的悖论张力有了更加深刻的理解：

> 我们这一代作家生活在终极的天真中，我珍视这种具有创造性的传统。后现代主义像超市的货品一样突然出现在眼前。我们可以选择、到处看看，可以跨边界调和并汲取其中合理成分为我所用；我对自己后期作品中反映出大量变动不居的新文化现象有着清醒的自觉。这不是为了取悦评论家和读者。众多叙述线索快速切换，叙述进程突然中断或跳跃、叙述焦点快速变化，镜头拉近、拉远、快速移动以及源自其它媒介的叙述手法反映了我们所栖居的这个世界以及我们感知世界的媒介，但我不确定这种安排能否达到我预期的目的。③

在后结构主义思潮和文学枯竭论的时代语境下，"反映我们所栖居的这个世界"、重提文学的社会功能成为德拉布尔创作诗学中"终极的

---

① Thomas Pavel, *Fictional Worlds*, Cambridge: Harvard University Press, 1986, p.50.
② Joanne V. Creighton, *Margaret Drabble*, London and New York: Methuen, 1985, pp.25-26.
③ Glenda Leeming, *Margaret Drabble*, Horndon: Northcote House Publishers, 2006, p.7.

天真"。然而,作家并未局限于传统现实主义写作程式,而是在内容和技巧上都拓展了现实主义的当代意义。作家对剑桥导师利维斯的现实主义观和精英主义文学并非全然接受,认为利维斯关于当代文学欠缺严肃精神的说法"是破坏性的,他没有完全使我放弃写作的信心是一件幸事"。① 区别于利维斯对后现代语境下文学创作总图景的否定立场,德拉布尔始终相信能够将现实主义与后现代实验主义、传统摹仿再现与后现代自反意识结合起来,并在此基础上使文学真实得到更高层次的阐释。可以说,她通过虚构隐喻、模糊限制语以及作者退隐为自己设计的自我指涉与自我反思的表达位置不仅丝毫没有妨碍她像邓恩笔下的真理探求者那样寻找真实,反而帮助作家建构起文学真实、语言建构与作者多人格叙述三个层面的虚构真实悖论。正如简所说的,"我有时怀疑,有时惶恐甚至丧失信心;但是如他们所说,对一件事开始就不信的人根本不会对其怀疑"(*WF*, p.246)。

德拉布尔的文学条件性好客与其共同体重建的自由伦理诉求相呼应,体现出作家对主体自由、有机自然共同体建构的信心以及作家高度的社会公共伦理责任观。德拉布尔肯定了当代文学的外部指涉和价值重建意义,表示自己"更欣赏能将文学和生活结合起来的批评,文学不仅应该表现生活是什么样的,而且传达出它应该怎样"。② 这也正印证了伽达默尔的艺术观:"艺术是在谜一般的方式中对熟悉事物的粉碎和破坏。它不仅是在一种欣喜与恐惧的震惊中发出的感叹:'是你呀!'它同时也对我们说:'你必须改变自己的生活。'"③ 在荡涤"旧现实"的同时,也努力创造并判断人类全部生活方式、建构新的现实,这就是德拉布尔新摹仿论所肯定的伦理指向。作家笔下的人物在某种程度上都受到宇宙决定论的控制,无论塑造他们性格的遗传和环境过程是决定论,还是非决定论,他们都无法真正地或者从根本上自我决定。然而,德拉布尔作品中的主人公群体并不觉得自由就因此成为不可能的存在。在日常的、涉

---

① Joanne V. Creighton, *Margaret Drabble*, London and New York: Methuen, 1985, pp.25-26.
② Ellen Rose ed., *Critical Essays on Margaret Drabble*, Boston: GK Hall, 1985, p.19.
③ 周宪:《当代西方艺术文化学》,北京大学出版社1988年版,第281页。

及真正责任的伦理选择上,他们仍坚定地把自己设想为在某种意义上享有部分自主性和自我立法能力的自由主体。

德里达曾指出,没有"对不确定的体验和尝试"就不能做出任何选择,也就没有任何道德或政治责任。① 正是基于自由、决定、选择的不确定与含混性,才使得从伦理、心理等角度去追求道德要义成为必要。无论如何,人是一切自由与必然、决定论与自由选择论等问题的唯一解释者。唯有如此,当我们立足于生命价值这个论题来看待形而上学的正题与反题的时候,对自由的关注与追求表现为超越含混和无知、进而实现意志的自律和行动的自主。在德拉布尔的后现代摹仿论写作中,恰恰是混乱多元、具体道德实践与秩序逻辑之间的持续张力促成了人物形成一种反思平衡,并构成主人公创造性理解、追寻并实现自由的伦理行动。作家借《大冰期》中艾利逊之口传达出现实主义创作的现实意义:"被环境玩弄于股掌之上的人们试图争取自我意志、自由和选择的可能性,这种努力不足为奇。"(*IA*, p.247)

---

① 参见[英]安德鲁·本尼特等《关键词:文学、批评与理论导论》,汪正龙译,广西师范大学出版社 2007 年版,第 243 页。

结　语

在回忆录《地毯中的图案》的最后一页，德拉布尔以棋类游戏和拼图为类比，对竞争性"目标"（goal）与希腊文化中具有无限性的"目的"（telos）两词进行区分。棋类游戏目标在于竞争取胜，分出"获胜方和失败方、绵羊和山羊、被拯救的和被诅咒的"；而作家喜爱的拼图游戏则通向整体和秩序，切近"目标、终点和终极的意义，无涉竞争概念"。因此，拼图是一种"更宏大的图案，所有孤独的旅程都将汇集，我们会一起到达"。①

区分棋类的竞争目标与拼图的整体目的为读者理解德拉布尔的伪共同体与真正共同体差异奠定了基础。无论是安德森的"官方民族主义"，还是威廉斯笔下经过高度选择的"可知共同体"，它们内部隐秘的至高权力作为规则制定者，都对共同体内部他者施加着同一化暴力，同时对共同体外部他者进行区隔。换言之，如同下棋是输赢的零和博弈，共同体"目标"即权力竞争，这也是以南希为代表的欧陆学派提出"不可能的共同体"的学理依据。在小说中，德拉布尔对形形色色的伪共同体进行了祛魅，包括契约家庭、撒切尔主义自由市场新历史集团以及异文化书写等。

与此同时，对作家而言，伪共同体的去运作化和悬置恰恰为真正共

---

① Margaret Drabble, *The Pattern in The Carpet, A Personal History with Jigsaw*, Boston: Mariner, 2009, p.338.

同体的到来做好了准备。德拉布尔没有停滞于对否定性共同体的哲学反思,她的"目的"是在日常生活实践和现实的理性经验层面上重建真正共同体。作家的关怀伦理心理性共同体、人文精神宗教记忆共同体、地方共同体以及文学创新条件性好客叙述均以对真理在场和整体性的信任为前提,是在具体与普适、个体与总体、卑微与崇高、瞬间与永恒的阈限空间中展开的积极探索。德拉布尔在论及当代英国小说家的共同体创作时曾提出"人类状况小说"理念:

> 作家需要表达对具体场景的特殊感受,从而把个别、特殊的事物忠实地加以描绘。通过神秘莫测的转化机制,个别的变成了一般的,个性反映出共性。人性的整体性观照应该以对个体生命体验的描写为出发点,从富于文化特征的地方性叙事中展演人类共同的本质特征;今天的作家对此谨小慎微。他们自我怀疑、自我反思、自我质疑、讽刺揶揄,被包围我们的相对主义、多元主义和后弗洛伊德时代的种种不确定性所负累。然而,我们[当代英国]的作家们披上伪装、点燃烟雾弹,在不远处用复杂深奥、迂回难解的假象引开文评家的注意。在这些防卫背后,他们继续以百倍的信心探索、摹仿并表现真实,我相信这种真实能够折射出某种人类总体状况的况味。①

无论是"共性""人类共同的本质性特征",还是"人类的总体状况",都体现了德拉布尔对世界及人性的总体性观照。萨德勒(Lynn Veach Sadler)曾说,"对于德拉布尔来说,写小说是一种探索两者之间对话和共同性的过程"。②作家笔下的人物所经历的多元性和矛盾性通过对话协商形成一个新的话语次序。

在当代共同体危机的哲学论辩中,共同体作为同一性暴力造成了

---

① Margaret Drabble, "Mimesis: The Representation of Reality in the Post-War Novel", *Mosaic*, Vol.20, No.1, 1987, p.14.
② Lynn V. Sadler, *Margaret Drabble*, Boston: Twayne Publishers, 1986, p.12.

同质性个体，以真理、话语、基督团契、价值、意义和主体建构等具体化形式征召个体，因此成为一种问题性存在。基于此，让·南希、布朗肖（Maurice Blanchot）、埃斯波斯托（Roberto Esposito）、阿甘本（Giorgio Agamben）、斯坦利·费什（Stanley Fish）、理查德·罗蒂（Richard Rorty）、拉克劳（Ernesto Laclau）、尚塔尔·墨菲（Chantal Mouffe）、利奥塔（Jean-François Lyotard）和福柯等哲学家均在后现代解构学理基础上，就僭越、分隔、独体、有限性和暴露等问题对共同体展开了批判，指出后现代人类生存状况中，人出生于共同体，然而其直接环境却是使人窒息的社会。

与此同时，（非）共同体范式下对独体及复数独体之间"不可能的共同体""没有交流的交流"研究也成为典型的雅努斯面向，在主张独体回到原初零度位置的同时，也为真正共同体的出现提供了可能。在《不运作的共同体》中，南希充分肯定了文学本身蕴含的中断与开敞的悖论特质，即文学要求超越限制，主张播撒、延异和解辖域化。然而，文学的中断并不构建新的神话，不是缺席，而是"运动"，即"传播、甚至传染蔓延（contagion）、通过中断引起的共同体自身传播的交流、或自身蔓延的交流"。与神话的"自动喻指"（auto figuration）或"自动想象"不同，文学"并不揭示已经完结的现实，而是揭示并通达一种共同体想象"。[①] 文学的重要性不在于表现社会和现实，而是一种可贵的有效性。南希不赞成对集体性的全然否定，而是期望通过文学重新想象共同体，并由此重建人的形象。文学的集体想象力对社会文化层面上的共同体建构产生了强大影响，无论是威廉斯的共同文化，安德森的想象共同体，还是德拉布尔在个体家庭、社会文化、国际格局和叙述交流四个层面上的伦理共同体书写，都可视作借由文学传达共同体重建愿景的具体化实践。

后现代语境下共同体成员不再共持一个绝对的、超验的真理。然

---

① Jean-Luc Nancy, *The Inoperative Community*, ed. Peter Connor, trans. Peter Connor et al. Minneapolis: U of Minnesota P, 1991, pp.60-63.

而，在日常生活中，我们仍然需要区分真理和谬误、善意谎言和欺骗。共同体失范不能成为我们沉溺于哲学式独体而规避自身伦理责任的依据。德拉布尔不接受任何形式的、以工具主义运行的思想框架和验证条件，但作家仍然相信可以将个体置于"我们"之中来继续、强化个体所认同的原则和价值，或者说有必要唤起一种未来可期的集体自我，以积极、有效、深度沟通为伦理目标，重建最大参与范围、最高认同程度的精神共同体。哈桑在"超越后现代"一文中，将这种作为动词的信任发生学机制总结为"信托原则"（fiduciary principle）：

> 信托原则同时是认识论的、伦理的和基于人的，即我们的信任必须基于别人的信任。我们的信仰也是别人的信仰，而伟大之处在于它符合大多数情况；我们也许都带有偏见，但是我们不会对同样的事情在同一程度、以同一方式持有共同的偏见，我们也不会始终不变地执守自己的偏见。辨别力是思想的生命，细微差别则是理智。让我们重返鉴别的真理、细微差别的真理、对智性谦逊的信任。[①]

哲学探索赋予德拉布尔深刻敏锐的观察力和感受力，使她能够站在宏观的高度，从整体层面上去理解和解释当代英国社会与后现代人类生存境遇与共同体危机。德拉布尔认为人类自身存在着或反射出一部分弥漫宇宙的意志，因而我们仍有可能通过理性、良知以及行动评价认清必然与自由之间的关系。在作家的小说创作中，主体依然可以在道德选择的维度上，通过对当下性的关注与真理开放性的探索使宇宙决定论与自由意志展开对话。在《哈代的天资》一书中，德拉布尔对哈代宇宙宿命论中彰显乐观主义的哲学观表示出极大的肯定和由衷赞同：

---

① Ihab Hassan, "Beyond Postmodernism: Toward an Aesthetic of Trust", in Klaus Stierstorfer, ed., *Beyond Postmodernism: Reassessment in Literature, Theory and Culture*, Berlin: Walter de Gruyter, 2003, pp.204, 207.

结 语

> 我喜欢泥泞和走向泥泞的存在。像哈代一样,我希望上帝存在,又不确定这是真的。这也是我崇敬哈代的原因之一,他表达了绝望和希望,将两者完美的结合。我总是坚信,只要你始终希望、始终努力并不断滋养心灵就会得到一个答案。我们不能悲观绝望,否则又何必要活着?①

哈代"在绝望中表达希望"的肯定伦理既承认宇宙存在着不可抗拒的意志或力量,又相信人类可以从必然王国进入自由王国,这也构成了德拉布尔伦理共同体中"悲喜剧的温和幽默"②的全部内容。

在个体层面的伦理共同体书写中,作家探析了契约家庭共同体困境,指明作为解决路径的关怀伦理心理性共同体。现代契约伦理导致以母女关系为代表的家庭关系严重异化。无论是《磨砺》中女艺术家的"普遍公正"困惑,还是《金色的耶路撒冷》中的道德理性与原子式分离,都体现了家庭共同体的分崩离析。因此,德拉布尔通过对位研究,在具体他人、"唯有联结"的普遍联系与情感意义三个层面,构建起关怀伦理心理性共同体的精神内核,以期重建私人层面的主体间纽带。

德拉布尔的家庭内部关系主题超越了意识形态之争下性别博弈范畴,主张在女性书写的主体性建构与"受限"客体性之间进行艰难抉择。

一方面,德拉布尔的关怀伦理共同体以肯定女性自我意识为基础,从话语权力和主体身份出发,通过女性书写揭露了象征秩序对记号语言驱力的压抑,重返原初被压抑的主体,从而颠覆象征体系中的卑贱禁忌与西方传统中关于神圣与卑贱、纯洁与不洁、干净与污秽等二元对立观念。

另一方面,德拉布尔也看到了女性主义者将性别区隔人为极端化的危险倾向。作家对包括女性主义在内的反文化运动始终持怀疑与警

---

① Valerie G. Myer, Margaret Drabble: *A Reader's Guide*, London: Vision Press, 1991, pp.95-96.
② Margaret Drabble, "An Interview with Margaret Drabble", Interviewed by Nancy Hardin. *Contemporary Literature*, Vol. 14, No.3, 1973, p.274.

惕态度，认为"女性主义会导致党派之争，而后现代女性主义更是存在争议"，[①]因为"女性主义本身就预设了性别对抗，意味着你是骁勇的战士。如果不能从别的立场来理解这个词的内涵及其影响，我们就是在误解其内涵"。[②]德拉布尔看到了当下语境中女性实际生存境遇的改善。换言之，女性在父权逻各斯话语体系下受到内化控制的情况尽管在一定范围内依然存在，但已经不再构成女性实现自我梦想与救赎的首要障碍。德拉布尔在一次采访中表示，"女性的解放之势不可逆转。玛格丽特·阿特伍德（Margaret Atwood）在反乌托邦小说《使女的故事》（*The Handmaid's Tale*, 1985）中关于女性会重返性别压迫并受到男性统治的隐晦警告没有实现的可能"。[③]基于此，作家记录了女性意识不断扩展、成熟的复杂过程，指出女性作为关怀伦理主体，应当走出内在自我，通过与他者相遇和回应，为他者负责。

在社会文化共同体书写层面，德拉布尔探究了新自由主义经济利益现象共同体背后的隐秘市场治理术，主张通过人文精神宗教记忆共同体对其进行抵抗。作家以《大冰期》和《针眼》为分析文本，揭露撒切尔主义时期的物质主义和商品拜物教如何作为时代精神征召主体、形塑人物虚假的经济共同主体身份。在反思经济伪共同体的基础上，作家以圣经原型为镜，借由宗教蕴含的精神提升及欲望悬置机制，对英国自由市场进行伦理僭越。

在国际格局共同体层面，随着全球化语境中民族疆界的日益打破，文学领域关于杂糅身份、世界主义和多元文化主义的探讨逐渐成为英国当代小说家的创作焦点。通过《象牙门》和《红王妃》两部英国人东方旅行的作品，德拉布尔表达出异文化理解的和平愿景。然而，无法否认的是，作家隐含的帝国优越感决定了她笔下受限的东西方理解。帝国之

[①] Margaret Drabble, "Writing for Peace: Peace and Difference; Gender, Race and Universal Narrative", *Boundary*, Vol.34, No.1, 2007, p.218.

[②] Valerie G. Myer, *Margaret Drabble: A Reader's Guide*, London: Vision Press, 1991, p.74.

[③] Margaret Drabble, "Writing for Peace: Peace and Difference; Gender, Race and Universal Narrative", *Boundary*, Vol.34, No.1, 2007, p.219.

眼下异文化共同体的失落主要体现在两方面：一是西方对东方"暴行故事"和"恐怖故事"的猎奇和符码消费；二是通过腹语术和新东方主义，将西方后现代民族解构策略内化为东方民族内部成员的民族认同幻象。事实上，在当代第三世界国家民族依然处于他我定义的边缘地位时，所谓世界主义在本质上即西方中心主义。面对在西方主导话语下失衡失序的异文化共同体，德拉布尔关于世界美美与共的作者意图必然无法实现。

身处认同政治演变为分离主义政治的民族困局，重新审视民族差异无疑具有积极意义。对于第三世界民族而言，与隐含内部权力等级的同一化世界主义相比，边界渗透性才是当前民族身份的最大威胁。弱小民族需要的是守护自我边界、暂时性"各美其美"，进而建立自身独特的民族自觉，而非照搬欧洲的民族虚无主义理念。针对国际主义自身的不足，德拉布尔在《黄金国度》中通过呈现撒哈拉提祖古城所象征的记忆与创新、鳗鱼农舍和五月农舍象征的智性主体与平凡真实共同体以及死者与生者共存的共同体、花园与海岬象征的宇宙精神共同体，充分肯定了具有稳定性的具体地方性诗学及其外在性转化潜能，这也为必将出现的世界性人类命运共同体指明了可借鉴的演进路径。

在文学创新共同体层面，德拉布尔的好客叙述主要表现为三种形式：一是小说的虚构本质——"原空间"延异结局；二是拆解叙述权威的展演性阅读——"间质空间"转换叙述；三是记号语言表征空间——"平滑空间"的矛盾修辞。好客叙述强调文学意指过程中的不可预测性和瞬时性，文学事件及其独体性决定了文学的意义并非表现"客观"现实，而是在读者的展演性阅读过程中让文学文本自身的潜能溢出。

然而，对德拉布尔来说，仅关注文本性的无条件好客不仅是受限的，对于伦理建构而言更是危险的。只有通过条件性好客与关系中的他者相遇并融通，才能实现文学创新上的有效交流和共同体重建。文学写作和阅读必然涉及个体文化的调节和规划："诗学创新是对不可预测的他者、不可决定的事件、未来和来临的好客，然而绝对的全新没有意义，作品的创新性在于（作者和读者）将新的他异性融入已经存在的部分（作品自身也在这一过程中发生变化）。"① 在文学创新过程中，无条件好客必须演进为条件性好客，否则就成了伪善、不负责任的欲望，失去了形式和效力。文学独体事件只有在与不可相遇部分融通、与他异同一之间的阈限空间才能获得向前推进的叙述动力，进而迎来真正的文学创新。在此基础上，德拉布尔主张重释新模仿论，通过条件性好客的伦理主体——"作者性"、条件性好客的伦理工具——作为"个体文化"的物质语言搭建起殊例与类型、具体词语与可能普遍总释之间的交流路径，最终通达条件性好客的伦理目标，即及物写作与外部世界指涉。

越是价值缺失的时代，人们对某种恒定、稳固生活模式的需求越显迫切。因此，作家崇尚建构性共同体和肯定伦理，主张在统觉背景下全面、系统、深刻理解主体与客体相遇的必要性和重要性：

> 宇宙的旋风使对立的事物融合交汇，激发永恒的运动、变形与延续，所有的一切都以矛盾性为基本特征。矛盾对立共同构成了世界的整体性，磨砺既是负累也是救赎，自由与束缚相生相伴，艰难困苦本身构成欢乐的源泉，可能性与限制围绕着我们。矛盾对立并非敌对，它们都是完整的一部分，这就是D.H.劳伦斯所说的活力运动。②

对德拉布尔来说，对伦理他者的开敞并不导致主体性丧失，而是在部分融通的层面上，使主客体在保持自身连续性的同时，让作为"完整一部分"的双方均得到丰富和充实。此时的共同体不再是政治强制或同一性暴力，而是既求同存异、各美其美，又精神联结、美美与共。

在《地毯中的图案》中，德拉布尔通过基督先知以利亚的箴言"如果你全心寻找我，就一定能够实现"来表达自己的"拼图"世界观："真正十字架的碎片终将完整，所有的私语、流言以及历史的混乱终将

---

① Derek Attridge, *The Work of Literature*, Oxford: Oxford University Press, 2015, p.304.
② Ellen Rose ed., *Critical Essays on Margaret Drabble*, Boston: GK Hall, 1985, p.28.

清晰可见。所有的一切都会重新成为一个共同体。"①亨利·詹姆斯在同名短篇小说《地毯中的图案》("The Figure in the Carpet")中也肯定了叙述行为"总意图"的重要性:"我全部有意识的努力都给他提供线索——每一页,每一行,每一个单词。作者意图就像笼中的鸟儿、钩上的鱼饵、老鼠夹子上的奶酪一样具体可见。它进入每一卷,就像你的脚穿进鞋子一样。它支配着每一行,每一个单词的选择和构成,每一个标点符号都受这个意图的影响。"②同样,哈桑在《超越后现代》一文中引用了克里斯·克莱伯(Chris Wallace Crabble)的《美颂》("Beauty: An Ode")作为篇首语,指出诗歌中的"拼图创新":

> 我们内心深知
> 美一定能够
> 将我们与他者联结
> 以甜美拼图创新的方式(jigsaw of creation)③

"拼图"和"图案"体现出德拉布尔的有机整体文学观。作家的伟大之处在于,她超越了哲学意义上共同体成员必须归零为有限性独体,复数独体之间只能呈并列原初性而无深度交流的可能,以及由此得到的共同体仅仅是幻象的结论。德拉布尔努力在异化和疏离的后现代生存困境中重释价值,借由神话诗学的秩序无意识建构真正具有共同精神内核的伦理共同体。作家对当代小说的特殊贡献在于她关注全新的人物及其困境,在一个没有坐标和蓝图的荒原中努力探索新的价值、知识、主体和历史,在新与旧、真与假的张力关系中重建伦理价值。

---

① Margaret Drabble, *The Pattern in The Carpet, A Personal History with Jigsaw*, Boston: Mariner, 2009, pp.337-338.
② Henry James, *Complete Stories 1892-1898*, New York: Library of America, 1996, p.581.
③ Ihab Hassan, "Beyond Postmodernism: Toward an Aesthetic of Trust", in Klaus Stierstorfer, ed.,*Beyond Postmodernism: Reassessment in Literature, Theory and Culture*, Berlin: Walter de Gruyter, 2003, p.199.

参考文献

德拉布尔作品及访谈

Drabble, Margaret. *A Summer Bird-Cage*, London: Weidenfeld and Nicolson, 1963. (*SB*)

—. *Wordsworth*, London: Evan Brothers, 1966. (*WW*)

—. *The Waterfall*, New York: Fawcett Popular Library, 1969. (*WF*)

—. Interviewed by Nancy Hardin, "An Interview with Margaret Drabble", *Contemporary

Literature*, Vol. 14, No.3, 1973.

—. "A Woman Writer", *Books*, No.11, 1973.

—. *Arnold Bennet*. New York: Alfred A. Knopf, 1974.

—. *The Genius of Thomas Hardy*, London: Weidenfeld &Nicholson, 1975. (*GTH*)

—. *The Realms of Gold*, New York: Fawcett Popular Library, 1975. (*RG*)

—. Interviewed by Nancy Poland, "Margaret Drabble: 'There Must Be a Lot of People Like Me'", *Midwest Quarterly*, No.16, 1975.

—. "The Author Comments", *Dutch Quarterly Review of Anglo-American Letters*, No.1, 1975.

—. *The Ice Age*, New York: Alfred A. Knopf, 1977. (*IA*)

—. Interviewed by Barbara Milton, "The Art of Fiction", *Paris Review*, No.74, 1978, https://store.theparisreview.org/products/the-paris-review- no-74.

—. *A Writer's Britain: Landscape in Literature*, New York: Alfred A. Knopf, 1979. (*WB*)

—. Interview by Dee Preussner, "Talking with Margaret Drabble", *Modern Fiction Studies*, Vol. 25, No.4, 1979/1980.

—. *The Needle's Eye*, Harmondsworth: Penguin Books, 1981. (*NE*)

—. Interviewed by Joanne Creighton, "An Interview with Margaret Drabble", in Dorey Schmidt, ed. *Margaret Drabble: Golden Realms*, Edinburg: Pan American University Press, 1982.

—. Interview by Gillian Parker and Janet Todd, "Margaret Drabble", in Janet Todd, ed. *Women Writers Talking,* New York: Holmes, 1983.

—. *The Oxford Companion to English Literature*, Oxford: Oxford University Press, 1985. (*OCEL*)

—. Interview by John Hannay, "Margaret Drabble: An Interview", *Twentieth Century Literature*, Vol.33, No.2, 1987.

—. "Mimesis: The Representation of Reality in the Post-War Novel", *Mosaic*, Vol.20, No.1, 1987.

—. *The Gates of Ivory*, New York: Viking. 1992. (*GI*)

—. "Face to Face", *English Review*, November 7, 1993.

—. *The Seven Sisters*, London: Penguin Books, 2002. (*SS*)

—. "I've Been to The Hell and Back", *Telegraph*, March 14, 2003.

—. *The Red Queen-A Transcultural Tragicomedy*, London: Penguin Books, 2004. (*RQ*)

—. Interviewed by Nick Turner, "An Interview with Dame Margaret Drabble", *Writers in Conversation*, Vol.1, No.1, 2014.

—. "Writing for Peace: Peace and Difference; Gender, Race and Universal Narrative", *Boundary*, Vol.34, No.1, 2007.

—. *The Pattern in The Carpet, A Personal History with Jigsaw*, Boston: Mariner, 2009.

—. "Many Layers of Modern Novels: A Conversation with Margaret Drabble", interviewed

by Miho Nagamatsu, *The Web Rising Generation*, Vol.158, No.3, 2012.

[英]玛格丽特·德拉布尔:《我是怎样成为作家的—德拉布尔访谈录》,屈晓丽译,《当代外国文学》2002年第2期。

外文参考文献

Agamben, Giorgio. *The Coming Community*, Minneapolis/London: Minnesota University Press, 2013.

—. *Nudities*, trans. Stefan Pedatella, Redwood: Stanford University Press, 2011.

Anderson, Benedict. *Imagined Communities, Reflections on the Origin and Spread of Nationalism*, London: Verso, 2006.

Ang, Susan. "OOOO that Eliot-Joycean Rag: A Fantasia upon Reading English Music", *Connotation*, Vol.15, No.1, 2005.

Ardis, Ann L. *New Women, New Novels: Feminism and Early Modernism*, New Brunswick: Rutgers University Press, 1990.

Attridge, Derek. *The Singularity of Literature*, London & New York: Routledge, 2004.

—. *The Work of Literature*, Oxford: Oxford University Press, 2015.

—. *J. M. Coetzee and the Ethics of Reading Literature in the Event*, Scottsville: U of KwaZulu-Natal P, 2005.

Banks, Olive. *Faces of Feminism: A Study of Feminism as a Social Movement*, Oxford: Basil Blackwell, 1981.

Barthes, Roland. *The Pleasure of Text*, trans. Richard Miller, New York: Hill & Wang, 1975.

Beer, Gillian. *The Romance*, London: Methuen, 1970.

Benhabib, Seyla. *Situating the Self: Gender, Community and Postmodernism in Contemporary Ethics*, Cambridge: Polity Press, 1992.

Bhabha, Homi K. "DissemiNation: Time, Narrative, and the Margins of the Modern Nation", in Homi K. Bhabha, ed. *Nation and Narration*, London and New York: Routledge, 1990.

Booth, Wayne. *The Rhetoric of Fiction*, Chicago and London: University of Chicago Press, 1961.

Bogdan, Deanne. *Re-Educating the Imagination: Towards a Poetics, Politics, and Pedagogy of Literary Engagement*, Portsmouth, NH: Boynton-Cook/ Heinemann, 1992.

Bradbury, Malcolm. *The Modern British Novel*, London: Penguin, 1994.

—. *The Contemporary English Novel*, London: Edward Arnold Publishers Ltd., 1979.

Butler, Alban. *Lives of the Saints*, New York: Benziger Brother, Inc., 1953.

Card, Claudia ed., *Feminist Ethics*, KS: University Press of Kansas, 1991.

Cirlot, Juan. *A Dictionary of Symbols*, trans. Jack Sage, New York: Philosophical Library, 1962.

Code, Lorraine ed., *Feminist Perspective*, Toronto: U of Toronto P, 1988.

Connor, Steven. *Dumbstruck: A Cultural History of Ventriloquism*, Oxford and New York: Oxford University Press, 2000.

Cooper, Jean Campell. *An Illustrated Encyclopaedia of Traditional Symbols*, London: Thames and Hudson, 1978.

Conrad, Joseph. *Heart of Darkness*, New York: Norton, 1963.

Coetzee, J. M. *Waiting for Barbarian,* NY: Penguin Books, 1999.

Creighton, Joanne V. *Margaret Drabble*, London and New York: Methuen, 1985.

Daly, Mary. *Beyond God the Father: Toward a Philosophy of Women's Liberation*, Boston: Beacon Press, 1973.

Darwin, Francis ed., *The Autobiography of Charles Darwin and Selected Letters*, New York: Dover Publications, 1958.

D'haen, Theo and Hans Bertens. eds., *British Postmodern Fiction*, Amsterdam: Rodopi, 1993.

Delanty, Gerald. *Community*, 3rd ed. London: Routledge, 2018.

Deleuze, Gilles and Felix Guattari. *A Thousand Plateaus: Capitalism and Schizophrenia*, trans. Brian Massumim, London: The Athlone Press, 1988.

Derrida, Jacques. "Faith and Knowledge: The Two Sources of 'Religion' at the Limits of Reason Alone", in Gil Anidjar, ed. *Acts of Religion*, trans. Samuel Weber, NK: Routledge, 2002.

Dobson, Darrell. "Archetypal literary Theory in the Postmodern Era", *Journal of Jungian Scholarly Studies*, Vol.1, No.1, 2005.

Doyle, Brian. *English and Englishness*, London: Routledge, 1989.

Duran, Jane. *Women, Philosophy and Literature*, Hampshire: Ashgate Publishing Ltd., 2007.

Dylan, Evans. *An Introduction Dictionary of Lacanian Psychoanalysis*, London: Routledge, 2006.

Eagleton, Mary ed. *Feminist Literary Theory: A Reader*, Oxford: Basil Blackwell, 1986.

Eder, Richard. "The Red Queen: Babs Channels Lady Hyegyong", *New York Times*, 10 Oct 2004.

http://www.Nytimes.com/2004/10/10/books/ review/10EDERL.html?r=1&oref=login.

Elden, Stuart. "Between Marx and Heidegger: Politics, Philosophy and Lefebvre's *The Production of Space*", *Antipode*, Vol.36, No.1, 2004.

Eliot, T. S. *Notes toward the Definition of Culture*, Croydon: Faber, 1948.

Ellmanned, Richard. *The Modern Tradition*, New York: Oxford University Press, 1965.

Epstein, Cynthia F. *Deceptive Distinction: Sex, Gender, and the Social Order*,

New Haven: Yale University Press, 1988.

Foster, E. M. *Howards Ends*, New York: Penguin, 2000.

Fraser, Antonia. *The Warrior Queens*, New York: Vintage Books, 1988.

French, Marilyn. *Shakespeare's Division of Experience*, New York: Summit Books, 1981.

Freud, Sigmund. *The Standard Edition of the Complete Psychological Works of Sigmund Freud*, trans. James Strachey and Anna Freud, London: The Hogarth Press and the Institute of Psycho- Analysis, 1953.

—. *Studies in Parapsychology*, New York: Collier Books, 1963.

Fyre, Northrop. *The Double Vision: Language and Meaning in Religion*, Toronto: Toronto University Press, 1991.

—. *Words with Power*, Toronto, Ontario: Penguin Books Canada, 1990.

Gatens, Moira ed., *Feminist Ethics*, Ashgate: Dartmouth Publishing Company Limited, 1998.

Gittings, Robert ed., *Letters of John Keats*, Oxford: Oxford University Press, 1970.

Godlasky, Rebecca S. Support Structures: Envisioning the Post-Community in Contemporary British Fiction and Film, Ph. D. dissertation. Florida State University, 2005.

Guerin, Wilfred L. et al., *A Handbook of Critical Approaches to Literature*, Oxford: Oxford

University Press, 1999.

Haight, Gordon S. ed., *The George Eliot Letters,* Vol.6. New Haven: Yale University Press, 1954.

Hall, Stuart. *The Hard Road to Renewal: Thatcherism and the Crisis of the Left*, London: Verso, 1988.

Hartman, Geoffrey. *Wordsworth's Poetry*, New Heaven: Yale University Press, 1975.

Hassan, Ihab. "Beyond Postmodernism: Toward an Aesthetic of Trust", in

Klaus Stierstorfer, ed. *Beyond Postmodernism: Reassessment in Literature, Theory and Culture*, Berlin: Walter de Gruyter, 2003.

Hayward, John ed., *T. S. Eliot: Selected Prose*, Aylesbury: Penguin Books, 1958.

Heffernan, Julián. "Togetherness and its Discontents", in P.M. Salván, Gerardo Salas and Julián Heffernan, eds. *Community in Twentieth- Century Fiction*, London: Palgrave, 2013.

Hickey, Leo ed., *The Pragmatics of Translation*, Clevedon: Multilingual Matters Ltd., 1998.

Higdon, David. *Shadows of the Past in Contemporary British Fiction*, London: Macmillan, 1984.

Huggan, Graham. *The Postcolonial Exotic: Marketing the Margins*, London: Routledge, 2001.

Hutcheon, Linda. *A Poetics of Postmodernism: History, Theory, Fiction*, New York and London: Routledge, 1988.

Hurley, Moran. *Margaret Drabble: Existing Within Structures*, Carbondale: Southern Illinois University Press, 1983.

James, Henry. *Complete Stories 1892-1898*, New York: Library of America, 1996.

Jameson, Fredric. *Postmodernism, or, The Cultural Logic of Late Capitalism*, North Caroina: Duke University Press, 1992.

Jansen, Bettina. *Narrative of Community in the Black British Short Story*, Cham, Switzerland: Palgrave Macmillan, 2018.

Julian, Dame. *Revelations of Devine Love*, trans. Clifton Wolters, Harmondsworth: Penguin, 1966.

Kanwar, Asha S. "Raymond Williams and the English Novel", *Social Scientist*, Vol.16, No.5, 1988.

Karl, Frederick. *A Reader's Guide to the Contemporary English Novel*, New York: Farrar, Straus and Giroux, 1963.

Kenyon, Olga. *Women Writers Talk: Interviews with 10 Women Writers*, New York: Carroll& Graff Publishers, 1989.

Khogeer, Afaf. *The Integration of the Self*, Lanham: University Press of America, 2006.

Krieger, Joel. *Reagan, Thatcher and the Politics of Decline*, Cambridge: Polity Press, 1986.

Kristeva, Julia. "Signifying Practice and Mode of Production", *Edinburgh Review,* Vol.12, No.1, 1976.

Kohn, Daryl. *Rethinking Feminist Ethics: Care, Trust and Empathy*, London: Routledge, 1998.

Lakoff, George. "Hedges: A Study in Meaning Criteria and the Logic of Fuzzy Concepts", *Journal of Philosophical Logic*, Vol.2, No.4, 1973.

Lambert, Ellen Z. "Margaret Drabble and the Sense of Possibility", *University of Toronto Quarterly*, Vol.49, No.3, 1980.

Leeming, Glenda. *Margaret Drabble*, Horndon: Northcote House Publishers, 2006.

Lessing, Doris. *Briefing for a Descent into Hell*, New York: Alfred A. Knopf, 1971.

Levinas, Emmanuel. *Ethics and Infinity: Conversations with Philippe Nemo*, trans. Richard A. Cohen, Pittsburgh: Duquesne UP, 1985.

—. *Existence and Existents*, trans. Alphonso Lingis, Pittsburgh: Duquesne UP, 1978.

Libby, Marion. "Fate and Feminism in the Novels of Margaret Drabble", *Contemporary Literature*, No.2, 1975.

Little, Judy. "Humor and the Female Quest: Margaret Drabble's *The Realms of Gold*", *Regionalism and Female Imagination,* Vol.4, No.2, 1978.

Lodge, David ed., *Modern Criticism and Theory*, London: Longman, 1988.

Mathéy, Kosta. "The British squatter movement: Self-help housing and short-life cooperatives", *Home, House and Shelter: Qualities and Quantities*, Vol.51, No.307, 1984.

Meyer, Valerie G. *Margaret Drabble: Puritanism and Permissiveness*, Plymouth: Clark, Doble& Brendon Ltd., 1974.

—. *Margaret Drabble: A Reader's Guide*, London: Vision Press, 1991.

Miller, Alice. *The Drama of the Gifted Child*, trans. Ruth Ward, NY: Basic Books Inc., 1981.

Mills, Victoria. "Introduction: Victorian Fiction and the Material Imagination", *Interdisciplinary Studies in the Long Nineteenth Century*, No.6, 2008. https://www.researchgate.net/publication/276841891-Introduction-Victorian-Fiction-and-the-Material-Imagination.

Moi, Toril. *Sexual/Textual Politics: Feminist Literary Theory*, London: Methuen, 1985.

Moscovici, Claudia, *Romanticism and Postromanticism*, Lanham: Lexington Books, 2007.

Murray, James ed., *The Oxford English Dictionary*, Vol. VII, Oxford: Clarendon Press, 1989.

Nancy, Jean-Luc. *The Inoperative Community*, ed. Peter Connor, trans. Peter Connor et al. Minneapolis: U of Minnesota P, 1991.

—. "The Confronted Community", trans. Amanda Macdonald, *Postcolonial Studies*, Vol. 6, No.1, 2003.

—. *Being Singular Plural*, trans. Robert O. Richard and Anne E. O'Byrne, Stanford UP, 2000.

—. *Multiple Arts. The Muses II*, ed. Simon Sparks. trans. Simon Sparks et al, Stanford, CA: Stanford UP, 2006.

Noddings, Nel. *Caring: A Feminine Approach to Ethics and Moral Education*, University of California Press, 1984.

O'Conner, Alan and Raymond Williams. *Writing, Culture, Politics*, Oxford: Basil Blackwell, 1989.

Owen, W. J. ed., *The Prose Works of William Wordsworth*, Oxford: Oxford University Press, 1974.

Opie, Iona A. and Peter Opie. *The Classic Fairy Tales*, New York: Oxford University Press, 1980.

Pavel, Thomas. *Fictional Worlds*, Cambridge: Harvard University Press, 1986.

Rayson, Ann. "Motherhood in the Novels of Margaret Drabble", *Frontiers*, Vol.3, No.2, 1978.

Reed, Walter L. *Romantic Literature in Light of Bakhtin*, New York: Bloomsbury, 2014.

Rollins, Hyder E. ed., *The Letters of John Keats*, Cambridge: Harvard University Press, 1958.

Rose, Ellen. *The Novels of Margaret Drabble: Equivocal Figures,* London and Basingstoke: The Macmillan Press, 1980.

— ed., *Critical Essays on Margaret Drabble*, Boston: GK Hall, 1985.

Rich, Adrienne. *Of Woman Born: Motherhood as Experience and Institution*, New York: W.W.

Norton &Company Inc., 1976.

Roxman, Susanna. *Guilt and Glory: Studies in Margaret Drabble's Novels 1963-1980*, Stockholm: Almqvist, 1984.

Rowe, Margaret. "The Use of the Past in Margaret Drabble's *The Realms of Gold*", in Dorey Schmidt, ed. *Margaret Drabble: Golden Realms*, Edinburg: Pan American University Press, 1982.

Ryan, Marie L. "Possible Worlds and Accessibility Relations: A Semantic Typology of Fiction", *Poetics Today*, No. 3, 1991.

Sadler, Lynn V. *Margaret Drabble*, Boston: Twayne Publishers, 1986.

Salas, Gerardo. "When Strangers Are Never at Home: A Communitarian Study of Janet Frame's *The Carpathians*", in P. M. Salvan, et al. eds. *Community in Twentieth-Century Fiction*, London: Palgrave, 2013.

Sansom, Dennis L. "Ethics and the Experience of Death: Some Lessons from

Sophocles, Shakespeare, and Donne", *The Journal of Aesthetic Education*, Vol. 44, No.4, 2010.

Salván, Paula. *The Language of Ethics and Community in Graham Greene's Fictions*, Hampshire: Palgrave Macmillan, 2015.

Schaffer, Gavin. "Fighting Thatcher with Comedy: What to Do When There Is No Alternative", *Journal of British Studies*, Vol.55, No.2, 2016.

Seneca, Lucius A. *Oedipus*, trans. Moses Hadas, Indianapolis: Bobbs-Merrill, 1955.

Sharon, Bishop. "Connection and Guilt", *Hypatia*, No.2, 1987.

Showalter, Elaine. *The Female Malady: Women, Madness, and English Culture*, Harmondsworth: Penguin Books, 1987.

Skoller, Eleanor H. *The In-Between of Writing: Experience and Experiment in Drabble, Duras and Arendt*, Ann Arbor: The University of Michigan Press, 1993.

Spender, Stephen. *The Struggle of the Modern*, Berkeley: University of California Press, 1963.

Staley, Thomas F. *Twentieth-Century Women Novelists*, Totowa. NJ: Barnes, 1985.

Staehler, Tanja. *Plato and Levinas: The Ambiguous Out-Side of Ethics*, New York: Routledge Taylor & Francis Group, 2010.

Stovel, Nora. *Margaret Drabble, Symbolic Moralist*, San Bemardino: Borgo, 1989.

Stumpf, Samuel E. *Socrates to Sartre*, New York: McGraw-Hill, Inc., 1993.

Swaim, Kathleen. "Mercy and the Feminine Heroic in the Second Part of Pilgrim's Progress", *Studies in English Literature*, Vol.30, No.3, 1990.

Tanner, Tonny. *Adultery in the Novel: Contract and Transgression*, Baltimore: Johns Hopkins University Press, 1979.

Thrall, William F. *A Handbook to Literature*, New York: The Odyssey Press, 1960.

Tigges, Wim ed., *Moments of Moment: Aspects of the Literary Epiphany*, Amsterdam: Brill Rodopi, 1999.

Tosh, Josh. *The Passing of Postmodernism, A Spectroanalysis of the Contemporary*, Albany: University of New York Press, 2010.

Voigts, Eckart. "Zany Alternative Comedy: The Young Ones vs. Margaret Thatcher", in J. Kamm, et al. eds. *British TV Comedies*. London: Palgrave Macmillan, 2016.

Walker, Margaret. *Moral Understanding: A Feminist Study in Ethics*, London: Routledge, 1998.

Wander, Philip. Introduction to the Transaction Edition, Henri Lefebvre, *Everyday Life in the Modern World*, trans. Sacha Rabinovitch, New Brunswick: Transaction Books, 1984.

Waugh, Patricia. "The Woman Writer and the Continuities of Feminism", in James F. English, ed. *A Concise Companion to Contemporary British Fiction*, Malden: Blackwell Publishing, 2006.

Webb, Jen, Tony Schirato and Geoff Danaher. *Understanding Bourdieu*, London: Sage, 2002.

Williams, Raymond. The English Novel from Dickens to Lawrence, London: Chatto and Windus, 1970.

—. "The Knowable Community in George Eliot's Novels", *NOVEL: A Forum on Fiction*, Vol.2, No.3, 1969.

—. *The Long Revolution*, London: Chatto and Windus, 1961.

—. *The Country and the City*, Oxford University Press, 1975.

—. *Keywords: A Vocabulary of Culture and Society*, London: Fontana, 1988.

Willey, Basil. *Nineteenth-Century Studies*, Harmondsworth: Penguin, 1973.

Wittlinger, Ruth. *Thatcherism and Literature Representations of the 'State of the Nation' in Margaret Drabble's Novels*, Munchen: Herbert Utz Verlag, 2001.

Woolf, Virginia. *The Common Reader*, New York: Harcourt, 1984.

Wordsworth, William. *The Prelude*, ed. Jonathon Wordsworth, London: W. W. Norton & Company, 1979.

Zipes, Jack. *Fairy Tales as Myth, Myth as Fairy Tales*, Lexington: University Press of Kentucky, 1994.

中文类参考文献

［美］阿兰·邓迪斯:《西方神话学读本》,朝戈金等译,广西师范大学出版社 2006 年版。

［英］阿拉斯戴尔·麦金泰尔:《德性之后》,龚群等译,中国社会科学出版社 1995 年版。

——:《谁之正义? 何种合理性?》,万俊人等译,当代中国出版社 1996 年版。

［英］埃德蒙·柏克:《法国革命论》,何兆武译,商务印书馆 1998 年版。

［美］爱德华·W. 赛义德:《东方学》,王宇根译,生活·读书·新知三联书店 1999 年版。

［英］安德鲁·本尼特等:《关键词:文学、批评与理论导论》,汪正龙译,广西师范大学出版社 2007 年版。

［美］爱德华·索亚:《第三空间:去往洛杉矶和其他真实和想象地方的旅程》,陆扬译,上海教育出版社 2005 年版。

［荷］巴鲁赫·斯宾诺莎:《伦理学》,贺麟译,商务印书馆 2005 年版。

［古希腊］柏拉图:《柏拉图的〈会饮〉》,刘小枫译,华夏出版社 2003 年版。

［英］本尼德克特·安德森:《想象的共同体:民族主义的起源与散布》,吴叡人译,上海人民出版社 2016 年版。

陈浩然:《地方》,《外国文学》2017 年第 5 期。

程倩:《守望自我:叙事主体意识的变幻》,《外国文学》2008 年第 5 期。

［美］丹尼尔·贝尔:《资本主义文化矛盾》,赵一凡等译,生活·读书·新知三联书店 1992 年版。

——:《社群主义及其批评者》,李琨译,生活·读书·新知三联书店2002年版。

[法]雅克·德里达:《解构与思想的未来》,夏可君等译,吉林人民出版社2011年版。

[英]D. H. 劳伦斯:《性与可爱》,姚暨荣译,花城出版社1988年版。

[德]恩斯特·卡西尔:《神话思维》,黄龙保译,中国社会科学出版社1992年版。

[德]费迪南·滕尼斯:《共同体与社会——纯粹社会学的基本概念》,林荣远译,商务印书馆1999年版。

冯契主编:《哲学大辞典》,上海辞书出版社2001年版。

[德]弗里德里希·尼采:《偶像的黄昏》,周国平译,湖南人民出版社1987年版。

——:《悲剧的诞生》,周国平译,生活·读书·新知三联书店1986年版。

[法]加斯东·巴什拉:《空间的诗学》,张逸婧译,上海译文出版社2009年版。

[意]吉奥乔·阿甘本:《神圣人——至高权力与赤裸生命》,吴冠军译,中央编译出版社2016年版。

[德]格奥尔格·黑格尔:《法哲学原理》,范扬译,商务印书馆1996年版。

——:《美学》第一卷,朱光潜译,商务印书馆1996年版。

[美]赫伯特·马尔库塞:《爱欲与文明》,黄勇译,上海世纪出版集团2008年版。

[德]卡尔·马克思:《马克思恩格斯选集》第1卷,中央编译局译,人民文学出版社1995年版。

[美]奎迈·安东尼·阿皮亚:《认同伦理学》,张容南译,译林出版社2013年版。

——:《世界主义:陌生人世界里的道德规范》,苗华建译,中央编译出版社2012年版。

[英]鲁德亚德·吉卜林:《吉姆和喇嘛》,耿晓谕、张伟红译,上海文艺出版社 2011 年版。

[英]雷蒙·威廉斯:《文化与社会》,吴松江译,北京大学出版社 1991 年版。

——:《马克思主义与文学》,王尔勃等译,河南大学出版社 2008 年版。

李永平:《通向永恒之路——试论德国早期浪漫主义的精神特征》,《外国文学评论》1999 年第 1 期。

李佑新:《走出现代性道德困惑》,人民出版社 2006 年版。

[韩]李良玉:《玛格丽特·德拉布尔访谈录》,朱云译,《当代外国文学》2009 年第 3 期。

林懿,王守仁:《在悖论中坚守——现实主义文学的当代发展与理论争鸣》,《外国文学研究》2016 年第 3 期。

梁工:《圣经叙事艺术研究》,商务印书馆 2006 年版。

[法]列维·布留尔:《原始思维》,丁由译,商务印书馆 1981 年版。

[法]罗兰·巴特:《神话:大众文化诠释》,许蔷蔷等译,上海人民出版社 1999 年版。

刘岩:《母亲身份研究读本》,武汉大学出版社 2007 年版。

陆建德:《破碎思想体系的残编:英美文学与思想史论稿》,北京大学出版社 2001 年版。

吕乃基:《论现代性的哲学基础》,《浙江社会科学》2003 年第 4 期。

[俄]米哈伊尔·巴赫金:《巴赫金全集》第 1 卷,晓河等译,河北教育出版社 1998 年版。

[英]马修·阿诺德:《文化与无政府状态》,韩敏中译,生活·读书·新知三联书店 2008 年版。

[法]米歇尔·福柯:《古典时代疯狂史》,林志明译,生活·读书·新知三联书店 2005 年版。

——:《知识考古学》,谢强等译,生活·读书·新知三联书店 1998 年版。

[美]迈克尔·哈特、安东尼奥·奈格里:《大同世界》,王行坤译,中国

人民大学出版社 2016 年版。

[荷]米克·巴尔:《叙述学：叙事理论导论》,谭君强译,中国社会科学出版社 2003 年版。

[捷]米兰·昆德拉:《小说的艺术》,董强译,上海译文出版社 2004 年版。

[加]诺斯罗普·弗莱:《批评的解剖》,陈慧译,百花文艺出版社 2008 年版。

申丹等:《英美小说叙事理论研究》,北京大学出版社 2006 年版。

《圣经》(和合本),中国基督教协会 1997 年版。

孙红卫:《民族》,外语教学与研究出版社 2019 年版。

[美]苏珊·朗格:《艺术问题》,腾守尧译,中国社会科学出版社 1983 年版。

[英]特里·伊格尔顿:《甜蜜的暴力——悲剧的观念》,方杰译,南京大学出版社 2007 年版。

[英]托马斯·哈代:《德伯家的苔丝——一个纯洁的女人》,张谷若译,人民文学出版社 2005 年版。

[英]T. S. 艾略特:《基督教与文化》,杨民生等译,四川人民出版社 1989 年版。

王泉、朱岩岩:《女性话语》,赵一凡等主编《西方文论关键词》,外语教学与研究出版社 2007 年版。

王桃花:《从"伟大的传统"到后现代主义》,湖南人民出版社 2016 年版。

奚麟睿:《布朗肖〈黑暗托马〉中的"共通体"分析》,《当代外国文学》2020 年第 1 期。

徐向东:《理解自由意志》,北京大学出版社 2008 年版。

徐蕾:《拜厄特与当代英国现实主义小说的重生》,《学海》2016 年第 6 期。

叶舒宪:《神话—原型批评》,陕西师范大学出版社 1987 年版。

[德]卡尔·雅斯贝尔斯:《悲剧的超越》,亦春译,工人出版社 1988 年版。

［法］雅克·比岱:《福柯和自由主义》,吴猛译,《求是学刊》2007 年第 6 期。

杨德豫选编:《华兹华斯诗歌精选》,北岳文艺出版社 2000 年版。

袁可嘉:《欧美现代派文学概论》,上海文艺出版社 1993 年版。

［英］约翰·班扬:《天路历程》,苏欲晓译,译林出版社 2007 年版。

朱光潜:《悲剧心理学》,张隆溪译,凤凰出版传媒集团 2009 年版。

瞿世镜:《当代英国小说》,外语教学与研究出版社 1998 年版。

张玫玫:《语言、身体、主体性再现:女性书写论的美学向度》,王宁主编《文学理论前沿》(第 8 辑),北京大学出版社 2011 年版。

张箭飞:《解读英国浪漫主义》,《外国文学评论》2003 年第 1 期。

周宪:《当代西方艺术文化学》,北京大学出版社 1988 年版。

朱玉:《废墟,花园,"高明的目光"》,《国外文学》2006 年第 3 期。

后　记

德拉布尔的小说创作带有强烈的自传性质，从20世纪60年代创作的《夏日鸟笼》中质疑情感的青年萨拉，到21世纪初创作的《七姐妹》中重建亲情的老年坎迪达，作家通过主人公的视线，表达出自己在不同人生阶段对精神联结、关怀纽带以及不可能的可能性这一共同体生命的深刻体悟。

本书在博士学位论文的基础上修订而成，从十余年前选题到如今即将付梓，德拉布尔的肯定性伦理共同体及其美轮美奂的神话诗学也在我的学习生活中留下了宝贵的人生印记。本书在写作过程中得到了很多师友、亲人和领导的帮助支持，对此，我心怀感激。

道之所存，师之所存。首先要感谢我的导师、四川大学外国语学院的袁德成先生。我考博前遍寻往年试卷而不得，后又因自己疏忽错过了学校的录取时间，先生每每施以援手。三年从师，先生为人大道至简、思想睿智精深，我只进微末，却受益终身。犹记图书馆前的荷花池畔、九眼桥旁的茶舍，恩师长达数小时的悉心指导、耐心解惑。我选题的作家资料匮乏，先生托人从国外带回最新专著。临近毕业，先生又为我的论文发表忧心。师恩感怀，无以言表，唯有将先生的学术精神薪火相传，砥砺前行。

感谢四川大学外国语学院的程锡麟教授、石坚教授、王晓路教授等在我开题、论文答辩和三年课堂学习中的学术指导和各种帮助。老师们开设的英美文学经典、西方文论、文化研究、后学理论和叙述学等课程弥补了我众多知识上的不足。感谢我的同门师兄李长亭教授在学术上给予我延续至今的帮助。

感谢西安外国语大学英文学院各级领导对我的支持，感谢科研处王晓明老师指出我项目申请书存在的问题，让我有机会重新递交材料，感谢项目成果科的黄桂婷老师对我屡次延期的宽容。

最要感谢的是我的爱人李志国，2008年他送我去川大报道，从宿舍整理床铺到注册他全部包揽，室友甚至怀疑我生活无法自理。临别时在西门公交车站我拉着他不舍，以至于多辆55路车来了又走。十几年过去，感谢他一直以来对我、对儿子、对这个家的辛苦付出。没有他的陪伴，完成此书不可想象。

本书部分内容在《国外文学》《外国文学》《当代外国文学》《外语教学》等刊物上发表过，感谢期刊编辑老师和匿名评审专家为论文发表所做出的无私奉献。

最后，还有衷心感谢中国社会科学出版社的慈明亮老师。慈老师为本书的出版付出了艰辛的劳动，在此特别致谢。

盛　丽
2020年春于西安